毛姆长篇作品精选

THE
RAZOR'S
EDGE

刀锋

〔英〕毛姆 著

王晋华 译

人民文学出版社
PEOPLE'S LITERATURE PUBLISHING HOUSE

William Somerset Maugham
The Razor's Edge

图书在版编目(CIP)数据

刀锋/(英)毛姆著;王晋华译. —北京:人民
文学出版社,2019(2025.8 重印)
(毛姆长篇作品精选)
ISBN 978-7-02-015180-6

Ⅰ.①刀… Ⅱ.①毛… ②王… Ⅲ.①长篇小说-英
国-现代 Ⅳ.①I561.45

中国版本图书馆 CIP 数据核字(2019)第 077975 号

责任编辑 朱卫净 邱小群
装帧设计 钱 珺

出版发行 人民文学出版社
社 址 北京市朝内大街 166 号
邮政编码 100705

印 制 杭州钱江彩色印务有限公司
经 销 全国新华书店等

开 本 890 毫米×1240 毫米 1/32
印 张 11.375
字 数 317 千字
版 次 2020 年 4 月北京第 1 版
印 次 2025 年 8 月第 11 次印刷

书 号 978-7-02-015180-6
定 价 55.00 元

如有印装质量问题,请与本社图书销售中心调换。电话:010 - 65233595

译　序

　　威廉·萨默塞特·毛姆是英国二十世纪伟大的文学家，他的文学生涯跨越了半个多世纪。毛姆一生至少创作了四部重要的长篇小说（《人生的枷锁》《月亮和六便士》《刀锋》和《寻欢作乐》），以及一百五十多篇短篇小说、三十多个剧本，还有不少的游记和自传性质的作品。毛姆是二十世纪英国小说界为数不多的几位雅俗共赏的作家之一。他的作品虽然未受到学术评论界太多的关注，但是流行世界、影响深远，引起不同国家、不同阶层读者的兴趣，而且这种兴趣经久不衰，大有与日俱增之势。

　　一八七四年一月二十五日，毛姆出生于法国巴黎。他的父亲是名律师，受雇于英国驻法国大使馆。毛姆在法国度过了他的童年，从小就受到法国文化的熏陶（一八九七年，他因染上肺病，被送往法国南方里维埃拉地区疗养，开始接触法国文学，特别是莫泊桑的作品）。父母死后，一八八四年他由伯父接回英国，送进寄宿学校读书。对于年幼的毛姆来说，英格兰是片灰暗、沉闷的陌生土地。毛姆的少年生活是凄苦的，他贫穷、寂寞，得不到至亲的关爱，口吃的毛病使他神经紧张，瘦弱的身体使他在同学中间低人一头。一八九一年，他赴德国海德堡大学学医，次年回伦敦在一家医院就医，实习期间曾到兰贝斯贫民区当了三个星期的助产士，这段经历使他动了写作的念头。其早年的学医生涯及法国自然主义文学对他的影响都反映在他一八九七年出版的第一部作品《兰贝斯的丽莎》中。这部写贫民窟女子丽莎悲剧性结局的小说受到了批评界的重视，特别是得到了当时颇有名气的艾德蒙·戈斯（1849—1928，英国诗人、批评家和传记作者）的赞扬，这使毛姆决心放弃行医，从事文学创作。第一次世界大战期间，他去欧洲战场救护伤员，还曾服务于英国情报部门，这些经历又为他以后写作间谍故事提供了素材。毛姆一生喜好旅游，足迹遍及印度、缅甸、马来亚、中国以及南太平洋中的英属和法属岛屿，他还去过俄国及南北美洲。一九三〇年以后，他定居法国南部的海滨胜地。在这段时间里，毛姆创作了大量的小说和剧本。一九四八年，他开始撰写回忆录和评论文章。鉴于他在文学创作上取得的成功，五十年代牛津大学授予他荣誉博士学位，女王也授予他"骑士"称号。毛姆于一九六五年病逝，终年九十五岁。

毛姆一贯主张写自己的亲身感受，从不写他不熟悉的人或事物。他说任何有理智、有头脑的作家都应写自己的经历，因为唯有写自己的经历时他才最具有权威性。作为一个多才多艺的短篇小说巧匠、优秀的长篇小说家、剧作家、评论家、散文作家和自传作者，毛姆的文学成就就是他漫长曲折、阅历深广的一生的忠实反映。在文学的创作方法和它的社会功用方面，毛姆与他同时代的高尔斯华绥、威尔斯等英国批判现实主义传统的继承者们有所不同，后者将小说作为揭露时弊、阐述思想的工具，并以此来达到改良社会的目的，而毛姆更多地接受了法国自然主义文学的影响，常常以自然主义的创作方法表现人生。毛姆对于文学的社会批判功能并不十分感兴趣，他认为，作家在戏剧和小说中不应该灌输自己的思想。他认为艺术的目的在于娱乐，当然也可以有教育的作用，但是如果文学不能为人们提供愉悦和消遣，便不是真正的艺术。因此，毛姆更关心的不是内容的深度，而是情节的冲突。尤其在他的短篇小说和剧本中，毛姆执意铺陈人生的曲折离奇，他擅长布疑阵、设悬念，描述各种山穷水尽的困境和柳暗花明的意外结局。他说他的基本题材就是"人与人关系中的个人戏剧"，毛姆认为，文学想要愉悦读者必须具备这种戏剧性。

在毛姆这四部重要的长篇小说中，《月亮和六便士》与《刀锋》尤其受到中国读者的青睐和好评，前者对理想与现实、肉体与灵魂、艺术与生活、文明或世俗（从某种意义上，我们也可以将其称为传统）与人的本性之间的矛盾和冲突做了深刻的探讨和剖析，笔墨集中写一位艺术家不顾一切的执着和追求，而后者《刀锋》则可以说描绘了一战以后世界的生活百态，从美国、欧洲到印度，从巴黎、伦敦到芝加哥、纽约，从城市到海滨，从乡村到煤矿，从上流社会到社会底层，作者在这广阔的地域和社会的背景下，为我们塑造了一组组性格鲜明、有血有肉的人物群像。虽然这些人物都与拉里有关，都是围绕着他来展开的，可他们个个都能在读者脑海中留下鲜活的令人难忘的印象。显然，这与毛姆丰富的生活阅历密不可分。

　　《刀锋》写于旅居美国的1944年，当时毛姆已是七十岁高龄。像《月亮和六便士》和《寻欢作乐》一样，《刀锋》所采用的也是第一人称的叙述法（作者本人担当作品中的"我"），这一写法为作者的观察、描述提供了有利的角度，同时又为毛姆运用他驾轻就熟的口语提供了便利。小说记述青年拉里对人生意义的漫长探索。这位年轻人在参加空军作战时险些丧生，战友牺牲了自己的生命，才让他幸免于难，这一经历彻底改变了他的思想和态度。战争结束之后，他一直深感不安，觉得自己有必要去探求生命的价值和人生的意义，以使他以后的生活能过得充实。在探索的第一阶段，他到巴黎攻读哲学，其间一段时间还当过煤矿工人。在第二阶段，他来到波恩的一所寺院，然而基督教义却没能为他提供满意的回答。第三阶段的探索是在西班牙，拉里试图通过艺术寻求人生的真谛。到了第四阶段，拉里去了印度（在那里待了五年），才从印度的宗教里找到了真正的信仰。在一个精神感悟的时刻，他看到了香格里拉一般的山中仙境。他散掉了财产，打算返回纽约之后，当个出租车司机，决心按照新的信仰去生活。这部小说发表后之所以能畅销美国、流行世界，一则是因为它反映了战后社会的普遍心理，特别是青年的迷惘情绪。由于对西方社会理想的破灭，不少人转而求助于东方宗教的神秘主义。《刀锋》中拉里的探求，恰与一战后年轻人的心理状态不谋而合；再则就是作者老道圆熟、技高一等的讲述故事的技巧和才能，使得《刀锋》凭借着引人入胜的故事情节以及为大众喜闻乐见的形式，至今仍然吸引着广大的读者。

　　小说取名为《刀锋》，也是有其深刻的寓意的。在《迦陀奥义书》中有这样一段话：一把刀的锋刃很不容易越过，因此智者说得救之道是困难的。作品主人公拉里对人生真谛的探求充满了艰辛和困惑，为一心追求一种精神上的崇高美好的生活，他不惜舍弃了物欲、色欲和诸多本能的需求。

在译过毛姆的《月亮和六便士》之后，再翻译他的《刀锋》，觉得这两本书都不太好翻译，感到《刀锋》更难译一些，因为作者在这部小说里加进去了对人生、宗教和哲学的思考，书中不免会出现一些抽象的、难以表达的东西。译者只能勉为其难尽力去捕捉原作的神韵和风采。

第一部

第一章

每开始写一部小说，我都会疑惑，却从未像现在这么疑惑过。如果我仍然将其称为小说，那只是因为我不知道还能叫它什么。我几乎没有什么故事可讲，也没有以主人公的死亡或是结婚收尾。死是一切的了结，因此是一个故事的总收场，以美满姻缘作为结束也挺恰当的，那些老于世故的人大可不必对传统上称作大团圆的结局嗤之以鼻。普通人都有这样一种心理，他们宁愿故事这样结尾，觉得该交代的都交代了。当一对男女历尽沧桑、最终走到了一起，他们便完成了生理上的功能，将把香火延续下去。可我写到终章也没能给出一个完美的结局。我这本书写的是对一个人的回忆，我只与这个人有过十来次较为亲密的接触，而且每次之间都隔着很长的时间，对我们不在一起时发生在他身上的事情，我几乎毫无所知。我想，凭借杜撰，我蛮可以填补起这之间的空白，使我的讲述更为紧凑、连贯；不过，我并不想这么做。我只打算记下自己知道的事情。

许多年前，我写过一部叫《月亮和六便士》的小说。在那部描写著名画家高更的作品中，我运用小说家的权利，编造了一些事件，以揭示主人公的性格。对这位法国艺术家的事迹我了解得不多，用这不多的事实在我脑中形成的联想和启迪，我创作了这个人物。然而，在这部书里，我丝毫也没有想过要那么做。我没有杜撰任何东西。为了不叫现在依然活着的人感到尴尬，我给这部书中的原型人物们起了新的名字，在故事编排等方面我也做了努力，不会让任何读者认出这些人来。我所写的这个人并不出名。或许他这一辈子也成不了名人。也许在他生命最终结束的时候，他留在这个世界上的印迹，就犹如一块石子扔进河里后水面浮现的涟漪。到那个时候，如果我的这本书还有人读的话，那也将只是为了读出它本身可能具有的含义。不过，也许他为自己所选定的生活道路以及他性格中所具有的美善和那种特别的力量，会对他周边的朋友产生日益增长的影响，以至于在他死了很长时间以后，人们会逐渐地意识到，一个非常杰出的人曾经生活在他们中间。那时人们就会清楚我写的这个人是谁了，那些想要多少了解他早期生活的人们也许会在这部书里找到一些对他们有用的东西。我想，在有限的范围内，对我那些想要写他传记的朋友，我的这部作品也将是一个可资征引的信息来源。

这里我要说明一下，书中人物的对话并非是如实的逐字逐句的记载。我对在这一场合或是那一场合的谈话从来没有做过记录。不过，我对自己关心的事物还是有个好记性的，尽管我是用自己的词语写出了这些对话，可我还是相信，自己忠实地传达出了这些谈话的内容。我在前面一点儿的地方说过，我没有杜撰任何东西；现在，我想修正一下我的这一说法。就像自希罗多德①以来的历史学家们一样，我给书中人物的口中擅自添加了一些我不曾听到或者说没有可能听到的话语。和历史学家们一样，我之所以这么做，是为了使作品中的场景显得生动、真切，如若只是简单地记述，将达不到应有的效果。我想让我的书被人们阅读，我认为我有理由尽可能地增加作品的可读性。聪明的读者很容易看出我在哪些地方运用了这一技巧，他有完全的自由跳过这些地方不读。

写这部作品，还有一个让我放心不下的地方是，我描述的人物大多是美国人。了解人是非常难的，我以为要想真正了解一个外国人，更是几乎不可能的。因为无论男女，人都不仅仅是他们自己：他们出生的那一地域，他们在其间学步的农场或是城市的公寓，他们儿时玩耍的游戏，他们听来的老奶奶的故事，他们所吃的食物、所上的学校、所参加的运动、平日里所读的诗歌，还有他们信仰的上帝……所有这一切把他们造就成了他们现在的样子。而这些都不是凭借道听途说就能知晓的事物，唯有你自己经历过，你才能了解。你唯有是他们中间的一员，你才能懂他们。

---

① 希罗多德（Herodotus，约前484—约前425），古希腊历史学家，后人称其为"历史之父"。

由于对外国人的了解只是凭借观察，所以很难在书中把他们刻画得真切。甚至像亨利·詹姆斯①那样敏锐又细心的观察家，尽管他已经在英国生活了四十年，也未能成功地塑造出一个地地道道的英国人。拿我自己来说，除了几个短篇小说外，我写的都是本国人。如果说我敢于在一些短篇中写外国人，那也是因为在这种体裁中我能较为笼统地处置人物。你给予读者的只是一个大略的轮廓，留待读者去填补细节。你也许会问，在《月亮和六便士》中我把主人公的原型法国画家高更设定成了一个英国人，为什么这部作品就不能用同样的方法呢？我的回答很简单：我不能。因为那样的话，他们就不是他们自己了。我要说的是，我书中的这些人物并非是从他们本国人眼中见出的美国人，而是从一个英国人眼中见出的美国人。我并没有尝试着再现他们讲话的特点。英国作家在这样做时会闹出乱子，恰如美国作家在再现本土英国人讲话时所出现的情况。俚语是个很大的陷阱。亨利·詹姆斯在他描述英国人的作品中常常使用俚语，但是他从未能像英国人那样来使用它们，因此他非但没能达到他所追求的效果，反倒常常给英国读者一种不舒服的突兀感。

---

① 亨利·詹姆斯（Henry James, 1843—1916），美国作家，1876年迁居伦敦，1915年入英国籍，崇拜欧洲文化，所作小说多以欧洲贵族、资产阶级社会为背景。

第二章

一九一九年，我去往远东途经芝加哥，为一些与本书无关的原因，在芝加哥停留了两三个星期。我最近出版的一部小说获得了成功，也算是当时的一个新闻人物，我前脚到了那里，后脚就有记者来采访。抵达后的第二天早晨，电话铃响了，我去接电话。

"我是艾略特·坦普尔登。"

"艾略特？我以为你在巴黎。"

"没有，我来看我姐姐了。我想请你今天来家里，跟我们共进午餐。"

"好啊。"

他告诉了我去的时间和他姐家的地址。

我认识艾略特·坦普尔登已经十五年了。现在的他已是快六十的人了。他个子高高的，举止优雅，浓密、略带卷曲的黑发中掺了一些银丝，恰好衬托出他堂堂的仪表。他对穿着总是十分讲究。他一般的用品是在夏费商店买，可衣服和鞋帽总是在伦敦买。他在巴黎繁华的塞纳河左岸的圣纪尧姆街有一套公寓。不喜欢他的人说他是个古董商，可他会气狠狠地说这是对他的诬蔑。他有知识、有品位、有鉴赏的眼光，他并不介意承认说在他刚到巴黎定居时，曾给予那些有钱的收藏家不少的建议和忠告；当他通过他的社会关系得知哪个英国或是法国败落了的贵族要出手一件珍品，他便乐得让这位贵族与美国博物馆的经理取得联系，而他恰好知道博物馆的经理正在寻觅这位大师的代表作；当许多法国（英国也有一些）旧家迫于不佳的境遇，想要不事声张地卖出一件有布尔^①签名的家具，或是由奇彭代尔^②亲手制

---

① 安德烈-查尔斯·布尔（Andre-Charles Boulle，1642—1732），法国最著名的家具制造艺术家、被引荐给路易十四，成为皇家工匠。

② 奇彭代尔（Thomas Chippendale，1718—1779），伦敦十八世纪的名家具匠。

作的写字台时，他们很想有一位像艾略特这样博雅、彬彬有礼、办事
周全的人替他们从中斡旋。人们自然会想到艾略特在这些交易中会
得些好处，可哪个有教养的人会提及这样的事情呢。不怀好意的人们
说，在他每次邀请有钱的美国人吃上一顿丰盛的午餐、喝过上好的葡萄
酒之后，他家里挂着的一两件名贵的画便会不翼而飞，或者他的一件细
工镶木的五斗橱会换成一件漆器。当你问起那件很特别的家具为什么
不见了时，他会圆滑地解释说，他觉得那一件已不合他的意，所以用
它换了一个质量更好的。他接着说，总是看到同一件东西，时间长了
就烦了。

"我们美国人，"他说，"喜欢改变。这既是我们的弱点，也是我
们的优点。"

一些住在巴黎、声称对他十分了解的美国太太说，艾略特家里很
穷，他之所以能过上他现在的生活，全是因为他人很聪明。我不知
道他到底有多少钱，不过有公爵头衔的房东肯定会在他这所公寓上
敲他一笔不菲的房租，而且其屋内的陈设又是那样的名贵，墙上挂的
全是法国艺术大师的画作，比如说华托 ①、弗拉戈纳尔 ②、克洛德·洛
兰 ③ 等；木质地板上铺着法国著名地毯织造坊萨伏纳里和奥比松生产
的地毯；客厅里摆着一套路易十五时代做工极精美的家具，也许如艾
略特所说，曾是蓬巴杜夫人 ④ 闺中的物件。不管怎么说，他有足够的
钱，来过他所认为的上流人士的体面生活，而不必再费力去挣。至于
是通过什么方式挣到的钱，如果你不愿失掉他这位朋友的话，最好还
是不要提及。在没有了衣食之忧后，他便全身心地投入到他这一生所
热衷的社交活动中去了。艾略特初到巴黎时还很年轻，他拿着介绍信
一一去拜见巴黎的重要人物，而他后来与法国和英国的那些家道中落
的贵族在艺术品方面发生的商业关系，更是稳固了他先前取得的社会

① 让-安东尼·华托（Jean-Antonie Watteau，1684—1721），法国画家，多数作品描述贵族闲逸的生活。
② 让-奥诺雷·弗拉戈纳尔（Jean-Honoré Fragonard，1732—1806），法国画家，作品多描述贵族骄奢逸乐的生活。
③ 克洛德·洛兰（Claude Lorrain，1600—1682），法国十七世纪风景画家。
④ 蓬巴杜夫人（Madame de Pompadour，1721—1764），法国路易十五的情妇。

地位。他出生于美国弗吉尼亚州的一个世家，母系方面可以追溯到一位在《独立宣言》上签过名的祖辈，所以当他带着信件去见那些有头衔的美国太太时，也颇得她们的好感。他人缘好，脑子聪明，舞跳得棒，网球打得好，枪法也准。他是达官贵人们宴会上的一个宝。鲜花和价格很贵的大盒巧克力他买来随意地送人。虽说他很少请客，可请起客来，却也别有情趣。那些贵妇被他带到伦敦苏荷区具异国情调的饭店，或是巴黎拉丁区别有风味的小酒店，这让她们觉得很新鲜。他总是乐意为她们效劳，不管多么麻烦的事情，只要你请他帮忙，他都高兴去做。对年纪大点儿的女人，他更是殷勤有加，去博得她们的欢心。没过多久，他便成了许多豪宅里的座上宾。他为人极其谦和。如若有人没能赴宴，你到最后一刻请他来凑数，他从来不会介意；你可以把他安排在一个顶惹人烦的老女人身边，相信他迷人的言谈举止总能把她逗得开心。

两三年的时间里，无论在伦敦还是巴黎，一个年轻的美国人能攀上的朋友，他都攀上了；他定居在了巴黎，每年游宴季的末期，他会去伦敦，于这早秋时节拜访一圈住在乡间别墅的贵人。那些最先将他介绍进社交界的太太惊讶地发现，他的社交圈已经扩得多么大。她们的心情是矛盾的：一方面为自己推举的年轻人获得如此大的成功而感到高兴；另一方面又觉得有点儿不是滋味，因为他与跟她们还只是泛泛之交的朋友都已混得很熟。尽管他对她们依然热情、乐于效劳，可她们已不安地意识到，他是将她们当作了在社交圈里提升自己地位的垫脚石。她们担心他是个势利眼。他当然是个势利眼，而且是个厚脸皮的大势利眼。对别人的冷言冷语和断然拒绝，他都能容忍，不予理睬。为了赴一个他想要参加的宴会，或是想要结识一位大名鼎鼎却脾气暴躁的老寡妇，他可以吞下任何羞辱，死乞白赖地去恳求。他不屈不挠。在找好目标后，他会不懈地追逐，就像一个植物猎人为寻找罕见的异种兰花而不顾洪水、地震、热病和怀有敌意的土著人那样。一九一四年开始的大战给了他最后的机会。大战一爆发，他就参加了一个救护队，先是在佛兰德斯地区①、后在阿弋讷②救护伤员；一年后他归来时，胸前多了一枚红色勋章，并在巴黎红十字会有了一个职位。那个时候，他已很富有，对要人举办的慈善活动，他都慷慨捐助。他总是乐于用自己的博雅知识和组织才能，来支持那些为募捐而举办的盛大集会。他成为了巴黎两个最高贵俱乐部的会员。他是法国名媛贵妇口中常提起的"那个好艾略特"。他终于功成名就了。

---

① 佛兰德斯，欧洲历史地区名，位于今法国西北部、比利时西部及荷兰南部。
② 法国东北部的一丛林丘陵地区。

第三章

　　刚遇到艾略特时，我还是个很一般的作家，他并没有把我放在眼里。他见过的面孔，从来不会忘记，所以有时碰到了，他会和我热情地握手，却没有一点儿进一步想要交往的意思；如果我在歌剧院见到他，而他正跟一位显贵在一起，他往往会装作没有看到我。后来，我写的一部剧本意外获得了令人瞩目的成功，很快我便意识到艾略特对待我的态度变了。一天我收到他的一封短简，邀我到克拉里奇饭店吃午饭，他在伦敦逗留期间就住在这儿。受邀而来的人并不多，宴席的规格也不是很高，我猜想他这是要试探一下我在交际方面的能力。自那以后——也是在那时我鹊起的名声带给我许多新的朋友——我就开始较为经常地见到他了。之后不久，我来到秋天的巴黎，在此待了几个星期，在我们俩都认识的一个朋友家里，我碰到了艾略特。他问我住在哪家酒店，我告诉了他。一两天后他又给我寄来一张吃午饭的请帖，这一次是在他的家里；到那儿后，我惊讶地发现来的客人多是有身份的人。我暗自嘻嘻地笑了。我知道，他那样一个社交意识敏锐的人当然晓得，在英国社交界像我这样的一个作家并不重要，可在法国就不一样了，一个人只要是作家，便有了尊严，于是我也被另眼相看了。在以后的许多岁月里，我们的交往虽说十分密切，却没能成为朋友。我甚至怀疑像艾略特·坦普尔登这样的人是否能做朋友。他看人关注的只是对方的社会地位。当我碰巧在巴黎或是他到了伦敦时，他仍然时不时地邀我参加他的宴会，有时是他请的人没到，叫我去补缺，有时是他要招待来欧洲旅游的美国人，想让我作陪。我猜想，在这些美国人中间，有的是他的老主顾，有些是拿着介绍信来找他的素不相识的人。他们成了他的一桩心事。他觉得自己应该为他们做些事情，可又不愿意介绍他们认识他的那些阔朋友。招待他们的最好的方式当然是请他们吃顿晚饭，然后去看场戏，可就是这他也常常难以做

到，因为他几乎每晚都有应酬，有时连后面三个星期的晚上都排满
了。而且，他隐隐觉得，就算他这样做了，人家也未必就会满意。因
为我是个作家，也不是什么大人物，所以他并不介意把他的这件烦心
事讲给我听。

"那些写出介绍信的美国人也真是太不为别人考虑了。我并不是
不愿意见这些被介绍来的人，只是我真的不明白我为什么要让他们去
烦我的朋友。"

作为弥补，他送给他们大玫瑰花篮和大盒巧克力，可有时这远远
不够。就是在那时，在他跟我说了那番话之后不久，他邀我参加他组
织的这样一个宴会。

"他们非常想见见你，"他在短简中这样奉承我说，"××太太是
个很有文化修养的女人，她读过你写的每一部作品。"

宴会上，那位太太告诉我，她非常喜欢我的《裴林先生和特雷
尔先生》，并对我的剧本《软体动物》所获得的成功表示祝贺。而
前一本的作者是休·沃波尔[①]，后一本的作者是哈伯特·亨利·戴
维斯[②]。

---

① 休·沃波尔（Hugh Walpole，1884—1941），英国畅销小说家。
② 哈伯特·亨利·戴维斯（Hubert Henry Davies，1869—1917），英国戏剧作家。

第四章

如果我的描述让读者对艾略特·坦普尔登产生了不好的印象，觉得他是个卑劣之人，那实在是冤枉了他。

在某种程度上，艾略特可以称得上是法国人说的"serviable"，这个词据我所知在英文中尚没有确切的对应词。英语词典告诉我们，"serviceable"所具有的"乐于助人的、施惠的和善良的"意思是"serviable"的古含义，此义恰好描述出了艾略特的为人。他慷慨大方，虽说在其早期的活动中，那种送花、送糖、送礼物的豪举无疑有他的用心，可在后来已完全没有这种必要时，他还继续这么做。给予别人，使他感到快乐。他热情好客。他的厨师是巴黎最好的，在他的餐桌上你吃到的一定是这一季节最新鲜最美味的菜肴。他上桌的酒表明他是一个品酒高手。他请客人固然主要考虑的是其社会地位而不是能否相处得融洽，可他也留意至少要请上一两位风趣诙谐的客人，所以在他的宴会上，大家总能吃得开心。人们在背后嘲笑他，称他是势利小人，可仍然会高兴地接受他的邀请。他的法语说得流利、正确，口音纯正。他努力把他的英语讲得像英国人说的那样，你得有极敏锐的听觉，才能偶尔捕捉到他的一两个美国音调。只要你能设法不让他谈及公爵和公爵夫人们，他的谈吐一定会让你觉得趣味盎然；不过，即便谈到他们，既然他的地位已不可动摇，他也会叫你感到开心，尤其是你单独跟他在一起的时候。他有一张顶逗人、顶刻薄的嘴，这些王公贵人的趣闻轶事没有一件不传到他的耳朵里的。从他这里，我知道了谁是 X 公主最后一个孩子的父亲，谁是 Y 侯爵的情人。我以为有关贵族生活方面的秘闻就是马塞尔·普鲁斯特[1]也未必比艾略特·坦普尔登知道得多。

---

[1] 马塞尔·普鲁斯特（Marcel Proust，1871—1922），法国小说家，著有《追忆逝水年华》。

我来到巴黎时，常常和艾略特一起吃午饭，有时是在他的公寓里，有时在饭店。在巴黎，我喜欢逛古玩店，偶尔也买上一两件，但更多的时候是观赏，艾略特总要陪我一起去。他懂这一行，对艺术品有一种发自内心的喜爱。我想他了解巴黎的每一家古玩店，同店老板们也都熟悉。他最爱砍价，出门时，总要跟我说：

"如果你看上了什么东西，不要自己买，你只需给我一个暗示，其余的由我来做。"

每当他砍掉一半的价格、为我买下一件我喜欢的东西，他就高兴得不得了。看他杀价很过瘾。他争执、诱哄、发脾气，想着法子使卖主心软，嘲弄卖主，指出这件物品的瑕疵，吓唬说再也不会登店主的门，他叹息、耸肩膀、劝说、生气地皱起眉头往门口走，当店主最后同意了他提出的价钱，他又无奈地摇着头，仿佛是自己吃了亏似的。然后，用英语低声跟我说：

"买下吧，就是用比这多一倍的钱，也便宜。"

艾略特是个热心的天主教徒。他住到巴黎不久，便遇到了一位很有名的神父，这位神父成功地把许多异教徒和相信异端邪说的人拉回了正途。宴席上经常能见到他的身影，听到他妙语生花的讲话。他将他的教务活动只局限于富人和贵族中间。此人虽然出身卑微，却是那些名门豪宅中极受欢迎的客人，艾略特自然会被这样的一个人吸引。他私下跟一位有钱的美国太太（她也是新近皈依该教的）说，虽然他家里一直信奉圣公会，可他早就向往着加入天主教了。一天晚上，这位美国太太请艾略特和神父两个人吃饭，在饭桌上，神父才气焕发，侃侃而谈。后来女主人把话题引到了天主教上，神父热情地给予讲解，一点儿也不迂腐，虽是教会中人，却像是一个见过世面的人跟另一个见过世面的人谈话一样。当艾略特发现神父对他的情况十分了解时，心里美滋滋的。

"范多姆公爵夫人前几天跟我谈到你。她跟我说，她觉得你是个非常聪明的人。"

艾略特高兴得脸都红了。公爵夫人他是谒见过，可他万万没有想到，她还能想起他来。神父和蔼可亲地谈着天主教的信仰，他睿智、心胸开阔，观点一点儿也不陈腐，对人宽容。他把天主教说得在艾略特听来就像是个高级的俱乐部一样，一个有教养的人就该进到这样的俱乐部里。六个月后，艾略特入了教。因为他对天主教的皈依，再加上在教会慈善活动中的慷慨解囊，以前对他关着的几扇门也向他敞开了。

也许他放弃祖辈信仰的动机并不纯正，可是在他入了天主教之后，他表现出的虔诚却是毋庸置疑的。每个星期天他都到上流人士光顾的教堂去做弥撒，过段时间就去神父那里忏悔，还定期到罗马朝圣。久而久之，他的虔诚终于得到了回报，他被任命为御前侍卫，又因为他的勤勉和尽职尽责，被授予了圣墓勋章。事实上，他在天主教事业上的成功一点儿也不逊色于他在世俗事业上的成功。

我常常问自己，像他这样一个聪颖、心眼好，又有教养的人为何会让势利占据了他的身心呢？他不是暴发户。他的父亲曾经是南方一所大学的校长，祖父是一位著名的神学家。以艾略特这样精明的人绝对不会看不出来，许多人之所以接受邀请，就是为了白吃顿饭，来的人有些呆头呆脑，有些毫无价值可言。他们响亮头衔的耀眼光环弄迷了他的双眼，使他看不到他们的缺点。我只能这样猜想，跟这些家世久远的名门后代亲密相处，做他们夫人的近臣，给予他一种永不生厌的胜利感；我想在这一切的背后，是他的一种热烈的浪漫主义情怀，这让他在碌碌无为的法国公爵身上看到了当年随圣路易 ① 到圣地去的十字军战士，在外强中干的、只知道追猎狐狸的英国伯爵身上，看到了他们的在金锦原 ② 侍奉亨利八世的祖先。与这些人在一起时，他觉

---

① 圣路易（Saint Louis，1214—1270），即法王路易九世（Louis IX），曾两次率领十字军远征。
② 法国吉塞尼附近的平原，1520 年英国都铎王朝国王亨利八世与法王法兰西斯一世在此会面，因极尽奢华而有此称。

得自己好像生活在邈远和英勇的过去。我想在他翻阅《戈沙年鉴》①时，他的心一定热烈地跳动着，年鉴中的那一个又一个辉煌的名字把他带回到古战场上，带回到历史上有名的攻城战和著名的决斗中，带回到国家之间斗智斗勇的外交上，带回到国王和他们的女人们身边。总而言之，这就是艾略特·坦普尔登。

———————————

① 于 1736 年创刊，早先以记载欧洲贵族世系为主。

第五章

正在我梳洗准备赶赴艾略特的饭局时，前台打来电话说，艾略特已在楼下等我了。我有点儿诧异，不过还是一收拾完毕，就马上下去了。

"我想，我来接你更保险些，"他同我握着手说，"我不知道你对芝加哥这座城市是否熟悉。"

像在国外住久了的一些美国人一样，艾略特也有这种感觉：美国是一个不好待甚至危险的地方，让来到这里的欧洲人自己到处去问路是不安全的。

"时间还早。我们可以先走上一段。"他建议说。

外面的空气里略带着寒意，可天上没有一片云彩，走动一下给人一种很舒服的感觉。

"我想，在见到我姐姐之前，我还是告诉你一点儿她的情况，"艾略特一边走一边说，"她曾到我巴黎的家待过一两次，不过，那个时候你可能没在巴黎。我这次请的人并不多，只有我姐姐、她的女儿伊莎贝尔和格雷戈里·布拉巴宗。"

"是那个室内装饰家吗？"我问。

"对。我姐姐的屋子简直叫人看不下去，我和伊莎贝尔想让她把家重新收拾一下。我碰巧听说格雷戈里就在芝加哥，所以我叫我姐姐请他中午到家吃饭。此人当然算不上是一位绅士，但他很有品位。玛丽·奥利芬特的拉尼堡和圣厄次家的圣克莱门特·塔尔博特府，都是他装饰的。公爵夫人十分赏识他。你一会儿自己看看路易莎的屋子。我真不明白她竟然能在那所房子里住了这么多年。话说到这儿了，我也永远弄不明白她如何能在芝加哥待得下去。"

我从艾略特的嘴里得知，布拉德雷太太有三个孩子，两个儿子，一个姑娘；儿子们年龄大一些，都早已成家了，一个在菲律宾政府做事，另一个像他父亲一样，在阿根廷的都城从事外交工作。布拉德雷太太的丈夫工作过的地方甚多，他先是在罗马做了几年的一等秘书，后来又被派到南美洲西岸的一个小共和国当专员，他后来就死在了那里。

"在她丈夫去世以后，我曾劝她卖掉她现在住着的房子，"艾略特继续说，"可她对这房子有了感情。这所住宅是布拉德雷的祖辈传下来的。布拉德雷家族是伊利诺伊州最古老的家族之一。一八三九年，他们从弗吉尼亚州迁移到这里，在离现在的芝加哥大约一百公里的地方置下一片土地。直到现在，那块田产还是他们家的。"艾略特停了一停，看看我对他的话作何反应。"我想你也许会把最早定居到这儿的他家人称作农民。我不知道你是否清楚，大约在上世纪中叶，美国开始开发它的中西部，许多弗吉尼亚人，包括富家子弟，都受到这片未知土地的诱惑，离开了他们丰衣足食的家乡。我姐夫的父亲，切斯特·布拉德雷，看到芝加哥将来会有大的发展，就进了一家律师事务所。不管怎么说，他挣到了足够的钱，足够让儿子过优越的生活、接受良好的教育。"

是艾略特的神情而不是他说的话让我觉得，已过世的切斯特·布拉德雷离开他祖传的老宅和广阔的农田、进到一家事务所里算不上是明智之举，不过，他攒下一笔钱的事实至少部分上对他的这一行为作出了补偿。后来有一次，布拉德雷太太拿出一些他们"老家的"照片让我看，艾略特也不是很高兴。从照片上，我看到一所不怎么大的木制房子和一个美丽的小花园，可谷仓、牛棚和猪圈跟房屋只隔开一箭之地，四周都是荒芜的田野。我不由得想，当切斯特·布拉德雷毅然决定离开那里到城市发展时，他心里是有成算的。

走了一会儿后，我们叫了辆出租车。没多长时间，车子停在了一座褐色的石头房子前。宅子不宽，但很高，有一级很陡的台阶通向正门那里。它坐落在一排房子中间，位于从湖滨道过来的一条街上。房屋的外观，即便在这阳光明媚的秋日，也显得毫无生气，令你不禁会想一个人怎么会对这样的房子有了感情。一个高大健壮的白发黑人管家前来开门，引我们进了客厅。见我们进来，布拉德雷太太从椅子上站了起来，艾略特把我介绍给她。布拉德雷太太年轻时一定很漂亮，她的五官虽说大点儿，可很好看，眼睛长得也不错。只是她的脸色略微发黄，由于完全不施胭脂，肌肉显得松弛了，显然她没有打赢人到中年会发胖的这场战斗。我猜想，她依然不愿意认输，因为她在一张硬背椅子上直挺挺地坐着，的确，穿着像铠甲一样束着的紧身衣，这样坐要比在软椅上舒服得多。她穿着一件蓝色衣服，上面织满了花，她的高领子让鲸鱼骨撑得直挺挺的。她的一头漂亮的白发烫成波浪纹，梳成很复杂的样式。她的另一个客人还没到，在等的中间，我们闲聊着。

"艾略特跟我说，你是打南边过来的，"布拉德雷太太说，"你在罗马停留了吗？"

"停留了，我在那里待了一个星期。"

"玛格丽达王后可好？"

我对她的问话略感诧异，我回答说我不清楚。

"噢，你没有去看看她吗？多好的一个女人。我们在罗马时，她待我们真好。当时布拉德雷是使馆的一等秘书。你为什么没有去看看她呢？你不会跟艾略特一样糟，连奎里纳莱宫也进不去了吧？"

"不，"我笑着说，"事实上，我并不认识她。"

"是吗？"布拉德雷太太似乎有点儿不相信地说，"怎么会不认识呢？"

"说实话，作家们一般不跟国王、王后们交往。"

"可她是那么可爱的一个女人，"布拉德雷太太劝我说，好像是我不屑于认识这位王室成员似的，"我相信你一定会喜欢她的。"

这时，屋门打开了，管家把格雷戈里·布拉巴宗领了进来。

格雷戈里·布拉巴宗，尽管名字听着不错，可人一点儿也不浪漫。他长得又胖又矮，除了耳朵边和后颈上还长着一圈带卷的黑发外，头顶秃得跟个鸡蛋似的，一张胖脸红通通的像是就要崩裂开来、喷出汗水似的，他有一双机敏的灰色眼睛、给人以肉欲感的嘴唇和一个厚厚的下巴。他是个英国人，我有时在伦敦放荡不羁的艺人们的宴会上会见到他。他生性快乐、热情，喜欢大笑，不过，你并不难发现在他那喧闹友好的笑声下面掩盖着一个生意人的精明。在过往的一些年里，他曾经是伦敦最成功的装饰家。他嗓门洪亮，一双肥胖而不大的手很富于表现力。以各种生动的手势和一连串富于激情的话语，他很快便能引发一个正在犹豫着的顾客的想象力，使其几乎不可能拒绝在他看好像还是一桩施惠的买卖。

管家拿着盛鸡尾酒的托盘走进来。

"我们不用等伊莎贝尔。"布拉德雷太太一边说一边端起了一杯鸡尾酒。

"她去哪儿啦？"艾略特问。

"她和拉里去打网球。她说可能会晚一点儿回来。"

艾略特把身子转向了我。

"拉里叫劳伦斯·达雷尔。是伊莎贝尔的男朋友。"

"我不知道你也喝鸡尾酒，艾略特。"我说。

"我本来不喝的，"艾略特板着面孔回答，一边呷了一口他手中的鸡尾酒，"可是在这个禁酒的野蛮国度里，一个人又能有什么办法呢？"他叹了口气，"在法国的一些家庭里也开始有人喝这个了。便捷的交通败坏了好的习惯。"

"你尽瞎说，艾略特。"布拉德雷太太说。

她说这话的口气足够温和的了，可还是带着一种干脆决绝，让我觉得她是一个很有个性的女人。我从她看艾略特的那饶有兴味和精明的眼神里，感到她对艾略特了解得很透。我不知道她会怎么看格雷戈里·布拉巴宗。我刚才瞥见了他进来、打量屋子时的那内行的眼光，他两道浓眉不自觉地扬起。这间屋子的陈设的确不一般：壁纸、窗帘、椅垫以及椅套都是同样的图案；墙上挂着的镶在大金框子里的油画显然是布拉德雷夫妇在罗马常住时买的，其中有拉斐尔派①的圣母，

---

① 拉斐尔（Raffaèllo Sanzio da Urbino，1483—1520），意大利文艺复兴盛期画家。

圭多·雷尼派 ① 的圣母，祖卡雷利派 ② 的风景和帕尼尼派 ③ 的古迹等。还有他们暂住北京时买的纪念品：上面满是雕刻的黑檀木桌子，硕大的景泰蓝花瓶。还有在智利、秘鲁买的东西：硬石刻的胖人儿，陶制的瓶子。屋内还有一张奇彭代尔的书桌，一个嵌木细工的橱柜。灯罩是用白丝绸做的，上面不知道是哪个鲁莽的画家画了一些穿瓦托式衣装的牧羊男女。屋子里显得乱糟糟的，可是也不知道为什么，又给人一种亲睦感。这里有一种住了人的家的感觉，让你觉得这一切难以置信的杂乱自有它的意义。因为它们都是布拉德雷太太生活的一部分，所以这些完全不相协调的物件便都有了归属感。

我们刚喝完鸡尾酒，一个女孩推门进来了，她后面跟着一个男孩。

"我们回来晚了吗？"她问，"我带拉里来了，有他的饭吗？"

"我早就料到了，"布拉德雷太太笑着说，"按下门铃，叫尤金添个座。"

"是他给我们开的门。我已经告诉他了。"

"这是我的女儿伊莎贝尔，"布拉德雷太太转过身来对我说，"这位是劳伦斯·达雷尔。"

伊莎贝尔跟我很快地握了下手，便急切地转向格雷戈里·布拉巴宗。

"你就是布拉巴宗先生吧？我早盼着见到你呢。我喜欢你为克莱蔓婷·多默家装饰的房子。这间屋子看上去难道还不够糟糕吗？我一直试着劝说我母亲把家里弄一弄，现在你来到了芝加哥，我们的机会来了。你坦率地告诉我，我们这间屋子怎么样？"

我知道这是布拉巴宗最不情愿做的事。他很快地瞅了布拉德雷太太一眼，可她脸上坦然的表情并不能告诉他什么。在断定伊莎贝尔是

---

① 圭多·雷尼（Guido Reni, 1575—1642），意大利人像画家。
② 弗朗西斯科·祖卡雷利（Francesco Zuccarelli, 1702—1788），意大利风景画家。
③ 乔万尼·保罗·帕尼尼（Giovanni Paolo Panini, 1691—1765），意大利十八世纪著名风景画家，所画古罗马遗迹既精密又发挥了思古的幽情。

主事的人后，他随即爆发出一阵大笑。

"我相信，不管怎么说，这屋子还是挺舒适的，"他说，"不过，你要是让我直截了当地说，我认为太糟了。"

伊莎贝尔是位高挑个儿的姑娘，一张椭圆形的脸庞，直直的鼻梁，一双动人的眼睛，丰满的嘴唇，这些似乎是他们家族的人所具有的特征。她人长得漂亮，虽说有点儿胖，这大概同她的年龄有关，等再长大点儿，她便会变得苗条了。尽管她的手显得有点儿胖，可很好看，她穿着短裙的腿也稍显粗。她的皮肤白皙滑腻，由于方才的运动和回来路上开着敞篷车，脸蛋儿红红的。她浑身焕发着光彩和活力。她健康的体态、快乐调皮的神气、全身洋溢着的幸福感，都令人感到激奋和陶醉。她自然的天性使得艾略特——尽管他举止优雅——看上去很俗气。她生命的清新欲滴使得脸色苍白、面有皱纹的布拉德雷太太显得衰老疲惫。

随后，我们下楼去吃午饭。看着餐厅，格雷戈里·布拉巴宗的眼睛眨巴着。餐厅的壁纸是暗红色的，与餐桌等器具的颜色相仿，墙上挂着些面容呆板、阴沉的人物肖像（画得很糟糕），他们是已过世的布拉德雷先生的直系祖先。布拉德雷先生的画像也挂在这里，他留着浓密的胡须，由于穿着礼服和浆过的领子，身板显得有些僵直。布拉德雷太太的像挂在壁炉的上方，是九十年代一位法国艺术家画的，像上的她穿着一身浅蓝色缎子的晚礼服，脖子上挂着一串珍珠项链，头发上别着一颗钻石星。一只戴满珠宝的手捏着编织中的围巾，画工之细可以让你数得清上面的针脚，另一只手里慵懒地拿着一把鸵鸟羽扇子。室内黑楠木的家具，也显得笨重不堪。

"你认为这里的家具怎么样？"在我们坐下的时候，伊莎贝尔问格雷戈里·布拉巴宗。

"我相信当时买它一定花了不少的钱。"他说。

"是的。"布拉德雷太太说，"这是布拉德雷先生的父亲作为结婚礼物送给我们的。它跟着我们跑遍了世界。里斯本，北京，基多，罗马。亲爱的玛格丽达王后对它欣赏有加。"

"如果是你的，你会拿它怎么办？"伊莎贝尔问布拉巴宗，可还没等他回答，艾略特就抢先说了：

"烧掉它。"

他们三人开始商量如何装饰屋子的事情。艾略特主张路易十五时代的风格，而伊莎贝尔想要僧院式的桌子和意大利式的椅子。布拉巴宗则认为奇彭代尔的风格会更适合布拉德雷太太的个性。

"我总是认为这一点太重要了，"他说，"一个人的性格。"他转身向着艾略特，"你当然认识奥利芬特公爵夫人了？"

"玛丽吗？是我非常亲密的朋友。"

"在她让我装饰她的餐厅时，我一看她的人，就说装成乔治二世的风格最适合。"

"你干得太好了。上次在那里吃饭，我就注意到了。雅致极了。"

谈话就这样不紧不慢地进行着。布拉德雷太太在一边认真地听，可你很难看出她脑子里在想什么。我很少插话，伊莎贝尔的男朋友，我忘了他的名字，一句话也没说。他在我对面，坐在布拉巴宗和艾略特之间，我时而会看他一眼。他看上去非常年轻，个头和艾略特差不多，不到一米八，清瘦，四肢稍显长。他是那种挺讨人喜欢的男孩，算不上漂亮、出众，可长得也不俗气，比较腼腆。我有趣地发现，尽管——我现在依然记得——自从进了房间他就没说几句话，可他那安然的神情却似乎以一种奇怪的方式无声地参加了这场谈话。我注意到了他的手。一双细长的手（就他的个头论，不能算大），不但好看，同时显得很有力。我想一个画家会很乐意画出这样的一双手。他身材苗条，但并不显得文弱；相反，可以说他是那种结实、颇有耐久力的小伙。一张晒得黧黑的脸（要不是晒黑的话，会显得他脸上没有血色）在安静时显得很庄重，他的五官虽说端正，却并不出众。他的颧骨较高，太阳穴处有点儿凹了进去。深褐色的头发有些微微的鬈曲。他的眼睛比它们实际上要显得大，因为它们深深地陷在眼窝里，而且眼睫毛又密又长。他的眼睛很特别，不是像伊莎贝尔和她的母亲、舅舅那样的深栗色，而是特别的黑，使他的虹膜和瞳孔看上去成了一个颜色，这样便给予它们一种特别的强度。他举止间有一种自然、迷人的优雅。我能看出伊莎贝尔为什么被他吸引住了。她的目光不时地落到他身上，我在她的眼神里不仅看到了爱，也看到一种由衷的喜欢。每当他们俩的目光相遇，在他的眼里则满是动人的柔情。再也没有什么比看到一对年轻恋人的相爱更感人的了，作为那时已步入中年的我，我不由得羡慕嫉妒他们；可不知道为什么，同时我心里又为他们感到难过。我的这种担心很愚蠢，因为就我所知没有任何东西在阻碍他们的幸福；他们的境遇都宽裕、安逸，没有理由认为，他们会结不成婚，会过不上一辈子幸福的生活。

伊莎贝尔、艾略特和格雷戈里·布拉巴宗继续谈论着房子的装潢，他们极力想从布拉德雷太太那里得到一个肯定的答复，但她只是和颜悦色地听着。

"你们不能逼迫我，我要用些时间好好想一想。"她朝拉里转过身来，"你怎么看，拉里？"

他看了看在座的人，眼睛里满含着笑意。

"我觉得这屋子装与不装都可以。"他说。

"你坏，拉里，"伊莎贝尔喊，"我特别嘱咐过你，要帮我们说话的。"

"如果布拉德雷太太觉得，她家里现在的样子蛮好的，那又何必要改变呢？"

他的话直中要害，说得又那么在情在理，我不禁笑出声来。拉里看看我，随后也笑了。

"你不要偷着乐，就因为你说了一句非常愚蠢的话。"伊莎贝尔说。

可他笑得嘴张得更开了，我留意到他的牙齿又小又白又整齐。在他看伊莎贝尔的眼神里，不知是什么竟会叫伊莎贝尔脸红、屏住呼吸。如果我的判断是对的，伊莎贝尔狂热地爱着拉里，不过，让我纳闷的是，为什么我会觉得在她对他的情意里还有一种类似母爱的东西在里面。这么年轻的一个姑娘竟会有这样的一种情感，令人感到有些意外。带着嘴角边温柔的笑意，她将自己的注意力又一次转向了格雷戈里·布拉巴宗。

"不必理会拉里。他又蠢，又没有受过什么教育。除了飞行，他对别的任何东西一无所知。"

"飞行？"我问。

"他在大战中当过飞行员。"

"我本以为他太年轻，参不了军的。"

"是的。他当时还不够年龄。他那时捣蛋得很，从学校偷跑出来，去了加拿大。他谎话连篇，竟然让人家相信他已经十八岁了，参加了空军。停战期间，他还在法国飞行呢。"

"你在让你妈妈的客人感到厌烦了，伊莎贝尔。"拉里说。

"我们从小就在一起玩，他参战回来时穿着军装，胸前别满耀眼的勋章，真是帅气。于是，我就坐在他家的台阶上不走，缠着他，直到他答应娶我，他才得到片刻的安宁。当时追他的女孩多得吓人。"

"真的吗，伊莎贝尔？"她母亲问。

拉里向我俯过身子。

"她说的话，你一个字也不要相信。伊莎贝尔不是个坏女孩，可是个说谎大王。"

午饭吃完后不久，我和艾略特便离开了。我之前告诉过他我要去博物馆看画，他说他愿意领我去。我喜欢一个人逛博物馆，但又不好说我宁愿一个人去，只好同意让他陪着。路上，我们俩谈起伊莎贝尔和拉里。

"看到两个年轻人这样相爱，真让人羡慕。"我说。

"他们还太年轻，不适于结婚。"

"为什么？人趁着年轻相爱、结婚，那多好啊。"

"不要说傻话了。伊莎贝尔才十九岁，拉里也只有二十。他至今连个工作都没有。他自己有笔一年三千块钱的小进项，这是路易莎告诉我的；不管从哪一方面来说，路易莎都不是一个阔绰的女人。她的钱刚刚够她花。"

"哦，他可以找份工作嘛。"

"问题就出在这儿。他不愿意找。他似乎很满足于现在无所事事的生活。"

"我敢说，他在战争中一定经历了不少的危难和痛苦。他需要休息一段时间。"

"他已经歇了一年了。休息的时间足够长了。"

"我原本觉得，他似乎是个很不错的男孩。"

"噢，对他本人我没啥反对的。他的出身以及其他的种种都好。他父亲原籍巴尔的摩，以前是耶鲁大学罗曼语系的一位副教授。他母亲过去是老费城教友派的成员。"

"你说起他的父母时用的都是过去式。难道他们都已经死了？"

"是的。他母亲死于难产，父亲大约在十二年前过世。他是由他父亲的一位老同学给抚养大的。那人是麻汾镇的一个医生。这就是路易莎和伊莎贝尔之所以能认识他的原因。"

"麻汾在哪里？"

"布拉德雷家老宅的所在地。路易莎在那儿度过夏天。她很心疼这个孩子。纳尔逊医生是个光棍，一点儿也不懂怎么带孩子。是路易莎坚持让把他送进圣保罗堂，每到圣诞节的假期，她就把他接到家里来过。"艾略特像法国人似的耸了耸肩膀，"我想，她本该预见到今天这样一个结局的。"

我俩现在已经进了博物馆，于是，我们的注意力便转移到画作上。我又一次被艾略特这方面的知识和鉴赏力所打动。他领着我到处转着，俨然把我当成一个来美国的旅行者，任何一位艺术系的教授也不可能比艾略特讲得更富于启迪性了。我已经打定主意自己要单独再来一趟，好不受搅扰地随心所欲地观赏，于是这一次便任由着他摆布。一会儿后，他看了一下表。

"我们走吧，"他说，"我在博物馆看画最多不超过一小时。一个人的欣赏力顶多能够持续一个钟头。我们改天来把它们看完。"

分手时我向他热烈地表示了谢意。也许，经他的点拨，我又聪明了些，可确实也让我很恼火。

在我向布拉德雷太太辞行时，她告诉我伊莎贝尔约了她的几个年轻朋友第二天要来家里吃晚饭，晚饭后他们会出去跳舞，如若我能来，在他们走后，我跟艾略特便能说说话。

"你来跟他聊聊，他会好受些，"她接着说，"他待在国外的时间太长了，对这儿已经有些不适应了。在这里，他似乎找不到一个跟他谈得来的人。"

我接受了布拉德雷太太的邀请。在博物馆的台阶上分手时，艾略特跟我说，他很高兴我答应来。

"在这个偌大的城市里，我像个丢了魂儿的人，"他说，"我答应路易莎在芝加哥待六个星期，自从一九一二年以来我们就没有见过面，可刚回来几天已感觉度日如年了。巴黎是世界上唯——座适合文明人居住的城市。我亲爱的朋友，你知道这里的人是如何看我的吗？他们把我看成了一个怪人。真是群野蛮的人。"

我大声笑着离开了。

第六章

　　第二天傍晚，我谢绝了艾略特在电话中要过来接我的请求，独自安全地抵达了布拉德雷太太的家。有个人到旅店来看我，让我耽搁了一会儿，所以到得晚了点儿。上楼时，我听到客厅里传出的喧嚷声，以为来的人一定不少，进去后才发现，连我自己，一共只有十二个人。布拉德雷太太穿一身绿缎子衣服，脖上戴一串细珠项链，非常富丽；艾略特的晚礼服样式时尚，他那副潇洒倜傥，唯他独有。在他跟我握手时，一股阿拉伯香水的气味直扑我的鼻孔。艾略特把一个身材高大、红脸腔的男子介绍给我，他身上穿的晚礼服似乎叫他显得有些不自在。他就是纳尔逊医生。不过，这个名字当时对我没有任何意味。其他的客人都是伊莎贝尔的朋友，在介绍给我时，他们的名字都是刚刚到了我的耳朵里便被我忘掉了。姑娘们个个清纯、漂亮，男士们个个年轻、强健。他们都没给我留下什么印象，除了其中的一个男孩，因为他有十分高大的身材和健壮的体魄。他一副宽宽的肩膀，一定有一米九高。伊莎贝尔今天显得格外好看，她穿着白丝绸衣服和膝以下狭窄的长裙，正好遮住了她稍显粗的腿；领口较低的上衣烘托出她丰满的乳房；她裸着的胳膊也略微显胖，可她的脖颈很美。她兴高采烈，动人的眸子里闪着光芒。毋庸置疑，她是个非常漂亮、年轻和可爱的女子，可看得出来，如果不当心，她就会胖得过了头。

　　吃晚饭时，我发现自己坐在了布拉德雷太太和一个腼腆、不爱说话的女孩中间，她看上去似乎比别的女孩年纪更轻。为彼此显得融洽些，布拉德雷太太向我介绍说，这位姑娘的祖父母就住在麻汾，她和伊莎贝尔从前是同学。她的名字（我只听到人们这么称呼她）叫索菲。饭桌上打趣笑噱不断，每个人都亮着嗓门说话。他们之间似乎相当熟悉。在布拉德雷太太不同我说话时，我试着跟邻座的这位姑娘搭讪，可不甚成功。她比其他在座的女孩都更为沉静。她人并不漂亮，可脸长得很有趣，鼻尖那里有点儿上翘，嘴挺大的，一双蓝绿色的眼睛，黄褐色的头发被简单地束在一起。她长得很瘦，胸脯和男孩子的一样扁平。听到别人开的玩笑，她也在笑，不过却显得有点儿勉强，让你觉得她并不像她装出来的那么感兴趣。我猜测，她也是想尽量表现得好一些。我弄不明白她是有点儿笨，还是太害羞了。我试着谈了几个话题，都不成，因为再也想不出什么话来说，于是我请她给我介绍介绍在座的客人。

"哦，你知道纳尔逊医生的，"她说，指着坐在布拉德雷太太正对面的那位中年男子，"他是拉里的监护人。是麻汾的医生。他脑子很聪明，发明了不少飞机上的零件，却没有一个人愿意使用。不做事的时候，他就喝酒。"

在她讲话时，她淡蓝色的眸子里闪着光，这让我觉得，她并不像我最初以为的那么呆板。她继续给我介绍着一个又一个的年轻人，告诉我他们的父母亲是谁，说到男士，还会顺便提到他们所上的大学、所从事的工作。有些话平淡得很，比如说：

"她很温柔可爱啦。"或者，"他是个打高尔夫球的高手啦。"等等。

"那个长着浓浓眉毛的大个子是谁？"

"哦，他叫格雷·马图林。他父亲在麻汾的湖滨道上买下一座豪宅，是我们这一带的百万富翁。我们为他感到骄傲，他叫我们的脸上也觉得有光。马图林、霍布斯、雷纳、斯密斯等，都是芝加哥的富人，马图林是芝加哥最有钱的商人之一，格雷是他唯一的儿子。"

她说出这一串名字时，用的是一种愉悦嘲弄的口吻，我不由得用诘问的目光看了她一眼，她察觉到了，脸红起来。

"多跟我说说马图林先生。"

"也没有什么可说的。他很富有。到处受到人们的尊重。他给麻汾人新建了一座教堂，为芝加哥大学捐助了一百万。"

"他的儿子长得不错。"

"是挺好看的。你怎么都不会想到，他的祖父曾是爱尔兰的一个水手，祖母是瑞典人，曾在饭店里做服务员。"

其实，格雷·马图林谈不上英俊，只能说长得不普通罢了。他一副粗犷的面容，一个短而扁的鼻子，富于肉欲感的嘴唇，一张爱尔兰人的红红的脸膛；浓密乌黑的头发又光亮又柔顺，两道浓眉下面是一双格外清澈、湛蓝的眼睛。虽然长得人高马大，但肢体、五官的比例却很匀称，脱掉衣服，一定是个阳刚健美的男性胴体。他看上去浑身都是力量。他的男子气概给人印象深刻。他使坐在他旁边的拉里——尽管只比格雷矮八九厘米——显得文弱多了。

"许多人都喜欢他，"我腼腆的邻座说，"我认识的好几个女孩都在拼死拼活地追他。只是她们都没有机会。"

"为什么没有？"

"你一点儿也不知道吗？"

"我怎么会知道呢？"

"他深深地迷恋上了伊莎贝尔，以至于不能自拔，而伊莎贝尔爱的是拉里。"

"有什么能阻止他插进来、把拉里挤出去呢？"

"拉里是他最好的朋友。"

"这就不好办啦。"

"是的，如果你也像格雷那么重朋友情谊的话。"

我拿不准她在告诉我这些话时是郑重其事的，还是在调侃。她的言谈举止显得彬彬有礼，一点儿也不冒失或莽撞，然而，我有个印象：她既不缺乏幽默，也不缺乏精明。我猜不出在跟我说话时，她心里究竟在想些什么，我知道她的真实想法我是永远探不出来的。她显然不太自信，我估摸着她可能是家里的独生女，平常总是跟比自己年龄大的人在一起。她身上有种谦恭、素静的品质，让人挺喜欢的；不过，如果我对她过的是一种孤寂生活的猜测是正确的话，我想她一定静静地观察过跟她生活在一起的长者，对他们都形成了自己既定的看法。我们这些成年人很少能够察觉到，年轻人给我们的评断会有多么犀利、多么深刻。我又一次望进她绿蓝色的眼睛里。

"你今年多大了？"我问。

"十七。"

"你平时爱看书吗？"我贸然地问。

可她还没来得及回答，布拉德雷太太为尽女主人的职责，跟我搭话了，等我回过神来，晚饭已经结束。年轻人一溜烟地走光了，我们剩下的四个人上楼来到客厅。

我很诧异自己今天也被邀请过来，因为在闲聊了一会儿后，他们开始谈起一件我觉得本该是他们私下里说的事情。我一时拿不定主意，是该出于谨慎起身离开呢，还是作为一个旁听者，也许会对他们有点儿用呢。他们讨论的问题是，拉里为什么会有不愿意工作的这种奇怪想法，由于马图林先生（刚才在这里吃饭的那个叫格雷的男孩的父亲）愿给拉里提供一个职位，这个议题就变得迫切起来。对拉里来说，这是一个很好的机会。只要人能干勤快，一段时间以后，拉里就可望挣到不少的钱。小格雷·马图林急切地想让他接受这份工作。

我记不起当时所有的谈话内容了，但要旨我还清楚地记得。在拉里从法国回来后，纳尔逊医生，拉里的监护人，便建议他去大学读书，可他拒绝了。他刚参战归来，想休息一下，这很自然；他刚经历了一段艰难的日子，曾两次负伤，尽管伤势不重。纳尔逊医生认为，他还没有从战争的阴影中走出来，休养一段时间让他得以完全恢复，也好。可是，自从他退伍以后，他休息的日子开始是以星期计，后来就是以月计了，现在一晃一年多过去了。他在部队上似乎表现不错，归来后在芝加哥也小有名气，所以好几个商界人士都愿意把他纳入麾下。他对他们表示了感谢，可没有接受他们的美意。他并没有给出理由，只是说他还不清楚自己究竟想要干什么。他跟伊莎贝尔订了婚。对此布拉德雷太太并不感到意外，因为从儿时起他们俩就形影不离，她知道伊莎贝尔爱着拉里。她也喜欢他，认为他能给伊莎贝尔幸福。

"伊莎贝尔的个性比拉里的强，她能给予他所缺少的东西。"

尽管他们两人都还非常年轻，布拉德雷太太却十分愿意让他们马上结婚，只要在婚前拉里能有份工作就行。拉里有一份自己的收入，可即使他的收入是现在的十倍，布拉德雷太太还是要坚持这一点。就我推测，她和艾略特从纳尔逊医生那里就是想要知道，究竟什么是拉里想要做的事。他们想让他利用他的影响力，说服拉里接受马图林先生提供的这份工作。

"你们也知道，拉里从来不怎么听我的话，"纳尔逊医生说，"就是在小的时候，他也是独断独行的。"

"我知道。都是你把他给惯坏了。他能有他现在的出息，也算是个奇迹了。"

酒喝得已经有点儿多了的纳尔逊医生，有点儿不悦地看了布拉德雷太太一眼。他已发红的面庞变得更红了。

"我一直很忙。我有自己的事情需要照料。我收留他，是因为他再也没有别的地方可去，他的父亲是我的一个朋友。他从小就不好管教。"

"你怎么能说出这样的话，"布拉德雷太太有些生气地说，"拉里的性情是那么温和。"

"拿一个这样的孩子你能有什么办法？他从不跟你争辩，可一味地我行我素，等你气急了的时候，他只会跟你说声对不起，叫你火冒三丈。如若他是我的儿子，我可以揍他。对世上连一个亲人也没有了的孩子——而且他的父亲之所以将他留给了我，也是因为他相信我会对他好——我怎能下得了手打他。"

"现在不是谈这些的时候，"艾略特有些焦躁地说，"目前的情况是：他游荡的时间已经不短了；现在便有个机会，他能获得一个职位，眼看可以赚很多钱，如果他还想娶伊莎贝尔的话，他就必须接受这个位置。"

"他要懂得，在当今这个世界，"布拉德雷太太插进来说，"一个人必须工作。他现在已恢复得很好，十分强壮了。我们大家都知道，在南北战争结束后，一些从战场上回来的人一蹶不振，再没有参加过任何工作。他们成了家里的负担和社区的累赘。"

这时，我说了一句。

"他拒绝那些人给他找的事时，可给出了什么理由？"

"没有。只是说这些工作他都不喜欢。"

"他自己有想要做的事吗？"

"明摆着没有。"

纳尔逊医生又端起一杯柠檬威士忌。他满满地喝了一大口，然后看着他的两个朋友。

"你们想听听我的看法吗？我当然不敢说自己是一个评断人性的行家，不过，不管怎么说，通过三十多年的行医实践，我对人性还是有些了解的。战争对拉里造成了影响。从战争中归来的他已不是原来的那个他。不仅仅是他增长了几岁。发生了什么事情彻底改变了他。"

"什么事情？"我问。

"我也不知道。他对其战争的经历只字不提。"纳尔逊医生转过身来问布拉德雷太太，"他跟你说过什么吗，路易莎？"

她摇了摇头。

"没有。他刚回来时，我们也曾试着想让他讲些他作战的经历，可他总是那样笑一笑，说实在没有什么可讲的。他甚至也没有告诉过伊莎贝尔。她左缠右磨，也没有从他那里套出一个字。"

谈话就这样没有什么结果地进行着，少顷，纳尔逊医生看了一下手表说，他得走了。我准备和他一起离开，可艾略特执意让我再待一会儿。纳尔逊医生走后，布拉德雷太太对我抱歉地说，不该用他们的家事来叨扰我，她担心我早就觉得烦了。

"可你也看到了，这件事重重地压在我的心上。"她结束道。

"毛姆先生是那种做事十分谨慎的人，路易莎；你什么事情都可以跟他讲。我觉得纳尔逊和拉里之间的关系并不亲密，所以路易莎和我都认为，有些事情最好还是不要告诉他。"

"艾略特！"

"你已经跟毛姆先生讲了不少，不妨把其余的也告诉他吧。我不知道刚才在饭桌上你是否留意到了格雷·马图林？"

"他那么大的块头，一个人几乎不可能不注意到他。"

"他是伊莎贝尔的一个追求者。拉里在国外参战的这段时间，他对伊莎贝尔殷勤有加。她也喜欢他。如果仗再打上几年，她很可能就嫁给他了。他向她求婚。她没有接受，也没有拒绝。路易莎猜想，她是在等拉里回来，再作定夺。"

"他为什么没有去参战？"

"他踢足球时跑得过猛，影响到了心脏。损伤并不要紧，可陆军没有要他。等拉里一回来，他就没有了机会。伊莎贝尔毅然甩掉了他。"

对此，我不知道艾略特想让我表明什么样的态度，于是我没有吱声。艾略特继续说着。他一表人才，纯正的牛津口音，再没有谁能比他更像一名外交部的高级官员了。

"当然啦，拉里是个不错的男孩，他偷着去参加空军这件事也足够有戏剧性，不过，我看人还是很准的……"他做出一个颇有意味的笑容，在我面前唯一一次隐约提到他是靠做古董生意挣到的钱。"不然的话，我此刻哪能有一笔数额可观的金边股票呢 ①。我对拉里的看法是，他这辈子不会有太大的出息。他没有钱，没有地位。而格雷·马图林的情况就完全不同了。他是爱尔兰一个颇有名望的家族的后代。他祖上有一位做主教的，有一个剧作家和几位著名的学者和军人。"

"这些事你是怎么知道的？"

"知道它们并不难，"他不经意地回答说，"我有天在俱乐部里翻阅《美国名人字典》，碰巧看到了这个姓氏。"

刚才吃饭时，我的邻座告诉我格雷的祖父是爱尔兰水手，祖母是一家瑞典饭店里跑堂的，不过，我觉得我没有必要把刚才听到的话讲出来。艾略特继续说着。

"我们认识亨利·马图林好多年了。他人好，而且非常富有。他的儿子格雷已进入芝加哥最好的一家经纪人商号。他胜利在望。他想娶伊莎贝尔，不能否认，站在伊莎贝尔的立场上看，这将是一桩十分般配的婚姻。我是十二分地赞同，我知道路易莎也赞成。"

----

① 指有政府担保的股票。

"你离开美国的时间太长啦，艾略特，"布拉德雷太太干涩地笑了笑说，"你已经忘记了，在这个国家，姑娘们结婚，可不管她们的母亲和舅舅是否赞同。"

"这一点儿也没有什么值得骄傲的，路易莎，"艾略特尖刻地说，"以我三十年的经验，我可以这样告诉你，凡是适当考虑到地位、财富和双方境况的婚姻，都优于只为爱情的婚姻。在法国，这个世界上唯一的文明国度，伊莎贝尔会毫不犹豫地嫁给格雷；然后，过上一年半载，如若她想，她可以将拉里作为她的情人，而格雷则可以置上一所豪华的寓所，养上一个漂亮的女明星，这样岂不是皆大欢喜？"

布拉德雷太太并不傻，她用狡黠和饶有兴味的神情看着她的兄弟。

"有一个对此不利的因素，艾略特，纽约的剧团在芝加哥演出的时间并不长，格雷只能指望他的情人在他豪华的寓所里稍作停留。这肯定对大家都不是很方便。"

艾略特笑了笑。

"格雷可以在纽约证券交易所买上一个经纪人的位置。毕竟，如果你必须在美国生活，除了纽约，住在其他的任何地方，我都觉得没有意义。"

之后，我很快就离开了，不过，在我临走前，也不知为什么，艾略特又邀我跟他和马图林父子一起吃顿午饭。

"亨利是美国最为典型的生意人，"他说，"我想你应该认识他。许多年来，他一直替我们经管着我们的投资。"

我并不是特别地想去，可又没有理由拒绝，于是说我乐意前往。

第七章

在芝加哥逗留期间，有人介绍我加入了一个藏书较多的俱乐部，第二天早晨我去那里查阅一两本大学杂志，这种刊物如果不是长期订阅的话，一般很难碰到。时间还早，阅览室里只有一个人。他坐在一把很大的皮椅子上，专心致志地看一本书。我惊讶地发现，这个人是拉里。我万万没有想到竟会在这种地方遇到他。我走过时，他抬头看到了我，做出要站起来的样子。

"不要动，"我说，接着几乎是很自然地问，"你在读什么？"

"一本书。"他笑着说。他的笑十分动人，以至于他这样的一个回答不会叫人觉得无礼或是唐突。

他阖上书，用他那双显得特别深邃的眼睛望着我，手遮着一些封面，让我看不清书名。

"你昨晚玩得好吗？"我问。

"好极了。早晨五点才回到家。"

"你可真勤奋啊，这么早就很精神地在这儿了。"

"我常常来这儿。一般情况下，这个点来，这个位置总是我的。"

"我不打搅你了。"

"你没有打搅我。"他说，又一次笑了，此刻我发现他的笑非常迷人、可爱，不是那种灿烂夺目的笑，而像是用内心的光照点亮的笑容。他坐在一个书架围成的角落里，旁边还放着一把椅子。他把手放在椅子扶手上。"你能坐一会儿吗？"

"好的。"

他把手中的书递给了我。

"这就是我读的书。"

我一看，是威廉·詹姆斯写的《心理学原理》。这当然是部名著，是心理学史上一部很重要的著作，而且写得极其晓畅。不过，我觉得这不像是一个曾当过飞行员、跳舞跳到早晨五点钟的小伙子（只有二十岁）会读的那种书。

"你为什么要读这个？"我问。

"我懂的知识太少了。"

"可你还非常年轻呀。"我笑着说。

他好大一会儿没有说话，他的沉默开始让我觉得有些尴尬，我想起身去看我要找的那几本杂志。可是，我有一种感觉，他是想要说些什么。他的眼睛望着前面，脸上的表情严肃、专注，似乎在沉思。我等着他。我很想听听他要说什么。当他开口时，好像是在继续他的谈话，丝毫也没有察觉到之间的那段沉默。

"从法国回来后，他们都想叫我上大学。可我不能。经历了这场战争以后，我觉得我再也回不到学校去了。上中学时，我就什么也没有学到。我觉得我无法融入大学的生活。同学们不会喜欢我。我不愿勉强自己去做我不想做的事。我认为大学里的老师教不了我所想要的知识。"

"我当然知道这不关我的事，"我说，"可我不敢肯定你就是对的。我想，我明白你的意思；经历了两年的战争，再到大学里做个自命不凡的新生，实在有些腻味。我并不认为同学们会不喜欢你。我不太了解美国的大学，不过，我并不认为美国的大学生和英国的会有太大的不同，或许美国的大学生更外向一些，更喜欢喧闹的娱乐，但总的来说，他们都是非常懂礼、懂事的男孩；我敢说，如果你不想过他们那样的生活，只要你稍使手腕，他们也会乐意让你过你自己的生活。我没有像我兄弟那样，进入剑桥大学。我有这样的机会，但我放弃了。我想早一点儿到社会上去闯荡。后来，我一直为此感到后悔。要是我当时上了剑桥，我会少走许多弯路。有经验丰富的教师指导，你学习会进步得更快。没有人给你引路，你常常会走进死胡同，浪费掉你不少的时间。"

"你也许是对的。我并不在乎自己犯错误。也许，就是在这样的一条死胡同里，我会发现了一些与我的目的相合的东西。"

"你的目的是什么？"

他犹豫了片刻。

"问题就在这儿。连我自己都不太清楚呢。"

我没有吭声，因为对此似乎没有必要去回答什么，从很年轻的时候起，我就有一个清晰、明确的目标在脑子里，因此我有些不耐烦了，可我抑制住了自己。我有种感觉，不如说是直觉：有什么东西在搅扰着这个小伙子的心灵，到底是不成熟的想法还是模糊的情感，我不得而知，它们使他不得安宁、驱使着他，连他自己也不知驶向哪里。不知怎么的，他引起了我的同情。以前，我从未听他说过这么多，只是现在，我才意识到他的声音多么悦耳。它能令你陶醉，像是散发着香味的仙丹。想到这一点，想到他迷人的笑容、黑得发亮的富于表情的眼睛，我便完全理解伊莎贝尔为什么那么爱他了。他身上的确有些特别可爱的地方。他转过头来，眼睛很坦然、饶有兴味地审视着我。

"我想，昨晚我们都去跳舞以后，你们谈论我了，是吗？"

"是谈你来着。"

"我以为，这就是为什么非要把鲍勃叔叔请来吃饭的原因。他顶讨厌出门了。"

"似乎有人给你提供了一份很好的工作。"

"一份非常棒的工作。"

"你打算去吗？"

"不去。"

"为什么不呢？"

"我不想干。"

我在插手一件与我毫无关系的事情，不过，我也看出来了，正因为我是个外国人，所以拉里不抵触跟我谈谈这件事。

"哦，你知道的，当人们什么事情也做不了的时候，他们便成了作家。"我说着笑出声来。

"我没有才能。"

"那么，你打算做什么呢？"

他朝我笑了，那种灿烂迷人的笑容。

"游荡。"他说。

听到这话我笑了起来。

"依我看，在这个世界上芝加哥可不是一个理想的逍遥地，"我说，"好吧，我不打搅你读书了。我去找找《耶鲁季刊》。"

我站起来离开阅览室后，拉里仍然在那里全神贯注地读着威廉·詹姆斯的《心理学原理》。我独自在俱乐部吃了中午饭，因为阅览室里比较安静，我又踅回到那里抽雪茄、看书写信，就这样消磨了一两个钟头。我惊讶地发现拉里还在埋头读着那本书。自我离开他以后，他似乎就没有动过地方。我四点钟离开阅览室时，他还在那里。他的这种非常强的专注精神令人难忘。他既没有注意到我来，也没有注意到我走。我下午还有许多事情要做，直到应该换衣服赴宴时，才往旅店赶。路上，受着好奇心的驱使，我又一次进到俱乐部的阅览室。有不少人在那里读着报纸杂志。拉里仍然坐在那把椅子上，专心地读那本书。好怪的一个年轻人！

第八章

第二天，艾略特邀我到芭玛大厦，与老马图林和他的儿子一起吃午饭。饭桌上只有我们四个人。亨利·马图林是个大块头的男人，几乎和他儿子一样魁梧，他有张肉乎乎的红脸庞，一个大下巴，同样有着挑衅性的又短又扁的鼻子，不过，他的眼睛比儿子的小一些，也没有那么蓝，可看上去非常精明。尽管他顶多五十岁，可看上去足有六十岁，已经变得稀稀疏疏的头发全白了。乍一看，毫无魅力可言。这许多年来他似乎生意兴隆，我对他的印象是，这是一个十分冷酷、聪明、能干的人，在关乎生意的事情上绝不会有半点儿心慈手软。起初，他说话很少，我觉得他是在考量我。看得出来，艾略特在他眼中只是个可笑的人物。格雷温和恭敬，几乎一声没吭，要不是艾略特施展出他娴熟的社交本领，一直扯着一些轻松的话题，大家恐怕早僵在那儿了。我猜测过去艾略特常常跟中西部的商人做交易，一定积累了不少经验，否则的话，他就哄不得人家掏大价钱，买下已逝大师的名画了。不多一会儿，马图林先生渐渐变得自如了，也说了几句，表明他比看上去要活泼得多，而且他确实还有一种冷幽默呢。谈话有一会儿转到股票上。要不是我早先便知道艾略特这个人尽管有时荒唐，可一点儿也不傻，那么，我就会为他在这方面也讲得头头是道感到诧异了。就是在这个时候，马图林先生说话了：

"今天早晨，我收到格雷的朋友拉里·达雷尔的一封信。"

"你没有告诉我，爸爸。"格雷说。

马图林先生把身子转向了我。

"你认识拉里，是吗？"

我点了点头。

"格雷说服了我，让我把他弄进我的公司里。他们俩是好朋友。格雷觉得拉里非常优秀。"

"拉里怎么说的，爸爸？"

"他对我表示了感谢。他说，对一个年轻人来说，这是一个极好的机会，他非常认真地考虑了我的提议，最终觉得他恐怕会让我失望的，认为他还是拒绝为好。"

"他这么做很愚蠢。"艾略特说。

"是的。"马图林先生说。

"很抱歉，爸爸，"格雷说，"要是我们能一起工作，那该有多好啊。"

"你可以把一匹马领到河边，可你无法硬让它饮水。"

在马图林先生这么说的时候，他一直看着自己的儿子，他精明的眼神变得温和起来。这让我意识到这位冷酷的生意人还有另外的一面：他对这个大块头的儿子宠爱有加。有一次他面朝着我说：

"你知道吗，星期天这孩子在场子里跟我打了两场让点赛，他分别赢了我七点和六点。我真想用球棒打破他的脑袋。又一想，是我亲手教会了他打高尔夫球。"

马图林先生的脸上洋溢着骄傲的神情。我开始喜欢他了。

"是我的运气好，爸爸。"

"与运气无关。你把球从洞里打出来，落下来离洞口只有十五厘米远，这难道是运气？一杆打出整整三十二米远，一寸不多，一寸不少。我想让他参加明年的业余锦标赛。"

"我抽不出时间来的。"

"我是你的老板，不是吗？"

"我怎么能忘记这一点呢！我晚来上班一分钟，你就会火冒三丈。"

马图林先生扑哧一声笑了。

"他快要把我说成是一个暴君了，"他对我说，"你不要相信他的话。公司都是我在经营，我的几个合伙人都不行，而我又非常看重我的生意。我让儿子从最底层做起，我期望他像我公司里的别的任何一个年轻人一样，一步一个台阶地往上走，这样等将来他接班的时候就能胜任了。对像我这样规模的公司来说，这是一份重大的责任。我的一些主顾的投资交给我经管已经有三十年了，他们对我十分信任。实话跟你说吧，我宁愿损失掉自己的钱，也不愿看到我的客户遭受损失。"

格雷此时笑了起来。

"那天有个老姑娘来公司，想拿一千美元投资一桩她的牧师推荐的投机生意，让我父亲拒绝了，她硬是坚持要做时，父亲严厉地训斥了她，最后她无奈地哭着离开了。后来，他又去见那牧师，给他好一顿训。"

"人们对我们做经纪人的，有许多不好的议论，但是，经纪人和经纪人不一样。我不想让我的客户亏本，我想让他们赚钱，可他们中间大多数人的行事方式会让你觉得，他们生活的唯一目的就是赔掉自己手中的每一分钱。"

"呃，对马图林先生你怎么看？"在马图林父子去上班、我们也出来了以后，艾略特问我。

"我总喜欢接触不同类型的人。我觉得他们父子之间的那种亲情挺感人的。敢说在英国这种情形并不常见。"

"他很爱格雷。他的性格是个奇怪的混合体。他说他客户的话都是真的。他手里有上百个客户，包括女人、退了休的职员、牧师等，他经管着他们的积蓄。要我说，这些主顾所带来的麻烦远超过他们的价值，可是他却为他们对他的信任感到自豪。在搞到大生意、有大钱可赚时，没有谁会比他更心狠手辣。那个时候的他根本没有了怜悯之心。他非要把他的那一磅肉弄到手 ① 不可，什么也阻挡不了他去得到它。若是挡了他的道，他不仅会让你赔得一败涂地，而且会为此而喜不自胜。"

在回到他姐姐家后，艾略特告诉了布拉德雷太太，拉里拒绝了亨利·马图林给他的工作。伊莎贝尔出去跟她的女朋友们一起吃午饭了，她进来时，姐弟俩正在谈这件事。于是，便告诉了她。从后来

---

① 引用莎士比亚《威尼斯商人》中犹太人夏洛克向安东尼逼债的故事。

艾略特对他们这场谈话的讲述中，我推测出当时艾略特用他滔滔的言辞充分表达了他的意见。尽管有十年他没做过任何事情，尽管他用以赚得他丰厚家资的工作远远谈不上艰辛，可他坚定地认为，工商业是人类得以生存下去的必备条件。拉里是一个极普通的青年，毫无社会地位，他没有理由不去遵循本国的好的行为习惯。在像艾略特这样有洞见的人看来，美国显然正在进入一个空前的繁盛期。拉里现在有个入门的机会，如若他抓住这个机会，埋头苦干下去，到他四十岁的时候，他就会是一个百万富翁，甚至千万富翁。到那个时候，如果他不想做了，想在巴黎像个上等人那样生活，在巴黎杜布瓦大街租上一套公寓，或是在卢瓦尔河谷的都兰置上所宅邸，他艾略特绝不会反对。而路易莎说得更为直截了当，更难以辩驳。

"如果拉里爱你，他就应该为你接受这份工作。"

对这些，我不知道伊莎贝尔是怎么回答的，不过，凭她的善解人意，她当然能看出母亲和舅舅的话自有他们的道理。她认识的小伙子们都在努力学习，准备参加工作，或是已经上了班。拉里几乎不可能靠着他在空军的杰出表现，来度过他的这一生。战争已经结束，人人都厌恶了战争，巴不得尽快将它忘记。他们商量的结果是，伊莎贝尔同意跟拉里摊牌，就这件事跟拉里最后谈一次。布拉德雷太太建议伊莎贝尔叫拉里开车带她去一趟麻汾。她正准备给老宅的客厅窗户办新窗帘，可她上次量好的尺寸不知丢到哪里去了，所以她想让伊莎贝尔再去量一下。

"鲍勃·纳尔逊会招待你们吃午饭的。"布拉德雷太太说。

"我有一个比这更好的计划，"艾略特说，"给他们带上一篮子食物，让他们在廊沿上吃，饭一吃完，他们就可以谈了。"

"这样会有趣得多。"伊莎贝尔说。

"很少有什么比舒舒服服地吃上一顿野餐更开心的了，"艾略特颇有意味地补充道，"老蒂泽公爵夫人常跟我说，最为桀骜不驯的男人在这种场合下也会变得易于说服。你计划给他们的午餐准备些什么呢？"

"酿馅鸡蛋和夹鸡肉的三明治。"

"瞎说。没有肥肝酱，怎能算得上一顿像样的野餐呢？你得给他们带上咖喱虾仁、鸡脯冻，搭配生菜心色拉，这都得由我亲自来做。在肥肝酱之后，作为对你们美国习俗的妥协，你可以上个苹果派。"

"我就给他们带酿馅鸡蛋和夹鸡肉的三明治，艾略特。"布拉德雷太太很坚决地说。

"哦，好吧，我有言在先，事情一定办不好，要怪那就只能怪你自己。"

"拉里吃得很少，艾略特舅舅，"伊莎贝尔说，"我觉得，他根本不在意他吃的是什么。"

"我希望，你不会认为这是他的一个优点，我可怜的外甥女。"她的舅舅回了她一句。

然而，他们最后带上的食物，还是布拉德雷太太说的那些。当后来艾略特告诉了我他们此行的结果时，他像法国人似的耸了耸肩膀。

"我早说过，这样事情会搞砸的。我恳求路易莎给他们带上一瓶我送她的蒙特拉夕酒，是我在战前送给她的，可她就是不听。他们只拿了一暖水瓶咖啡。你还能期望什么样的结果呢？"

当时的情形好像是路易莎·布拉德雷和艾略特正在客厅里坐着，突然听到汽车停在门口的声音，紧接着，伊莎贝尔走了进来。天刚黑，窗帘已拉了下来。艾略特坐在壁炉旁边的一把扶手椅子里，正读着一张报纸，布拉德雷太太在一块预备做遮火屏的东西上刺绣。伊莎贝尔没有来客厅，而是径直走回了她的房间。

艾略特从他眼镜的上面看着他的姐姐。

"我想，她去脱帽子了。很快就会下来。"她说。

可是伊莎贝尔没有下来。几分钟过去了。

"也许她累了。可能已经躺下了。"

"难道你脑子里没有想过拉里会一起进来吗？"

"不要再烦我了，艾略特。"

"好吧，这是你的事情，又不是我的。"

他又读起了他的书。布拉德雷太太继续做她的刺绣活儿。不过，半个小时后，布拉德雷太太突然站了起来。

"我想，或许我最好还是上去看看吧，如果她没事，休息了，我就不打扰她，自己下来。"

她出去不多一会儿，便又回来了。

"她在哭。拉里打算去巴黎。他要在那儿待两年。她答应等他。"

"为什么他要去巴黎？"

"你问我这些问题没有用，艾略特。我不知道。她什么也不跟我说。她说她能理解他，不愿干涉他的行为。我对她说，'如若他想好了要离开你两年，他就不可能有多么爱你。''我没得选择，'她说，'最重要的是我非常爱他。''甚至在今天的事发生之后吗？'我问。'今天发生的事情使我比以往任何时候更加爱他，'她说，'他的确是爱我的，妈妈。对这一点我确信无疑。'"

艾略特思考了一会儿。

"到两年结束的时候，不知会怎么样？"

"我告诉过你了，艾略特，我不知道。"

"难道你不认为，这样的一个结果很令人失望吗？"

"很令人失望。"

"唯一能给人一点儿慰藉的是，他们两个都还很年轻，等两年不会对他们造成什么影响，在这两年中间，许多事情都可能发生。"

姐弟俩商定最好还是不要问伊莎贝尔。因为晚上他们还要一起出去吃饭。

"我不想再去烦她了，"布拉德雷太太说，"如果她的眼睛哭得红肿了，人们会觉得奇怪，会问的。"

不过，第二天，当他们在家里吃过午饭后，布拉德雷太太又谈起这个话题。只是她很难从伊莎贝尔这里再得到什么。

"真的，妈妈，我没有保留，我已经都告诉你了。"她说。

"可他在巴黎想要做什么呢？"

伊莎贝尔笑了，因为她知道她的回答会让母亲觉得有多么荒唐。

"游荡。"

"游荡？你这是什么意思？"

"这是他告诉我的话。"

"我真的对你失去耐心了。如果你还有点儿骨气的话，你当时在那里就该跟他断了关系。他这是在要你。"

伊莎贝尔望着她左手指上戴着的戒指。

"我有什么法子？谁让我爱他呢。"

这个时候，艾略特插话了。他拿出他高明的手腕谈及这件事情，"我不是作为她的舅舅，老兄，而是作为一个见过世面的人跟一个毫无社会经验的女孩说话。"然而，他做得并不比她母亲的效果好。我从他的话里得到的印象是，伊莎贝尔叫他别管闲事，尽管她会说得很有礼貌，可意思明确无误。这些都是艾略特在那天较晚的时候，在我住的黑石旅店的小起居间告诉我的。

"当然，路易莎是对的。"他又说道，"出现这种情况，让人感到非常不愉快，可让年轻人们只是靠彼此间的爱慕之情——别的什么也不问——去安排他们的婚姻时，碰到这样的事情在所难免。我劝路易莎不要着急，我想事情将来的结果也许比她预想的要好。拉里远在巴黎，而格雷却活生生地就在眼前——哦，如果说我对我的同胞还是了解的话，结果是显而易见的。一个人在十八岁时，情感会很强烈，但很难持久。"

"你真是个精于世故的人，艾略特。"我笑着说。

"我读拉罗什福科 ① 可不是白读的。你知道芝加哥是个什么样的城市，他们会常常见面、在一起玩。一个女孩有个小伙子这么全身心地爱她，心里面一定美滋滋的。当她知道在她认识的女孩里没有一个不愿意高兴地嫁给他时，哦，我问你，从人易受诱惑的本性上看，她会不会去把别的女孩都挤掉呢？这就像参加一个聚会，你明明知道很无趣，而且所有的吃喝也只有柠檬汁和饼干，可你还是会去，因为你

---

① 弗朗索瓦·德·拉罗什福科（François de La Rochefoucauld，1613—1680），法国政治家和作家，著有《道德箴言录》，反映了帕斯卡式的悲观情绪和严苛的道德观念，文风朴素清晰。

打听到你最好的朋友都千方百计、不惜一切代价地想参加，却没有被邀请。"

"拉里什么时候走？"

"我不清楚。我认为，这应该还不是最后的决定。"艾略特从口袋里掏出一个白金和黄金合镶的又长又薄的烟盒子，从里面抽出一支埃及烟。法蒂玛、吉士、骆驼、好运道 ① 等牌子他是不抽的。他颇有意味地笑着看我。"当然啦，我不会跟路易莎这么说的，不过，我并不介意告诉你：其实私下里我对这位年轻人还是很同情的。我知道他在战争期间曾去过巴黎，如果他被这座世界上唯一适于人类居住的城市给迷住了，我一点儿也不会怪他。他这么年轻，我以为他是想趁结婚之前，让自己放纵一下。这是人之常情，没有什么不合适的。我会关照他的。我会把他介绍给巴黎的知名人士，他举止优雅，经我稍加点拨，他便会出落得不错的；我敢担保，我能让他看到美国人很少有机会看到的法国生活的另一面。信我的话，老兄，一般美国人进天国都要比他们进日耳曼大街容易得多。他二十岁，又很有魅力。我想，我也许能帮他跟一个贵夫人搭上关系。这会成就他。我一直认为，对一个年轻人来说，能成为一个年龄较大的女人的情人，会给予他最好的教育，当然啦，这个女人必须是我所赞赏的那种女人，是一位妇女界的名流，这会使他很快在巴黎有一定的地位。"

"你把这话告诉过布拉德雷太太吗？"我笑着问。

艾略特哈哈地笑了。

"老兄，如果我身上有一件值得夸耀的东西的话，那就是待人处事的技巧。我没有告诉她。她不会懂的，可怜的女人。在有些事情上，我永远搞不懂路易莎，比如说这一件：虽说她一半的生涯是在外交界度过，另一半是在许多国家的首都度过，可她仍然是个地地道道的美国人。"

---

① 都是美国纸烟的牌子。

第九章

那天傍晚，我到湖滨道上一所很大的石头砌成的宅邸去吃饭，这个房子的形状很像是建筑师一开始要把它建成一座中世纪的城堡，然后中途改变了主意，决定改建成瑞士的木屋。参加这场晚宴的人很多，我走进宏大豪华的客厅，满眼看到的都是石头雕塑、棕榈树、枝形吊灯、名画和贵重的家具。我高兴地发现在来人中间，有我认识的几个人。亨利·马图林把我介绍给了他的妻子，一个瘦弱、憔悴、搽了一脸脂粉的女人。我向布拉德雷太太和伊莎贝尔小姐问了好。伊莎贝尔穿着一件红丝绸衣服，与她黑亮的头发和深褐色的眼睛很相配，人显得十分漂亮。她看上去很快活，谁也不会猜出她最近经受了一场情感上的折磨。她正跟围着她的两三位男士愉快地聊着天，格雷也在其中。吃饭时她坐在另一桌，我看不见她。可后来，当我们男士都尽兴地喝完了咖啡和酒、抽完了雪茄，返回到客厅里时，我找到了跟伊莎贝尔说话的机会。我跟她一点儿也不熟，不好直接和她提到艾略特告诉我的事，不过我想，我要说的话，她也许会高兴听一听的。

"那天在俱乐部，我看见你的男朋友啦。"我若无其事地说。

"噢，是吗？"

她也像我那样若无其事地回了一句，不过，我觉得出来，她马上变得警觉了。她的眼睛里流露出关注甚至像是担心的神情。

"当时，他正在俱乐部的阅览室里看书。他那股专注劲儿给我留下了很深的印象。在我十点多进到俱乐部时，他就在看书；等我吃过午饭回来，他还在读；当我去赴一个晚宴路过这里再次进来时，他仍在那儿看。我想，在将近十个小时的时间里，他没有动过地方。"

"他在读什么书？"

"威廉·詹姆斯的《心理学原理》。"

　　她垂下了眼帘，我无从知道我的话对她有什么样的影响，不过，我隐约察觉到，她既感到困惑，又似乎松了一口气。就在这时，主人过来叫我去打桥牌，等牌局散了，伊莎贝尔和她的母亲已经走了。

第十章

几天后，我去跟布拉德雷太太和艾略特道别。进去时他们俩正坐着喝茶。伊莎贝尔在我稍后也走了进来。大家谈着我这次的远东之行，我向他们表示了谢意，感谢他们在我于芝加哥逗留期间对我的关照，又坐了一会儿后，我起身告辞。

"我跟你一起走到商店那儿，"伊莎贝尔说，"我刚想起来，有些东西要买。"

辞行时，布拉德雷太太跟我说，"你下次见到她，一定会代我向玛格丽达王后问好的，是吗？"

我不再否认我认识那位高贵的女人了，我很痛快地回答说，我一定会的。

到了街上，伊莎贝尔含着笑斜睨了我一眼说：

"你想喝一杯冰激凌苏打吗？"

"好的。"我附和着她的意思说。

一路上，伊莎贝尔没有再说话，我呢，因无话可说也没有吭声。我们进了店里，在一张桌子旁坐下来，这里的椅背和椅子腿都是用铁条拧成的，坐着不太舒服。我要了两份冰激凌苏打。有几个人正在柜台前买东西，别的桌子上坐着两三对客人，专心谈着他们自己的事情；不管怎么说，我们这边还是蛮清静的。我点起一支香烟抽着，伊莎贝尔用一支长麦管吸着冰激凌苏打，脸上一副惬意自得的神情。可我注意到了，她有点儿紧张。

"我想跟你谈谈。"她突然说道。

"我猜到了。"我笑着说。

有那么一会儿，她若有所思地望着我。

"前天晚上，在萨特斯威特家，你为什么跟我说起拉里在俱乐部里看书的事呢？"

"我以为你也许会感兴趣。我蓦然想到,你或许还不太清楚他所说的'游荡'是什么意思吧。"

"艾略特舅舅就爱翻闲话。他告诉我他要去黑石旅店找你时,我就知道他会把一切都告诉你的。"

"我认识他好多年了,你知道。谈论别人的事情,他能得到莫大的乐趣。"

"是的。"她笑着说。可这笑只持续了片刻的工夫。她盯着我看了好一会儿,眼睛里满含着严肃的神情。"你对拉里怎么看?"

"我只和他见过三次面。他看上去是个不错的小伙子。"

"这就是你要说的全部吗?"

从她的声音里听出些失望和懊恼。

"不,不是。对我来说,这很难;你也知道,我对他了解得太少了。当然啦,他很讨人喜欢。他的谦和、友好与温和的性情,很让人待见。他这么年轻,就有那么强的自制力。他跟我在这里见到的其他任何一个男孩都不太一样。"

在我摸索着字眼、试图把我脑中不太清晰的印象表达出来时,伊莎贝尔一直盯着我。等我说完,她轻轻地舒了口气,像是得到了慰藉似的。临了,她朝我笑了,那种既迷人又调皮的笑。

"艾略特舅舅说,他常常为你犀利的观察力而感到惊讶。他说,什么都逃不过的眼睛,不过,作为一个作家你最大的长处还是你有常识、通情理。"

"我能想出比这更好的优点来,"我淡淡地说,"比如,才华。"

"你知道,这件事我跟谁也不能谈。我母亲只是站在她自己的角度看问题。她想叫我以后能过上有保障的生活。"

"这很自然,不是吗?"

"艾略特舅舅看人,只是看他的社会地位和财富。我的朋友们,我是说跟我同龄的那些朋友,觉得拉里是个时代的落伍者。这叫我心里很难受。"

"这是自然的。"

"我不是说，他们对他不好。一个人不可能不对拉里好。可是，他们把他当作玩笑来开。他们常常戏弄他，而且恼火他，因为拉里对他们的做法似乎毫不在意。他只是一笑置之。你知道现在事情有多糟吗？"

"我仅知道艾略特告诉我的情况。"

"让我详细给你讲讲我们去麻汾的情形好吗？"

"当然好啦。"

凭借对伊莎贝尔当时跟我所说的话的回忆，也凭借着我的想象力，我把伊莎贝尔那天的讲述整理在了下面。她和拉里的那次谈话很长，毋庸置疑，他们说的远远比我现在叙述出来的要多。我以为，就像人们在这类场合下通常所做的那样，他们俩不仅说了许多不相干的话，而且也会把同样的事情拿来反复地说。

当伊莎贝尔醒来、看见外面晴好的天气时，她便给拉里打了电话，告诉他她母亲想让她去麻汾办点儿事，叫他开车过来接她。除了母亲让尤金放在篮子里的一暖壶咖啡，伊莎贝尔又带上了一壶马地尼鸡尾酒。拉里新近买了一辆双人跑车，很为它自豪。他喜欢开快车，一路上的飞驰让他们两个都感到很兴奋。到了以后，伊莎贝尔量着要换下的窗帘的尺寸，拉里记着这些数字。临了，他们把午餐摆到了屋外的廊沿上，那里什么风儿也吹不到，却有夏末的太阳暖暖地照着。那幢房子紧靠在一条土路旁，比起新英格兰的老木屋，一点儿也不漂亮，它的好处在于它的宽敞和舒适，从廊沿这边望出去，是一片悦人的景色，先是一个黑顶、红墙的大谷仓和一大片老树，再过去是一眼望不到边的褐色田野。景色虽显单调，可在那天明媚的阳光和初秋温暖的色调里却蕴含着一种温馨和甜美。面对展现在你面前的这一寥廓邈远，你会豪兴顿生。冬天，这里一定很寒冷、荒芜、凄凉，在酷夏，这里也许炙热、干燥、窒闷。可在这个季节却使人感到一种异样的激动，因为这空阔这辽远在邀你的心灵去冒险。

他们健康、年轻，津津有味地吃着带来的午餐，他们为一起来到郊外感到高兴。伊莎贝尔倒出了暖壶里的咖啡，拉里点上了烟斗。

"现在，亲爱的，你就说事情吧。"拉里说，眼里含着饶有兴味的笑意。

伊莎贝尔吃了一惊。

"说什么事？"她问，尽力装出一副完全无辜的样子。

他咯咯地笑了。

"你以为我是个傻瓜吗，亲爱的？要是你母亲不知道客厅窗帘的尺寸，我就吃下我的帽子。这不是你让我开车来这里的原因。"

此时，伊莎贝尔已恢复了镇静，向他粲然地笑了笑。

"我想，就我们两个人出来玩上一天，也许会很有趣的。"

"也许吧，不过，我认为这也不是此行的原因。我猜想，是因为艾略特舅舅告诉了你们，我已谢绝了亨利·马图林先生给我的工作。"

他说这些话时，操着轻松、快乐的语调，伊莎贝尔觉得，她最好也用这种语调继续她的谈话。

"格雷一定非常失望。他原想有你和他在一起工作，那该有多好。或迟或早，你总得安下心来做事，时间拖得越久，就越不想做。"

他抽着烟斗，含着温柔的笑意望着她，这让她无法看出他是不是认真的。"你知道吗？我有个想法，我要用我的这一生去做更多的事，而不只是买卖股票。"

"好啊。那你就去一个律师事务所，或者去学医。"

"不，那些我也不想做。"

"那么，你想要干什么呢？"

"游荡。"他平静地回答。

"噢，拉里，你不要开玩笑好吗？这是件非常严肃的事情。"

她的声音颤抖着，眼睛里溢满了泪水。

"不要哭，亲爱的。我不想让你难过。"

他过来坐在她旁边，用手臂搂住了她。是他声音里含着的那种柔情深深地触动了她，使她再也抑制不住自己的泪水。她擦干了眼睛，让自己的嘴角露出一丝笑来。

"你能说'不愿意看到我难过'很好。可你却是在叫我难过。你知道，我爱你。"

"我也爱你，伊莎贝尔。"

她深深地叹了口气。末了，她挣脱他的胳膊，坐开了一点儿。

"让我们都理智点儿好吗，拉里？一个人总得工作的。这关乎人的自尊和尊严。我们的国家正在快速发展，每一个人都有责任积极地参加到它的建设中去。就在前几天，亨利·马图林说，我们正在进入一个崭新的时代，它会叫我们过去所取得的成就显得微不足道。他说，我们国家的面貌会日新月异，他坚信到了一九三〇年，我们将是世界上最富强、最伟大的国家。你不觉得这非常令人激动吗？"

"非常令人激动。"

"年轻人从来没有过现在这样的机会。我本以为你会为能加入展现在我们面前的这些工作而感到骄傲呢。这会是多么了不起的令人鼓舞的事业啊。"

他轻轻地笑了。

"我敢说你是对的。那些阿穆尔和斯威夫特公司将会生产出更多更好的肉罐头，那些麦考密克公司将制造出更多更好的小麦收割机，亨利·福特公司将造出更多更好的汽车。每个人都会变得越来越富有。"

"为什么不呢？"

"正如你说的，为什么不呢？只是钱碰巧引不起我的兴趣。"

伊莎贝尔咯咯地笑起来。

"亲爱的，不要像个傻瓜那么说话。一个人没有钱能生活吗？"

"我有一些钱。这就给予了我去做自己想做的事情的机会。"

"是游荡吗？"

"是的。"他笑着回答说。

"你这么做让我很为难，拉里。"她叹着气说。

"对不起。如果我能控制得了自己，我也不会这么做。"

"你能的，拉里。"

他摇了摇头，有一会儿没有吭声，沉入在自己的思绪里。后来又开口时，他说的话使她听了一惊。

"死了的人的样子看上去要多死有多死。"

"你这话什么意思？"她不安地问。

"就是我说的这个意思。"他朝她凄然地笑了笑。"当你独自飞在天空里的时候，你有很多的时间去遐想。你会生出许多奇怪的念头。"

"什么念头？"

"它们很模糊，"他笑着说，"不连贯，理不清楚。"

听到这话，伊莎贝尔沉思了一会儿。

"你觉不觉得，如果你找个工作干，你的这些想法也许会自己理出个头绪来，到那时，你便晓得是怎么回事了。"

"我也这么想过。我原想去做个木匠，或者到汽车修理行。"

"噢，拉里，人们会以为你疯了。"

"那有什么要紧吗？"

"对我来说，是的。"

沉默再一次降临到他们中间。是伊莎贝尔打破了它。她叹了口气说：

"跟去法国以前的你相比，你现在的变化太大了。"

"这并不奇怪。你知道，战争期间我经历了许多。"

"比如说？"

"哦，只是些很平常很琐屑的事情。我在空军里最要好的朋友为了救我，牺牲了。这个坎儿，我发觉自己很难迈得过去。"

"告诉我事情的经过，拉里。"

他望着她，眼睛里都是深深的沮丧。

"我不想谈。毕竟，这只是个不起眼的事件。"

多情善感的伊莎贝尔此时的眼睛里又溢满了泪水。

"你特别不快活，是吗？"

"不，"他笑着说，"我唯一不快活的，就是我让你不高兴了。"他握住了她的手。从他那双结实有力的手的触摸中，伊莎贝尔感到一种难以言说的情谊和亲近感，让她不得不咬住了她的下嘴唇，免得自己哭出来。"我想，在我把脑中的思想理清楚之前，我的内心是得不到平静的。"他迟疑了一下，继而又面色严峻地说，"很难用语言描述它们。每当想要开口时，你就语塞了。你对自己说：'我是谁呀？何必要让自己绞尽脑汁想这呀那呀的？或许，这只是因为我是个十足的自负狂。走大家都走的路、随遇而安，这不更好吗？'接着，你想到一个人，一个小时前还充满活力、有说有笑的，转眼间就死了，躺在那里；就是这么残酷，这么毫无意义。你不由得会问自己，人生到底是为了什么，人生到底有没有意义，或者人生只是盲目、鲁莽的命运造成的悲剧。"

拉里用他那非常优美悦耳的嗓音讲述着，他时断时续，仿佛是在逼迫着自己说出他宁愿收回的话语，他的神情沉痛、真挚，使你不可能不被感动。有一会儿，伊莎贝尔没有作声。

"如果我们分开一段时间，你会不会觉得好些？"

伊莎贝尔最终这么问时，她的心情分外沉重。拉里这边也是过了很长的时间才答道：

"我也这么想。对大家的议论，虽说你尽量地不去理睬，可那也不容易。到处都是反面的议论时，会激起你心中的对抗情绪，这会搅扰你的心灵。"

"那么，你为什么不出去走走呢？"

"哦，好的，为了你。"

"让我们彼此坦诚相待，亲爱的。眼下在你的生活中并没有我的位置。"

"这是不是意味着，你不再想做我的女朋友了？"

在她颤抖的唇上，勉强掬出一个笑来。

"不是，傻话，我的意思是说，我愿意等你。"

"也许是一年，也许是两年。"

"好吧。也许会比这短呢。你想去哪里？"

他用眼睛凝视着她，仿佛要看进她内心的最深处。她微微地笑着，掩盖着她深深的沮丧。

"哦，我想先去巴黎。我在那儿没有熟人。没有谁会干涉我的行为。在部队休假时，我去过几次巴黎。不知怎么的，巴黎给我留下了这样一个印象：在那里，我脑中任何混乱的思想都会得到澄清。很有趣，它让你觉得，你能够不受阻挠地理清你的思想。我想，在那儿，我也许会看清楚我前面的路。"

"如果目的没有达到，你会怎么办？"

他咯咯地笑了。

"那么，我会回到我们美国人非常实际的人生观上来，放弃我的探寻，返回芝加哥，随便干上一份工作。"

那场谈话给伊莎贝尔的影响太大了，在讲述给我听时，她几乎很难控制住自己的感情，待她讲完后，她可怜地望着我。

"你认为我做得对吗？"

"我想，你做了你唯一能做的事情，而且，我觉得你是个了不起的女孩，善良、大度，善于理解人。"

"我爱他，我希望他幸福。你知道，从某种意义上讲，他走我并不难过。我想让他离开这一对他不利的环境，这不仅是为了他，也是为了我。人们说他没出息，成不了大事，我不能责怪他们；为此，我恨他们，可在我心底却一直有种糟糕的预感和担心：他们是对的。不过，你不必说我善于理解人。他在追求什么，我一点儿不清楚。"

"或许，你是在用你的心而不是你的知性去理解。"我笑着说，"你为什么不马上跟他结婚，一块去巴黎呢？"

她的眼中闪过一丝笑意。

"我巴不得这么做呢。但是，我不能。你知道，尽管我嘴上不愿意承认，可我的确认为他自己丢下我走会更好。如果真像纳尔逊先生所说的那样，他正遭受着一种迟来的惊恐症，那么，新的环境和新的兴趣将会治愈他。等到他的内心平静了，他会回到芝加哥来，跟大家一样参加到工作中去。我不想嫁给一个游手好闲的人。"

伊莎贝尔在传统的美国家庭中长大，她接受了早已灌输给她的那些信条。她并没有想到钱，因为她一贯过着富裕的衣食无忧的生活，但是她对它有一种本能的意识。钱意味着权力、地位和社会上的影响力。一个人应该去赚钱，这是再自然不过的事情。这显然是他一生所应追求的。

"你不理解拉里，我并不感到诧异，"我说，"因为我敢肯定他自己也不理解自己。如果他对他的目标和追求保持缄默，那也许是因为对他来说，它们也是模糊不清的。你知道，我几乎不认识拉里，这只是我的猜测：会不会有这样的可能，他正在寻找着什么，可到底是什么连他自己也不清楚，或许，他甚至都不敢肯定，他所追求的东西到底存不存在？或许是战争期间的一些遭遇，姑且不管是什么遭遇，深深地震撼了他，使他的内心无论如何也平静不下来。难道你不觉得，他也许是在追求一个隐藏在未知云雾中的理想——犹如天文学家在追寻一颗只有数学计算告诉他存在的星球。"

"我能感觉到有什么东西在侵扰着他。"

"他的灵魂吗？也许是他对自己有了些许的恐惧。也许他对自己心灵的眼睛所隐隐约约看到的景象的真实性，没有把握。"

"有时候，他给我的是这样一个奇怪的印象：他好像是个梦游者，走在一个陌生的地方突然醒了，弄不清楚他到了哪里。在战前，他是个多么正常的男孩啊。他身上最可爱的优点之一，就是对生活的热爱。他是那么的快活，那么无忧无虑，跟他在一起的感觉真好；他是那么温柔，那么有趣。是发生的什么事情，叫他有了这么大的改变呢？"

"我不知道。有时候，一件很小的事情就会对你产生莫大的影响。这与你当时的心情和环境有很大的关系。我记得我在法国的一个乡村教堂所过的万圣节，法国人叫它死者节，这个村子曾被德国人首次进攻法国时骚扰过。教堂里挤满了身穿黑衣的士兵和妇女。在教堂墓地里，林立着一排排木制的小十字架，在凄凉、肃穆的祷告中间，女人和男人们都哭了。我当时有种感觉：或许那些被埋在小小十字架下面的人会比我们活着的人好过一些。我把自己的感受告诉了一个朋友，他问我这话是什么意思。我没法解释，看得出来他把我当作了一个十足的傻瓜。我记得，一次战役之后，一群死去的法国士兵被层层叠叠地堆了起来。他们就像一家破产的木偶剧团里的木偶被凌乱地堆放在一个肮脏的角落里，因为它们已经没有任何用处了。当时我想到的就是拉里告诉你的那句话：死了的人的样子看上去要多死有多死。"

我并不想让读者认为我是在把战时发生在拉里身上、并深刻影响了他的事件神秘化，把它当成一个我将在方便的时候去揭晓的秘密。我想，他没有告诉过任何人。只是在多年以后，他把这位在救他时不幸遇难的年轻飞行员的事讲给了一个叫苏珊·鲁维埃的女人听，这个女人我和拉里都认识。她后来跟我讲了这个故事，所以我只能根据第二手的材料，给予转述。在转述的过程中，我把苏珊·鲁维埃讲的法语翻译了过来。拉里显然和他小分队里的另一位飞行员结下了非常深厚的友谊。苏珊仅知道拉里称呼他的带有讽刺性的绰号。

"他是个红头发、小个子的爱尔兰人。我们平时叫他帕特西，"拉里说，"他身上的活力无人能比。哦，他就像台发动机。他长着一张有趣的脸，笑起来也挺逗人的，所以你只是看着他，就会笑出声来。他是个冒失鬼，常常做顶疯狂的事；他总是受到上级军官的训斥。他不知害怕为何物，每当他九死一生脱险归来，他脸上会笑开了花，好像这是他在这个世界上所开的最好的玩笑。然而，他又是个天生的飞行员，在天上，他格外冷静和警觉。他教给了我许多东西。他比我年长几岁，将我放在他的卵翼之下；这确实有些滑稽，因为我足足比他高十五厘米，如果打架，他连招架的功夫都没有。有一次，他在巴黎喝醉了，我怕他闹事，真的一拳就把他打得趴下过。

"我刚参加小分队时，不太适应，我怕我干不好，是他劝诱着我对自己有了信心。他把打仗看作是逗乐，对德国鬼子他并没有仇恨；他喜欢打仗，和他们打斗他开心得要命。他把打下他们的一架飞机当作是开了一场很好玩的玩笑。他鲁莽、粗野，没有责任感，但是在他身上却有一种特别真诚的禀性，使你不由得去喜欢他。他会毫不犹豫地把他最后的一个铜板给你，就像他也会痛快地从你这里拿走你的铜板一样。要是你感到孤独、想家了，或者是吓坏了，就像我有时候那样，他看到了，总会脸上浮满笑容，说一些能打动你心坎的话，让你重新振作起来。"

拉里抽着他的烟斗，苏珊等着他继续讲下去。

"我们常常想出些办法，好让我俩能一块去度假，当我们去了巴黎时，他就疯起来了。我们玩得开心极了。在一九一八年的三月，我俩还有一次休假，我们事先做了计划。这一次，我们打算更是要玩个痛快。在临休假的前一天，我俩被派往敌占区执行一项侦察任务。在空中，我们突然遇上了德国人的飞机，我们还没弄清是怎么回事，就开始交上了火。其中的一架德国飞机从我后面追上来，可是我先开火击中了它。我扭头去看它是否坠落了，结果从我眼睛的余光，我又看到一架敌机尾随上来。我开始俯冲，想避开它，可它像道闪光一样直扑过来，我想我这下完了；就在此时，我看见帕特西像一道闪电冲向了这架敌机，冲着它把所有的子弹都打了出去。敌机领教了我们的厉害，溜走了，我们也开始返航。我的飞机损伤得不轻，总算是摇摇摆摆地把它开了回来。帕特西比我回来得早。待我下了飞机，他们已经把他抬了出来。他躺在地上，等着救护车的到来。在他看见我时他咧嘴笑了。

"'我击中了追你的那个讨厌鬼。'他说。

"'你怎么了，帕特西？'我问。

"'呃，没什么。他也击中了我。'

"他的脸色像死人那么苍白。突然，一种奇怪的表情出现在了他的脸上。他刚刚意识到他就要死了，在这之前，会死的可能性从未在他的脑中闪现过。在人们还来不及拦住他时，他一下子坐了起来，大笑了一声。

"'我不会就这样死掉吧。'他说。

"他倒下死了。年仅二十一岁。他打算在战后找一个爱尔兰姑娘成亲的。"

在和伊莎贝尔谈过话的第二天,我离开芝加哥前往旧金山,在那里我将乘船去远东。

第二部

第一章

直到第二年的六月底，艾略特来到英国，我才在伦敦见到他。我问他拉里究竟来没来巴黎。他说来了。看到提起拉里他那气呼呼的样子，我心里不免觉得好笑。

"本来私下里，我对这个孩子很是同情。他想在巴黎待上几年，这我完全理解，而且，我还想着好好地帮他一下呢。我告诉他一来巴黎就通知我，可一直等到路易莎写信跟我说，我才知道他来了巴黎。我通过美国旅行社转给他一封信，这地址还是路易莎给我的，我让他过来参加一个晚宴，这晚宴上我请了一些我觉得他应该认识的人；我请了法国籍的美国人，有艾米丽·德·蒙塔杜尔和格拉西·德·夏托加亚尔等，你知道他是怎么回答的吗？他说他很抱歉，他不能来，因为他没带晚礼服。"

艾略特用眼睛盯着我，想看看这话可能会让我产生的惊讶。当他看到我很平静时，便颇为不屑地扬了扬眉。

"他随便用张纸给我写了封回信，那张纸上面印有拉丁区一家咖啡馆的名称；我给他写了回信，让他告诉我他住的地方。我觉得为了伊莎贝尔，我非得帮帮他不可。我想，他没来，可能是出于腼腆吧——我的意思是说，我不相信一个正常的年轻人来巴黎会不带晚礼服，即便他真的没带，巴黎的服装店也还是可以的嘛。于是，我邀他来吃午饭，并告诉他客人不多。你相信吗？他非但没有理睬我的请求、告诉我他的地址，而且说他从来不吃午饭。从我来讲，我是再不会管他的事了。"

"我纳闷他一个人在这里做什么呢。"

"不知道，而且，实话告诉你，我也不想知道。我担心他是个完全没有上进心的年轻人，伊莎贝尔嫁给他，将会铸成大错。如果他过的是正常人的生活，我总该在丽兹酒吧或是富凯饭店，或是其他什么地方，碰到过他的。"

有时候，我自己也去这些很时尚的地方，可别的一些地方我也会去。那年秋天，到马赛的途中（在那里，我将乘坐法邮公司的船前往新加坡），我在巴黎待了几天。一天傍晚，我和几个朋友在巴黎的蒙帕纳斯区吃过晚饭，一起到多姆咖啡店喝杯啤酒。在那里，我无意中看到了拉里，他正在拥挤的露台上，挨着一张大理石桌面的小桌子独自一个人坐着。他悠闲地望着来来往往的人群，享受着酷热的白天过后夜晚带来的凉爽。我离开我坐的地方，走上前去。看到我时，他脸上流露出高兴的笑容。他请我坐下，我说我跟朋友一起来的，不坐了。

"我过来就是想向你问个好。"我说。

"你在巴黎会待上一段时间吗？"他问。

"只能待两三天。"

"明天我们一起吃顿午饭好吗？"

"我原以为，你不吃午饭的。"

他咯咯地笑了。

"你见过艾略特了。我一般不吃午饭，觉得太费时间，只是喝一杯牛奶、吃块蛋糕，但我愿意跟你吃顿午餐。"

"好的。"

我们说好第二天中午先在多姆咖啡馆碰头，在那儿喝上杯开胃酒，然后去林荫路上的一家饭店用餐。商定后，我就回到了朋友那边。在我们还坐着聊天时，我又朝拉里坐着的地方看了看，发现他已经走了。

第二章

　　第二天的早晨，我度过了一段悠闲自得的时光。我去了卢森堡博物馆，在那里逗留了一个小时，观览我所喜爱的一些画家的作品。然后，漫步到园子里，缅想起我年轻时在这里度过的岁月。什么也没有改变。这些学生很可能还是当年的那些学生，他们成双成对地走在沙砾的小径上，热烈地讨论着他们感兴趣的作家。那些在保姆照看的目光下滚着铁环的孩子们很可能还是当年的那些保姆和孩子。这些晒着太阳、读着晨报的老人很可能还是当年的那些老人们。那些坐在公共长凳上戴着孝、聊着天的中年妇女，也许还是当年的那些女人，她们谈论着粮食的价格和仆人不检点的行为。后来，我去了奥德翁剧院，浏览了一下走廊里陈列的新书，我看见一些年轻人像我三十年前一样，在穿着长罩衫店员不耐烦的目光下，尽可能多地阅读着他们买不起的新书。临了，我沿着那些亲切、晦暗的街巷走，直到抵达蒙帕纳斯大街，来到了多姆咖啡店。拉里已经在那儿了。我们喝了几杯酒，便走向一家带露台的饭店。

　　拉里比我初次见他的时候显得苍白了些，这使他深陷在眼窝里的黑得发亮的眸子更加显豁了；不过，他的神情依然那么镇静（这在他这样年轻的人身上很少见），他的笑容依然那么诚挚。在他点菜时，我留意到他的法语说得很流利，口音也很纯正。为此我向他表示了祝贺。

　　"你知道，我以前就认识许多法国人，"他解释说，"路易莎伯母给伊莎贝尔请的家庭女教师也是个法国人，她们住在麻汾时，这位家庭女教师总是让我们用法语同她讲话。"

　　我问他喜欢不喜欢巴黎。

　　"非常喜欢。"

　　"你住在蒙帕纳斯区吗？"

"是的。"在踌躇了片刻后，他答道。我想，这是他不愿意说出他确切的地址吧。

"艾略特很生气，因为你只给了他美国旅行社的地址。"

拉里笑了笑，没有吭声。

"你自己整天在做什么呢？"

"游荡。"

"你读书吗？"

"对，读书。"

"你听到过伊莎贝尔那边的消息吗？"

"有的，但不多。我们两个都不是爱写信的人。她在芝加哥过得很快活。她和她母亲明年要到艾略特这边来住一段日子。"

"那对你是件好事。"

"我想，伊莎贝尔没有来过这边。带她逛巴黎一定很好玩。"

他很想了解我到中国旅行的情况，专心地听我讲我的中国之行；然而，当我试图要他谈谈他自己时，却未能如愿。他一句话也不愿意多说，叫我只能得出这样的一个结论，他请我吃饭只是想见见我，让我陪他一会儿。我虽然高兴，却有点儿迷惑不解。我们刚吃完，他就要来账单，结了账，站起身来。

"哦，我必须走了。"他说。

我们分了手。对他在巴黎所做的事情，我还像从前一样一无所知。我没有再见过他。

第三章

第二年的春天到来了，那时我不在巴黎，而布拉德雷太太和伊莎贝尔却提前了她们的行程，已到了艾略特这边；对他们这几个星期在巴黎的逗留，我只能运用我的想象加以补叙了。这对母女俩是在瑟堡上的岸，对亲人、朋友总是体贴有加的艾略特赶到那儿去迎接她们。他们通过了海关，乘上了火车。在火车上，艾略特颇为得意地说，他已经说好了让一位贵夫人身边的女仆来照顾她们。布拉德雷太太说完全没有这个必要，因为她们根本不需要。艾略特听了很不客气地跟她说：

"你不要刚到就让人不耐烦，路易莎。没有一个像样的女仆，一个人怎么能穿得整洁、体面，我雇下安托瓦内特不但是为了你和伊莎贝尔，也是为了我自己。如果你们穿得不讲究，也会让我觉得没面子的。"

他把她们身上的衣服扫了一眼，露出不太赞同的神情。

"当然啦，你们需要买些新衣服。我想来想去，最终觉得，唯有香奈儿服装店的衣服最适合。"

"我以前总是去沃思服装店的。"布拉德雷太太说。

她的话说了等于没说，因为艾略特根本没有理会。

"我已经跟香奈儿服装店谈过了，为你们约好明天下午三点钟过去。还有帽子，自然是在布勒买。"

"我不想花那么多的钱，艾略特。"

"这我知道。所有的费用，由我支付。你一定能为我争点儿光的。哦，路易莎，我为你安排好了几场宴会，我已经告诉我的法国朋友，你已故的丈夫麦隆是位大使，当然啦，如果他再多活些年，他会是的。我这么说，是为加深人们对你的印象。我想这件事不会有人问起，不过，我觉得最好还是跟你提个醒。"

"你这个人真可笑，艾略特。"

"不，不是的。我了解世故人情。我知道，一位大使的遗孀比一位专员的，会更多一些尊严。"

在火车驶进巴黎北站的时候，站在列车窗口的伊莎贝尔大声地喊起来：

"噢，拉里在站台上。"

火车还没完全停稳，伊莎贝尔便跳下车，迎着拉里跑了过去。拉里伸开双臂抱住了她。

"他怎么知道你们今天要来？"艾略特没好气地问他姐姐。

"还在船上时，伊莎贝尔就给他发了电报。"

布拉德雷太太走上前来很亲热地吻了拉里，艾略特略微跟他握了握手。那时已是晚上十点了。

"艾略特舅舅，拉里明天能来吃午饭吗？"伊莎贝尔大声问，她仍挽着拉里的胳膊，满脸热切的神情，眼睛里闪烁着亮光。

"我会感到不胜荣幸，可是拉里已经告诉过我，他从不吃午饭。"

"明天，他会的，不是吗，拉里？"

"会的。"他笑着说。

"那么，明天中午一点钟，我将恭候你的光临。"

艾略特再一次伸出手跟拉里告别，他想让他走，可拉里只是厚脸皮地冲他咧嘴笑着。

"我帮着拿行李，再叫辆出租车过来。"

"我的车子就在外面，我的男仆会照管行李的。"艾略特岸然地说。

"太好了。那么，我们现在要做的就是回去了。如果车里还有位子，我愿意把你们送到家门口。"

"好的，拉里。"伊莎贝尔说。

他们俩沿着站台一起往外走，后面跟着布拉德雷太太和艾略特。艾略特一脸的不高兴和不赞同。

"油腔滑调①。"他对自己说，在某些场合，他觉得法语能更好地表达出他的情绪。

第二天早晨十一点钟，在穿好衣服之后（他不习惯于早起），艾略特便打发他的用人约瑟夫和安托瓦内特，给他的姐姐送去一封短简，请她到他的书房来谈点儿事情。她进来后，艾略特很小心地关上了门，将一支香烟放到一根很长的玛瑙烟嘴上点燃，然后坐了下来。

"我是不是应该这样理解，伊莎贝尔和拉里的订婚依然算数？"他问。

"就我所知，是这样的。"

"对这位年轻人，我恐怕不能给出一个令你满意的描述。"接着，艾略特给她讲述了他是准备如何帮拉里步入社交界，怎么培养他，让他具有得体、恰当的言谈举止。"我甚至为他看好了一所很适合他的低层住宅。是小德·雷泰侯爵的房子，他想把它分租出去，因为他已被派到马德里大使馆任职。"

但是拉里一口回绝了他的这番好意，显然是在告诉他，根本不需要他的帮助。

"我真的不理解，如果你不打算利用巴黎能提供给你的种种好处，那你来巴黎干什么呢？我不知道他究竟在这里干些什么。他在这里似乎没有熟人。你知道他住在哪儿吗？"

"他只给了我们这个美国旅行社的地址。"

"就像个旅行推销员，或是度假的学校教师。就是他现在在蒙马特区的一间画室里，跟一个下流女人住在一起，我也不会感到惊讶。"

"噢，艾略特。"

"他把自己的住址搞得这么神秘，又拒绝跟他同样身份的人往来，还能有什么别的解释吗？"

---

① 原文是法语。

"这并不像拉里一贯的所为。从昨天晚上的情形，难道你看不出来吗，拉里还是那么一往情深地爱着伊莎贝尔？这种情感他是装不出来的。"

艾略特耸了耸肩膀，意思是说男人们的欺骗性是无法估量的。

"格雷·马图林现在怎么样了？他还在追伊莎贝尔吗？"

"一旦伊莎贝尔愿意，他明天就想把她娶回家。"

布拉德雷太太接着讲了她们为什么会提前来到欧洲的原因。她觉出自己的身体有问题，医生们诊断后说，她得了糖尿病。病情不是太严重，只要适当地注意饮食，适度地服用点儿胰岛素，她再活上许多年完全是有可能的，可一旦知道自己得了这样一个治愈不了的病，她便急着想让自己女儿的婚事尽快有个着落。姐弟俩探讨了这件事。伊莎贝尔是个明事理的孩子。她已经同意如果拉里不在他们商定好的两年头上返回芝加哥、找上份工作，那就只有一条路可走：与他解约。可尽管如此，布拉德雷太太还是觉得这有失她个人的尊严，因为她们将得等到约定的两年时间到了以后，像抓个逃犯似的，再来把他带回自己的国家。她觉得，伊莎贝尔会让自己处在一种受辱的境地。但是，母女两人来欧洲度夏却是很自然的事情，从记事时候起，伊莎贝尔就再也没有来过欧洲。在她们游完巴黎以后，她们可以去适于布拉德雷太太养病的海边，然后，到奥地利的蒂罗尔山区停留一下，从那里休闲地开始她们的意大利之行。布拉德雷太太想着让拉里陪她们一块去，这样他和伊莎贝尔便能发现，经过这么长时间的分别，他们俩的感情是否还跟从前一样没有改变；拉里经过这次放荡之后，是否准备承担起生活的责任了，这一点到时也自会明白。

"因为拉里拒绝了他给提供的职位，马图林先生很是生气，可经格雷劝说，马图林先生的气也就消了，只要拉里一回到芝加哥，他就可以去那里上班。"

"格雷真是个好小伙子。"

"是的。"布拉德雷太太叹了口气说，"我知道，他能叫伊莎贝尔幸福。"

艾略特接着告诉她，他给她们安排了什么样的宴会。明天有一个大排场的午宴，周末又有一场盛大的晚宴。他还要带她们赴夏托加亚尔家的招待会，并且为她们搞来了去罗斯柴尔德①家参加舞会的请帖。

"你会请上拉里的，是吗？"

"他跟我说，他没有晚礼服。"艾略特哼着鼻子说。

"呃，你还是要请请他。他毕竟是个不错的年轻人，冷淡他也于事无补。这只会使伊莎贝尔变得倔强起来。"

"如果你愿意，我当然会请他的。"

拉里准时来赴午宴，艾略特用他那令人钦羡的优雅举止，对拉里表示出格外的热情。其实，做到这一点并不难，因为拉里看上去那么欢悦，那么有兴致，若是不对他产生好感，那得是一个比艾略特心肠更硬的人才行。大家谈到芝加哥，谈到他们在那儿共同的朋友，这样一来，艾略特便很少有说话的份儿，他只能操着一副和蔼的神情，装出一副饶有兴味的样子，听着这些他认为无足轻重的人的事情。其实，他也并不介意听上一听，他觉得听他们说一说这对年轻人订婚了、那一对年轻人结婚了、另一对又离婚了，也蛮有意思的。平时他哪里能听到这些人的故事呢？他满耳朵里听到的都是达官贵人的趣闻轶事，比如说，漂亮的小德·克兰尚侯爵夫人曾试图服毒自杀，因为她的情人德科龙贝亲王离开了她，娶了美国南方的一个富家女。这才是值得谈论的话题。看着在座的拉里，艾略特不得不承认，拉里身上确有一些特别吸引人的地方，他深嵌在眼窝中的黑亮的眼睛、高高的颧骨、苍白的肤色、充满动感的嘴唇，这一切都使艾略特想起波提切利②的肖像画，他想，如果穿上那个时期的服装，拉里看上去一定极富浪漫色彩。他记起为帮助拉里他曾打算为他找一个贵妇人。他暗笑

---

① 罗斯柴尔德家族（Rothschild family），欧洲有名的犹太家族和巨富。
② 波提切利（Sandro Botticelli, 1445—1510），十五世纪后期佛罗伦萨画派最著名的画家。

着想到，在星期六的晚宴上玛丽·路易斯·德·弗洛里蒙会来，此人社交广泛和私德败坏兼而有之。她虽说四十岁了，可看上去顶多三十；她人长得十分娇艳，相貌很像她的一位女祖先，画家纳蒂埃曾为她家的这位漂亮的女祖先画过一张像，这幅画像通过艾略特的关系，现在挂上了美国一个很大的博物馆里；玛丽·路易斯在性方面的欲望从未有过满足的时候。艾略特决定叫拉里坐在她的身边。他知道，她很快便会让拉里晓得她的意图的。另外，他也邀请了一位他觉得伊莎贝尔可能会喜欢的英国大使馆的侍从武官，伊莎贝尔非常漂亮，而这位侍从武官是个英国人，家境十分富裕，所以伊莎贝尔有没有财产也就不那么重要了。在喝过了午宴开始时上的蒙特拉夕酒，随后是上好的波尔多酒后，已略带醉意、颇为自得的艾略特脑中涌出诸多美好的愿景。如果事情进展得顺利的话，路易莎就再也无需为伊莎贝尔担心了。路易莎总是有点儿看不起他；唉，可怜的女人，她的思想太受她所在环境的局限了；不过，他还是喜欢她。靠他的老道和谙熟于人情世故，把一切事情都为她安排好，这是他一个美好的心愿。

为了不浪费时间，艾略特事先就跟他的姐姐和外甥女说好了，一吃完午饭便立刻去看衣服，所以刚从宴席上站起身来，艾略特就用他最擅长的辞令跟拉里说，他得离开他们了，可与此同时又非常热情地邀请他参加两个盛大的宴会。他几乎无需多费口舌，因为拉里很痛快地答应了。

不过，艾略特的计划并没有成功。本来在拉里刚来到晚宴上时，艾略特是松了口气的，因为拉里穿了一件很时新的晚餐服，而没穿上次午宴时穿的那件蓝衣服；晚饭结束时，他把玛丽·路易斯·德·弗洛里蒙叫到一边，问她对他的这位年轻的美国朋友已经喜欢到了什么程度。

"他长着一双好看的眼睛和洁白整齐的牙齿。"

"仅此而已吗？我让你坐在他身边，因为我以为他是你的菜。"

她用怀疑的眼光望着他。

"他告诉我说，他已经跟你漂亮的外甥女订婚了。"

"得了吧，亲爱的，对那些已婚或已有对象的男人，只要你想，你便会把他从他的女人那里抢过来。"

"这就是你想让我干的事情吗？哦，我不打算为你做这种龌龊的勾当，我可怜的艾略特。"

艾略特哈哈大笑起来。

"我想，你这话的意思是，你试过了，却一无所获。"

"我之所以喜欢你，艾略特，就是因为你有一副妓院老鸨的德行。你不想叫他娶你的外甥女。为什么呢？他长得很迷人，又有很好的教养。虽说他确实是单纯了点儿。我想，他丝毫也没有觉察到我的用意。"

"你该表示得更明确一些，亲爱的朋友。"

"在这方面，我有足够的经验，知道什么时候自己该收手。事实上，他的眼睛里只有你的小外甥女伊莎贝尔。而且——这话我只跟你说——她比我年轻二十岁，长得又那么可爱。"

"你喜欢她的衣服吗？那是我亲自为她挑选的。"

"很漂亮，也很合适。不过，当然啦，她还不具备优雅。"

艾略特将此当作对他的评鉴，他不愿意让玛丽·路易斯·德·弗洛里蒙这么轻易地走掉，于是，他面带和蔼的笑容反唇相讥：

"一个人不活到你这样成熟的年龄，怎能有你那份高雅？"

此时，玛丽·路易斯·德·弗洛里蒙手中挥舞的不再是短剑，而是大棒了。她的反击使得艾略特弗吉尼亚人的血液沸腾起来。

"但是，我相信在你们那匪帮猖獗的美丽国度里，你的同胞们几乎不会想到，世上还有这么美妙和不可模仿的品质。"

不过，如果说德·弗洛里蒙夫人是挑剔了点儿，那么，艾略特其他的朋友们则对伊莎贝尔和拉里充满了好感。他们喜欢伊莎贝尔的美貌和她散发出的清新气息，喜欢她健康的体魄和青春的活力；他们喜欢拉里生动、英俊的面庞，他优雅的举止，恬静和富于幽默的性情。他们两人都说得一口流利、纯正的法语。布拉德雷太太在外交圈里生活多年，法语说得几乎没有什么语病，只是带着浓重的美国口音。艾略特对他们盛情地款待。对给自己购置的新衣服、新帽子，伊莎贝尔很是喜欢，对艾略特为他们举办的各种宴会、舞会，她也觉得特别开心，而且，又是和拉里在一起，这一切都使她感到一种她从未有过的快乐。

第四章

　　艾略特一贯认为，早饭应该跟完全陌生的人一块吃，当然，这也仅是在不得已的时候。这样一来，有些不太情愿的布拉德雷太太和对此完全没有意见的伊莎贝尔，便得在她们的卧室里吃早饭了。不过有的时候，伊莎贝尔可不管这一套，早晨醒来，她会告诉安托瓦内特，艾略特为她们雇来的高贵人家的女仆，把她的牛奶和咖啡送到她母亲的房间里去，这样在吃饭的时候，她便能跟母亲说说话了。她现在整天没空，这是她白天里唯一能跟母亲单独待上一会儿的时间。就是在这样一个早晨——此时她们来巴黎几乎有一个月了——伊莎贝尔给母亲讲了她和拉里还有一帮朋友昨晚在夜总会里是怎么玩的，布拉德雷太太听完后，便提出了自来到巴黎后一直萦绕在她脑中的那个问题。

　　"拉里什么时候回芝加哥？"

　　"不知道。他没说过。"

　　"你就没有问过他？"

　　"没有。"

　　"是你不敢问？"

　　"不是，当然不是啦。"

　　依偎在长沙发靠背上的布拉德雷太太，穿着艾略特坚持要给她买的时髦晨衣，在修剪着她的指甲。

　　"你们俩单独在一起的时候，都说些什么？"

　　"我们并不总在谈话。在一起的感觉就挺美好的。你知道，拉里不怎么说话的。聊天时，往往都是我在说。"

　　"他自己在巴黎干什么呢？"

　　"我真的不太清楚。我想，不会是什么重要的事。我以为他生活得还好。"

　　"他住在哪里？"

"这个嘛，我也不知道。"

"对此他也闭口不谈，是吗？"

伊莎贝尔点起一支香烟，在她从鼻孔里呼出一股烟时，她平静地望着母亲。

"你说这话究竟是什么意思，妈妈？"

"你舅舅以为他有一套公寓，和一个女人一起住着。"

伊莎贝尔突然大声笑了起来。

"你并不相信，对吗？"

"不。我一点儿也不相信，"布拉德雷太太若有所思地注视着她的指甲，"你跟他提起过芝加哥吗？"

"常常谈起。"

"他隐约提到过回芝加哥的事吗？"

"我觉得没有。"

"到今年十月份，他来巴黎就两年了。"

"是的。"

"哦，亲爱的，这是你自己的事，你认为对的，就务必要去做。事情就这样拖着，不是办法。"她拿眼睛看着女儿，可伊莎贝尔回避了她的目光。布拉德雷太太朝女儿笑了笑，脸上一副疼爱的神情。"你还是去洗澡吧，不然的话，午饭你会迟到的。"

"我和拉里约好一块吃午饭。我们打算去拉丁区那边逛逛。"

"好好去玩吧。"

一个小时后拉里过来接伊莎贝尔。他们雇了辆出租车到了圣米歇尔桥，然后沿着拥挤的圣米歇尔大道悠闲地往前走，一直走到一家门面像样的咖啡馆才停了下来。他们坐到咖啡馆的露台上，要了两杯迪博内①。随后，他们又打了辆出租车到了饭店。伊莎贝尔有个好胃口，对拉里为她点的美味佳肴，她都吃得津津有味。她喜欢望着这些跟他俩挨肩擦背地坐在一起的人们，看到他们对自个儿点的饭菜都有着那

––––––––––––––––

① 一种紫红色的开胃甜酒。

么强的食欲，她不由得笑出声来。不过，她最最开心的是独自跟拉里坐在一张小餐桌旁。在她欢快地讲着什么时，她喜欢拉里眼中流露出的愉悦神情。与他在一起时的那种自如感，每每令她陶醉。不过，在她的心底也会产生隐隐约约的不安，因为尽管他显得十分自如，可在她看来，与其说是因为她，还不如说是环境使然。母亲早晨跟她说的话，也略微搅乱了她的心境，现在，虽说她看似那么高高兴兴地聊着，却在细心地观察着他的每个表情。和离开芝加哥之前的他相比，现在的他确实有些不一样了，可她说不出是哪里不一样了。他仍然是她记忆中的那个样子，还是那么年轻，那么坦诚，只是神情有些改变了。不是说他变得更加严肃了，在安静时他面部的表情总是严肃的，而是他身上的一种平静，是她以前从没见过的；好像他自己已解决了他心上的一件什么事情，因而有了一种他从未有过的平和感。

吃完午饭后，拉里建议去逛逛卢森堡博物馆。

"不，我不想去看绘画。"

"好吧，那么，我们去公园里坐坐。"

"不，公园我也不想去。我想去看看你住的地方。"

"没什么可看的。我住在一家小旅馆里一间寒碜的屋子里。"

"艾略特舅舅说，你有套公寓，跟一个画家的模特儿姘居。"

"那么，走吧，你自己去看看，"他笑着说，"离这里只有几步远。我们可以走过去。"

他带着她走过几条弯弯曲曲的狭窄街道，尽管两侧高耸的楼房间透出一线蓝天，可道上还是显得很昏暗，过了一会儿，他们停在了一家门面花里胡哨的旅馆前。

"到了。"

伊莎贝尔跟着拉里走进一个狭小的门厅，靠墙的一边有个桌子，桌子后面坐着一个男人，穿一件黑黄条子相间的背心，系着一条很脏的围裙，正在读着报纸。拉里要他的钥匙，那个男子从他背后的搁架上取下来递给他，男子用探询似的目光看了伊莎贝尔一眼，随后流露出一丝会意、自得的笑。很显然，他以为她来拉里的房间，是做什么不正经的事的。

他俩爬上了两级铺着破旧的红地毯的楼梯，拉里打开了房门。伊莎贝尔进到一间有两扇窗户的小屋子。屋子窗户正对着的是一座灰色的公寓楼，它的一层是家文具店。屋子里有张单人床，床边摆着个床头柜，有个上面镶着镜子的大衣柜，一张有坐垫的直背扶手椅，两扇窗户之间立着一张桌子，上面放着一台打字机、一些书籍和纸张。壁炉板上堆着一些平装书。

"你坐扶手椅吧。尽管也不是那么舒服，可这是我能提供的最好的坐具了。"

他拎过一把椅子，也坐了下来。

"这就是你住的地方？"伊莎贝尔问。

他看着她脸上的表情，不由得咯咯地笑了。

"是的。我来巴黎后，就一直住在这里。"

"可为什么呢？"

"因为方便。旅店靠近国家图书馆和巴黎大学。"拉里指着刚才她没有注意到的一扇门说，"这是个浴室。我在这里吃早饭，晚饭一般是在那家我们刚吃过午饭的餐馆吃。"

"这也太简陋了。"

"哦，不，这挺好。对我来说，足够了。"

"是些什么样的人住在这里？"

"噢，我都不认识他们。顶楼上是几个学生。下来是两三个在政府里做事的老单身汉和一个从奥德翁剧院退休的女演员；另外一个有浴室的房间是一个被人包养的女人住着，她的那个男朋友每隔一个星期来看她一次；我想，另外还有几个临时住的客人。这里的环境不错，很安静。"

伊莎贝尔听得有些不自在了，而且，因为她知道拉里已经看了出来，在笑她，她便想着用话去刺刺他。

"桌子上的那个大部头的书是——"她问。

"那本吗？是我的希腊语字典。"

"你的什么？"她不由得喊了出来。

"它好好的。不会咬你的。"

"你在学希腊文？"

"是的。"

"为什么呢？"

"我想，是因为我喜欢学它。"

他注视着她，眼睛里含着笑意，她也笑着望着他。

"你能告诉我，这么长时间以来，你在巴黎做什么吗？"

"我一直在读书，读了不少的书。一天读八到十个小时。我一直在巴黎大学听课。我想，我已经读过了法国文学中所有重要的作品，我也读拉丁文，至少是拉丁语的散文，读起来像读法文那么顺畅。当然，希腊语更难一些。可我有个好老师。在你来巴黎之前，我每星期有三个晚上到他那里学。"

"你这样子学，会有什么结果吗？"

"获得知识。"他笑着说。

"这听上去一点儿也不实际。"

"或许，是不实际，可从另一方面看，它或许又是实际的。你能从中获得极大的乐趣。你无法想象读原版的《奥德赛》会带给你怎样的激奋之情。你仿佛觉得只要你踮起脚尖、伸出你的手臂，你便可以触到星星了。"

拉里从椅子上站起来，好像被内心的激动推涌着，在这间小小的屋子里踱着步。

"最近一两个月，我一直在看斯宾诺莎①。我不敢说，我已经懂得了他的大部分思想，可他使我的内心充溢着狂喜。就像你驾着飞机，降落在了一个群山环抱的高原上。

四周一片寂静，清新的空气像佳酿一样沁人心脾，你觉得自己拥有了无尽的宝藏。"

---

① 马鲁赫·斯宾诺莎（Baruch Spinoza，1632—1677），荷兰哲学家。

"你打算什么时候回芝加哥呢?"

"芝加哥?我不知道。我还没有想过这个问题。"

"你说过,要是在两年头上还没有获得你想要的东西,你就放弃探寻。"

"我现在不能回去。我好像正在跨入那个门槛。看到广阔的精神疆域正在我面前展开、向我招手,我渴盼去领略那片疆域。"

"你期待要在那里发现什么呢?"

"我的那些问题的答案。"他调皮地看了伊莎贝尔一眼,要不是她那么了解他,她便会觉得他是在说着玩呢。"我想弄清楚,究竟有没有上帝。想要知道为什么会有邪恶存在。我想知道我的灵魂是不死的、还是在我死后它就泯灭了。"

伊莎贝尔倒吸了一口气。听拉里讲这些事情叫她很不舒服,不过,她还得感谢他,因为他是用平时说话的口吻,轻快地谈着这些话题,让她有可能从她的尴尬中恢复过来。

"但是,拉里,"她笑着说,"人们问这些问题已经有几千年了。如果有答案,现在肯定已经都找到了。"

拉里咯咯地笑了。

"不要笑,好像我说了什么蠢话似的。"她有点儿不悦地说。

"恰恰相反,我认为你说得很在理。不过,我们还可以从另一个角度看,既然人们问这些问题已经问了几千年,那也就说明他们不得不问这些问题,而且,还会一直这样问下去。再则,说没有人找到过答案,也不真实。答案要比问题多,许多人都找到了令他们自己满意的答案。比如说,老鲁斯布鲁克①。"

"他是谁?"

"哦,我并不认识他,可能是巴黎大学的吧。"拉里含糊地说。

伊莎贝尔不懂他是什么意思,继续说着她的话:

"这一切在我听起来都很幼稚。这都是些大学一二年级的学生热

---

① 鲁斯布鲁克(John van Ruysbroeck, 1293—1381),古佛兰芒民族的神秘主义者。

烈谈论的话题，一旦离开了学校，便被他们忘在脑后了。他们得挣钱养家。"

"这并不怪他们。你知道，我现在的条件比他们的好，我有足够的钱来生活。如果我没有，我就得像别人一样去挣钱糊口了。"

"难道钱对你来说，就一点儿也不重要吗？"

"是的。"他咧嘴笑着答道。

"你觉得，这会用去你多少日子呢？"

"我也不太清楚。五年。或是十年。"

"在那以后呢？你用这获得的学识，打算干什么呢？"

"一旦获得了学识，我想我就有了足够的智慧，知道用它来做什么了。"

伊莎贝尔激动地握紧了她的两只手，坐着的身体向前倾着。

"你这样做完全错了，拉里。你是美国人。这儿没有你的位置。你的位置在美国。"

"等我把我的思想都理清楚了，我会回去的。"

"但是，你正在失去太多太多的东西。当我们大家正从事着世界上前所未有的伟大事业时，你怎能在这死水一潭的地方坐得住？欧洲辉煌的时代已经过去。我们美国是世界上最了不起、最强大的民族。我们在一跃千里地前进。现在万事俱备。参加到祖国的建设中去，是你应尽的责任。你可能已经忘记了，你不知道在美国，人们今天过着多少令人激奋的生活。你敢肯定，你这么做，不是因为你没有勇气去担当起现在的每一个美国人所肩负的重任吗？噢，我知道，你也在以某种方式工作着，可说到底，难道你这不是对你的责任的一种回避吗？你这难道不是一种非常消极的工作吗？如果每个人都像你这样逃避，我们的国家会怎么样呢？"

"你说得太严重了，亲爱的，"他笑着说，"问题是并不是每个人都和我有一样的感受。或许，这对大多数人来说都是幸运的，他们乐意按照常规行事；这里，你忘记了我也在发奋地学习，就像——比如说——格雷要发奋地赚到大钱一样。因为我想用几年的时间提高一下自己，我就成了我们国家的叛徒了吗？也许，等我学成之后，我会有些成果提供给乐意接受的人们呢。当然，我说的只是可能，如果我失败了，我也不会倒霉到哪里去，顶多就像一个下海经商的人没有挣到钱一样。"

"那么，我呢？我对你来说，就一点儿也不重要吗？"

"你非常非常重要。我要你嫁给我。"

"什么时候？十年以后吗？"

"不。就现在。越快越好。"

"拿什么结婚？妈妈给不了我任何嫁妆。何况，就是她有能力，她也不会给。她会认为，助长你的不劳而获是错误的。"

"我不愿意从你母亲那里得到任何东西，"拉里说，"我一年有三千美元的收入。这在巴黎也足够用的了。这够我们租上一套不大的公寓，雇上一个做全天的女佣。我们会过得非常开心的，亲爱的。"

"但是，拉里，一个人不能就凭着一年三千美元生活。"

"当然能啦。许多人用比这少的钱，也生活得挺好。"

"可是，我不愿意就靠一年三千美金生活。这里没有我该这么做的理由。"

"我一直用这一半的数目生活。"

"但是，你是怎么过的！"

她看着这间晦暗的小屋子，不屑地耸了耸肩膀。

"我还是有点儿积蓄的。我们可以去意大利的卡普里岛度蜜月，然后，到秋天的时候，去希腊。我很想去那儿。你还记得吗，我俩以前常常说起我们要一起周游世界的？"

"我当然想要旅游。但不是像你这样。我不想坐二等舱，不想住没有洗澡间的小旅馆，不想在廉价的小饭店里吃饭。"

"去年十月，我就是这样游遍了意大利。我玩得很开心。靠着这每年的三千美元，我们可以游遍全世界。"

"可我还要孩子，拉里。"

"那好呀。我们可以带着他们一块旅行。"

"你想得太简单了，"她笑了起来，"你知道生一个孩子要花多少钱吗？维娥莱·汤姆林森去年生了一个孩子，她尽量节省，还花掉了她一千二百五十美元。你知道雇一个保姆要多少钱吗？"随着一连串的话语赶到嘴边，她变得更加激动起来。"你太不实际了。你不知道你在要我做什么样的事。我正年轻，我想快乐地生活。别人做什么，我也要做什么，我想常常有宴会，有舞会。我想打高尔夫球、骑马。我想穿漂亮好看的衣服。你能想象一个女孩如果比她的同伴们都穿得差，会是什么样的滋味吗？拉里，你知道买下你的朋友们穿旧穿腻了的衣服，或是某人出于同情送你一件新衣服作为礼物、你对人家心存感激，会是什么样的滋味吗？我甚至不能到一个像样的理发店去做做头发。我想有我自己的汽车，不想乘着电车或是公共汽车到处跑。当你整天坐在图书馆里看书时，你可曾想过我怎么打发这漫长的白天呢？是走到外面，逛街道两边商店的橱窗，还是坐在卢森堡博物馆的花园里，看着我的孩子不要出事呢？我们将不会有任何朋友。"

"噢，伊莎贝尔。"拉里打断了她的话。

"不会有我以前来往的那种朋友了。哦，也有的，艾略特舅舅的朋友们会时不时看着他的面子，请我们一下，可是我们去不了，因为我们没有像样的衣服可穿，我们也不会去，因为我们回请不起人家。我不想认识不体面和衣衫不整的人；我跟他们没有话说，他们跟我也没有什么说的。我要幸福地生活，拉里。"她突然察觉到他眼中的神情，虽说还像平时看着她时那样温柔，却带上了些许觉得有趣、好笑的成分，"你觉得我愚蠢，是吗？你觉得我婆婆妈妈的，而且不可理喻。"

"不，不是的。我认为你说的这些都很自然。"

他背对着壁炉站着，她走到了他跟前，面对着他。

"拉里，如果在你名下没有任何钱，你是靠工作一年挣得三千美元，我会毫不犹豫就嫁给你的。我会给你做饭，收拾家，我也不介意我穿什么，我会什么都不在乎。我会把这看作是生活中插进的乐趣，因为我知道这只是个时间问题，我们会好起来的。然而，现在的情形却意味着，我们会一直这样苟且地活下去，没有任何的盼头，意味着我一辈子会辛辛苦苦。可为了什么呢？就为了你花许多年，给那些你自己都说无法解开的谜团找出答案。你这样做对吗？一个人应该工作。不然，他来到这个世界上还有什么意义呢？只有工作，他才能为造福社会贡献出一份力量。"

"简而言之，安顿在芝加哥，进入亨利·马图林的公司，便是我的职责所在。你认为叫我的朋友们去买亨利·马图林感兴趣的股票，我就能造福社会、作出较大的贡献了？"

"经纪人是我们这个社会不可或缺的，这也是一份很体面很光荣的职业。"

"你把巴黎有一般收入的人们的生活说得太糟糕了。你知道，其实并不像你说的那样。不买香奈儿服装店的衣服，一个人照样可以穿得很好。而且，有趣的人并不都是住在凯旋门附近和福煦大道上。事实上，很少有有趣的人住在那边的，因为他们往往没有许多的钱。我在巴黎认识不少人，他们中间有画家、作家、学生，有法国人、英国人、美国人等，你会发现他们比艾略特所结识的那些轻浮的侯爵夫人和目空一切的公爵夫人要有趣得多。你思维敏捷、活泼、有幽默感。你会喜欢听到他们在饭桌上辩论时撞击出的思想火花，尽管他们喝的只是普通的葡萄酒，也没有管家和男侍者站在后面服侍。"

"当然，我会的，拉里。你知道我并不势利。我喜欢和有趣的人们接触。"

"是的，穿着你的香奈儿服装店的衣服。你想他们会不会以为你来贫民窟是做某种文化考察呢？他们感到的拘束一点儿也不会比你感到的少，你从那里什么也得不到，除了事后能给艾米丽·德·蒙塔杜尔和格拉西·德·夏托加亚尔讲一讲，你在拉丁区碰到一群不修边幅的人，他们都是怪里怪气的样子。"

伊莎贝尔略微地耸了耸她的肩膀。

"我敢说你是对的。他们跟我不是在相同环境下长大的。他们和我很少有什么共同之处。"

"你说这话是什么意思？"

"还是我开始讲的。从记事起，我就一直生活在芝加哥。我所有的朋友都在那里。我所有的兴趣和乐趣也都在那里。在那儿，我活得快乐自如。那是生我养我的地方，那也是生你养你的地方。妈妈有病，她的病永远治不好了。就是我想，我也不能离开她。"

"这是不是就是说，如果我不准备回芝加哥，你就不跟我结婚了？"

伊莎贝尔犹豫了。她爱拉里。她想嫁给他。她全身心地爱着他。她知道他想娶她。她不相信，在她摊牌时，他的心仍然会无动于衷。她不是没有担心，但她只能冒险一搏了。

"是的，拉里。这正是我要说的。"

他在壁炉板上划着了一根火柴——那种旧式的法国硫磺火柴，着了时会有股刺鼻的味道——点燃了他的烟斗。接着，他走过伊莎贝尔，站到了一扇窗户那里。他向外望着，沉默了也不知道有多长的时间。伊莎贝尔仍然留在她刚才面对拉里站着的地方，她望进壁炉上方的镜子里，却看不到自己。她的心突突地狂跳着，她担心极了。最后，拉里终于转过身来。

"我希望我能让你看到，我提供给你的生活有多么充实，是你根本想象不到的，我希望让你看到这一精神生活多么令人振奋，对它的体验又会是多么的丰富多彩。它永远不会有止境。这样一种幸福的生活，只有一种情形能和它相媲美，那就是当你独自飞在高高的蓝天上，你周围都是无边无际的天宇。你陶醉于这寥廓无垠的空间。你内心充满无限的喜悦。就是把世界上所有的权力和光荣都给你，你也不会用它去交换。那天，我读了笛卡尔①。天啊，那平易，那优美，那晓畅。"

"但是，拉里，"伊莎贝尔截然打断了他的话，"你难道看不出来吗，你在要求我做我做不来也没有兴趣或是根本不想有兴趣做的事

---

① 笛卡尔（René Descartes，1596—1650），法国理性主义哲学家。

情？我跟你说过多少遍了，我只是个再普通再平常不过的女孩。我二十岁，再有十年，我就玩不动了，在我行的时候，我要好好地享受生活。哦，拉里，我非常非常地爱你。可你说的这些都无关紧要。它们不能将你带到任何地方。为了你自己，我恳求你放弃它们吧。做个男子汉，拉里，干份堂堂正正的工作。你是在浪费你宝贵的光阴，而别人却都在加倍地努力着。拉里，如果你爱我，你就不会为了一个缥缈的梦而把我抛弃。你也放荡、荒唐过了。跟我们一起回美国吧。"

"我不能，亲爱的。那对我来说，就意味着死，意味着我出卖了自己的灵魂。"

"噢，拉里，你为什么会用这样的口气说话？只有歇斯底里的或自谓情趣高雅的女人才这么说话。这样的话有意义吗？没有。没有。根本没有。"

"可它碰巧正是我切切实实的感受。"他说，眼里闪烁着些许的笑意。

"你怎么还能笑得出来？你难道不觉得这是非常严肃的事情吗？我们俩已经站到了一个十字路口，我们现在做的将会影响到我们的一生。"

"这我知道。相信我，我是很严肃的。"

她叹了一口气。

"如果你不听从你的理智、受它的支配，我也无话可说了。"

"可我并不认为，你说的话就理智。我觉得你一直在说着一些毫无意义的荒唐话。"

"我吗？"要不是她现在万分痛苦，她便会笑出来了，"我的可怜的拉里，你简直是在说疯话。"

她慢慢从手指上取下订婚戒指。她将它放在手心里，看了一会儿。这是一枚上面嵌着一块四方红宝石的细白金戒指，她一直都很喜欢它。

"如果你爱我，你不会让我这么不快活的。"

"我真的爱你。遗憾的是，有时候一个人在做他认为是对的事情时，却无法不使另一个人伤心。"

伊莎贝尔此时伸出拿着宝石戒指的手，在自己发颤的嘴唇上勉强撑出一丝笑容。

"还给你，拉里。"

"它对我没用。你能留着它，作为我们友情的一个纪念吗？你可以把它戴在你的小拇指上。我们的友谊还可以继续，不是吗？"

"我会永远关心你的，拉里。"

"那么，留下这枚戒指。我愿意让你收着它。"

她踌躇了片刻，然后将它戴在了她右手的小拇指上。

"太大了。"

"可以把圈儿整饰得小一点儿。让我们去丽兹酒吧喝杯酒。"

"好的。"

对事情这么顺当地就有了个结果，伊莎贝尔略感到诧异。她并没有哭。除了她不再将嫁给拉里，其他的一切似乎都没有改变。她简直不敢相信这件事就这样完结、这样过去。她似乎觉得有点儿遗憾，他们俩竟然没有整出点儿动静来。他们像是商量着要租下一所房子那样，心平气和地就将这件事谈妥了。她有点儿被抛弃的感觉，可与此同时又有一丝的满足感，因为他们两人都表现得很有风度，很克制。她极想知道拉里此时的确切感受。然而，想做到这一点总是很难；他平静的面庞和颜色很深的眼睛简直就是一副面具，即便从小跟他一起长大，她也看不透他的内心。她先前脱掉了帽子，放在了床上。现在，她站在镜子前，又戴上了帽子。

"仅是出于好奇，"她一边整理着她的头发，一边问，"你愿意解除我们的订婚吗？"

"不愿意。"

"我原以为，这对你可能是一种解脱。"

他没有回答。

她转过身来，嘴角浮出一抹甜甜的笑容。"现在，咱们走吧。"

拉里锁上了他身后的门。当拉里把钥匙还给坐在桌前的看门人时，他用狡黠的眼神会意地望着他们俩。这让伊莎贝尔不由得猜想，他一定以为他俩是在屋子里做偷情的事儿呢。

"我觉得，这老家伙对我的贞操并不看好。"她说。

他们俩叫了出租车上了丽兹酒吧，要了一瓶酒。他们似乎没有任何拘束地聊着闲话。尽管拉里天性沉静，伊莎贝尔却很健谈，她东拉拉、西扯扯，似乎有说不完的花絮，她决意不让不好打破的沉默出现在他们中间。她不愿意叫拉里以为她对他有怨气，她的高傲的自尊心驱使着她这么去做，免得让他察觉出她内心的不快活。一会儿后，她建议拉里用车子送她回去。当拉里把她放在家门口时，她高兴地对他说：

"别忘了我们明天一起吃午饭。"

"绝对忘不了。"

她让他吻了她的脸颊，从车道的门走了进去。

第五章

伊莎贝尔走进客厅时，有几个客人正在喝茶。他们中间有两位寓居巴黎的美国妇女，穿得非常富丽，脖颈上都戴着珍珠项链，手腕上是钻石手镯，手指上戴着价格昂贵的戒指。虽然有一个的头发是用散沫花染成的棕红色，另一个是有些不自然的金黄色，可两人却惊人地相似。她们的眼睫毛上都涂了厚厚的油膏，嘴唇都抹得红红的，脸上敷着脂粉，而且，她们都是通过极力克制饮食等保持着苗条的身材，五官的特征都较为鲜明，眼神里都流露着不安和渴求。这让人不由得想到，她们活着就是为了拼命保持正在逝去的风韵。她们用响亮的嗓音谈着一些空洞的话题，一刻也不停，仿佛是在担心一旦出现片刻的沉默，时钟就会停摆，那个代表着她们一切的人为构建便会坍塌。客人中还有一位美国大使馆的秘书，他为人温和、寡言，所以一句话也插不进去，看上去倒也是个见过世面的人；另外一个是罗马尼亚的王子，人长得又黑又矮，一副卑躬屈膝的模样，长着一双不大的贼溜溜的黑眼睛，一张黑脸膛刮得很干净，总是看见他忙不迭地送茶倒水、递蛋糕或者给人点烟，对在座的人总是厚颜无耻地竭尽谄谀恭维之能事。他这是在偿还他以前从这些巴结对象那里吃过的晚餐，以及今后还会有的晚宴。

布拉德雷太太坐在茶桌前，为了不让艾略特扫兴，穿得比平日里喝茶更加讲究。她以惯常的礼貌和一种镇静自若的神态，尽着她女主人的职责。至于她是如何看待她兄弟的这些客人的，我只能凭借自己的想象了。我对她了解很少，她是个性情内敛的女人。她并不蠢。在居住于外国首都的那些年里，她见识了各种各样的人，我想她一定依据她土生土长的弗吉尼亚小镇的标准，对他们作过精明的评判。我想，从观察他们古怪、滑稽的行为举止之中，她一定获得过不少乐趣，而且我敢说，她对这些人所谓的风雅和派头也不会太当回事，就像她对小说人物的痛苦和哀愁不会太上心一样，因为她从一开始就知道小说的结局是圆满的（否则的话，她也不会去读它了）。巴黎、罗马、北京对她的美国观念都没有多大的影响，就像艾略特所奉行的天主教对她的充满活力且便捷的新教长老会不会产生什么影响一样。

正值花季年龄、面容娇美、充满生气和活力的伊莎贝尔，给这一浮华氛围带进一股清新的气息。她一阵风似的走了进来，宛若一个尘世女神。罗马尼亚王子一跃而起，为伊莎贝尔搬过来一把椅子，夹带着各种手势开始赞美她。那两个美国女人一面说着一些热情、激奋的话语，一面上下打量着她的衣服，或许，面对她四溢的青春活力，她们的内心会感到一种痛楚和沮丧。那位美国的外交官看到伊莎贝尔使这两个女人显出虚伪和憔悴，不由得在那里暗自发笑。可在伊莎贝尔看来，她们却是那般雍容华贵；她喜欢她们的锦衣靓饰，喜欢她们浑身的珠光宝气，艳羡她们泰然自若的神态和处世的圆滑。她不知道自己将来是否能具有她们那样的优雅和从容。当然，那个小个子罗马尼亚王子看似很滑稽，但并不令人讨厌，即便他的那些恭维话说得有些过头，可听起来还是让人觉得舒服。她进来时被打断的谈话现在又得以继续，他们侃侃而谈，那么自信他们所说的话都值得一说，以至于你几乎以为他们的谈话有了意义。他们谈着自己参加过的宴会和将要赴的宴会。谈着新近的绯闻和秘闻。他们把朋友损得体无完肤。说到一个又一个的大人物，他们似乎无所不知。接着，一口气又评论了最新演出的戏剧，最时新的服装设计师，最时新的人物像画家，以及现任首相最近交结的情人。给人的印象是，他们简直无事不晓。伊莎贝尔贪婪地听着。这一切在她看来，都是文明的体现。这才是真正的生活。这给予她一种置身于其中的激奋感。这一切都是真实存在着的东西。首先，这一场所便是完美的。舒适宽敞的房间，地板上铺着萨伏纳里地毯，华丽的镶了木板的墙壁上挂着可爱的画作，精工细雕的椅子，细工镶木的橱柜和茶几，这里的每一件物品按价值论，都够送进博物馆的了；这间屋子一定是笔很大的财富，但是物有所值。它的华美、精致妥帖，从未像现在这样深深地震撼着她，因为旅店那间寒碜的小屋仍鲜活地留在她的脑海中，连同那张铁床，拉里坐着的那把很不舒服的硬椅子（可拉里却一点儿也看不出这屋子有什么不好），都还生动地留在她的记忆中。它寒碜，凄凉，简陋得可怕。一想起它，便会令她不寒而栗。

不久，客人们走了，留下了伊莎贝尔、她的母亲和艾略特。

"多迷人的女人，"在送走这两位浓妆艳抹的无聊的客人后，艾略特回到了屋子里，"她们刚定居巴黎时，我就认识她们。我怎么也不会想到，她们能出落成现在的样子。太令人惊讶了，我国妇女的适应能力。你几乎看不出她们是美国人，而且还是从中西部来的。"

布拉德雷太太扬起眉看了他一眼，没有吭声，聪明的艾略特当然知道他姐姐在想什么。

"谁也不能这么说你，我可怜的路易莎。"他半讥讽半疼爱地继续说道，"尽管老天也不知给过你多少次机会了。"

"恐怕我让你失望了，艾略特，但实话跟你说，我对我现在的样子非常满意。"

"真是人各有所好①。"艾略特咕哝了一句。

"我想，我应该告诉你们一声，我跟拉里已经解除婚约了。"伊莎贝尔说。

"哟，哟，"艾略特喊，"那明天的午宴就得往后推了。这么短的时间，叫我到哪儿再找一个人？"

"噢，舅舅，拉里仍来吃午饭的。"

"在你们解约之后吗？这么做不太合适吧。"

伊莎贝尔扑哧一声笑了。她眼睛望着艾略特，因为她知道母亲正在盯着她看呢，她不想碰上母亲的目光。

"我们并没有吵架。今天下午我俩谈了这件事，最后两人都认为，我们的订婚是个错误。拉里不想回美国，他想继续留在巴黎。他说他

---

① 原文是法语。

要去希腊一趟。"

"去那儿干什么？雅典没有社交活动。而且，我自认为希腊的艺术也不怎么样啦。一些古希腊的东西倒是具有一定的颓废美，能吸引人，可菲狄亚斯 [①] 不行。"

"看着我，伊莎贝尔。"布拉德雷太太说。

伊莎贝尔转过身来，面对母亲，嘴角浮着淡淡的笑容。布拉德雷太太细细打量了伊莎贝尔一番，末了，嗯了一声，稍稍放下心来，看得出来，她的女儿没有哭过，神情也显得平和、镇静。

"我觉得，你解约解得好，伊莎贝尔。"艾略特说，"我原想着要尽力帮他的，不过，我从不认为这是一桩般配的婚姻。他真的比不上你，他在巴黎的所作所为清楚地表明了，他以后不会有什么作为的。以你的美貌和社会关系，你可以找到更好的。我想，你的做法是很明智的。"

布拉德雷太太不无焦虑地朝女儿看了看。

"你不是因为我才这么做的，伊莎贝尔？"

伊莎贝尔很坚决地摇了摇头。

"不是，妈妈，我完全是为了自己。"

[①] 菲狄亚斯（Phidias，约前 480—约前 430），古希腊雕塑家。

第六章

这个时候，我已经从东方回来，正待在伦敦。大约于上述那些事情发生两周之后，一天早晨艾略特给我打来电话。听到他的声音，我并不感到奇怪，因为我知道他习惯在每年的游宴季末到英国来消遣。他告诉我布拉德雷太太和伊莎贝尔以及他在一起，如果我能在那天傍晚六点钟过来喝杯酒，她们一定会很高兴的。他们当然都住在克拉里奇饭店。当时我的住处离那里并不远，我走过公园巷，穿过梅费尔区几条安静、怡人的街道，便到了他们下榻的酒店。艾略特仍要了他每年来习惯住的那间套房。屋内镶着褐色木质壁板，就像雪茄烟木盒的那种颜色，整个房间装饰得既素雅又华贵。侍役领我进来时，屋子里只有艾略特在。布拉德雷太太和伊莎贝尔去逛街了，很快会回来。艾略特告诉我伊莎贝尔和拉里解约了。

对在什么情形下人们应该如何行事，艾略特有着他既浪漫又很传统的看法，所以这对年轻人的行为让他很是看不入眼。拉里不但在解约后的第二天来吃午饭了，而且他表现得好像他未婚夫的地位一点儿也没有改变似的。跟往常一样，他还是那么彬彬有礼，那么文静，那么快活。他对待伊莎贝尔的态度还像从前那么友好，那么有情有义。他似乎一点儿也不感到别扭、烦恼或是痛苦。伊莎贝尔这边也看不出有丝毫的沮丧。她高兴地开着玩笑，好像她压根儿就没有走出她人生中这一决定性的、无疑是忍痛割爱的一步。艾略特丈二和尚摸不着头脑。从他侧面听到的他们俩的一些谈话看，他们根本没打算放弃以前说好的那些约会。一有机会，艾略特便跟他的姐姐谈了这件事。

"这样很不好，"他说，"他们不能还像从前那样老在一起乱跑了。拉里真的应该约束一下自己。更何况，这会让伊莎贝尔失掉许多机会。小福赛林格，就是英国大使馆的那个小伙子，显然很喜欢伊莎贝尔；他有钱，有不错的社会关系；如果他知道他们解约了，说不定会向伊莎贝尔求婚的。我想，你该跟伊莎贝尔好好谈谈。"

"我亲爱的，伊莎贝尔已经二十岁了，她有套办法能够婉转地告诉你，管好你自己的事情，她每次这么说我都觉得很难对付。"

"这都是因为你从小把她给宠坏了，路易莎。何况，这是你的事情。"

"在这一点上，她和你的看法肯定会不一样。"

"你快要叫我失去耐心了，路易莎。"

"我可怜的艾略特，如果你有个二十岁的女儿，你就会知道，一头抗拒的小公牛都要比她好驾驭。至于她心里是怎么想的——哦，你最好还是装成一个头脑简单、单纯的老傻瓜，其实，她几乎也就是这么认为你的。"

"可你不是已经跟她谈过这件事情了吗？"

"我是试过了。她大笑，说没啥可谈的。"

"她伤心难过吗？"

"我不知道。我所知道的就是，她像个孩子一样，吃得好、睡得香。"

"哦，我把话撂在这儿，如果你让他们一直这样下去，他们哪天便会走掉，跟谁也不说一声，就把婚给结了。"

听到这话，布拉德雷太太笑了一下。

"说到这一点，你尽可放心，在我们现在待的这个国家里，搞不正常的男女关系非常方便，但要结婚，就会处处遇到阻碍。"

"非常正确。结婚是一件很严肃的事情，家庭是否稳固、社会是否安定，全仰仗于此。可是，婚姻要想保持其尊严，唯有让婚外情得到容忍和认可。嫖娼卖淫，啊，我可怜的路易莎——"

"得了吧，艾略特，"布拉德雷太太打断了他的话，"对你这套不正当男女关系的社会道德观，我一点儿不感兴趣。"

就是在这个时候，艾略特提出了一个阻挠伊莎贝尔和拉里继续来往的计划，因为对他们的这种行为，他越来越反感了。巴黎的游宴季节马上要结束了，上流人士正准备先去海边或是多维尔，然后到他们在图赖讷地区、昂热或者布列塔尼半岛的祖传城堡度夏。通常情况下，艾略特每年的六月底会去伦敦，可他很强的家庭观念以及他对姐姐和伊莎贝尔的很深的感情，使他愿意做出牺牲，继续留在巴黎。只要她们愿意，即使富人们都走光了，他也留在这里陪着她们。不过，他发现目前的情形发生了有利于她们也方便于自己的变化。他跟布拉德雷太太建议说，他们三人应该马上动身到伦敦去，因为在伦敦游宴季节仍方兴未艾，那儿的新朋友和新兴趣会分散伊莎贝尔的注意力，使她从那件不幸的仍缠绕着她身心的情事中摆脱出来。根据报纸上刊登的消息，那个专治糖尿病的著名专家这几天正好在伦敦，请他诊疗一下的想法，能够为他们的突然离去给出合理的解释，能够把伊莎贝尔可能不想离开巴黎的念头打消。布拉德雷太太没有反对这个计划，只是对伊莎贝尔的行为感到有点儿困惑。她搞不清楚，伊莎贝尔是像她表现出的那么无忧无虑，还是觉得受到了伤害，心里悲伤和生气，却硬撑出一副笑脸，掩饰她受伤的心灵。布拉德雷太太只能同意艾略特的想法，见见新人、去去新地方，也许会对伊莎贝尔有好处。

事情定下来后，艾略特便忙着给那边打电话，等伊莎贝尔跟拉里到凡尔赛宫玩了一天回来时，他已经能告诉伊莎贝尔，他已为她母亲约好了在英国的一位著名大夫，三天后去那里看病，而且，他在伦敦克拉里奇饭店已订好了房间，因此后天就得动身。在伊莎贝尔听着艾略特不无得意地把这一消息告诉她时，布拉德雷太太一直注视着女儿，却并未发现任何的异常。

"噢，太好了，妈妈，我真高兴，你能找那个医生看病了，"她用平日里那急切热烈的语调喊，"我们当然不能错过这个机会。去伦敦，太棒啦。我们在那里能待多久呢？"

"再返回巴黎没多大意义啦，"艾略特说，"一个星期以后，这里的人就走光了。我想让你们跟我在克拉里奇饭店过完那边的游宴季。七月份总举办一些很好的舞会，当然还有温布尔登网球赛。这以后还有古德伍德的赛马和考斯的划船比赛。我敢肯定，艾林厄姆家会欢迎我们乘坐他们的帆船去看考斯船赛的，班托克家在古德伍德赛马前后总要举办一次很盛大的宴会。"

伊莎贝尔看上去很高兴，布拉德雷太太的心也就放下了。她似乎根本没有把拉里放在心上。

艾略特刚刚给我讲完这一切，母女两人便回来了。我已有十八、十九个月没见过她们了。布拉德雷太太较前消瘦了，脸色也更苍白了些；她看上去很疲惫，无精打采的样子。而伊莎贝尔却像是一朵盛开的花朵。她红红的脸蛋、褐色的富于光泽的头发、深栗色的闪着光亮的眼睛、冰清玉洁的肌肤，还有她浑身洋溢着的青春美，让你觉得单单活着就是一种幸福，看到这些，你不禁会高兴得笑出来。她叫我产生一种近似荒唐的想法，仿佛她是一个金黄色的香甜可口的梨子，已经熟透了，就等着你去品尝。她身上散发出融融的暖意，让你以为只要伸出手去，便能感觉到她的温馨。她比我上次见到时个子显得高了，不知是因为她的鞋跟高了，还是哪个聪明的裁缝把衣服裁剪得正好掩饰起她年轻的稍过丰满的身体。她的举止有从小从事户外运动的女孩的那种洒脱。总之，她是一个非常性感、非常迷人的女子。如果我是她的母亲，我也会想是时候把她嫁出去了。

我很高兴有这个机会来尽尽地主之谊，回报一下布拉德雷太太在芝加哥对我的款待，我请他们三人晚上一块去看戏，还安排请他们吃顿午饭。

"你早一点儿约我们是对的，亲爱的朋友，"艾略特说，"我已经告知了我的朋友们，我们到了伦敦，我想在这一两天内，我们游宴季的时间便会排满了。"

听了他的话，我笑了起来，因为我明白艾略特这话的意思是，再过几天他就没有时间和我这样的人应酬了。艾略特瞥了我一眼，眼中不乏傲慢的神情。

"当然啦，下午六点钟左右的时候，你一般都可以在酒店里找到我们，我们总是很高兴见你的。"他婉转地说。不过，他的用意也很显豁：那就是作为一个作家，我的地位是卑微的。

但是，就是一条小虫子也会有翻身的时候。

"你务必跟圣奥尔福德家联系一下，"我说，"听说他们打算卖掉他家的那张康思太布尔①画的《索尔兹伯里大教堂》。"

"我目前不想买画。"

"这我知道，可我想，你可以帮他们处理掉。"

艾略特的眼睛里闪过一道钢一般闪亮的光。

"我亲爱的朋友，英国人是一个伟大的民族，但是，他们从未画出过什么杰作，将来也不会。我对英国画派不感兴趣。"

① 约翰·康思太布尔（John Constable，1776—1837），英国风景画家。

第七章

在接下来的四个星期里，我很少再见到艾略特和他的亲戚。这个星期他带她们去萨塞克斯郡一个豪华人家度周末，另一个星期又到威尔特郡一户更有声望的人家度周末。他带她们坐在皇家包厢作为温莎王室一个年轻公主的客人看歌剧，携她们跟社会名流一同吃饭。伊莎贝尔参加了好几场舞会。在克拉里奇饭店，艾略特设宴招待一批批的贵客，这些客人的名字在来日的报纸上便会被刊登在醒目的位置。他在西罗饭店和大使饭店举行晚宴。事实上，他做了他所有应当做的事，伊莎贝尔非得有比她现在更多的社会阅历，方能从容应对他为她所提供的那些豪华场面和奢华享受。艾略特可以自诩他做这一切完全是出于无私的动机，即叫伊莎贝尔从那桩不幸的情事中解脱出来；不过在我看来，他从中也得到一种极大的满足，因为他让他的姐姐亲眼看见他与那些名人和时髦人物的关系有多么亲密。他是一个难得的主人，他乐于展现他在社会交际方面的本领。

我被邀请参加过一两个艾略特举办的宴会，有时在下午六点钟的时候也顺便去克拉里奇饭店看看。我发现总有一些皇家军队的穿漂亮军服的高大年轻人或是外交部的一些衣着一般却举止优雅的年轻人，围聚在伊莎贝尔身边。就是在这么一个场合，伊莎贝尔把我拽到了一旁。

"我想求你件事。"她说，"你还记得有天傍晚，我们到一家商店里吃冰激凌苏打的事吗？"

"当然记得。"

"那次的谈话，对我很有帮助。你愿意再这样做一回，再帮我一次吗？"

"我愿意尽力。"

"我想跟你说件事。哪天我们一起吃顿午饭好吗？"

"随便哪天都行。"

"去一个安静点儿的地方。"

"你说我们开车去汉普顿宫，就在那儿吃午饭怎么样？那里的公园现在应该是花事最盛的时候，你还可以看看伊丽莎白女王睡过的床。"

她觉得我的提议不错，我们定下了日子。可在那天，一直晴好的天气突然变得阴沉沉的，下起了小雨。我打电话问她，是不是还到那里去吃午饭。

"那儿的公园里是不能坐了，汉普顿宫里的画恐怕因为光线暗得也看不太清楚了，我们将没有什么东西可看了。"

"我览过了不少的花园，名画也早已看腻了。不过，还是让我们去吃饭吧。"

"好的。"

我接上了她，两人一起驱车去城里，我知道那里的一家小旅馆，饭食还不错，于是径直开到了那里。一路上伊莎贝尔兴致勃勃地谈着她参加过的宴会和见过的人。她很享受这一切，可在她对结识的这些各色各样的人作评论时，却表现得很精明，她一眼便能看出一些荒唐事情的可笑之处。淅淅沥沥下着的雨把人们留在了家里，我们俩是旅店餐厅里唯一的客人。这家旅店做得一手非常可口的英国家常菜，我们要了一块上好的羊腿、一盘绿豌豆和新下来的土豆、一大盆上面浇着德文郡奶油的苹果派，外加一大杯淡啤酒，吃了一顿很美的午餐。吃完后，我说我们到隔壁空着的咖啡屋去吧，那里有扶手椅，坐得更舒服些。咖啡屋里很凉，可壁炉里已放好柴火，于是我用火柴点着了它。壁炉的火焰照亮了暗淡的屋子，使房间变得温馨了。

"好了，"我说，"现在你就来告诉我，你想要说的事吧。"

"和上次的话题一样，"她咯咯地笑了，"还是关于拉里。"

"跟我猜的差不多。"

"你知道，我们已经解约了。"

"艾略特告诉我了。"

"我妈妈的心放下了，艾略特高兴了。"

她迟疑了一下，随后开始讲起她和拉里的那次谈话。有关那场谈话的内容，我已尽可能忠实地描述给读者了。也许，读者会感到惊讶，她为什么愿意跟一个她几乎不了解的人讲那么多。虽说我见过她十多次，可只有在商店那次是我俩单独待在一起的。其实在我看来，这并不奇怪。每个作家都会告诉你，人们确实把他们不愿意跟别人说的事情讲给作家听。我不知道这是出于何种原因，要么是读者跟作家有亲近感，读过他写的一两本书；要么是他们把自己也戏剧化了，把自己当作了一部小说中的人物，愿意像他创作出的人物那样对他敞开心扉。而且我想，伊莎贝尔也知道我喜欢她和拉里，他们青春的年华和朝气打动了我，对他们的烦恼我会怀有同情。她不能指望向艾略特倾诉，因为拉里伤了他的心，拒绝了他提供的、一个年轻人进入社交界的绝好机会，因此他再也懒得管拉里的闲事。她也不能指望母亲的帮助，因为布拉德雷太太有她自己崇高的原则和行事的准则。这些行事的准则叫她确信，一个人要想在这个世界上干得好，就必须接受它的传统、习惯，不做那些别人都认为是不牢靠的事情。她崇高的原则使她认为，一个人的职责就是找上一份像样的工作，并通过不懈的努力，为自己创造机会，去挣到足够的钱，按照与自己地位相符的标准赡养妻子和家人，使儿子们受到适当的教育、长大成人、自食其力，在他临死的时候，能给妻子留下充足的生活费用。

伊莎贝尔的记忆力很好，他俩那一长谈的许多要点还深深地印在她的脑子里。我默默地听着，一直到她讲完。只有一次，她打断了自己，问我：

"谁是雷斯达尔？"

"雷斯达尔？他是荷兰的一位风景画家。怎么啦？"

她告诉我说，拉里曾经提到过他。他说，雷斯达尔对他提出的问题至少找到了一个答案。她向我重述了在她问道此人是谁时，他那含糊其词的回答。

"你说他这是什么意思？"

我突然灵机一动。

"你能肯定他说的不是鲁斯布鲁克吗?"

"或许说的就是他。他是个什么人呢?"

"他是个佛兰芒神秘主义者,生活在十四世纪。"

"噢。"她失望地说。

这一点对伊莎贝尔来说,没有任何意义。对我却有着某种含义。这是我第一次对拉里所思考的东西有了一些线索。在她继续讲述她的故事的当儿,尽管我还在认真地听着,可我的一部分心思已忙着在想,拉里提到这个人可能会有什么样的意味呢。我不想小题大做,因为他提到这位狂热导师的名字,也许只是为了说明他的一个什么观点;也许有着什么意义,而伊莎贝尔没能听出来。当拉里在回答她的问题时说,鲁斯布鲁克只是大学里一个他不认识的人,他显然是想含糊过去,让伊莎贝尔不再追问。

"你看,这都说明了什么呢?"讲完了之后,她问。

在回答之前,我停顿了一下。

"你还记得他说过他要游荡吗?如果此话当真,他的这一游荡似乎包含了一些非常艰辛的工作。"

"我敢肯定,他说这话是出自真心的。可你难道看不出来吗,如果他以同样的勤奋干一份实实在在的工作,他将获得不错的收入?"

"世上有些生性古怪的人。比如说罪犯,他们孜孜不倦地策划着一些到头来只会把他们送进监狱的勾当,可他们前脚从监狱出来,后脚就又干起了这些勾当,随后又一次被送进大狱。如果他们用同样的辛苦、智慧、资源和耐心,去干份正当的工作,他们便能过上富裕的生活,甚至身居要职。但是,他们生就这样的骨头,他们喜欢犯罪。"

"可怜的拉里,"她咯咯地笑着,"你不是要说,他学希腊文是谋划着要抢劫银行吧。"

我也大笑起来。

"不,不是。我想要告诉你的是,世上有这样的一些人,他们被一种非常强烈的欲望占据着、驱使着,非得身不由己地去做某一件事情。他们随时准备牺牲一切，去满足他们的这一渴求。"

"甚至包括牺牲爱他们的人。"

"哦，是的。"

"这不明摆着是一种自私吗？"

"我不知道。"我笑着说。

"拉里学习那些已废弃了的语言，难道还能有什么用吗？"

"一些人对知识有一种非功利性的渴盼。这不能说是一种不好的欲望。"

"如果你根本不打算用它，那这知识还有何用？"

"或许，他是打算用它的。或许，单单求得知识，便已经满足，就像一个艺术家创作出作品所获得的那种完全的满足感。也许，这只是为以后的发展迈出的一步。"

"如果他想要学习知识，为什么在他刚从战场上回来时不去上大学？纳尔逊大夫和我母亲都希望他这么做。"

"在芝加哥时，我跟他谈过这件事。学位对他来说没有任何用处。我觉得，他对他想要什么有明确的认识，知道在大学里得不到它。你知道，在治学上，有合群的狼，也有孤行的狼。我想，拉里便是那种踽踽独行的人。"

"记得有一次我问他，他是不是想当作家。他笑着说，他没有任何东西可写。"

"这是我听说过的不想做作家的最站不住脚的理由。"我笑着说。

伊莎贝尔做了一个不耐烦的手势。她连最温和的玩笑也没心情听了。

"让我搞不懂的是，他为什么会成现在的这个样子。战前，他和别人完全一样。你可能都想不到，他网球打得非常棒，又是高尔夫球场上的一个高手。那时候，我们大家做的事，他没有不去做的，是个很正常的男孩，我们没有理由认为他不会成为一个完全正常的男人。毕竟你是作家，你也许能解释这个。"

"我是谁啊，能解释得了人性的无限复杂性？"

"这正是今天我想跟你聊一聊的原因。"她继续说着她的意思，没有理会我的话。

"你不快活吗？"

"没有，不能说是不快活。拉里不在我身边时，我活得很好；跟他在一起时，我就觉得自己变得软弱了。现在，只是一种略微的痛楚，就像你好久没骑马偶尔骑着走了很长的路，背会感到有些僵一样；那不是痛，不是不可以忍受，可你能意识到它的存在。我会好起来的。我只恨拉里把他自己的生活搞得那么糟。"

"或许，他不会。他走的是一条艰难、漫长的路，可也许到最后他会找到他所追求的东西。"

"那会是什么呢？"

"难道你没有想到过吗？依我看，在他跟你说的话里，似乎明显地表示出来了。上帝。"

"上帝！"伊莎贝尔喊。可她这一声"上帝"却是表示诧异至极的惊叹语。我两使用了同一个词，却有着如此不同的含义，对出现的这一喜剧效果，我们都不由得笑了。不过，伊莎贝尔马上又变得严肃了，在她的神情里我察觉出些许的担心和害怕。"你怎么竟会这么认为呢？"

"我只是猜测。这可是你让我说出我作为一个小说家的想法的。遗憾的是，对在战争中给他造成了那样深刻影响的事件，你并不知道。我想，那是一种突如其来的震撼，他还没有一点儿接受它的心理准备。我在想，不管拉里遭遇到了什么，他的这一经历都使他强烈地感受到人生的无常，感受到一种焦虑，一种想要确证出人世间的罪恶和悲苦能得以补救的牵挂。"

我能看出伊莎贝尔并不喜欢我的说法。这让她感到不安和难堪。

"这一切都显得很不正常，不是吗？一个人应该承认现实。既然已经来到了这个世界，我们就该好好工作、享受人生。"

"也许你是对的。"

"我并不想冒充风雅，只想做个普通的女孩，过正常人的生活。

我想活得开心。"

"你们两人的性情似乎太不相合了。你在结婚之前发现，很好。"

"我想要结婚生子，想要照——"

"慈悲的上帝会乐意给你安排那样的生活。"我插进来笑着说。

"哦，我这么做有错吗？那样子生活很快乐，我是完全满意的。"

"你们俩像是两个要一起出去度假的朋友，只是一个想要去爬格陵兰的冰山，而另一个要去印度的珊瑚礁钓鱼。很显然，是走不到一块的。"

"不管怎么说，我到格陵兰的冰山还可能搞到一件海豹皮大衣，而到印度的珊瑚礁，很可能什么也得不到。"

"你这么说还为时过早。"

"你为什么这样说呢？"她问，微微蹙起了眉头，"从咱们进来到现在，你似乎一直都有所保留。当然啦，我知道，我在这件事情里并不是主角。拉里是。他是个理想主义者，憧憬着一个美好的梦想，即便梦想实现不了，一直怀有并追求着它，也会令人挺激奋的。我注定要担当那一艰苦的为生计而奔波的实际工作。平常人，平常事，是不大能引起人们的同情的，不是吗？可是你不要忘了，是我在付出。拉里会遨游于天际，追着云朵，拂着彩虹，留给我的只能是跟着他吃苦受累地过日子。我想好好地生活。

"我至今仍然记得，那是一件许多年前的事了，那时我还年轻。我认识一个医生，一个不错的医生，可是他却不给人看病。他整年整月地待在大英博物馆的图书馆里，间隔一段很长的时间，他便写出一部没有人读的、既不像科学又不像哲学的厚厚的书，因此他不得不自己掏腰包出版。在临死前，他一共写了四五部这样的书，它们可以说是一点儿价值也没有。他有个儿子想进部队，可没钱送进桑赫斯特军事学院，所以只好应征入伍，结果死在了战场上。他还有个女儿，长得十分漂亮，我很有心想跟她好的。她去演戏，可没有才能，只能辗转在外省的二流小剧团里演一些小角色，挣点儿微薄的收入。他的妻子一辈子过着悲苦、操劳的日子，身体终于垮了，她的女儿只得回家来伺候她，做起母亲再也没有力气去做的苦活、累活。几个生命就这样白白地浪费掉了，毫无意义地活了一辈子。当你决定离开常人走的道路时，那就是一场赌博。许多人这么做了，但成功的是极少数。

"我母亲和艾略特舅舅都很赞同我做出的决定。你赞同吗？"

"哦，亲爱的，这对你重要吗？我对你几乎可以说是个陌生人。"

"我把你看作一个没有偏袒的观察家，"她笑着说，"我很想得到你的赞同。你认为我做得对吗？"

"我认为，你为你自己这么做是对的。"我说。我心里在想，她绝不会看出我的回答与她问的意思之间有任何区别。

"可我的良心为什么总有些不安呢？"

"是吗？"

她点了点头，笑容依然停留在她的嘴角边，只是变得有点儿像苦笑了。

"我知道，这是起码的人生道理。我知道每个明事理的人都会认为，我做了我唯一可能做的事情。我知道，无论是从实际的角度，从世俗智慧的角度，还是从做人起码应具有的体面和一般的是非观的角度来看，我都做了我应该做的事情。可在我心底，总有一种愧疚感，觉得如果我能更好一些，更无私、崇高一些，我就会嫁给拉里，过他那样的生活了。如果我爱他爱得更深一点儿，我想我就能抛开世俗的一切了。"

"你也可以反过来这么想，如果他爱你爱得情深意切，他就会毫不犹豫地照你的意思去做了。"

"我也曾对自己这么说过。但没有用。我想，以天性论，女人比男人更愿意做出牺牲。"她嗤嗤地笑了，"这便是路得和异乡麦田[①]之类的事情。"

"那你为什么不去勇敢地试一试呢？"

在此之前，我们一直谈得很轻松，几乎像是在随意谈论着双方都认识、关系却并不密切的人们。即便在向我讲述她和拉里的那次谈话

----

① 参阅《圣经·旧约·路得记》。

时，伊莎贝尔也带着一丝惬意，谈得风趣、幽默，好像不想让我把这件事看得太严肃似的。但是现在，她的脸色变苍白了。

"我害怕。"

有一会儿，我俩都沉默着。每当我体味到人们深沉而又真挚的情感时，我的脊梁骨就会发凉。这种奇怪的事令我心悸，使我心生敬畏。

"你非常爱他吗？"我终于问了她一句。

"我不知道。我对他不耐烦，对他恼火。可我心里一直记挂着他。"

沉默又一次降临在我们中间。我不知道该说些什么才好。我们坐着聊天的咖啡屋很小，厚厚的花边窗帘遮挡住了外面的光。贴着大理石花纹壁纸的墙壁上挂着几张游猎的印刷品。屋子里的桃花木心家具、破旧的皮椅子和一股发霉的味道，令人奇怪地想到了狄更斯小说里的咖啡屋。我拿起火钳拨了拨火，添进去一些煤块。此时，伊莎贝尔突然开口说道：

"我想，到了最后摊牌的时候，他会软下来。我知道他生性软弱。"

"软弱？"我大声说，"你怎么会这么想呢？一个决心要走自己的路、能经受住亲友们一年多的指摘的人，你认为他软弱？"

"以前，我总能让他做任何我想叫他做的事情，我用我的小拇指，就可以把他拨得团团转。在我们做的事情里，他从来没有领过头。他总是跟随在我们后面。"

我点燃了一支香烟，注视着我吐出的烟圈。烟圈渐渐地扩展、扩展，随之消失在了空气中。

"母亲和艾略特认为我做得很不对，在跟拉里解约后仍然在外面跟他疯跑，好像什么事也没有发生似的，嫌我没有认真对待这件事情。可一直到最后我都这么想，他会屈服的。我不相信到最后当他那不开窍的脑袋瓜终于明白我说到做到时，他会不软下来。"说到这里她迟疑了一下，带着调皮、娇嗔的神情，朝我别有意味地笑了笑，

"如果我告诉你一件事，你会不会感到惊讶呢？"

"我想，我不会。"

"在我们决定了要来伦敦后，我给拉里打电话，请他陪我度过在巴黎的最后一个晚上。当我将此事告诉母亲和艾略特舅舅时，艾略特说这么做太不合适了，母亲则认为没有这个必要。当母亲说没有必要做某件事时，就意味着她完全反对。艾略特舅舅问我是怎么计划的，我说我们打算先在一个地方吃点儿饭，然后到夜总会去逛一逛。艾略特对母亲说，她应该阻止我、不让我去。母亲说：'如果我不让你去，你会听吗？''不，亲爱的。'我说，'我不会听。'然后她说：'我想到会是这个结果。这样一来，我阻止你，似乎也就没有多大的意义了。'"

"你的母亲像是个非常明白事理的人。"

"我相信她把我的意图猜了个八九不离十。拉里来接我时，我到她的房间去告知她。我打扮了一下，你知道，在巴黎这个地方你就得这样，否则的话，你看上去就像裸着似的。在她看我穿着的衣服时，她把我从头到脚打量了一番，我有些不安地感觉到，她差不多很清楚我出去要干什么了。不过，她什么也没说，只是吻了我，说希望我玩得开心。"

"你要干什么呢？"

伊莎贝尔带着怀疑的眼神望着我，好像一时拿不定主意，她该坦白到什么样的程度。

"我觉得我打扮得够漂亮的，这是我最后的机会。拉里在马克西姆饭店预定了一张桌子，我们美餐了一顿，点的菜肴都是我爱吃的，我们还喝了香槟酒。我们谈天说地，至少我是这样，引得拉里哈哈大笑。我喜欢他的一点是，我总能把他逗得开心。我们跳了舞。后来，我们去了马德里堡饭店，在那里碰上几个熟人，和他们一起又喝了一顿香槟。之后，我们一起去了阿凯西亚舞厅。拉里舞跳得好，我俩很合拍。屋里的热度、富于激情的音乐、体内的香槟酒——把我搞得晕晕乎乎。我不再有任何拘束。我把脸儿贴在拉里的脸上，我们跳着，我知道他需要我。上帝知道，我也想要他呀。我有个主意。我想，它一直就隐藏在我的脑子里。我想，我要把他带回家，一旦进了家，哦，不可避免的事情就几近于会不可避免地发生。"

"我敢说，你把它表达得再巧妙不过了。"

"我睡的房间和艾略特舅舅和母亲的隔得老远，所以我知道他们不会察觉。等我们回到美国，我想我就会给拉里写信，告诉他我怀孕了。他便不得不回美国，娶我。一旦把他弄了回来，我敢说让他留在美国并不难，尤其是我妈妈在生病。'我以前怎么就傻乎乎地没想到这一点呢，'我对自己说，'这么一来，当然什么问题都解决了。'待伴舞的音乐停止时，我已经依偎在拉里的怀里。临了，我说时间不早了，我们还要赶乘明天中午的火车，所以最好还是回去吧。我们要了一辆出租车。我紧紧地靠在拉里的怀里，他用胳膊搂住我，吻了我——噢，多么销魂的一刻。好像是转眼间车子就停在了门口。拉里付了车钱。

"'我步行回去。'他说。

"出租车开走了，我伸出手臂搂住了拉里的脖子。

"'上来再喝一杯好吗？'我问。

"'好的，只要你愿意。'他说。

"他按响了门铃，门打开了。在我们进到屋里时，他打开了灯。我望进他的眼睛里。他的眼里都是信任和坦诚——没有一点儿狡黠；显然，他丝毫也没有想到我在给他设套；我觉得我不能对他使用这样卑劣的手段。这就像是拿走小孩子手里的糖果一样。你知道我接下来是怎么做的吗？我说：'呃，也许你还是不上来的好。妈妈今天有些不舒服，如果她已经睡着了，我不想把她弄醒。晚安。'我扬起脸让他吻了我，随后把他送出了房门。这件事就这样结束了。"

"你伤心吗？"我问。

"既不觉得伤心，也没觉得高兴。只是当时我身不由己。那不是我在这么做。而是一种本能（冲动）支配了我，替我做着这件事情。"她咧嘴笑了笑，"我想，你会说这是我性格中好的一面。"

"我想，你会这么认为的。"

"那么，我这好的一面必须承担后果了。我相信它在将来会变得慎重点儿的。"

实际上，我俩的谈话到此就结束了。或许，这对伊莎贝尔来说是一种慰藉：能把心里话毫无保留地讲给一个人听；而我能给她的仅仅只有这么一点点。觉得自己做得不够好，我竭力想说上点儿什么。

"你知道，在一个人恋爱后又完全失恋了时，"我说，"他会非常地不快活，以为自己再也过不了这个坎了。可当你发现大海在这方面可以起到的作用时，你便会感到诧异了。"

"我不太明白你的意思。"她笑着说。

"哦，爱情不是个好的水手，一远航它就疲惫了。当你和拉里之间隔着浩瀚的大西洋时，你便会惊讶地发现，那在启航前似乎不能忍受的痛苦，已变得多么微不足道。"

"这是你的经验之谈吗？"

"这是一个经历了爱情风雨的人的体会。在我经受失恋的煎熬时，我会即刻登上一艘远洋班轮。"

雨还没有任何要停的迹象，于是我们决定不游览汉普顿宫和伊丽莎白女王的床了，直接开车回伦敦。在这之后，我还见过她两三次，不过，都是有旁人在的时候，在伦敦又住了一段时间后，我动身前往蒂罗尔山区。

第三部

第一章

在这以后，我有十年没有见过伊莎贝尔或者拉里。我跟艾略特的接触比以前频繁了（至于原因容我后面告知读者），我从他那里不时地听到一些有关伊莎贝尔的情况。可关于拉里，他告诉不了我任何东西。

"就我所知，拉里仍然待在巴黎，不过，我不大可能碰到他。我们不是生活在同样的圈子里。"他不无自得地说，"很遗憾，他竟会这样一直放荡下去。他出生在一个很好的家庭。如果他听从我的安排，我想我肯定能把他造得有点儿出息的。不管怎么说，伊莎贝尔总算是幸运地解脱了。"

我交游的圈子不像艾略特那样狭窄，我在巴黎结识的一些人要是艾略特见了，肯定会摇头的。每每于巴黎逗留期间，我也曾问过一些熟人，他们是否见过拉里或是听到过他的消息；其中的几个偶尔跟他有些来往，但都谈不上深交，我无法打听到他的消息。我到过他以前常去的饭店，却发现他已经好长时间没有去过那里了，饭店的人说，他一定出远门了。在蒙帕纳斯大街上的那些咖啡店里，我也从没碰到过他，这些咖啡店是住在附近的人常常光顾的。

伊莎贝尔离开巴黎后，拉里原本打算要去希腊，可他放弃了。他确实的行踪是他多年后才告诉我的，不过，为了叙事的方便，为了尽可能按照时间顺序安排事件，我放在现在来讲述。拉里在巴黎度过了整个夏天，一直勤奋地读书，直到深秋时节。

"那时，我想我需要离开书本休息一下了，"他说，"这两年来，我每天的读书时间都在八到十个小时。于是，我去了一家煤矿干活。"

"你到了哪儿？"我大声喊。

看到我惊讶的表情，他笑了。

"我想，几个月的体力劳动会对我有好处。我觉得，这会让我有机会理清我的思想，让自己平静下来。"

我没有吭声。我在想，这是他采取这一意外行动的唯一原因吗？还是与伊莎贝尔拒绝了跟他结婚有关呢？事实上，我一点儿也不知道他对她的爱有多深。多数人在恋爱的时候，总是找出各种理由来说服自己，按他们自己的意愿行事，才是唯一明智的。我以为，这正是造成众多灾难性婚姻的根本原因。就像那些把自己的事情硬交给一个明知道是骗子却碰巧又是他们的一个亲密朋友的人们一样，不愿意相信骗子首先是个骗子，其次才是朋友，他们认为无论他怎么欺骗别人，也不会骗到他们头上。拉里很坚强，为过他认为应当过的生活，拒绝为伊莎贝尔做出牺牲，但失去她的痛苦或许比他预想的更难以承受。或许，就像我们中的大多数人一样，他想鱼和熊掌兼得。

"喔，你继续讲吧。"我说。

"我把我的书和衣服装在几个箱子里，交给美国旅行社代为保管；随后，把一套换洗的衣服和几件内衣打了一个包，便出发了。教我希腊文的老师有个妹妹，嫁给了朗斯附近一家煤矿的经理，他为我写了封信带给那个经理。你听说过朗斯这个地方吗？"

"没有。"

"在法国北部，离比利时边境不远。我在那儿的车站旅馆住了一晚，第二天我乘坐当地的火车，抵达那座煤矿所在的地方。你到过煤矿村吗？"

"去过英国的。"

"哦，我想都差不多的。那儿有煤矿，有一个经理办公室，还有一排排式样整齐的二层楼的小房子，全是一个样，完全一个样，景观单调得让你感到压抑。有一座新建的、样子很难看的教堂，几家酒吧。我到的时候，那里正下着小雨，天气又冷又阴。我去了经理办公室，把那封信交给了他。经理长得一张红脸膛，个子又矮又胖，看上去是个吃饭倍香的主儿。矿上正缺劳力，许多矿工去打仗死在了战场上。矿上有不少的波兰人，我想足有二三百个。他问了我一两个问题，他不大喜欢我是个美国人，似乎觉得这里面有猫腻，可是他的大舅子在信中为我说了不少好话，最终他还是把我留下了。他要给我一份地面上的工作，而我说我想到井下去干活。他说如果我以前没下过矿，恐怕下去会受不了的，我告诉他我有思想准备，于是，他让我做了一个矿工的助手。这其实是份孩子的活儿，可那时连童工都不那么好找。这个经理对人热情，他问我是否找到了住的地方，在我告诉他还没有时，他在一张纸上写下了一处住所，对我说如果我去这个地方，这个房子的女主人会让我住下的。这位女主人是个寡妇，丈夫是矿工，大战中阵亡了，她有两个儿子，也在矿上做工。

"我拎起包，出了他的办公室，找到了那所房子。给我开门的是一位面容憔悴、个子很高的女人，她的头发已经花白，一双眼睛又黑又大。她五官端正，年轻时一定是个美人儿。尽管消瘦，她也不一定会显得难看，要不是因为她掉了两颗门牙的话。她对我说没有空的房间了，不过，在她租给一个波兰人的屋子里，还有一张空床可以睡。楼上有两间房，两个儿子住着一间，她自己住一间。她给我看的那间在楼下，我想原本是个起居间吧；我本想自己住一间的，可又想还是算了吧，毛毛雨现在已经转成中雨，一直下个不停。我不想再到别的地方找房子，把自己淋成个落汤鸡。于是，我说这间合适，我住了。他们把厨房用作了起居间，里面摆着几把摇摇晃晃的扶手椅。院子里搭着一个棚子，里面放着煤炭，也兼作浴室。她的两个儿子和那个波兰人都带着午饭在矿上吃，她说我中午可以在家里跟她一起吃。后来，我坐到了厨房里抽烟，她一边做着活计，一边跟我唠嗑，说着她自己和家里的情况。上班的人回来了，先是那个波兰人，后是那两个男孩。波兰人来到厨房，从壁炉架上提下一大壶热水，当女房东告诉他我要跟他睡一间房时，他只是点了点头，就到棚子里洗涮去了。两个男孩子个子挺高，尽管脸上沾着煤黑，可还是蛮好看的，他们似乎想跟我要好。因为我是个美国人，他们觉得我好怪，怎么会来这里干活。其中的一个男孩十九岁，几个月后将要去服兵役，另一个十八岁。

"波兰人进来后，两个男孩去洗。这个波兰人的姓是那种很长很难叫的波兰姓氏，所以他们只管他叫考斯第。考斯第是个大块头的人，比我还高出六七厘米。他有一张多肉的苍白的脸庞、一个短而扁的鼻子、一张大嘴和一双特别蓝的眼睛，因为他洗不掉眉毛和眼睫毛上的煤黑，看上去就像化了妆一样。黑黑的眼睫毛更是凸显出他眼睛的蓝色。他是个长相丑陋、性格粗野的家伙。两个男孩在换了衣服后出去了。波兰人坐在厨房里，抽着烟斗，读着一份报纸。我口袋里装着一本书，我把它掏了出来，也开始阅读。我留意到他往我这边扫了几眼，随后，他放下了报纸。

"'你在看什么书？'他问。

"我把书递给他，叫他自己看。这是法国拉法耶特夫人①写的书《克莱夫王妃》，是我在巴黎火车站买的，因为它小，能装在口袋里。他看了看书，临了又好奇地望着我，把书还给了我。我注意到他嘴角流露出一丝嘲讽的笑容。

"'你觉得它好看？'

"'我觉得它很有意思——甚至可以说是引人入胜。'

"'我在华沙上学的时候就读过它了。看得我腻味死了。'他说一口流利的法语，几乎听不出有波兰人的口音。'现在我只读报纸和侦探小说。'

"杜克娄克太太——我们女房东的名字——一边看着炖在炉子上的汤，一边坐在餐桌旁缝补着袜子。她告诉考斯第，我是矿上的经理介绍来的，并且把我觉得合适讲给她的话也重复了一遍。他抽着烟斗听着，用那双亮闪闪的蓝眼睛看着我。一双精明、犀利的眼睛。他问了几个有关我自己的问题。在他听说我以前从未在煤矿上干过时，他的唇边又一次露出嘲讽的笑。

"'你不知道你在做什么。只要有别的活可以干，没有人愿意来煤矿。不过，这是你自己的事，毫无疑问，你有你的理由。你住在巴黎的什么地方？'

"我告诉了他。

---

① 拉法耶特夫人（Madame de La Fayette，1634—1693），法国小说家。

"'有个时期，我每年去趟巴黎，不过，我去了也就是逛大街。你在拉吕饭店吃过饭吗？那是我最喜欢去的饭店。'

"他这话略微叫我感到一些诧异，因为你知道，这家酒店的饭菜蛮贵的。"

"确实挺贵的。"

"我想，他看出了我的惊讶，因为他又一次朝我讥讽地笑了笑，而且显然认为没有再作解释的必要。在我们这样东一句西一句聊着的时候，两个男孩回来了。我们开始吃晚饭，晚饭吃完，考斯第问我愿不愿意跟他去一家酒馆喝杯啤酒。酒馆只有一间大屋子，屋子的一头是酒吧间，摆着一些大理石桌面的桌子和木头椅子。有一架自动钢琴，有人塞进了硬币，正奏着一支舞曲。除了我们这一桌，只有三张桌子上有人。考斯第问我会不会玩比陆。我跟我的一些学生朋友曾经一起玩过，所以我说我会，于是，他提议谁输了谁就付酒钱。我同意了，他要来一副纸牌。我输了一杯啤酒，又输了第二杯。后来，他说我们玩赢钱的吧。他总有一手好牌，我的运气很差。我们下的赌注很小，我输了几个法郎。这叫他来了兴致，变得健谈起来。从他表达自己的方式和行为举止上，我很快猜出他是个受过教育的人。再谈到巴黎时，他问我是否认识某某、某某和某某，这正是路易莎和伊莎贝尔在巴黎时我去艾略特家见过的那几个美国女人。他似乎比我更熟悉她们，我纳闷他是怎么沦落到现在这一境地的。时间还不算晚，可我们破晓就得起床。

"'我们再喝一杯就回家。'考斯第说。

"他呷着啤酒，用他双精明的小眼睛窥视着我。我知道他当时的样子让我想到了什么，一头坏脾气的猪。'你为什么会来这个糟糕的煤矿干活呢？'他问我。

"'为了体验一下煤矿的生活。'

"'你真是个傻蛋，小伙子。'他说。

"'你为什么会在这儿？'

"他耸了耸他宽大臃肿的肩膀。

"'我很小就进了贵族军事学校，在上次大战中，我父亲是沙皇麾下的一名将军，我是骑兵团里的一个军官。我忍受不了波兰元帅毕苏斯基①这个人。我们计划杀死他，结果有人泄露了消息。他把被逮住的人都枪毙了。我设法成功地越过了边界线。留给我的只有两条路，一是参加法国军团，一是去煤矿。我选择了罪孽较轻的一个。'

"我已经告诉过考斯第我要在矿下干活儿，他当时并没有说什么，可现在他把胳膊肘支在了大理石桌面上，对我说：

"'来，试着摁下我的手。'

"我知道这种很古老的比试力气的方法，我伸出胳膊握住他的手。他哈哈地笑着说：'再过几个星期，你的手就不会这么细皮嫩肉的了。'我使尽了力气，可掰不动他的胳膊，渐渐地，他将我的手一点儿一点儿地压倒在桌子上。

"'你还挺有劲的。'他颇为公允地说，'好多人都坚持不了你这么长的时间。你听我说，我的助手是个个子瘦小的法国人，干活不行，他连虱子的力气都没有，我会让工头派你做我的助手。'

"'我愿意，'我说，'你觉得工头会同意吗？'

"'需要给他点儿好处。你能拿出五十法郎吗？'

"他朝我伸出手，我从钱包里取出一张五十法郎的纸币。随后，我们两人就回家睡觉了。我这一整天没闲着，睡得跟个死猪一样。"

"你没觉得煤矿的活儿太苦吗？"我问拉里。

"开始时，累得背也弯了，"他咧嘴笑着说，"考斯第说通了工头，我成了他的助手。那个时候，考斯第在矿下作业的空间只有旅店的浴室那么大，隧道很低，穿过隧道进到里面时，你不得不趴着进去。里面热得像地狱一样，我们干活只穿着短裤。考斯第那宽大肥胖、白白的身体令人厌恶，他看上去就像一个硕大的蜓蚰。气刀的噪声在那狭小的空间里震耳欲聋。我的工作就是把考斯第劈下来的煤块放在煤筐里，通过隧道把筐子拖到隧道口，等着煤车过来装上去运到电梯那

---

① 约瑟夫·毕苏斯基（Józef Pitsudski，1867—1935），波兰政治家。

里。这是我唯一待过的一个煤矿，因此不知道其他煤矿是不是也是如此。我觉得这种做法太业余了，是非常累的苦力活儿。快到中午的时候，我们坐下来休息，吃着带来的午饭，抽上一支烟。干完这一整天的活儿后，我并不后悔来到这里，完工后，洗个澡觉得真舒服。我想，我的脚再也洗不干净了，它们黑得像墨水一样。当然，我的手上起了泡，它们疼得要命，不过，它们好了。我终于习惯了这份工作。"

"你在井下干了多长时间？"

"这个活儿我只干了几个星期。把煤运到电梯那边的煤车由一辆拖拉机拖拽，这个司机不懂机械，拖拉机的发动机经常停转。有一次，他怎么弄车子也走不了，愁得他一点儿办法也没有。哦，我是个不错的机械师，于是我过去给他看了看，不到半个小时，拖拉机修好了。工头把这件事告诉了经理，经理派人把我叫到他的办公室，问我是不是会修车。结果他让我做了司机；当然，干司机比较单调乏味，可是轻松。因为拖拉机的发动机再也没有出过麻烦，他们都很感激我。

"考斯第对我不再做他的助手非常恼火。我很适合他，他已经习惯了我做他的助手。我跟他很快地熟悉起来，白天我们在一起干活，吃过晚饭后一块去酒馆，晚上睡在一间屋子里。他是个很有意思的人，这种人你一定会喜欢。他不跟别的波兰人混在一起，我俩不到他们去的咖啡馆。他忘不了自己是贵族，还曾是骑兵团的一个军官，他把那些波兰人看得一钱不值。他们自然怀恨在心，可他们对他又不敢怎么样；他壮得像头公牛，一旦打起来，不管带没带刀子，他们五六个人都不是他的对手。我认识了他们中间的几个，他们说他做过一支骑兵分队里的军官不假，可他说自己是由于政治原因离开的波兰，却完全是谎言。他是因为打牌作弊被踢出华沙军官俱乐部并被解职的。他们告诫我不要跟他玩牌。他们说这就是他躲着他们的原因，因为他们太了解他了，不愿跟他打牌。

"跟他玩牌，我一直在输，输得并不多，你知道，一个晚上也就是几个法郎，可他赢了时总要坚持他付酒钱，所以算下来我并没有什么损失。以前我以为我只是运气差罢了，或者是我的牌技不如他。在这之后，我开始变得警觉起来，我确信他在作弊，但是，你知道吗，我怎么也看不出来他是如何作弊的。喔，他真是聪明过人。我知道他不可能总起一手好牌。我像只山猫一样盯着他。他狡猾得像只狐狸，我猜他已看出我在提防他了。一天晚上，我们玩了一会儿后，他停下来，带着一种嘲讽的冷冷的笑（他只会这么笑）望着我说：

"'我给你变几个戏法看好吗？'

"他把纸牌拿在手里，叫我说一张牌。然后他洗了洗牌，让我从这中间抽出一张，我这么做了，结果我抽出的牌正好是我说的那一张。又变了两三个戏法后，他问我玩不玩扑克牌。我说玩，于是他发给我几张牌。我拿在手中一看，是四个 A，一个 K。

"'凭这手牌，你一定愿意下大赌注，不是吗？'他问。

"'会赌上我所有的钱。'我回答说。

"'那你就犯傻了。'他摊开了他自己手中的牌。是同花顺。我不知道他是怎么弄到这手牌的。他看我满脸惊讶，便大笑了起来。'如果我不是一个诚实的人，你早就连裤子也输掉了。'

"'是的，你并没有那么做。'我咧嘴笑着说。

"'只是一点儿钱而已。还不够在拉吕饭店吃上一顿的。'

"每天晚上，我俩都玩得很尽兴。我后来发现，他玩牌作弊与其说是为了赢钱，还不如说是为了取乐。看到我被骗得晕晕乎乎的，他有一种异样的满足感。我想，叫他觉得蛮有趣的是，他知道我已觉察到他在捣鬼，却看不出他是怎么捣的鬼。

"不过，这只是他性格中的一个方面，他的另一个方面才是我更加感兴趣的。我简直无法融合这两个方面。尽管他自己说除了报纸和侦探故事什么也不读，却看得出他是个有文化的人。他很健谈，虽然说话刻薄、犀利、带着嘲讽，可听他讲话却是一种享受。他是一个虔诚的天主教徒，在他的床前挂着一个十字架，他每个星期日都去做弥撒。星期六晚上，他总要喝醉酒。我们去的那家小酒店里挤满了人，屋子的空气中弥漫着烟雾。酒馆里有带着自己的妻子一起来的中年矿工们，有一伙伙叫嚷个不停的年轻人，还有围在桌子旁满头大汗、大声喊着玩比陆的人，他们的妻子坐在他们稍后一点儿的地方观看。这满屋子的人和嘈杂声使考斯第产生一种奇怪的反应，他逐渐变得严肃起来，开始谈起——在所有话题中我认为他最不可能涉及的话题——神秘主义。那个时候，我对神秘主义还一无所知，除了在巴黎读过的一篇梅特林克论鲁斯布鲁克的文章。可考斯第却谈到了普罗提诺①、雅典最高法院法官圣丹尼②、鞋匠雅各布·伯麦③和梅斯特·爱克哈特④。听这样一个被剔除出他自己阶层的大块头流浪汉（一个穷困潦倒、玩世不恭的人）大谈万物终极的本性和与上帝结合带来的福祉，给人一种很是奇异的感觉。这一切都是我头一次听到，令我既兴奋又不安。我就像一个醒了后躺在黑屋子里的人，突然觉得有一道光线从窗帘的缝隙中透了进来，他知道只要拉开窗帘，外面沐浴在美好晨光中的田野就会整个儿展现在他的眼前。然而，在考斯第冷静下来的时候，如果我要他继续讲这个话题，他就会对我发怒，眼睛里充满鄙夷。

"'连我都不知道自己在说些什么时，我怎么知道我谈论的是什么？'他叫嚷着。

"可我知道他在说谎。他完全知道他在谈些什么。他懂得很多。当然，那个时候的他是喝多了，然而，他眼里的欣喜和出现在他那丑陋脸上的专注神情，绝不会只是因为他喝多酒了的缘故。他第一次跟我这样子讲话时谈到的事情，我至今难忘，因为我听了觉得骇然：他说世界并不是上帝的一个创造物，因为没有任何东西可以从'无'中产生；世界只是永久本性的一种显现；哦，这还罢了，但他还说恶像善一样，也是对神性的一种直接体现。坐在那个嘈杂、脏乱的咖啡馆里，伴着自动钢琴奏出的舞曲，听着这些话语，觉得好怪、好怪。"

---

① 普罗提诺（Plotinus，205—270），古罗马新柏拉图主义哲学家。
② 圣丹尼（Saint Denis，？—272？），巴黎第一任主教，于公元250年由罗马派往巴黎向高卢人传教，因宣传犹太教义被调回罗马，受酷刑并斩首。
③ 雅各布·伯麦（Jakob Böhme，1575—1624），德意志哲学家、神秘主义者。
④ 梅斯特·爱克哈特（Meister Eckhart，约1260—1328），中世纪德意志神秘主义者，哲学家，被认为是德意志神秘主义创始人。

第二章

　　为让读者稍喘口气，我在这里另起了一章。我这么做只是想给读者一点儿方便，因为谈话还在继续。借此机会，我顺便描绘一下此时的拉里。他缓缓地讲着，常常精心地选择着他的用词。尽管我不能说精确地记录下了这场谈话，可我要努力再现的不仅是大体的内容，而且还有他谈话的方式。他的语调和音色很美，像音乐那么动听；他讲话没有任何手势，一直抽着他的烟斗，时而停上一下，再把它点燃。他直面着我，黑色的眸子里是那种愉悦的、难以捉摸的神情。

　　"很快春天到了，在这一寒冷、阴雨连绵又荒僻的乡野，春天总是姗姗来迟；间或出现一两天晴好和暖的天气，让你更不愿意离开地面，乘着摇摇晃晃的电梯，挤在穿着脏兮兮的工作服的矿工中间，下到几百米深的阴森森的井下了。春天的确来了，可在这个仍显萧瑟、满目荒凉的乡下，春天似乎非常羞涩，不太确定它是否会受到欢迎。这就像一盆长在贫民区人家窗台上的水仙或是百合，你会感到纳闷它为何会在这里。一个星期天的早晨，我们都在床上躺着（星期天我们总是睡懒觉的），我正在读着什么，这个时候，望着窗外的考斯第转过身来对我说：

　　"'我准备离开这个地方。你愿意跟我一起走吗？'

　　"我知道许多波兰人每年夏天要回波兰收割庄稼，可现在还早，更何况，考斯第已经回不去了。

　　"'你打算去哪儿？'我问。

　　"'流浪。穿过比利时，进入德国，沿着莱茵河往前走。只要我们能在一个农家找到活儿，就可以食宿无忧地过整个夏天。'

　　"我一下子便做出了决定。

　　"'很好。'我说。

　　"第二天，我们便告诉工头不干了。我找到一个人，他愿意用背包换我的手提包。我把我不想要的或是背包里放不下的衣服，送给了杜克娄克太太的小儿子，他跟我的个子差不多。考斯第丢下一个包，把他要的东西装进背包里。第二天，在喝完房东太太给我们煮的咖啡后，我们就出发了。

"我们并不急着赶路，因为我们知道在收割季节没到之前，农家是不需要雇工的，所以，我俩每日慢悠悠地走路，一天顶多走上十六到二十英里，我们途经那慕尔和列日穿过法国和比利时，然后经由亚琛进入了德国。每走到一个看上去不错的村子，我们就住上几日。沿途总有一些小旅店可以让我们住下，有一些啤酒馆，让我们喝上几杯。整体说来，这一段时间的天气都很好。在井下待了几个月，现在漫游在这旷野上，感觉真好。我想，我以前从未意识到，这绿绿的草地有多么迷人，这树木有多么可爱，当它们的叶子还未长出、枝条上罩着一层浅绿色的薄雾时。考斯第开始教我德语，我想他的德语和他的法语说得一样好。我们沿途看到的各种各样的物体和动物，一头牛、一匹马、一个人等等，他都用德语把它们讲出来，后来，他又教我简单的德语句子。时间就这样不知不觉地过去了，等到我们进入德国时，我至少已经能够向别人说出我想要的东西了。

"科隆稍稍偏出我们走的路线，可考斯第坚持要到那里看一看，他说一万一千名殉道修女[①] 的遗骨就埋葬在那里。我们一到那儿，他就喝老酒去了。有三天的时间，我没见到他的人影，待他出现在我们住的像工棚似的屋子里时，他成了一副狼狈相。他跟人打架了，一只眼睛上有黑青，嘴上划开一道口子。他一直睡了二十四个小时。临了，我们开始沿着莱茵河流域，向达姆施塔进发，考斯第说那里的乡村富裕，我们有望在那儿找到活干。

"我从未这样尽情地享受过大自然。天气一直晴好，我们经过了·座座城镇和乡村。有值得看的景观时，我们就停下来观览。碰到过

---

① 科隆的圣乌尔苏拉教堂（建于十一世纪和十三世纪之间）相传藏有匈奴杀戮的一万一千名修女的残骸。残骸以某种葬礼式的图案镶嵌在墙上，教堂内各处都可见到。圣徒和她的几个亲密伴侣的头颅则藏在金室内金银神像的头内。

夜的地方，我们就住下来，有一两次，我们睡在了干草堆上。我们在路边的客店里吃饭，要是走到了酒乡，我们就不再喝啤酒而改喝葡萄酒。我们和在酒馆里喝酒的人交上了朋友。考斯第那副乐呵呵大大咧咧的样子，让当地人对他产生了信任，他跟他们玩斯卡特①，嘻嘻哈哈地说着他们爱听的下流话，使诈赢干了他们钱袋，这些人听得开心，也就不再在乎他们输给他的那些钱。我跟他们练习讲德语。我在科隆买下一本英德会话语法的书，我的德语进步得很快。后来，有一天晚上，在几杯白葡萄酒下肚之后，考斯第又以他那古怪的方式谈论起从孤独逃出又陷入孤独，谈起灵魂的漫漫长夜和造物与上帝结为一体时所获得的那一极致的喜悦。可到了早晨，当我们又走在草儿沾满露水的明媚的原野上时，我再叫他讲一讲这些事情，他便大发脾气，几乎要抡起拳头揍我了。

"'住口，你这个傻瓜，'他喊，'你干吗想听这些乱七八糟的东西？让我们继续学德语。'

"跟一个有着汽锤般的拳头、二话不说就动手的人，你还能说什么呢。我曾见过他发怒。我知道他能一下子把我打趴在地、把我丢在一条臭水沟里，在我仍昏迷的时候，很可能把我口袋里的钱洗劫一空。我怎么也看不懂他这个人。在酒让他打开了话匣子，谈起至高无上的主宰时，他会摈弃平时挂在嘴上的粗话和脏话，犹如脱掉了在井下穿的污秽的工装一样，他变得谈吐文雅、滔滔汩汩。我觉得此时的他是真诚的。我也不知道这么一个想法是怎么进到我的脑子里的：他之所以做煤矿上的这份苦工，是为了鞭挞他的肉体。我想他憎厌自己硕大臃肿的身体，想要折磨、熬煎它，他的欺骗、嘲讽和蛮横都是他的意志对——噢，我不知道你会怎么称呼——根深蒂固的圣洁本能的反抗，对渴求上帝（这个上帝既使他感到害怕又占据着他的身心）之欲望的反抗。

"我们已走了不少的时日，春天快要过去，树木已长得枝繁叶茂。

---

① 一种德国人的牌系。

葡萄园里的葡萄开始灌浆。我们尽可能沿着尘土飞扬的公路行进。我们已抵达临近达姆施塔特的地界。考斯第说我们最好现在就开始找活干。我们的钱已经不多了。我的口袋里虽说还有五六张旅行支票，但是我打定主意，不到万不得已不用它们。我们走到一个看似家境不错的农户家门口，上前问他们需不需要帮工。我敢说我们的样子一定不惹人待见。我们灰尘满面，一身臭汗，衣服也脏里吧唧的。考斯第看上去像个大恶棍，我觉得我也好不到哪里去。我们一次又一次遭到农家的拒绝。有一个地方的农夫说他可以雇下考斯第，但不能用我；考斯第说我们是好朋友，不能分开。我让他留在这家，我再找地方，可他不听。这让我感到有些惊讶。我知道考斯第喜欢我——尽管我不知道为什么，因为我现在对他一点儿用也没有——可我从未曾想到，他喜欢我到这样的程度，能因为我而拒绝了给他的工作。在我们继续往前走时，我心里有了些许的内疚，因为我真的不喜欢他，事实上，我还有些讨厌他呢，可当我因此跟他说了些感激的话时，他却骂了我个狗血喷头。

　　"不过，我俩的运气终于来了。我们刚走过一个位于洼地的村子，就发现一所盖得不怎么规则可也并不难看的农舍。我们上前敲门，开门的是一个女人。像前面几次一样，我们问她可要帮工。我们告诉她我俩不要工钱，只供给我们吃住就可以，她并没有像我们所以为的那样砰的一声把门关上，而是说让我们等一下。她朝屋里面喊了几声，很快一个男人走了出来。他把我俩仔细打量了一番，问我们是从哪里来的。他要求看我们的证件。在知道了我是美国人时，又盯着看了我几眼。他似乎并不喜欢我是个美国人，不过，他还是让我们进到屋里，请我们喝杯葡萄酒。他把我们领进厨房，坐了下来。那个女人拿来一壶酒和一些杯子。这位男主人告诉我们，他的帮工前几日被牛顶伤了，还在医院里，在收割之前是派不上用场。打仗死掉了许多人，莱茵河沿岸兴建的许多工厂又招去了不少人，现在找帮工可真的不容易啊。我们当然知道这一情况，所以我们一直没有失去信心。唔，长话短说，他说他留下我们了。他的房子里有空屋子，可我想他不愿意让我们住那里；他告诉我们，在他的干草棚上面有两张床，我们可以睡在那儿。

"活儿并不算太累。照看照看牛，还有猪；这家的农机都不太好使了，我们不得不给修理修理。可我还是有些闲暇的时间。我喜欢闻青草那清香的味道，傍晚时我常常出来闲逛、遐想。日子过得很开心。

"这家的人有老贝克尔，他的妻子，他的已做了寡妇的儿媳妇和几个孙儿女。贝克尔快五十岁了，体格强壮，花白头发，他打过仗，腿部受了伤，至今一条腿还瘸着。腿伤还在痛，为了减轻痛苦，他常常喝酒。每晚睡觉前，他总会喝高了。考斯第跟他很处得来，晚饭后常常一起去小酒馆，玩斯卡特，酗酒。弗洛·贝克尔从前是这家的一个侍女，她是他们从孤儿院里领养回来的，贝克尔的妻子死后不久，她便做了贝克尔的老婆。她比贝克尔小好多，体态丰满姣好，长得也蛮漂亮，粉红的脸颊，秀美的头发，多情的眸子里透着对性的渴求。没有多久，考斯第便看出这里面有文章可做。我告诫他不要做傻事。我们这份工作不错，不要丢掉。他只是嘲笑我，说贝克尔满足不了她，她的内心正燃烧着欲火呢，我知道求助于他的良知是没有用的，我只能告诉他要小心行事；对他想要干的事情，贝克尔或许看不出来，可这里还有他的儿媳妇，她会把一切都看在眼里的。

"这个儿媳妇的名字叫艾丽，她是个长得很粗壮的大个子女人，还不到三十岁，黑眼睛，黑头发，一张肤色发黄的方脸庞，常常阴沉着个脸。她还为在凡尔登战死的丈夫戴着孝。她是个虔诚的教徒，每个星期天的早晨都会走到村子里做弥撒，下午的时候再去做晚祷。她有三个孩子，最小的一个是在她丈夫死后才出生的，吃饭时除掉骂孩子外从不开口。她很少干农活，大部分的时间都在照看孩子，傍晚的时候，她常常独自坐在起居间读小说，门半开着，好能听到孩子们传过来的哭声。这家里的两个女人彼此恨着对方。艾丽看不起弗洛·贝克尔，觉得她从前是个弃婴，又是家里的女佣，很不情愿让她这个女主人来发号施令。

"艾丽是一个富裕农家的女儿，嫁过来时带来不少嫁妆。她没有上村里的学校，而是去了斯温根堡镇的女子体育学校，接受了良好的教育。而可怜的弗洛·贝克尔十四岁时就来到了这家农户，如果说她现在能读能写，就已经蛮不错了。这是这两个女人之间闹矛盾的另一个原因。艾丽从不放过任何一个可以显摆自己知识的机会，弗洛·贝克尔为此气得面红耳赤，会问她做一个农家妻子要知识又有何用。临了，艾丽会看着用一根钢链拴在她手腕上的丈夫的身份牌，阴沉沉的脸上又添了一份恨恨的神情，她说：

"'不是一个农家妻子。而是一个农家寡妇。她的丈夫是一位为国捐躯的英雄。'

"有时候，可怜的老贝克尔不得不搁下手里的农活，来给她俩做调解。"

"他们是怎么看你的呢？"我打断了拉里的话问。

"噢，他们认为我是美国军队里的逃兵，回不到美国去了，或者曾经进过监狱。他们说这就是我之所以不愿意跟考斯第和贝克尔一起去酒馆喝酒的原因。他们觉得我不想引起别人的注意，不想受到村子里警察的盘问。艾丽发现我正在学德语后，拿出她从前上学用的课本说，她愿意教我。于是，晚饭后我和她便会到起居间，把弗洛·贝克尔留在厨房；我大声地读课文，艾丽纠正我的发音，并把我不懂的单词解释给我听。我猜想，她这么做不只是在帮助我，也是要气气弗洛·贝克尔。

"这段时间考斯第一直想着要把弗洛·贝克尔搞到手，却没有什么进展。弗洛·贝克尔是个生性快乐活泼的女人，考斯第逗她开心，乐得她哈哈大笑，考斯第对付女人自有他的一套办法。我猜想，她知道他要的是什么，我敢说她为此还感到一丝得意呢，但当他动手拧了她的大腿时，她斥责他，要他把手放规矩点儿，并给了他一记响亮的耳光，我敢说，这一耳光可打得不轻。"

说到这里，拉里迟疑了一下，脸上露出羞涩的笑容。

"我从未想到，女人会追求我这类型的人，但我现在感到——哦，弗洛·贝克尔是喜欢上我了。这让我觉得很不舒服。单说年龄，她就比我大好多，再则，老贝克尔对我们一直很好。在餐桌上，她给我们盛饭菜，我发现她给我盛的总比给别人的多，而且我看她似乎总在找我俩单独待的机会。当她朝我笑时，我想，她的眼睛也在送着秋波。她问我有没有女朋友，说像我这样的一个年轻人在这种地方，没有一个女人会很难熬的。你懂这类事情的。我只有三件衬衫，都穿得很破了。有一次她跟我说，穿这样的破衣多不好，如果我愿意拿到她那里，她会帮我缝补一下。艾丽听到了她说的话，下次和我单独待着时，便跟我说如果有什么要缝补的她愿意做。我说这不打紧的。可一两天后我发现我的袜子还有衬衣都给缝好了，叠放在阁楼我放东西的长凳上；可到底是她两个之中谁给补好的，我却不得而知。当然啦，对弗洛·贝克尔，我并没有太在意；她是个心地善良的女人，我想，这也许只是她母爱的一种体现，可是有一天，考斯第终于对我开口了：

"'你听着，拉里，她要的不是我，而是你。我没有机会了。'

"'别胡说，'我跟他说，'她的年龄都可以做我的母亲了。'

"'那又怎么样？你就勇敢地上吧，我的朋友，我不会挡你的道的。的确，她不是那么年轻了，但是，她的体形很美，风韵犹存。'

"'噢，住口。'

"'你为啥要犹豫呢？我希望，不是因为我。我是个哲学家，我知道天涯无处无芳草，东方不亮，西方亮。我并不怨她。你比我年轻。我也曾年轻过的。青春是很短暂的，朋友。'

"考斯第对我不愿意去相信的事情竟然这么肯定，这让我有点儿闷闷不乐。我不知道该如何应对这种局面，此时，我回想起许多当时我没有太在意的细节，还有艾丽跟我说的一些我当时没有太去注意的话。但是现在我懂得它们的含义了，我敢肯定艾丽也像考斯第一样，知道正在发生着什么。当我跟弗洛·贝克尔单独在厨房里时，艾丽会突然闯进来。我觉得她在监视着我和弗洛·贝克尔。我不喜欢她这样。我想，她想要当场捉奸。我知道她恨弗洛·贝克尔，只要她有一半的机会，她就会挑起事端。当然啦，我知道她是不可能抓住我们的，可这个女人心眼不好，我清楚什么样的谣言她都能造得出来，然后再去灌进老贝克尔的耳朵里。除了装成一个傻瓜，装作对弗洛·贝克尔对我的追求毫不知情，我真的不知道还能怎么办。我在这里过得很快活，活儿也干得挺带劲，不想在还没收割完之前离开。"

"哦，那后来怎么样啦？"我问。

"唔，夏天一天天地过去了。我们没死没活地干着。割草，垛草。紧接着樱桃熟了，我和考斯第登上梯子去采摘，房里的两个女人把它们装进大筐，老贝克尔用车拉它们到斯温根堡镇去卖。这完了是收割裸麦。当然啦，还有牲口需要照料。我们黎明前起床，一直干到天黑才收工。我想弗洛·贝克尔现在应该已经放弃我了，我在不得罪她的前提下，尽可能地跟她保持距离。到了晚上，我困得无法再学德语了，一吃过晚饭，我便到我们的阁楼，倒头睡了。贝克尔和考斯第在大部分的晚上仍到村子里的小酒馆去，等考斯第从酒馆回来，我早就睡着了。阁楼上很热，我一般都是光着身子睡觉。

"一天晚上，我被弄醒了。一开始我搞不清楚是怎么回事，我尚未全醒。我觉得有一只热乎乎的手捂在我的嘴上，我意识到有人睡在了我身边。我把那只手推开，跟着是厚厚的嘴唇紧紧地压在我的唇上，两条手臂搂住了我，我感觉弗洛·贝克尔硕大的乳房贴在了我的胸上。

"'不要出声，'她悄悄地说，'安静。'

"她紧紧地搂着我，用她热乎乎的嘴唇亲着我的脸，手儿乱摸着我的身体，她用两条腿夹住了我的。"

说到这里，拉里停了一下。我扑哧一声笑了：

"那你是怎么做的？"

他苦着脸笑了一下，甚至脸也有点儿红了。

"我还能怎么做呢？我听得到睡在我旁边床上的考斯第发出的酣畅的呼吸声。这种约瑟①的处境总是令我觉得不免有些好笑。我只有

---

① 《圣经·旧约·创世记》第三十九章：约瑟为埃及人管家，遭埃及人妻子的勾引，要与他同寝。约瑟不从，她拉住他的衣裳。约瑟丢掉衣裳逃走。她以衣服为证，说约瑟勾引她，将约瑟送进大狱。

二十三岁。我不能闹出动静，把她一脚踢下床去。我不想伤害她的感情。我做了她想要我做的事情。

"临了，她下了床，蹑手蹑脚地出了阁楼。我可以告诉你，我在这时方松了一口气。你知道，我被吓坏了。'天哪，'我说，'这多危险啊！'我想尽管贝克尔从酒馆回来可能会睡得死沉沉的，可他们睡在一张床上，很可能贝克尔一觉醒来发觉妻子不在身边。这里还有艾丽。她总是说她睡觉不好。如果她醒着，就会听到弗洛·贝克尔下楼走出房间的声音。此时，我突然想起了什么。当弗洛·贝克尔跟我在床上时，我觉得有一块金属片曾触到我的皮肤。我当时没留意，你知道，在那种情况下，谁也不会去留意的，我从没想到问自己，那究竟是个什么玩意。现在，它一下子从我脑中闪过。当时我正坐在床沿上焦虑地思考着这件事的后果，这一想惊得我突然从床上跳了起来。这块金属片就是艾丽挂在她手腕上的她丈夫的那个身份牌，原来在我床上的不是弗洛·贝克尔，而是艾丽。"

我哈哈地大笑起来，笑得前仰后合，停不下来。

"这在你听来，可能觉得好笑，"拉里说，"可当时的我却一点儿也没有觉得它好笑。"

"现在回过头去看，难道你不觉得这里面有那么一点儿幽默的成分吗？"

在他的嘴角边出现了一抹无奈的笑容。

"或许有吧。不过，那种境况也真够难堪的。我不知道在这后面会发生什么。我不喜欢艾丽。我认为她是个顶叫人讨厌的女人。"

"你怎么竟会将艾丽误认为是贝克尔太太呢？"

"屋子里太黑了。除了叫我闭嘴，她没说一句话。她们俩都是那种很高很壮实的女人，我想，弗洛·贝克尔在追求我。我从没想到过在艾丽的心中也有我的位置。她总在缅怀她的丈夫。我点了一支香烟，想着我的处境，越想越后怕。在我看来，最好的办法似乎就是远走高飞。

"我常常怪考斯第太难被叫醒。在矿上时我总得拼命地摇他、推他，才能把他弄醒，免得他迟到。可现在我倒感激他睡得这么死了。我点上灯，穿好衣服，把我的东西收拾到背包里——我没什么东西，收拾没用了一分钟——背起了背包。只穿着袜子通过了阁楼，等从梯子下到了下面，才穿上鞋子。我吹灭了灯。那是个漆黑的夜晚，没有月亮，不过，我熟悉通往村子里的那条大路，我朝那条路的方向奔去。我走得很快，因为我想在人们还没有起床到外面活动之前到达镇上。这儿离斯温根堡镇只有十六公里，在我到达那里的时候，镇子上才刚刚有了动静。我永远忘不了那次的奔逃。除了我的脚步声和偶尔传来的一两声鸡叫，没有任何声响。后来，天幕上泛起一抹青灰色，尚不是光，可也不是漆黑一片了，接着，是第一道黎明的曙光，太阳的升起，鸟儿的啭鸣，尔后，是绿油油的青草和繁茂的林木，还有沐浴在晨光中的金里泛银的麦穗，它们都一览无余地呈现在了眼前。在斯温根堡镇，我喝了一杯咖啡，吃了一个面包卷，然后到邮局给美国旅行社发了一份电报，叫他们把我的衣服和书籍寄往波恩。"

"为什么是波恩？"我插进来问。

"我们顺着莱茵河走时，我们曾在那里停留了几日，那时我就觉得波恩不错。我喜欢阳光照耀在这个城市的河流和屋顶上折射出的绮丽色彩，喜欢它那古老狭窄的街巷、它的别墅、花园和两边有栗子树荫掩映起的大道，还有大学里的洛可可式建筑。那时我就想，在这个地方住上一段日子倒不坏。不过我觉得，在到那里之前，最好还是先把自己的外表整饰一下，我的样子就像个流浪汉，如果我要找一处提供膳宿的人家，怕是人家也不敢留我的。于是，我乘坐火车去了法兰克福，买了几件衣服和一个手提包。我在波恩下了火车，在那儿住了一年。"

"你在矿上还有农家干活的经历，我的意思是说，对你有什么助益吗？"

"有的。"拉里点头笑着说。

但是，他并没有告诉我是什么助益，那时我对他已有足够的了解，知道如果他愿意告诉你，他一定会讲给你听，如果不愿意，他会很有礼貌地半开着玩笑把你的问题支开，任凭你再坚持也没有用。这里，我得提醒一下读者，所有这一切都是拉里在十年之后才告诉我的。在这以前，也就是我再一次见到他之前，我根本不知道他去了哪里，或是他在干什么。我没有他的一点儿音信。要不是我跟艾略特一直保持着联系，他经常告诉我一些伊莎贝尔的情况，并叫我想起了拉里，我无疑早会忘了他的存在。

第三章

在跟拉里解约后的第二年六月上旬，伊莎贝尔嫁给了格雷·马图林。尽管艾略特极不情愿在巴黎的游宴旺季离开巴黎，那样他会错过不少盛大宴会，可他强烈的家庭情感让他不能忘掉他在这个家庭里要担当的责任。伊莎贝尔的两个哥哥都在国外供职，回不来，因此不远万里赴芝加哥、把他的侄女嫁出去，就成了他义不容辞的责任。想到大革命时期法国贵族都是穿着盛装走上断头台的，他特意去了一趟英国，为自己购置了一套新晨礼服、一件青灰色双排扣的大衣和一顶丝绒大礼帽。回到巴黎后，他请我过来，让我帮着参谋参谋。因为他正在犯愁呢：他想在婚礼上打的浅灰色领带，使他平日别在领带上的珍珠别针一点儿也不显眼了。我建议他用他那枚翡翠钻石别针。

"如果我是客人——那当然可以。"他说，"但处在我这个主婚人的位置，我觉得珍珠更具有象征意义。"

艾略特对这门亲事很是满意，认为从各方面看都符合他关于婚姻的观念和标准。他提到这桩婚姻时那兴致勃勃的劲头，就像孀居的公爵夫人谈到拉罗什福科家的幼子和蒙莫朗西家的女儿门当户对的婚姻一样。为了表示对这门亲事的祝贺，他不惜重金买下了纳迪埃为法国王室公主画的一幅肖像画，作为送给伊莎贝尔的结婚礼物。

亨利·马图林为这对新婚夫妇在阿斯特街买下一座别墅，这样他们既离布拉德雷太太住的地方较近，又与他自己位于湖滨道上的那幢宫殿式的住宅不远。在购置这所房子时，碰巧（我怀疑这与艾略特的谋划和从中斡旋有关）格雷戈里·布拉巴宗正好在芝加哥，因此房子的内部装潢就委托给了他。当艾略特返回欧洲时，他丢下巴黎的游宴季不顾，径直奔赴伦敦，带来了那边房子装修后的照片。格雷戈里·布拉巴宗大大地施展了一回他的本领。客厅完全是乔治二世的风格，非常华贵。书房——格雷将来时常要待的地方——的装饰，是格雷戈里依照慕尼黑阿玛利安堡一间屋子带给他的灵感而设计的，除了没有地方放书以外，可谓完美至极。至于卧室，格雷戈里给这对新婚的美国年轻夫妇装饰得更是格外舒适，我想就是法王路易十五也会高兴在这里跟他的蓬巴杜夫人幽会的，而伊莎贝尔的浴室更会叫他大开眼界，这浴室整个儿都是用玻璃装成的——墙壁、屋顶、浴缸——在玻璃墙内，银色的鱼群在金色的水草中间游来游去。

"当然啦，房子不是太宽敞，"艾略特说，"可亨利说仅装潢就花掉了一万多美元。这对一些人来说，是笔不小的财富呢。"

婚礼的盛大、奢华是圣公会教堂以前没有过的。

"比起巴黎圣母院的婚礼还差点儿，"他不无自得地说，"不过，就新教的婚礼来说，也算得上气派啦。"

报纸在重要位置给予了报道，艾略特递过来一些剪报让我看。随后，他又拿出了伊莎贝尔的照片，穿着结婚礼服的她显得高挑、美丽，格雷穿着礼服有些不太自如，虽然块头大可身材并不赖。还有一张照片是新婚夫妇和伴娘们拍的，另一张是跟布拉德雷太太和艾略特拍的，布拉德雷太太身着名贵的衣装，艾略特将他的丝绒大礼帽擎在手中，那种优雅的派头唯他独有。我问他布拉德雷太太近来可好。

"她消瘦了不少，脸色也不好看，不过，还算好。当然啦，伊莎贝尔的婚事让她受累了，可好在一切都办完了，她能歇一下了。"

一年后，伊莎贝尔生下了一个女儿。以当时取名的风气，她管这个女儿叫琼；又过了两年，她生下了二女儿，她叫她普莉希拉。

亨利·马图林的一个合伙人逝世了，另外两个迫于工作的压力不久也退休了，这样他便完全掌控了这个本来就是他基本上说了算的公司。他长期以来怀有的抱负终于实现了，他将格雷作为了自己的合伙人。他的公司从来没有这么兴旺过。

"他们父子俩在大把大把地赚钱，我亲爱的朋友。"艾略特跟我说，"噢，仅有二十五岁的格雷一年已经有五万美元的收入了，这还只是刚刚开始。美国有用之不竭的资源。这不是一时的繁荣，而是一个伟大国家自然发展的结果。"

艾略特的胸中涌动着一股不同寻常的爱国热情。

"亨利·马图林不会永远活下去，他有高血压，你知道，到格雷四十岁时，他的身价便会值两千万美元了。太了不起了，我的朋友，太了不起了。"

艾略特和他的姐姐经常通信，在我俩见面时，他常常把布拉德雷太太写给他的话讲给我听。格雷和伊莎贝尔生活得非常幸福，两个女儿都很可爱。对他们的生活方式艾略特很是赞同，认为完全符合他们的地位：他们大宴宾客，也去参加别人举办的盛宴。艾略特颇为得意地告诉我，在三个月里，伊莎贝尔和格雷没在自己家里吃过一顿饭。他们的狂欢由于马图林太太的去世而中断了，马图林太太是一位面色苍白、高颧骨的女人，亨利·马图林跟她结婚主要是看中了她家有人脉和重要的社会关系，那时他刚开始在这座城市里打拼，而他的父亲只是才离开农村的一个乡巴佬。出于对她的缅怀，这对新婚夫妇在一年的时间里，请饭没有超过六个人。

"我常说八个人就挺合适，"艾略特说，决意从乐观的角度去看待事情，"这样大家可以亲密地坐成一桌，谈论方方面面的事情，而且这人数也差不多像个宴会了。"

格雷很舍得给妻子花钱。他们的第一个孩子出生时，他送给伊莎贝尔一枚上面镶着方钻石的戒指，生下第二个孩子时，他送给她一件黑貂皮大衣。由于很忙，格雷很少离开芝加哥，遇上节假日，他们一家就去麻汾亨利·马图林的宅邸陪陪他。亨利非常爱他的儿子，世上没有什么东西他不愿意送给他的儿子的，一个圣诞节，他买下南卡罗来纳州的一个农场给了儿子，让他在打猎的季节到来时，能去那里打上两个星期的野鸭。

"当然，我们的商业巨头与那些意大利文艺复兴时期通过商业致富的艺术倡导者们很是相似。比如说美第奇家族吧，两个法国的国王并不认为他们把女儿嫁给了这一腰缠万贯的家族就丢了面子，我预计欧洲的王室们与美国富豪家的女儿联姻的日子也不远了。雪莱是怎么说的来着？'世界的伟大时代即将重新开始，黄金年月又将到来。'"

多年来，布拉德雷太太和艾略特的投资一直都是亨利·马图林经管着，两人都认为他们对亨利·马图林的眼光和判断力的信任，是经过了时间考验的。他从没想过要投机，把他们的钱都放在信誉很好的股票上，随着股票价值的大大增加，他们发现自己不算多的资金在快速地增长，这让他们感到又惊又喜。艾略特告诉我，无需他动一根小指头，他的财富在一九二六年已比一九一八年时几乎翻了一倍。他现在六十五岁，头发已经花白，脸上起了皱纹，有了眼袋，可他依然经受住了岁月的考验，他不胖不瘦的身材依然挺拔；他一直过着有节制的生活，很注重自己的外表衣着。他还不想屈服于时光对他的摧残，只要他尚能穿着伦敦最好的裁缝缝制的衣服，有自己的特约理发师给他理发修面，每天早晨有人给他做推拿，让他保持优美的体形。他早已忘记自己曾沦为商贾之流，他总倾向于作出暗示：年轻时他曾就职于外交部门，当然，他从没明着这么说过，因为他那么精明的一个人，怎会去编造一个可能会被识破的谎言。我得承认，如果有机会写一位大使的话，我一定毫不犹豫地选择艾略特作原型。

但是，世事在变。那些曾经帮助过艾略特的贵妇们，即便尚还健在，也已上了年纪。英国的贵族夫人们，在她们的爵爷去世后，不得不给儿子儿媳让出她们的庄园，搬去切尔登南的小小别墅，或是摄政公园一带的一般住房。斯达福德府邸已成了一家博物馆，古松府也成了一个机构的所在地，德文郡府在出售。艾略特在考斯逗留时常乘坐的帆船已转入他人之手。现在占据着前台的时髦男女不再需要像艾略特这样上了岁数的人。他们觉得他又麻烦又可笑。他们仍然愿意去赴他在克拉里奇大饭店举办的奢华午宴，不过，他当然看得出来，他们来是为了彼此照照面，而不是为了见他。他的写字台上不再有那么多约他的邀请函，任他随意选择去哪一家。他常常弄得一个人在自己的套房里吃饭，这种尴尬的情形他自然不情愿让别人知道。当英国的贵妇们有了丑闻、社交界的大门对她们关闭了时，她们便对艺术产生了兴趣，把画家、音乐家和作家聚集在她们周围。一向自傲的艾略特还不愿意放下身份这么去做。

"是遗产税和靠战争发了财的人把英国的社交界给毁了，"他跟我说，"人们似乎不再介意他们是在与何人交往了。伦敦仍然有它的裁缝、它的鞋帽匠，我相信我这一辈子都能看得见他们的存在。可是，除掉这些，伦敦已经完了。我亲爱的朋友，你知道吗，圣艾尔斯家在饭桌上用的是女仆？"

他这番话是在我们于卡登府上刚吃完午宴出来的路上说的，在这个宴会上发生了一件不愉快的事。这家的尊贵主人收藏了不少名画，在场的一个叫保罗·巴顿的美国年轻人表达了想要看看这些名画的愿望。

"你有一张提香的画，是吗？"

"有过一张。现在到了美国。一个犹太人愿意花大价钱买它，当时手头拮据，老爵爷就把它卖了。"

我注意到艾略特竖着耳朵在听，并狠狠地盯了那个快乐的侯爷一眼，我立即猜到当时是艾略特买下了这幅画。听到自己这个出生于弗吉尼亚州、其祖先曾在独立宣言上签过名的人被这样地奚落，他怒火中烧。他平生还没受过如此的冒犯和羞辱。更令他生气的，是保罗·巴顿这个他一贯憎厌的年轻人挑起的事端。保罗·巴顿是在战后来到伦敦的。那时他二十三岁，一头金发，长得英俊迷人，舞跳得好，又很有钱。他拿着一封推荐信来找艾略特，生性善良热情的艾略特引他见了自己的好几位朋友。不仅如此，艾略特还给予了他一些言行举止方面的颇有价值的忠告。他用自己的亲身经历告诉对方，有时候只需付出很少的一点儿——比如说对老夫人们献上些小殷勤，对名人的谈话不管它们多么乏味，都竖起耳朵去听——也有可能进入社交界，哪怕他只是个陌生人。

然而，保罗·巴顿进的社交界与艾略特·坦普尔顿二十年前凭着他顽强的意志和坚持所挤入的社交界，已然是两个世界。这是个一心只顾自己享乐的世界。保罗·巴顿的勃勃兴致、快乐的外表和迷人的风度使他在几个星期内，便做成了艾略特用许多年的辛苦和坚持才做到的事情。很快他就不再需要艾略特的帮助，而且他也懒得去遮掩这一事实。在他们碰到时，保罗·巴顿还是显出很高兴的样子，不过，他那种很随便的举止还是深深地刺痛了这位老人。艾略特请人吃饭，并不是因为他喜欢他们，而是因为他们能叫宴会进行得融洽热烈。由于保罗·巴顿受人欢迎，所以艾略特在每个星期举办午宴时，仍然请他参加。不过，这位一帆风顺的年轻人却总是很忙，他有两次撂了挑子，在最后一刻不来了。艾略特自己也曾这么做过，他知道是保罗·巴顿有了更好的饭局。

"不管你相信不相信，"艾略特气冲冲地说，"但这是不容争辩的事实：我现在见到他时，他总要强过我。我。提香。提香。"他语无伦次地喊，"就是看见一幅提香的画，他也认不出来。"

我从没见过艾略特发这么大的火，我猜想。他之所以气成这样，是因为他认为保罗·巴顿对自己不怀好意。保罗·巴顿不知怎么打听到是艾略特买走的那幅画，他这么问，就是要通过侯爵的回答来取笑艾略特一番。

"他是个势利醺醺的小人，在这个世界上，我最讨厌最鄙视的就是势利了。如果不是我帮助他，他现在什么都不是。你相信吗？他的父亲是做办公家具的。办公家具。"他在说这几个字时，语调里充满了嘲讽，"我告诉人们，他这个人在美国几乎就不存在，他的出身不能再卑微了，可人们好像并不在乎这一点。相信我的话，朋友，英国社交界像濒临灭绝的渡渡鸟一样，已经没有希望了。"

艾略特发现法国的情况也比英国好不了多少。那些在他年轻时叱咤风云的贵妇们现在即便还活着，也把时间都用到打桥牌（一种他讨厌的牌系）、做祷告，或是照看她们的孙儿孙女上去了。工厂主、阿根廷人、智利人，以及与她们的丈夫已分居或离婚的美国女人，他们住在贵族的豪宅里，举办盛大的宴会，然而，在这些宴会上，艾略特不禁感到愕然，他见到的政治家们都说着粗俗蹩脚的法语，新闻记者们在桌上的吃相令人作呕，到场的甚至还有演员或艺人们。王室家族的小儿子娶一个店主家的女儿也不以为耻。诚然，巴黎是个快乐城，可那是怎样的一种乌烟瘴气的快乐！最让这些一心追逐狂欢享乐的年轻人感兴趣的，莫过于是在乌烟瘴气的夜总会里，喝上一百法郎一瓶的香槟酒，挨肩擦背地跟城里的地痞无赖们一直跳舞到天亮。缭绕的烟雾、蒸腾的热浪和喧嚣声，令艾略特头疼不已。三十年前来到这里时，他将巴黎视为自己的精神家园，如今的巴黎完全变了。这已不是善良的美国人死后要进的巴黎了①。

---

① 美国人很羡慕巴黎生活，有一句笑话说，善良的人死后进天堂，善良的美国人死后进巴黎。

第四章

艾略特有敏锐的眼光。一位知情人士跟他说，里维埃拉 [①] 正在重新成为贵族和时髦人士的游乐地。他对这一带的海岸非常熟悉，在到教廷供职、从罗马返回的途中，或是拜访了住在戛纳别墅里的朋友们之后，他总要在蒙特卡洛的巴黎饭店里停留几日。可那已是去年冬天的事了，近来传出消息，说里维埃拉也将成为不错的消夏胜地。大酒店还在照常营业，去那里度夏的人们的姓名在巴黎《先锋报》的社交栏目中登了出来，艾略特从中读到了一些他认同、熟悉的名字。

"这个世界已经让我感到疲惫了，"他说，"我现在已到了这样一个年龄，我想要去欣赏大自然的美了。"

这话说得似乎有点儿含糊，恐怕并非艾略特的本意。他以前总认为山水风光是社交生活的障碍，有些人眼前放着摄政时期的衣柜或是瓦托的画，不懂得欣赏，偏要去看哪儿的一处山水，这种人艾略特是最见不得的。当时他正好有一笔现金可以支配。而在亨利·马图林这边，他一方面受着儿子的催促，另一方面看到周围做股票的朋友们都一夜暴富，心里也变得有些急躁起来，终于向潮流屈服了，他一点儿一点儿地放弃了自己一直奉行的保守原则，他觉得没有任何理由不让他也像他们那样去做时代的弄潮儿。他给艾略特写信说，像从前一样他仍然反对冒险，但这不是冒险，这是对国家用之不竭的资源之信念的一种肯定。他的乐观主义是建立在共识的基础上的。他觉得没有任何东西可以阻止美国前进的步伐。在信的结尾他写道，他在最低价时为路易莎·布拉德雷买进若干股票，现在他可以高兴地告诉艾略特，路易莎已经赚到了两万美元。他最后说，如果艾略特想要赚点钱，并允许他依据自己的眼光行事，他一定不会叫他失望。总喜欢讲老掉牙

[①] 法国与意大利境内地中海沿岸的一带。

的套话的艾略特说，他什么都能抵挡得了，就是抵挡不住诱惑；这一信函来往的结果便是，从那个时候起，当《先锋报》和早饭一起送进来时，艾略特不再像他多年来已习惯的那样先去翻阅交际栏目，而是首先关注股票行情的报道。亨利·马图林为艾略特所做的股票交易非常成功，没有出任何的力，艾略特现在足足赚到了五万美元的现款。

他决定把这笔钱取出来，在里维埃拉买一套住房。他选择了昂蒂布作为他的避世所，昂蒂布处在一个很好的地理位置，位于戛纳和蒙特卡洛之间，从这两个地方到这里都非常便捷。到底是上帝之手还是他自己准确无误的直觉叫他选择了这个即将变成时髦社会的中心的地方，这个谁也难说清楚。住一座带园子的郊区别墅，让他觉得有种庸俗的乡野气息，有悖于他挑剔的眼光，因此他在一座靠海的老城里购置了两套房子，将它们打通成了一套。他给房里装上了中央空调、浴室和各种卫生设备，这些都是美国先例强行引进到守旧的欧洲中来的。当时正时兴酸洗，所以艾略特把他古老的普罗旺斯家具都酸洗了一遍，再用现代纺织品将它们装饰了起来（有限度地迁就现代风尚）。他仍然不愿意接受像毕加索[①]和布拉克[②]这样的画家，认为他们的画是被别有用心的人炒作起来的，"不像话，朋友，太不像话了。"不过到后来，他毕竟还是把自己对艺术的喜爱（公允地）延伸至印象派画家，因此他的墙壁上多了一些美丽的画作。这其中，我记得有一幅莫奈[③]的人们在河里划船的画作，一幅毕沙罗[④]的塞纳河上的码头，一幅高更的塔西提岛风光和一幅勒努瓦[⑤]画的少女侧身像，少女金色的头发从肩上披下来，很令人着迷。他装修好的家给人以耳目一新的感觉，显得既不同凡响，又朴素无华，而这种朴素你一看便知，只有投入巨资才能做得到。

[①] 巴勃罗·毕加索（Pablo Picasso，1881—1973），西班牙立体派画家。

[②] 乔治·布拉克（Georges Braque，1882—1963），法国画家，立体派的奠基人之一。

[③] 克劳德·莫奈（Claude Monet，1840—1926），法国印象派画家。

[④] 卡米耶·毕沙罗（Camille Pissarro，1830—1903），丹麦印象派画家。

[⑤] 皮埃尔·奥古斯特·勒努瓦（Pierre-Auguste Renoir，1841—1919），法国印象派画家。

从此，开始了艾略特生涯中最辉煌的时期。他从巴黎带来了他的名厨，很快他家的菜肴就被人们认为是里维埃拉最美味的。他让他的管家和男仆们穿上了白色的服装，肩膀上缀着金色的条带。他举办盛大的宴会，但都办得高雅而不奢靡。在地中海沿岸一带，散居着欧洲各国的王室成员：有的是因为喜欢这里的天气，有的是被流放出国内，有的是因为传出绯闻或是不般配的婚姻使得他们居住在国外更为方便些。这中间有俄国的罗曼诺夫皇族，奥地利的哈布斯堡王族，西班牙的波旁王族，两西西里王族和帕尔马王族；有温莎王室的公主，布拉干萨王室的公主；有瑞典的和希腊的王族：艾略特都款待他们。从奥地利、意大利、西班牙、俄罗斯和比利时来的没有王室血统的王子和公主、公爵和公爵夫人，艾略特也都款待他们。冬季，瑞典国王和丹麦国王来海滨休憩，西班牙阿方索十二世有时也来小住几日，艾略特也都款待他们。艾略特接待他们时的举止风度，一直令我钦羡不已，在他优雅、恭敬地向这些皇亲国戚鞠躬行礼时，他依然能保持一个据说是生而平等的国家公民的独立风范。

在居无定所地东奔西跑了一些年后，我在弗拉特角也买下了一幢房子，这样我跟艾略特见面的机会更多了起来。我在他眼中的地位也比以前高多了，有时他也请我去参加他举办的盛大宴会。

"你来吧，我亲爱的朋友，就当帮我个忙。"他会这样跟我说，"当然，你我都知道这些王公贵族往往会破坏宴会的气氛。但其他人都想见见他们，我想，应该给这些可怜的人儿一些关照，尽管大家都知道他们不配。因为他们是世界上最最忘恩负义的人，他们利用你，在觉得你没有用时，便会像丢掉一件破衬衫一样抛弃你；他们从你这里得到数也数不清的好处，可他们中却没有一个人愿做一件极小的事情来回报你。"

艾略特不遗余力地跟当地的官员搞好关系，区长、教区主教和主教的总代理常常惠临他的餐桌。主教在进入教会之前是一位骑兵队伍里的军官，在战争中曾经指挥过一个骑兵团。他是个身体很强壮的人，长着一张红脸膛，讲话时操着军人那种粗野率直的口吻，这让他身边的那位表情严肃、面容枯槁的总代理常常坐立不安，生怕他说出一些不敬的话来。在其顶头上司津津乐道地讲着他的故事时，总代理总是不以为然地静静地听着。然而，这位主教却把他的教区管理得井井有条，他在教堂的布道恰像他在餐桌上的俏皮话一样那么生动有趣，滔滔不绝。他赞许艾略特的忠诚和为教会作出的贡献，喜欢他热情和蔼的举止和他家中的美味珍馐。艾略特可以颇为自豪地说，他把两个世界的事情都做得很好，他在上帝和财神（财富）之间搭起了一座令人满意的桥梁。

艾略特很为他的新家感到自豪，急切地想让他的姐姐看到它；他觉得她对他的赞许总是有所保留，他要让她看看他现在住的环境，以及他现在所交往的朋友。这无疑会对她的保留态度有所触动，到头来她不得不承认他做得很成功。他写信叫她和格雷、伊莎贝尔一起过来，当然不是跟他一起住，因为家里没有多余的睡房，而是作为他的客人住在附近的海角酒店。布拉德雷太太回信说，她旅行的日子已经结束，因为她的健康状况很不好，她想她最好还是留在家里；而且，格雷在芝加哥也脱不开身，他生意做得正红火，在大把地赚钱，他怎能走得了。艾略特跟姐姐的感情很深，她的信把他惊了一跳。他写信给伊莎贝尔。伊莎贝尔给他回电报说，尽管她母亲身体不好，一个星期就得在家卧床一天，可她还没有病重的迹象，如果照顾得好，再活上一些年是完全有可能的；但是格雷的确需要休息一下了，由他父亲照管着公司，他完全可以出去度度假，所以，不是今年而是明年夏天，她和格雷将去看望他。

一九二九年十月二十三日，纽约的证券市场崩溃了。

第五章

当时我在伦敦，我们英国人一开始并没有意识到问题会有那么严重，后果会那么令人沮丧。就我个人来说，尽管也损失了一笔不小的数目，够我懊丧的，可我损失的大部分都是票面利润，等尘埃落定后，我发现我的现金并没有减少。我知道艾略特曾投进不少的钱，担心他可能受到重创，可直到圣诞节我们都回到里维埃拉，我俩才碰了面。他告诉我亨利·马图林死了，格雷破产了。

我对生意上的事情知之甚少，我敢说，我对艾略特给我讲述的情况的描述很可能是混乱的。在我看来，降临在他们公司头上的灾难一半要归咎于亨利·马图林的固执，一半应归咎于格雷的草率。起初亨利·马图林不愿相信这一崩盘的严重性，以为是纽约股市里的经纪人想投机挣外省经纪人的钱，他咬紧牙关投入大笔的钱来支持市场。他对芝加哥经纪人被纽约的坏蛋们吓得惊慌避逃感到气愤。他一直以下面这一点而引以自豪：遵循他的建议，他的那些小客户——有固定收入的寡妇和退伍的军官等——从未损失过一分钱。现在，为了不让他们承担损失，他拿自己的资金填充进他们的户头。他说他破产了还可以重新再来，但是，如果那些信任他的小客户失掉了他们的财产，他的头就永远抬不起来了。他以为他这是在慷慨解囊，其实，是他的虚荣心在作怪。他巨大的财富瞬间化为乌有，一天晚上他的心脏病发作。他已年过六十，平时总是拼命地工作，吃喝玩乐起来又没有节制；在忍受了几个小时的痛苦后，他因冠状动脉血栓而死亡。

剩下格雷独自应对这一局面。在父亲不知情的情况下，他这边一直做着大量的投机生意，现在他更是陷入极端的困境。他解救自己的努力失败了。银行已不同意贷款给他，证券交易所的老人们告诉他，现在唯一能做的就是宣告失败。后面发生的情况我就不太清楚了。格雷还不上债务，被宣告破产；他已经抵押了自己的房产，现在乐得把它给了受押人；他父亲在湖滨道上的那幢豪宅和在麻汾的住宅都已草草卖掉；伊莎贝尔卖掉了她的珠宝；只有南卡罗来纳州的那个农场留了下来，过户到了伊莎贝尔的名下，因为根本就找不到买主。格雷变得一贫如洗了。

"你怎么样，艾略特？"我问。

"噢，我没有什么可抱怨的，"他轻松地回答说，"上帝会为剪掉羊毛的羊儿挡风。"

我没有再往下问，因为他的经济情况实在与我无关，不过，无论他损失多少，我想，像大家一样，他也吃了苦头。

这一经济大萧条起初对里维埃拉的冲击并不大。我听说只有两三个人损失惨重，许多别墅在冬天的时候没有人住，有几幢在出售。酒店的入住率降低，蒙特卡洛的赌场老板抱怨说生意不景气，仅此而已。可没过几年，这一"飓风"在里维埃拉发威了。一位房地产商告诉我，从土伦到意大利边界的地中海沿岸，大大小小有四万八千处地产在出售。赌场的股票一落千丈。豪华酒店降低价格吸引旅客，也是枉然。街上可见到的外国人都是穷得不能再穷的人，他们不花钱是因为他们没有钱。开店的人也变得垂头丧气。但艾略特却既没有像许多人那样裁减他的仆人，也没有降低他们的工资；他依然好酒好菜地款待那些王公贵族。他给自己买了一辆从美国进口的新车，为此他支付了高昂的关税。他慷慨地资助教区主教所组织的慈善活动，为失业的家庭免费提供饭食。事实上，他活得就好像没有发生过任何危机，好像大半个世界并没有在大萧条的影响下变得举步维艰一样。

我偶尔发现了这其中的原因。到这个时候，艾略特已经不再去英国享受那边的游宴季了，他只是一年利用两个星期的时间，去伦敦购置一下衣服，但他每年仍带着他的仆人，去巴黎他的公寓度过整个秋季，还有五月和六月，因为这几个月中，艾略特的朋友们都不在里维埃拉；他喜欢里维埃拉的夏天，部分是因为它的海水浴，不过，我想主要是因为炎热的天气给予他放纵一下自己的机会，让他能穿起他平日里出于体面穿不出来的五颜六色的衣裳。这时候，他会穿上颜色鲜艳的裤子，红的、蓝的、绿的或是黄的，上身的汗衫会与他裤子的颜色形成鲜明的对比，往往是紫红色、淡紫色、紫褐色或是杂色的。他会做出一副不以为然的样子，来接受朋友们对他衣饰的赞美，就如一个女演员听见人家赞美她演活了一个新角色时的表情一样。

那年春天我在返回弗拉特岛的途中，碰巧在巴黎待了一天，我邀艾略特跟我吃午饭。我们在丽兹饭店的酒吧间见了面，这里再没有了往日美国大学生们来这儿度假时的热闹场面，冷落得像一部不成功的剧作第一个晚上在剧场里演出后的情形。我们要了鸡尾酒（现在艾略特也终于向这一从美国传过来的习俗妥协了），然后点了我们的午饭。吃完饭，他建议我们去逛逛古玩店，尽管我说我可没有余钱买古董，可还是乐意陪他转转。在经过旺多姆广场时，他问我介不介意跟他到夏费服装店里一下，他在那里订制了一些衣服，想看看它们做好了没有。他好像定做了几件汗衫和几条衬裤，并且准备把他名字的缩写字母绣在上面。汗衫还不现成，衬裤已经做好拿过来了，店员问艾略特要不要看看这些衬裤。

"好的。"艾略特说。在那个店员去取裤子的中间，他对我说，"我叫他们在上面绣上了我设计的图案。"

衬裤拿到了柜台上，在我看，除了它们的质地是丝绸的以外，跟我平时在麦西商店给自己买的裤子没什么区别；不过，我注意到了在E.T. 两个交错的字母上方有一个男爵的冠饰。我没有作声。

"很好，很好，"艾略特说，"呃，等汗衫做好了一起给我送来吧。"

我们出了衣服店，在临分开时，他朝我转过身来笑着说：

"你注意到那个冠饰了吗？说真的，在我让你跟我到夏费店走一趟时，我已忘记这回事了。我想我还没有告诉你，教皇陛下给我恢复了我古老家族的头衔。"

"你的什么？"我吃惊地问，一时忘记了礼貌。

艾略特有点儿不悦地扬了扬眉。

"难道你不知道吗？在母系方面，我是德·劳里亚男爵的后裔，他随菲利普二世来到英国，随后娶了玛丽王后的贵嫔。"

"是我们的那个嗜血的老朋友玛丽吗？"

"我以为，这是那些异教徒们给她的称号。"艾略特说，口气有点儿生硬，"我想，我从没有告诉过你，一九二九年的九月份我是在罗马度过的。九月的罗马没有什么人，我嫌那里会寂寞本有点儿不想去的，所幸我的责任感战胜了享受世俗快乐的欲望。我梵蒂冈的朋友跟我说，经济危机就要到来了，并极力劝说我卖掉我手中所有的美国股票。天主教会拥有两千年之久的智慧，我一刻也没有犹豫。我给亨利·马图林发电报，让他卖掉我所有的股票、买进金子，我也给路易莎发了电报，告诉她也这么做。亨利回电报问我是不是疯了，并且说在未得到我进一步的确认之前，他不会做任何事情。我立即给他回电，斩钉截铁地告诉他马上执行我的指令，并在办妥后发电报告知。可怜的路易莎没有听我的忠告，吃了苦头。"

"这样，当经济危机来临的时候，你不是已稳坐钓鱼台了吗？"

"一个美国用语，我亲爱的朋友，我认为你没有必要用它，不过，用在这里来说明我的情况倒十分贴切。我没有赔一分钱，事实上，我赚到了一大笔钱。过了一段时间后，我用很少的本金，就买回了我卖掉的那些股票，因为我把这一切都归功于上帝（我只能这样来形容）的直接干预，所以我觉得我应当做点儿什么，来回报上帝。"

"那么，你是如何报答的呢？"

"呃，你知道领袖①在庞廷迪沼泽地已收回大片的土地，有人跟我说，教皇陛下正为那里的居民缺少做礼拜的地方犯愁呢。因此，长话短说，我在那边建了一座小型的罗马式教堂，跟我知道的位于普罗旺斯的一个教堂一模一样；它的每个细节都十分完美，我跟自己说，它简直就是建筑史上的一个瑰宝。这个教堂是纪念圣马丁的，因为我有幸找到了一块古老的染色玻璃窗，上面彩绘着圣马丁正在为一个赤裸的乞丐剪下他身上一半的长袍，我觉得这一行为的象征意义用在这里很贴切，于是，我便买下了它，把它装饰在高祭坛的上面。"

我并没打断艾略特的讲述，去问他是否认为在这位圣人高尚的行为与他对教会的捐赠之间会有怎样的关联。他不过是靠及时卖掉股票

---

① 指墨索里尼。

赚了一笔，现在拿出一点儿像是佣金的钱来回报上帝。毕竟，象征之类的东西，对我这样的俗人来说，常常都是隐晦的。艾略特继续往下说着。

"当我有幸把教堂的照片呈给教皇看时，他夸赞说，他一眼便看出我是个极有品位的人，他还说在世风日下的今天，他很高兴仍然有像我这样既愿献身教会又有如此珍贵艺术才能的人。一段值得纪念的经历，朋友，一段值得纪念的经历。还有更令我感到惊讶的呢，此后不久，教会就通知我说，教皇很高兴赐给我一个爵位。作为美国公民，我觉得我应该表现得更为谦虚，不去使用这个头衔，自然，在梵蒂冈时除外。因此，我不让我的管家约瑟夫称呼我男爵先生，我相信你也会为我保守这个秘密的。我不希望它被传得满城风雨。不过，我也不想让教皇陛下觉得我不珍惜他给我的这个荣誉，完全是出于对他的尊敬，我把这一冠饰绣在了我的内衣上。并不介意告诉你，我为将头衔藏缀在我这个文静的美国公民内衣里，还感到有那么一点儿自豪呢。"

我们相互道了别。艾略特说他会在六月底回到里维埃拉。可他未能成行。在他做出把用人从巴黎转回到里维埃拉的安排后，艾略特本想自己悠闲地开着车回去，这样他抵达时，一切也就准备就绪了，谁知就在这个时候他收到了伊莎贝尔的一份电报，电文上说她的母亲突然病重。艾略特这个人，如我前面所说，不仅对他的姐姐好，而且还有一种很强的家族情感。他乘坐从瑟堡开出的第一艘船到达纽约，然后赶往芝加哥。他写信说布拉德雷太太病得很重，人已瘦得不成样子，看了真让人揪心。她也许还能活几个星期，也许几个月。不管怎么说，他认为陪伴她到最后是他义不容辞的责任。他说，芝加哥的炎热不像他预想得那么难以忍受，缺少适意的社交活动他也勉强可以承受，因为在这样的时刻，他也实在没有那种心情。他说，看到国人对经济大萧条的反应，很令他失望；他原本以为他们能够更镇静一些地来承受他们的不幸。再没有比勇敢忍受别人的灾难更容易的了，为此我想，比以往任何时候都更加富有的艾略特，或许不该这样去苛求别人。最后，他请我给他的几个朋友捎几句话，叮嘱我千万不要忘记跟我碰到的人们解释，为什么他的房门这个夏天一直关着。

一个多月以后，我收到了艾略特的另一封信，告诉我布拉德雷太太已经去世。言语间充满真挚的情感。要不是我早知道，尽管艾略特很势利、有时造作得近乎荒唐，可他还是个善良，有爱心和诚实的人，否则，我无论如何也不会相信艾略特能写出这样得体、朴实和充满真情的话来。他在信中说，布拉德雷太太家里的许多事情似乎还没有理出个头绪。她的那个在东京做外交官的大儿子，由于大使不在、他在负责大使馆的工作，当然是回不来了。在我刚认识布拉德雷家的人时，她的二儿子坦普尔登在菲律宾工作，现已被召回华盛顿在国务院担任要职。他母亲病危时，他曾携妻子回来一趟，可葬礼一完，就不得不赶回首都去了。在这种情况下，艾略特觉得他必须留在美国，直到把一切事情都处理完毕。布拉德雷太太把她的财产平分给了三个儿女，不过，因为她在一九二九年的经济危机中损失惨重，恐怕也没有多少可分的了。所幸的是，他们找到了一个买主，把麻汾的农场卖出去了。在信中，艾略特称它是亲爱的路易莎的乡间住宅。

"人们离开他们的祖宅时，总会悲伤的，"他写道，"不过，近些年来，我看到我的许多英国朋友都经历了这一痛苦，所以我觉得我的外甥们和伊莎贝尔也必须以同样的勇气和坦然来接受这一现实。有权利，就有义务。"

他们也很顺利地处理掉了布拉德雷太太在芝加哥的房子。早就酝酿着一个计划，说是要拆掉布拉德雷太太住着的排房，然后在原址上建起公寓楼，但是，布拉德雷太太坚持要死在她一直住着的这所房子里，致使这一方案受阻。可等她刚一咽气，立刻便有中间商找上门来，要买下这房子。布拉德雷一家马上接受了。然而，即便如此，伊莎贝尔的经济状况还是不容乐观。

危机过后，格雷四处想找个工作，哪怕是在那些顶过风暴的经纪人的办公室里做个职员，但根本没有人用。他请求他的那些老朋友们，给他一点儿事做，哪怕活儿卑微工资低也无所谓，可也是枉然。为顶住这一最终摧垮了他的灾难，他作出疯狂的努力，他的焦虑、他自己受到的羞辱，终于使他的神经崩溃了，他时而出现极严重的头痛，致使他二十四个小时不能动弹，头痛过后，身体虚弱得像块湿抹布一样。在伊莎贝尔看来，他们最好的选择便是带着孩子去南卡罗来纳州的农场了，在那里住着直到格雷的身体康复。在兴旺的时候，这个农场曾因其盛产稻米每年带给他们十万美元的进项，可现在这几年，它几乎成了一片蛮荒的沼泽地，只是对来这里打野鸭的人们有用，根本没有人愿意出钱买下这片荒地。自经济危机以来，他们就一直时断时续地住在农场，打算葬礼完后仍然回到那里，等到格雷病情好转、能找工作了再回芝加哥来。

"我不忍心看着他们就这样下去，"艾略特写道，"噢，我亲爱的朋友，他们活得像猪猡一样。伊莎贝尔没有一个女仆，孩子们没有家庭教师，只有几个黑人妇女在照顾他们。所以，我决定把巴黎的房子提供给他们住，建议他们一直住在那儿，等到这个荒唐的国家的情况好转了再说。我会给他们找上几个用人，当然啦，我厨房里的那个女厨做的饭菜就不错，我把她留给他们，我另外再找一个很容易的。我会支付这些用人的费用，以便让伊莎贝尔的那点儿收入能用在为她自己买些衣服以及其他的家用上。这自然意味着我以后待在里维埃拉的时间更多了，所以，亲爱的朋友，我希望今后能有更多的机会见到你。现在的伦敦和巴黎也就是那个样子了，我真的觉得在里维埃拉我活得更自在。只有在这个地方，我还能遇到与我有共同语言的人。我敢说，巴黎那边我还免不了去小住几日，到了那里时，我并不介意在丽兹饭店将就一下。现在，我很高兴地告诉你，格雷和伊莎贝尔终于听从了我的劝告，同意去巴黎了。等这边的事情一处理完，我就带他们过去。家具和一些画作（品质很差，我亲爱的朋友，真伪也难辨）将在下下个星期出售。与此同时，我觉得在那个家里住到最后的时刻再离开，对他们而言也会是痛苦的，于是我让他们跟我一起住到德莱克饭店来了。在和他们一起抵达巴黎、把他们安顿好后，我就会返回里维埃拉。别忘了代我向你的那位皇家邻居问好。"

谁能够否认，这个最势利的艾略特却又是最善良、最体贴、最慷慨的人呢？

第四部

第一章

　　艾略特把马图林一家安顿在巴黎左岸他宽敞的公寓后，于年底回到了里维埃拉。当时装修这个屋子时，他主要考虑的是自己的方便，里面根本没有地方再安排得下一个四口之家，所以，即便他想让马图林一家搬到里维埃拉，他们也无法跟他住在一起。我以为艾略特并不会为此而有什么懊恼的。他心里很清楚，作为单独的自己，他要比拖带着外甥女和外甥女婿的自己更受大家欢迎，而他自己精心策划准备的那些小型宴会，如果每次都要家里的两个客人（指伊莎贝尔和格雷）在场的话，那也是不好安排的。

　　"他们还是住在巴黎、让自己适应文明生活的好。再说，他们的两个女儿都该上学了，在离我公寓不远的地方，便有一所不错的学校。"

　　这样，直到第二年春天，我才有机会见到伊莎贝尔。因为有工作，需要在那里逗留几个星期，我去了巴黎，在旺多姆广场附近的一家旅店里租了两间房。这是一家我来巴黎时常住的旅店，不仅因为其地理位置比较方便，而且因为它富于一种情调。这是一座古老的大房子，四周围起一个院落，这地方做旅馆已有将近二百年了。它的浴室远远谈不上奢华，抽水马桶也很简陋；卧室里是刷过白漆的铁床、老式的白布床罩和一个寒酸相的带镜子的大衣橱；但客厅里却摆放着古色古香的家具。沙发、扶手椅，都是拿破仑三世时代的花哨物件，尽管我不敢说它们坐着舒适，却有一种华丽的美。在这间屋子里，我仿佛置身于以往的法国小说家们中间。当我看着玻璃罩子里那座帝国式座钟时，我会联想到一位梳着长长的鬈发、穿着荷叶边衣裙的漂亮女子正注视着分针的移动，急切等待拉斯蒂涅的到来。拉斯蒂涅，巴尔扎克作品中的一位天才冒险家，在巴尔扎克的一系列作品中，他从一个卑贱者一步一步最终爬到了社会的顶层。比安松医生——巴尔扎克塑造的医生形象，他在巴尔扎克的心目中已变得如此真实，以至于巴尔扎克临死时说："只有比安松才能救得了我。"——也许会走进这间屋子来，给一位客居在这里的贵族遗孀把脉，查看舌苔，这位遗孀从外省来到巴黎，就一件诉讼案找律师商议，却不小心偶感风寒。在写字台前，一位身着撑裙、头发从中间分开的失恋女子或许刚刚给她的负心汉写完信，或是一个脾气暴躁的老绅士身穿礼服大衣，围一条硬领巾，正在生气地给他挥霍无度的儿子写着一封信。

到巴黎后的第二天，我打电话给伊莎贝尔，问如果我在下午五点钟过去，她是否能给我喝杯茶。我们已经有十年没有见面了。我被一位神情庄重的管家领进客厅，伊莎贝尔正在看一本法国小说，看到我时她站起来，握住了我的两只手，面带着热情、迷人的微笑，向我问好。我和她见面顶多十来次，只有两回单独在一起，可她能使我一下子便感觉到我们不是偶尔相识，而是老朋友了。这过去的十年拉近了一位年轻姑娘和中年男子之间的距离，我不再觉得我们之间有年龄上的差异。像一个见过世面的女子那样，她以不露痕迹的殷勤对待我，仿佛我是她的一个同辈，五分钟以后，我们已像从小一起玩大的伙伴，无拘无束、毫无保留地聊了起来。现在的伊莎贝尔自信、随和、落落大方。

不过，最令我惊讶的还是她外表上的变化。我记得她是个漂亮、身体丰满得几近于有点儿胖的女孩；我不知道是她意识到这一点、果断采取措施去减肥，还是生育孩子后碰巧带来这样一个可喜的结果；不管怎么说，现在的她身材窈窕，无可挑剔。眼下穿着的时尚更是凸显出她身体的美。她穿着一身黑，我一眼便注意到她那身既不普通可也并不艳丽的丝绸衣服，这是在巴黎一家最好的裁缝店定做的，这衣服穿在她身上显得那么随意，那么自信，就好像穿高档衣服是女人的第二天性似的。十年前，即便有艾略特给出她主意，她的衣着还是稍显俗艳，穿着那些衣服，她总显得不是那么自在似的。现在，连玛丽·露易丝·德·弗洛里蒙也不能再说伊莎贝尔不洋气了。她浑身透着优雅，从头到脚一直到涂成玫红色的指甲都洋气。她的五官变得更加清秀，她直直的美丽的鼻梁是我在女人脸上所见过的最好的。在她的额头和淡褐色的眼睛下面没有一丝儿皱纹，她的皮肤虽说失去了年轻时的润泽，可依然冰清玉洁；她皮肤的姣好显然与洗乳液、香脂的使用以及面部按摩分不开，但这一来给予她的肌肤一种润滑、柔软、细嫩和诱人的感觉。她娇媚的脸颊淡淡地涂了点儿胭脂，双唇也略微施上了一点儿唇膏。浓栗色的头发按照当时的式样剪得较短，并且烫过了。她手上没有戴戒指，我记起艾略特告诉过我，首饰珠宝都卖掉了；她的手虽说长得不那么纤巧，却好看。那个时代，女人在家里都穿短裙，我留意到了她那在淡黄色丝袜中的修长、秀美的腿。腿长得不好，让许多漂亮的女人减色不少；年轻时的伊莎贝尔腿有点儿粗壮，可现在变得异常好看了。从健康、活泼、面容红润并因此令人着迷的女孩，伊莎贝尔一下变成了一个优雅美丽的女人。她的美多少应归功于她对自己精心的修饰，在饮食等方面刻意的节制，然而，这些与她的美相比，似乎都显得不重要了。重要的是，所得到的结果太令人满意了。她举止体态的优雅得体，或许是她用了不少心思才获得的，但看上去非常自然。我心中涌出一个想法：多年来伊莎贝尔一直在有意识地完善自己，是生活在巴黎的这四个月使她最终达到了完美。就是在这方面最为挑剔的艾略特，也不得不赞许她；我这个本来就不难以取悦的人，更是发现她的美令人倾倒。

格雷去毛特方丹打高尔夫球了，不过，她告诉我他很快就会回来。

"你一定得看看我的两个女儿。她们去蒂伊勒里公园玩了，很快就会回来。她们长得挺可爱的。"

我们东一句西一句地聊着。她喜欢待在巴黎，在艾略特的房子里，他们住得很舒服。在安顿好他们、临离开前，艾略特让他们认识了一些他认为他们可能会喜欢的朋友，他们现在已经有了一个不错的社交圈。他敦促他们像他一贯所做的那样，去广为交结。

"你知道吗？一想到我们表面上像富人那样生活着，实际上却穷困潦倒，我就觉得好笑。"

"真有那么糟吗？"

她咯咯地笑起来，这使我记起了十年前她那快乐、悦耳的笑声。

"格雷一文不名了，我现在有的收入刚好跟拉里的一样多，拉里想用他这点儿收入娶我，我不愿意，因为我认为靠这点儿钱我们活不了；现在，不但在用这点儿钱生活，而且还多了两个孩子。很有趣，是吗？"

"我很高兴你能看出这其中的可笑之处。"

"你有拉里的消息吗？"

"我？没有。你们上一次离开巴黎之后，我就没有再见过他了。我认识几个跟他有点儿交往的人，我曾向他们打探过他的情况，不过，那已是多年以前的事了。似乎没有人知道他的任何消息。他就这样消失不见了。"

"我们认识拉里有存款的那家芝加哥银行的经理，他告诉我们他时而会收到拉里从某个怪地方开来的一张支票。中国、缅甸、印度。拉里好像在世界各地跑。"

我没有迟疑，便说出了涌到我舌尖上的问题。毕竟，你要想了解什么事情，最好的方法就是问。

"现在，你还希望嫁给拉里吗？"

她笑了，笑得那么迷人。

"我跟格雷在一起非常幸福。他是个很棒的丈夫。你知道，在危机到来之前，我们一起过得非常快活。我们喜欢同样的人，喜欢做同样的事。他很会疼人。被人倾慕宠爱的感觉真好，他现在还像我们刚结婚时那样地爱我。他认为我是世界上最棒的女孩。你想象不到他有多温存，多体贴。他对我大方到荒唐的程度。你知道，他认为世界上的东西，没有我不配拥有的。你知道吗？结婚这么多年来，他对我没有说过一句粗鲁或是难听的话。噢，我真是太幸运了。"

我问自己，她是否认为这就算回答了我的问题呢。我换了个话题。

"说说你的女儿吧。"

在我说这话的当儿，门铃响了。

"她们来了。你自己看吧。"

片刻的工夫，两个女孩进来了，后面跟着她们的保姆。我先是被介绍给了大一点儿的琼，然后是小的那个，普莉希拉。跟我握手时，她们两个都依次很有礼貌地用脚蹬了一下。大的八岁了，小的六岁。在这个年龄的孩子中，她俩的个子算高的，当然，伊莎贝尔就是个高个子，格雷呢，我记得也长得五大三粗的；不过，两个女孩也只是像一般孩子那么好看。她们看上去都很瘦弱，有着像她们父亲那样的黑头发和她们母亲那样淡褐色的眼睛。有陌生人在场，她们也没感到羞怯，急切地跟母亲讲着她们在花园里遇到的好玩的事情。她们的眼睛不时地看向伊莎贝尔的厨师为喝茶准备的糕点上，可两个孩子谁也没有去碰一下，待得到允许可以拿一块时，两人又都变得迟疑了，不知该拿哪一种好。看到她们表达着对母亲的爱，以及三人搂抱在一起的动人场面，让人心里暖洋洋的。在她们吃完手中的糕点后，伊莎贝尔便打发她们走，两个孩子顺从地离开了。给我的印象是，她把孩子们教育得很听话。

孩子们离开后，我说了一些在通常这种场合下给母亲们讲的恭维话，伊莎贝尔听了显然很高兴，可又显得不是那么经心。我问她格雷喜欢巴黎吗。

"喜欢。艾略特舅舅给我们留下一部车，这样格雷就能每天开车去打高尔夫球了，他还参加了旅行者俱乐部，在那里打桥牌。当然啦，艾略特舅舅把他巴黎的房子提供给我们住，对我们真是天大的帮助。格雷的精神状态出现了问题，他还时不时会犯头痛病，即便现在他能找到个工作，恐怕也胜任不了，这让他心里很焦急。他想要工作，他觉得他应该去工作，没地方要他令他感到羞辱。你知道，他认为一个男人就应该工作养家，如果他不能工作了，还不如死了算了。他不能忍受自己成了一个多余的人；我跟他说只有变变环境、得到充分的休息，他的身体才能恢复，经我这样一再地劝说，他才肯来巴黎。我知道，在没有回到他的工作岗位之前，他是不会快乐的。"

"在过去的这两年半里，恐怕你也吃了不少的苦。"

"哦，你知道，在危机刚到来时，我怎么也不能相信这是真的。我们竟然会破产，这对我来说，简直匪夷所思。别人破产，我能理解，可我们竟然也破了产——哦，似乎没有这种可能。我一直在想，或许碰巧会有什么好事，在最后的时刻拯救我们。临了，当最后的一击到来时，我觉得我再没有心思活下去了，我认为我无法再面对未来，前景太黑暗了。整整两个星期，我处在极端的痛苦当中。天啊，真是太可怕了，与以前一切美好的事物告别，知道再不会有什么乐趣可言，我喜欢的一切东西都离开了我——末了，到两个星期结束的时候，我说：'噢，让这一切都见鬼去吧，我再也不想这些事情啦。'从那以后，我真的再也没有想过。我没有什么可懊悔的。在生活好的时候，我已经享受过了，现在失去了，就放下吧。"

"可住在这繁华区的一所豪宅里，有个能干的管家和好厨师免费伺候着，身上穿的又是香奈儿的名牌服装，很显然这种破产的感觉要容易忍受得多，不是吗？"

"是朗万衣店，"伊莎贝尔咯咯地笑起来，"我看你这十年就没有改变多少。你这个爱挖苦人的鬼精灵，我想你是不会相信我的话的，可要不是为了格雷和孩子们，我也许真的不会接受艾略特舅舅给我们的帮助。我一年有二千八百美元的收入，我们在农场是可以过得下去的，我们可以种植水稻、裸麦和玉米，可以养猪。毕竟我是出生在伊利诺伊州的农场，并在那里长大的。"

"你也可以这么说吧。"我笑了，心里清楚她实际上是出生在纽约的一家高级妇产科医院里。

这个时候，格雷回来了。诚然，在十二年前我只见过他两三次，可我两年前见过他和伊莎贝尔拍的新婚照片（艾略特给它镶了个漂亮的框子，跟瑞典国王、西班牙王后、德·吉斯公爵签名的那些照片一起摆在钢琴上面），脑子里对他有着清晰的印象。现在看到他，让我吃了一惊。他鬓角边的头发已有些稀疏，头上有一小块地方秃了顶，他又红又胖，还有了双下巴。多年来的好酒美食让他的体重增加了不少，只是他很高的身材才使他看上去不像个大胖子。我清楚地记着他那双爱尔兰人蓝色眸子里的那种信任、坦诚的眼神，那时美好的世界就展现在无忧无虑的他的面前；现在，我似乎在他的眼睛里看到了一种沮丧和困惑的神情，即便我不知道他破了产，我想我也能猜出，是什么意外摧毁了他对自己和对美好社会的信心。我发现他身上多了一份自卑，仿佛是他做错了什么——尽管不是有意的——感到很内疚。很显然，他的精神受到了很重的打击。他跟我高兴地打招呼，像是见到老朋友一样，可我能感觉到这一快乐喧嚷只是他的一种习惯行为，与他内在的感情并不相符。

酒端了上来，他给我们调制鸡尾酒。他打了三轮高尔夫球，对自己的表现很是满意。他详细地讲着他是如何把一个难进的球打进洞里的，伊莎贝尔做出一副蛮有兴趣的样子在听。几分钟后，我跟他们约好请他们吃饭和看戏的时间，便离开了。

第二章

我逐渐养成了一个习惯，每个星期中有三四个下午在干完工作后去看看伊莎贝尔。在那个时间，她一般都是一个人在家，乐得有个人说说话。艾略特给她介绍的人，年龄都比她大得多。我发现她很少有和她年纪相仿的朋友。我的朋友在晚饭前一般都很忙，我觉得跟伊莎贝尔聊聊天，远比去俱乐部跟那些没好气的法国佬打桥牌好得多，那些法国人都不喜欢和陌生人打牌。她那种把我当作她同龄人的迷人举止，使得我们谈起话来很融洽，我们说笑话，相互开对方的玩笑，放声地大笑，我们一会儿聊自己，一会儿聊我们都认识的熟人，一会儿谈论书籍和绘画，时间就这样被我们愉快地打发过去了。我性格中有个缺陷，对长得不好看的人永远也习惯不了；无论我的朋友有多好的性情、跟他交往的时间有多长，都不能叫我对他的一口蛀牙或是长歪了的鼻子感到顺眼。可在另一方面，如果我的朋友有英俊的相貌，我就永远没有看够了的时候，即便相处二十年，我仍然能从他明亮、宽宽的前额，或是优美的面部线条中获得愉悦感。所以，每次见到伊莎贝尔，她极美的椭圆形脸庞、凝脂似的肌肤以及淡褐色眸子里发出的温馨光芒，都会让我感到一阵激奋和快乐。

第三章

在所有的大城市里，都存在着一些相互间没有沟通的、自给自足的群体，这些都是一个大世界中的小世界。他们过着自己的生活，内部成员之间互相依存、彼此交往，每个小世界都像是座孤岛，之间隔着无法通航的海峡。就我的经验看，这一现象在哪一个城市中都没有像巴黎那么突出。那儿的上层社会很少允许外部人进入，政客们生活在他们自己那个腐败的圈子里，大大小小的资本家们相互往来，作家和作家们聚在一起（在安德烈·纪德①的日记里，这一点便看得很清楚，除了和他职业相同的人，他似乎很少跟其他人有亲密的过从），画家们和画家们交往，音乐家们和音乐家们交往。伦敦的情形也是如此，只不过没有那么显著罢了；在伦敦，同一类人不那么频繁地相聚，在一些人家的宴会上，你可以看到公爵夫人、女演员、画家、议会议员、律师、裁剪师和作家等。

在不同的时间里，我生活的遭遇使我在巴黎所有这些小世界中都待过一段短暂的时期，甚至是（通过艾略特）圣日耳曼大街那个最高规格的上流社会里；不过，我最为喜欢的是以蒙帕纳斯大街为主干的那个小圈子，我对它的喜爱远胜以福煦大道为中心的那个森严壁垒的小社会，远胜那不管国别的人士常在拉吕饭店和巴黎咖啡馆搞的聚会，也胜过蒙马特区那一块地方的热闹和喧嚣。我年轻的时候，曾在贝尔福狮子咖啡馆附近的一间小公寓里住过一年，我住在五层，从窗子上可以望见对面的陵园，视野很宽阔。蒙帕纳斯大街在我看仍然充满它当时特有的那种外省乡镇静谧的气息。在走过狭窄、阴暗的奥德萨街时，我的心还会隐隐作痛，我会记起我们聚餐的那家寒碜的饭店，画家、做插图的、雕塑家，还有我，若是阿诺德·班内特没有

---

① 安德烈·纪德（André Gide, 1869—1951），法国小说家。

到场，我便是这群人里唯一的作家。在那里我们常常坐到很晚，激动、热烈（有时甚至会发生争执，说些荒唐的话）地讨论着绘画和文学。现在，我依然喜欢徜徉在蒙帕纳斯大街，看着和我当年一样的年轻人，私下里杜撰着他们的故事。没事时我会坐出租车到熟悉的多姆咖啡店里坐坐。它已不再是放荡不羁的艺术家们聚会的地方，附近住着的小商贩开始光顾这里，塞纳河对岸的陌生人也会跑来，想要看看那个已不复存在的世界。当然，学生们仍然到这儿来，还有画家和作家，不过，他们大多都是外国人；你坐在那儿，会听到你周围的人讲着各种不同的语言，有说俄语的，说西班牙语的、德语的，还有说英语和法语的。不过，我觉得他们谈的依然是我们四十年前所谈的那些话题，只不过讨论的不再是马奈而是毕加索了，不是安德烈·布勒东①而是纪尧姆·阿波利奈尔②了。我的心在向他们飞去。

到巴黎大约两个星期之后的一个傍晚，我去了多姆咖啡店，因为露台上人很多，我不得不坐在最靠外面的一排桌子。天气晴朗，暖和。路旁的悬铃树刚刚顶出嫩叶，空气中弥漫着巴黎所特有的悠闲、轻松和欢欣的气息。我能感觉到我内心的平静，它不是因为乏累而是因为畅快所致。有个人从我身边经过时突然停了下来，咧嘴冲我笑着，露出一排雪白整齐的牙齿说："喂！"我茫然地望着他。他瘦高挑个儿，没戴帽子，一头乱蓬蓬的深棕色头发，好长时间没有修剪过了。他的上唇和下巴上都长满浓密的棕色胡须。他的前额和脖颈都晒得黧黑。上身着一件磨破的衬衫，没打领带，外面套着一件破旧的棕色外衣，下身穿着一条灰色的破裤子。他看上去就像个乞丐，我有十足的把握认为，我以前从没见过这个人。我把他当成一个在巴黎无事可做的小混混，他很快就会编出一个他落了难的故事，从我手中骗上几个法郎，然后去吃顿晚饭，找个睡处。他站在我面前，双手插在口袋里，露出一口洁白的牙齿，他黑色的眸子里是一种愉悦的神情。

---

① 安德烈·布勒东（André Breton，1896—1966），法国诗人和批评家。
② 纪尧姆·阿波利奈尔（Guillaume Apollinaire，1880—1918），法国现代派诗人。

"你不记得我了？"他说。

"我从来就没有见过你。"

我准备给他二十法郎，但他既然瞎说他认识我，我便不愿意让他这样轻易地走掉。

"我是拉里。"他说。

"天呐！快请坐。"我不由得喊道。

他嘿嘿地笑着，向前走了几步，坐在了我旁边的空座上。"喝杯酒吧。"我招呼侍者，"你满脸的胡须，怎能指望我认出你呢？"

侍者过来了，拉里要了橘子水。现在看着他，我记起了他眼睛的特别之处，他虹膜和瞳孔的颜色一样黑，这使他的眼睛既显得深邃，又神采奕奕。

"你回到巴黎多长时间了？"我问。

"有一个月了。"

"打算待下去吗？"

"再待一段时间。"

在我问着他这样的一些问题时，我的脑子也并没闲着。我留意到他的裤子上有几处破口，外衣胳膊肘的地方也有几个洞。他衣衫褴褛的样子，跟我在东方港口见过的穷人没有两样。在那个时候，人们对经济危机还记忆犹新，我担心是不是一九二九年的危机使他变得一贫如洗。我不喜欢猜测，于是，平日里便不爱拐弯抹角的我直截了当地问：

"你是穷困潦倒了吗？"

"没有呀，我很好。你怎么会这么想呢？"

"呃，你看上去就像多少天没吃过一顿饱饭似的，你身上的衣服都早该扔进垃圾桶里去了。"

"我的衣服真有那么糟吗？我从没往这方面想过。实际上，我一直打算着要给自己买些衣服等零用品，但我似乎从来也未能兑现。"

我想他是羞于说出口，或是他的自尊心在作祟。我觉得我没有必要迁就他的这套说辞。

"不要跟我装了，拉里。尽管我不是个百万富翁，可我也不穷。如果你缺钱用的话，我可以借给你几千法郎。那穷不倒我的。"

他爆发出一阵笑声。

"谢谢你，可我并不缺钱。我的钱足够我花的，我都花不完呢。"

"在大萧条之后还是这样？"

"噢，那并没有影响到我。我所持有的都是国家债券。我不清楚它的票面价值是否贬值了，我从没问过，我只知道政府信守承诺，继续向我支付着利息，事实上，因为我在过去的几年开销很少，手头还攒了不少的钱呢。"

"你这次是从哪里回到巴黎的？"

"印度。"

"哦，我听说你去了那里，是伊莎贝尔告诉我的。她好像认识芝加哥你存钱的那个银行的经理。"

"伊莎贝尔？你上次见她是什么时候？"

"昨天。"

"她不是在巴黎吧？"

"她就在巴黎。她住在艾略特·坦普尔登的公寓里。"

"太好了。我想见见她。"

在说着这些话时，我一直注视着他的眼睛，可在他的眼神里除了自然流露出的惊喜，并没有什么其他复杂的情感。

"格雷也住在那儿。你知道他们结婚了吗？"

"知道，是我叔叔鲍勃——纳尔逊医生，我的监护人——写信告诉我的，他在几年前就死了。"

我突然想到，既然他与芝加哥的这点儿仅有的联系也断了，那么，他也许对那边发生的事情都不清楚了。我告诉他伊莎贝尔生了两个女儿，亨利·马图林和路易莎·布拉德雷去世了，以及格雷的破产和艾略特给格雷夫妇的慷慨救助。

"艾略特也在这儿吗？"

"不在。"

　　四十年来，这是艾略特第一次不是在巴黎度过他的春天。尽管看上去不老，可他现在毕竟是七十岁的人了，就像其他到了这个年纪的人一样，在有些天里，艾略特也会感到乏累和身体不适。他渐渐地放弃了除散步以外的一切运动。他担心他的身体状况，他的医生一个星期来看他两次，在他两边的屁股上轮流打针，注射一种当时流行的针剂。无论在家还是去了外面，饭前他总会从口袋里掏出一个小金盒子，从中取出一粒药片，像是做着一种宗教仪式似的，郑重其事地把药片吞下肚里。他的医生建议他去蒙特卡地尼疗养一段时间，那是意大利北部的一个海滨城市，在这之后，艾略特计划去威尼斯，寻找一个适于放在他罗马式教堂里的圣水盘。没去巴黎过春天，艾略特倒也并不觉得怎么遗憾，因为他发现巴黎的社交界越来越让他感到失望了。艾略特不喜欢老年人，当赴宴看到只有和他一样年龄的人们时，他便觉得晦气，而年轻人呢，他又觉得他们语言无味。装饰他建起的这座教堂成了他生活中的主要乐趣，在这里他能满足自己对艺术品收藏的那种根深蒂固的热爱；同时他确信，他现在的所为都是为了回报上帝。他在罗马发现了一个用米黄色石头砌成的早期祭坛，随后到佛罗伦萨待了六个月，跟人家讨价还价，买下了锡耶纳①派的一个三联雕刻，放在祭坛的上面。

　　这时拉里问我，格雷喜欢不喜欢巴黎。

　　"我担心，他在这里是感到迷惘的。"

　　我尽力向他描述格雷给我的印象。他眼睛直愣愣地盯着我听着，眼皮连眨也不眨一下，有着一种思索、专注的神情。不知怎么的，我觉得他好像不是在用耳朵，而是用一种更为内在的、更敏感的器官在听。这给人一种怪怪的非常不舒服的感觉。

　　"到时你自己见了他，你就知道了。"我说。

　　"好的，我很想见见他们。我想我能在电话簿上查到他们的地址。"

　　"不过，如果你不想吓坏他们俩，不想吓得孩子们哇哇乱叫的话，

---

① 　锡耶纳在十四世纪时宗教热达到高潮，出现不少宗教画家和艺术家。

我想你最好还是理一下发，把你的胡子刮掉。”

他笑了起来。

“我也一直在想这个问题。我完全没有必要把自己弄得这么扎眼。”

“既然你这么说，那么，你不妨再给自己购置上一套新衣服。”

“我想我现在一定是一副衣衫褴褛的样子。在最终要离开印度时，我才发现我全部的家当就是这身衣服了。”

他看了看我穿的衣服，问我是在哪里定做的。我告诉了他，不过，我又加了一句说，我的裁缝在伦敦，对他不可能有多大的用处。我们丢开了这个话题，开始谈论起格雷和伊莎贝尔。

“我见过他们许多次了，”我说，“他们在一起很幸福。我还没有跟格雷单独在一起聊过天，不过，我敢说他是不会和我聊到伊莎贝尔的，尽管我知道他很爱她。在没事时他的脸总是阴沉着，眼睛里全是迷惘，可当他看着伊莎贝尔时，他的眼睛里就会流露出温存、恩爱的神情，令人感动。我觉得在经历这些所有的危难时，伊莎贝尔都像一块磐石一样坚定地站在他身边，他永远不会忘记伊莎贝尔对他的好。你会发现伊莎贝尔变了。”我并没有告诉拉里，她变得比以往任何时候都更加漂亮了。我不知道他会不会跟我有同样的看法，认为她把自己从一个漂亮、健硕的女孩变成了一个体态优雅、楚楚动人、美轮美奂的女子。有一些男人厌恶女性在其自然天性上做加工和修饰。“她对格雷非常好。她在使出她的一切力量，使格雷恢复自信。”

天色渐渐晚了，我问拉里是否愿意和我一起到大街上去吃点儿饭。

“不了。我不想去了，谢谢，”他说，“我必须走了。”

他站起来，向我很友好地点了点头，步到了外面的便道上。

第四章

第二天见到格雷和伊莎贝尔时，我告诉他们，我碰到了拉里。像我一样，他们也大大地吃了一惊。

"能见他太好了，"伊莎贝尔说，"让我们现在就给他打电话。"

此时，我突然记起我忘了问他住在哪里。伊莎贝尔说我真没用。

"就是问了，我觉得他也未必告诉我，"我笑着抗议说，"我没有问，这也许与我的潜意识有关。你们难道不记得了吗？他从不告诉人们他的住处。这是他的一个怪癖。他随时都可能出现在这里的。"

"你说得对，"格雷说，"老早以前他就是这样，你根本无法确定他的行踪。他今天在这儿，明天便不知去向。你看见他在房间了，想着一会儿过去跟他打个招呼，可待你再一转身，他已经不见了。"

"他是有这种讨厌的毛病。"伊莎贝尔说，"否认也没有用。看来，我们只能等他想来的时候再出现在这里了。"

拉里那天没有来，第二天第三天也没有出现。伊莎贝尔责怪我编出一个这样的故事来气恼她。我保证说我没有骗她，并且想出些他没来的理由讲给她听。可这些理由连我自己也说服不了。我私下里想，是不是拉里在仔细考虑了一番后，决定暂时不见格雷和伊莎贝尔了，然后又离开巴黎游荡到别的什么地方去了。那个时候我已经有了这样的一种想法，拉里从不会在一个地方待得太久，只要有一个在他看来似乎不错的理由，或是一时兴起，他都会随时开拔。

拉里终于来了。那是一个下雨天，格雷没有去毛特方丹打高尔夫球。我和伊莎贝尔正在喝茶，格雷在呷着一杯贝利埃果子酒，这时管家打开了门，拉里走了进来。伊莎贝尔喊了一声，跳起来扑到拉里怀里，吻着他的脸颊。格雷兴奋地搓着自己的两只手，红红的大脸庞变得更红了。

"嗨，拉里，看到你真高兴。"格雷说，由于激动他的声音有些哽塞。

伊莎贝尔咬着嘴唇，我知道她在强忍着不让自己哭出来。

"来，喝杯酒，老兄。"格雷声音有些发颤地说。

目睹他们见到这位漂泊者时那副高兴的样子，我心里很受感动。看到自己在他们心中这么重要，拉里心里一定喜滋滋的。拉里高兴地笑了。然而，在我看来，这一点也很显然，拉里并没有表现出像他们那样的激动。他看见了桌子上摆着的茶具。

"给我也来杯茶。"拉里说。

"噢，不要，"格雷喊，"让我俩来瓶香槟吧。"

"我还是想喝茶。"拉里笑着说。

他的镇定对这对夫妇产生了也许是他想要的那种效果。这对夫妇平静下来，不过，仍是用喜悦的眼神望着他。我这么说，并非是想暗示拉里在用冷冰冰的淡漠态度来回报人家这种发自内心的喜悦；恰恰相反，他表现得那么坦诚、热情、举止迷人，只是在他的言谈举止间，我察觉到一种我只能将其称为超然的东西，我不知道这代表着什么。

"你为什么没马上来看我们，你这个讨厌鬼？"伊莎贝尔娇嗔地说，"在过去的五天里，我天天趴在窗户上望，盼着你的到来，每次门铃响起，我的心就跳到了嗓子眼，只是后来我不得不又把它咽回到肚子里。"

拉里咯咯地笑起来。

"毛姆先生跟我说，我当时的样子实在太糟糕了，你的先生一定不会叫我进你家的门的。于是我飞到伦敦，购置了一些衣服。"

"你不必非去伦敦的，"我笑着说，"你在春光百货商店或是在美丽园，都可以买到现成的衣服。"

"我想，既然做，就把它做得像样些。我有十年没在欧洲买过衣服了。我去了伦敦，找到你的裁缝店，要他们在三天之内给我做好一套衣服。裁缝店说得两个星期才行，最终我们双方妥协，定为四天做好。一个小时前，我刚从伦敦回来。"

拉里穿着一套很合他的苗条体形的蓝哔叽衣服，里面是一件白衬衣，配着软领子，打着一条蓝丝绸领带，脚上穿一双棕色的皮鞋。他已经把头发剪短，刮去了脸上的胡子。他不但衣服得体，而且十分整洁。他来了一个大变样。他很消瘦，脸上的颧骨显得比以前更突出了，太阳穴处也凹了进去，一双深陷在眼窝中的眼睛比我记得的还要大些；可尽管如此，他人看上去还是十分精神；说实在的，他的那张被太阳晒得黧黑的、没有一点儿皱纹的脸，让他显得格外年轻。他比格雷只小一岁，两人都是三十岁出头，但格雷显得要比他的实际年龄大十岁，而拉里则要比自己的年龄小十岁。格雷因为身材魁梧，行动起来显得有些迟缓、笨拙；而拉里则要敏捷、轻巧得多。拉里的举止像个大男孩，又快活又自信，可同时又带有一种给我印象特别深刻的恬静，在我刚认识他的时候，我并不记得他拥有这一品质。谈话一直酣畅地进行着，是那种老朋友之间的谈话，彼此之间有那么多共同的记忆，时而格雷或是伊莎贝尔会提到芝加哥发生的一些事情，都是些零星花絮，从一件事勾起另一件事，时而响起轻盈的笑声。在他们这样谈笑时，拉里一直给我这样的一个印象：尽管他笑得很开心，并且很是高兴地听着伊莎贝尔轻快的谈吐，可在他身上仍透出一股超然的精气神。我并不认为他是在做作，他天性自然，不可能那么去做，何况他的真诚也是显而易见的；我觉得他内心里有一种东西，我不知道是该将其称为意识，还是感性，还是一种力量，使他能超然于物外。

两个孩子被保姆带了进来，介绍给拉里，她们很有礼貌地向他行了屈膝礼。拉里伸出他的手，他柔和的目光里充满动人的柔情，她们握住他的手，很严肃地注视着他。伊莎贝尔高兴地告诉拉里，她们现在能很好地完成功课了，然后给了每个孩子一块小甜饼，打发她们离开了。

"一会儿你们睡觉时，妈妈过去给你们读上十分钟的故事书。"

此刻，伊莎贝尔不想让她见到拉里的那一愉快心情受到搅扰。两个小女孩过去跟她们的父亲道晚安。看着这个大块头搂着她们亲吻时一张红脸膛上流露出的深深爱意，着实叫人感动。看得出来他爱她们，并为她们感到骄傲。孩子们离开后，他转过身来，面朝着拉里，唇边浮着甜蜜的微笑说：

"她们都很不错，是吗？"

伊莎贝尔不无爱怜地瞟了格雷一眼。

"如果我任由着格雷来，他会把孩子们惯坏的。他会让我挨饿，这个大块头的坏蛋会这么做的，而给孩子们吃鱼子酱和肝酱。"

格雷笑着望着她说，"你自己也知道你说的不是真话。我对你是五体投地的崇拜。"

伊莎贝尔流露出会意的笑容。这一点她当然知道，并为此感到骄傲。真是一对快乐的夫妻。

伊莎贝尔坚持让我们留下来吃晚饭。想到他们老朋友相聚不容易，我推说有事要走，可伊莎贝尔不听我的解释。

"我将告诉玛丽，在炖的汤里再加个胡萝卜，足够我们四个人吃的。还有一只鸡，你和格雷吃鸡腿，我和拉里吃鸡翅，玛丽会做很大的蛋奶酥，够我们所有人吃。"

格雷似乎也希望我留下，我本来就不想走，于是听从了他们的劝说。

在我们等着晚饭时，伊莎贝尔向拉里讲了他们的遭遇，就是我已简短告诉过拉里的那些。虽然她尽可能用一种轻松的口吻来述说这段悲伤的经历，格雷的脸上还是流露出阴郁、苦闷的神情。她试着叫他高兴起来。

"不管怎么说，这一切都过去了。我们现在是脚踏在实地上，我们的前面是光明的未来。等情况一旦好转，格雷会找到一份最棒的工作，挣上千百万。"

鸡尾酒端了上来，几杯酒下肚，提起了这个可怜人儿的兴致。我看到拉里也有一杯，但很少去碰它，当没有留意到这一点的格雷又让他喝一杯时，拉里拒绝了。我们洗了手，坐下来吃饭。格雷让拿来一瓶香槟酒，可在管家要给拉里斟上时，拉里说他不要喝。

"噢，你必须喝一点儿，"伊莎贝尔说，"这是艾略特舅舅最好的酒，这种酒他只给最尊贵的朋友们喝。"

"说实话，我宁愿喝水。在东方待了一些年之后，我觉得能喝上干净的水，就已经是一种福分了。"

"可这是在庆祝我们的相逢。"

"好吧，我来一杯。"

晚饭香甜可口，可伊莎贝尔和我都留意到，拉里吃得很少。我想大概是伊莎贝尔意识到了前面都是她在说，拉里在听，所以她现在开始询问起他这十来年的情况。他热情坦诚地作着回答，可由于说得笼统，从他的话里我们能了解到的还是很少。

"噢，我一直在到处游荡，你知道。我在德国待了一年，在西班牙和意大利待了一些时间。我在东方转悠了一些日子。"

"你现在是刚刚从哪里回来？"

"印度。"

"在那儿待了多久？"

"五年。"

"在那儿你玩得好吗？"格雷问，"打到老虎了吗？"

"没有。"拉里笑着回答。

"那你这五年到底在印度做什么了？"伊莎贝尔说。

"到处转悠呗。"他说，笑中带着善意的嘲讽。

"印度的绳子戏法是怎么回事？"格雷问，"你看到过吗？"

"没有。"

"那你见到什么啦？"

"见到的很多。"

这时，我问了他个问题。

"听说那里的瑜伽师似乎有超凡的能力，真是这样吗？"

"我不知道。我所能告诉你的是，大多印度人都相信这一点。不过，最有智慧的人并不看重这种能力，他们认为这会妨碍精神的提升和发展。我记得有个瑜伽师给我讲过一个这样的故事，一个瑜伽师要过河，可他没有钱付给摆渡人，那个船夫便不载他过河，于是他在水面上走着到了对岸。那个讲这个故事给我听的瑜伽师对此很不以为然。'这样的奇事,'他说,'其价值只抵得上一次渡河的船钱。'"

"你相信瑜伽师真的能在水面上行走吗?"格雷问。

"那个告诉我这个故事的瑜伽师是相信的,尽管他没有明说。"

听拉里讲话是一件很惬意的事,因为他的嗓音非常奇特、好听;它轻盈、圆润,却不深沉,语调间有种很特别的抑扬顿挫。我们吃过了晚饭,回到客厅里喝咖啡。我从来没有去过印度,很想知道那边的事情。

"你接触过那里的思想家和作家吗?"我问。

"我注意到你把思想家和作家给区别开了。"伊莎贝尔逗我说。

"我尽可能地跟他们接触了。"拉里说。

"你怎么和他们交谈呢?是用英语吗?"

"他们里面最有意思的智者,即便能说几句英语,也说不好,能听懂别人话的就更少了。我学了兴都斯坦语。去印度南方的时候,学了泰米尔语,所以能很好地待下去。"

"你现在会说多少种语言了,拉里?"

"呃,我也不知道。大概有五六种吧。"

"我想多了解一点儿瑜伽师的情况,"伊莎贝尔说,"你跟瑜伽师,有相处得好的吗?"

"相处得不能再好了,"他笑着说,"我在一个瑜伽师的亚西拉马住了两年。"

"两年?什么是亚西拉马呢?"

"哦,我想就是我们说的隐居的处所。有些圣徒他们单独住在庙宇里,或是森林里,或是喜马拉雅山的山坡上。还有一些圣徒,他们吸引来不少弟子。一个行善的人为了积功德,会盖起一间或大或小的房子,让一个其虔诚感动了他的瑜伽师住进去,他的弟子们跟他生活在一起,他们睡在露台上,或是厨房里,要是没有厨房,就睡在树底下。我住在这个寨子里的一个茅草屋里,它的空间刚能摆得下一张行军床、一把椅子、一张桌子和一个书架。"

"这个村寨在什么地方？"我问。

"在特拉凡哥尔一处风光秀丽的乡野，那里有树木葱茏的小山和峡谷，有汩汩流淌的小河，山里有老虎、豹子、大象和野牛。不过，这个亚西拉马位于环礁湖旁，在它的周围长满了椰子树和槟榔树。它离最近的镇子有五六公里，人们常常从那里，甚至更远的地方，坐着牛车或是步行，赶到这里来聆听瑜伽师的讲话（在他高兴开口的时候），或者只是静静地坐在他的脚边，分享着从他身上流溢出的平和与圣洁的气息，就如同晚香玉向空气中散发着芳香。"

格雷在椅子上不安地蠕动着。我猜想这样的话题令他感到乏味和不舒服。

"再来一杯吗？"格雷问我。

"不了，谢谢。"

"好吧，我要再喝一杯。你呢，伊莎贝尔？"

格雷从椅子上抬起他那笨重的身体，到桌子那里去取贝利埃果子酒和杯子。

"那儿还有别的白人吗？"

"没有，只有我一个。"

"你怎么能够在那儿待上两年？"伊莎贝尔大声说。

"在那里，时间过得像闪电一样快。我过去的有些日子好像过得比这两年要慢得多呢。"

"你自己平时在那儿干些什么呢？"

"我读书。走长长的路。坐条小船在环礁湖上游荡。我思索。思索是件非常艰苦的劳作，两三个小时之后你就会疲惫不堪，像是驾车行驶了八百公里一样，那时，你最想做的就是好好休息一下。"

伊莎贝尔微微地蹙了蹙眉。她感到困惑了，或许我觉得她是有点儿害怕了。我想，她正在渐渐地意识到，几个小时前来到这个屋子里的拉里，尽管相貌没有改变，似乎还像从前那么开朗、友好、率直、平易、快乐、任性却令人喜欢，可已经不是她过去认识的那个拉里了。以前她曾经失去过他，这次再见到他，本以为他还是旧日的那个拉里，心里想着不管情况发生了多大的改变，他仍然是属于她的；现在，就好像她试图去抓住一缕阳光，阳光却从她的手指间滑落了，这叫她感到了一丝沮丧。那天晚上，我有许多时候都在瞧着伊莎贝尔（看一个美人儿总是件赏心悦目的事情），当她把目光落在拉里修剪得很整齐的头上和两只紧贴着脑壳的小耳朵上时，我看到她眼睛里流露着喜欢；当她望着他深陷的太阳穴和憔悴的脸颊时，我看到她的眼神又发生了多大的变化啊。她的眼神也扫在他细长的手指上，尽管消瘦，却很有力。临了，她的目光停留在了他那富于动感且又好看丰满的嘴唇上（却没有肉欲感）、他开阔的额头和直挺的鼻子上。他那一套新衣服穿在身上，不像艾略特那样显得神气十足、风度翩翩，而是随意得像天天穿在身上，已经穿了一年似的。我觉得他在伊莎贝尔心中激起的是一种母性的本能，这种本能我在伊莎贝尔和她女儿中间没有看到。她已经是个做了母亲的女人，而他看上去还是个孩子；从她的举止中我似乎读出母亲看到自己长大的儿子有了出息后而感到的喜悦，她为别人都在认真地听他充满智慧的谈话并且觉得他的话很有道理而感到骄傲。不过，我并不认为她真正听懂了他的话的含义。

我还没有问完我的问题。

"你的瑜伽师朋友长什么样？"

"你是指外表吗？哦，他个子不高，不胖也不瘦，有一张浅棕色的脸膛，胡子刮得很干净，一头白发剪得短短的。身上除了一块围腰布，什么也不穿，然而，他却能使他的外表显得既整洁又帅气，就像布克兄弟服饰公司广告上的年轻人一样。"

"是他身上的什么东西深深地吸引了你？"

在回答前，拉里足足看了我一分钟。他深陷在眼窝里的眸子似乎像是要看透我的灵魂。

"他的圣洁。"

他的回答使我略微感到了一些不安。在这间陈设着精美贵重家具、墙上挂着名画的屋子里，他的这句话就像是楼上浴缸里溢出的水从天花板上扑腾一声滴落了下来。

"我们读到过不少圣徒的故事，比如说，圣佛兰西斯，十字架的圣约翰等，可那都是几百年前的事情了。我从未想到，还能见着一个活着的圣徒。从我第一眼看到他的时候起，我便再也没有怀疑过，他是一位圣徒。那真是一段奇异的经历。"

"你从中获得了什么呢？"

"平和。"他微微笑了笑，很随意地说，临了，他突然站起来说，"我得走了。"

"噢，不要着急嘛，拉里，"伊莎贝尔喊，"时间还早。"

"晚安。"他笑着说，没有理会伊莎贝尔的劝说，上前吻了她的脸颊，"过一两天再来看你们。"

"你住在哪儿？我给你打电话。"

"噢，不必了。你知道，在巴黎接通一个电话有多难，再说，我的电话常常出毛病。"

看到拉里这么巧妙地避开了给出自己的住址，我心里暗自发笑，对他的住所保密，是他的一个怪癖。我建议后天晚上大家都跟我一起去波隆花园吃饭。在花香四溢的春天，坐在户外的树下吃饭，会是很怡人的，格雷将开车带我们去那里。我跟拉里一同告辞离开，本想跟他再走上一段，谁知刚到了街上，他和我握过手便匆匆地走了。随后，我坐上了一辆出租车。

第五章

我们说好在伊莎贝尔家里会面，喝杯鸡尾酒，然后再动身。我在拉里之前到达。我打算带他们去的是一家高级饭店，所以想着伊莎贝尔一定会着意装扮一番。去那里的女人都是穿着锦衣靓饰，我相信伊莎贝尔肯定不希望比她们差。然而，她只穿了一件素净的羊毛上衣。

"格雷在头痛，"她说，"他痛得厉害。我不能离开他。我告诉厨娘，让孩子们吃了晚饭后她就可以走了，我得亲自给格雷做点儿饭，劝他吃下去。你和拉里两个人去吧。"

"格雷躺在床上？"

"没有，他犯头痛病时，从不去床上。照理那是最适合他待的地方，可他不肯。他在书房。"

书房是一间用棕色和金色护壁板装起来的屋子，护壁是艾略特从一座古城堡里弄来的。架上的书籍都有镀金的格子护着，并且上了锁，防止人们翻阅。艾略特这么做也许是件好事，因为这些书籍大都是十八世纪带插图的淫秽作品。不过，用现代摩洛哥皮面装帧了一下，它们看上去倒是蛮漂亮的。伊莎贝尔领我进了书房。格雷弓着腰坐在一张大皮椅子上，他旁边的地板上散落着画报。他紧闭着眼睛，通常发红的脸现在变得煞白。显然，他经受着巨大的痛苦。他试着想要站起来，我阻止了他。

"你给他吃过阿司匹林了吗？"我问伊莎贝尔。

"那种药物不顶事。我有一个美国配方，现在也不起作用了。"

"噢，不必担心，亲爱的，"格雷说，"我明天就好了。"他强做出笑脸对我说，"很抱歉，我扫了大家的兴，你们都去波隆花园吧。"

"在这种时候，我根本不想去，"伊莎贝尔说，"你想想，我明明知道你在忍受病痛的折磨，我怎能叫自己去开心？"

"唉，可怜的女人，我想她是爱我的，她永远缠上我了。"格雷说着闭上了眼睛。

临了，他的脸突然抽搐在了一起，你几乎可以觉出是刀割般的痛苦在撕裂他的头颅。门被轻轻地推开了，拉里走了进来。伊莎贝尔把情况告诉了他。

"哦，很抱歉，"他说，同情地看了格雷一眼，"能有办法帮助他减轻痛苦吗？"

"没有，"格雷说，眼睛仍然闭着，"你们能帮我做的唯一一件事就是别管我。你们自己出去吃饭吧。"

我心想，这可以说是唯一合理的做法了，可伊莎贝尔恐怕会觉得良心上过不去的。

"让我来看看是否能帮你一下。"拉里说。

"没有人能帮我，"格雷有气无力地说，"我就要痛死了，有时候我真希望上帝就让我这样死掉算了。"

"或许，我说我能帮你是不对的。我的意思是说，或许我能设法让你去帮助你自己。"

格雷慢慢睁开了眼睛，看着拉里。

"你怎么能够做到呢？"

拉里从他的口袋里掏出块像是银币一样的东西，放在了格雷的手上。

"紧紧地把它握在你的手掌心里，手背朝上。不要刻意去对抗我。放松自己，但握紧这个硬币。在我数到二十之前，你的手会张开，硬币会掉落在地上。"

格雷照他说的做了。拉里坐到写字台前，开始数数。我和伊莎贝尔站在一边。一、二、三、四。在拉里数到十五之前，格雷的手没有动，后来，好像抖了一下，我几乎不能说我是看见，而是隐隐觉得他握紧的手在慢慢松开。大拇指离开了拳头。

我清楚地看到他的手指在颤抖。在拉里数到十九时，硬币从格雷的手中滑落，滚到了我的脚下。我捡起来观察了一下，这是一块略微有残缺的硬币，质地很厚，在它的一面镌刻着亚历山大大帝年轻时的头像。格雷颇为困惑地望着他的手。

"我没有想让硬币掉下来，"他说，"是它自己落下去的。"

他坐在那把皮椅子里，右臂靠在椅子的扶手上。

"你坐在这个椅子里舒服吗？"拉里问。

"我头痛时，唯有坐在这里才会好受一些。"

"呃，让你自己完全放松。不要紧张。什么也不要做。不要抗拒。在我快要数到二十的时候，你的胳膊会渐渐地从扶手上抬起来，直到高过你的头顶。一、二、三、四。"

拉里用自己悦耳的银铃般的嗓音数着，在他数到九的时候，我们看到格雷的胳膊从皮扶手上抬了一下，他的这一动作我们刚刚能察觉得到，直到它升至离开扶手两三厘米的地方。这时，他的胳膊停了一下。

"十、十一、十二。"

他的胳膊像是被扯动了一下，随后，整个胳膊开始慢慢地向上升起。现在，它完全离开了扶手。有点儿紧张的伊莎贝尔抓住了我的手。这种情形让人看了觉得怪怪的。它不像是有意识的那种动作。我从没见过梦游的人行走，不过，我能想象得出，他行走的方式一定跟格雷胳膊的移动一样古怪。它看上去不像是人的意志在起作用。我觉得靠自觉的努力，人的胳膊很难这么缓慢又这么匀速地升起。它让人觉得是一种潜意识的力量，一种完全独立于大脑之外的力量，在抬起这只胳膊。这种动作就像是活塞在气缸里的那种来回的移动。

"十五、十六、十七。"

数字说得很慢，慢得就像漏水的龙头一滴一滴把水滴进盆子里。格雷的胳膊在升起，升起，直到他的手超过了头顶，在拉里数到二十的时候，格雷的胳膊自动落在了扶手上。

"不是我在有意识地抬起胳膊，"格雷说，"我是不由自主的。它是自动抬起来的。"

拉里淡淡地笑了笑。

"这并不重要。我想，这也许会让你对我产生信心。那个希腊的硬币落到哪儿了？"

我把硬币还给了拉里。

"还是把它握在手里。"格雷接过了硬币，拉里看着他的手表，"现在是八点十三分。过六十秒，你的眼帘会觉得滞重，你不得不阖上眼睛，进入睡眠状态。你会睡上六分钟。在八点二十分，你会醒来，到时你的痛苦便会消失。"

我和伊莎贝尔没有吭声。我们都注视着拉里。他没再说什么，眼睛盯着格雷，可似乎又不是在看着他，而是穿过他，看到他之外的什么地方。出现在我们中间的寂静显得很怪异，像是夜幕降临后园子里花丛中的那种寂静。突然之间，我觉得伊莎贝尔握紧了我的手。我抬眼去看格雷，他的眼睛阖上了，均匀地呼吸着。他睡着了。我们仿佛站了很久很久。我特别想抽支烟，但又不愿意去点。拉里一动也不动，他的眼睛不知在看着前面的什么地方，要不是眼睛还睁开着，会以为他已进入恍惚或是催眠状态。突然间，他一下子松弛下来，眼睛随之也恢复了平日的状态。拉里看了一下手表。在他看表的时候，格雷睁开了眼睛。

"哎哟，"他说，"我敢说我是睡着了。"随后，他惊了一下。我留意到他的脸色已不再那么苍白了。"我的头不痛了。"

"很好，"拉里说，"抽支烟，然后我们一块出去吃饭。"

"真是个奇迹。我觉得我的精神一下子就恢复了。你是怎么做到的？"

"不是我。是你自己做到的。"

伊莎贝尔去换衣服，我和格雷喝着鸡尾酒。尽管拉里明摆着不想再提这件事，可格雷一直喋喋不休地谈着刚才发生的一切。他一点儿也弄不明白这是怎么回事。

"我不相信你会有什么办法，你知道，"他说，"我没有反对，只是因为我没有气力争辩了。"

他继续说着他发病时的情况，他所遭受的痛苦，以及头痛过后人就像垮掉了一样。他不明白为什么他刚才醒来时，会觉得自己又像平时一样强壮了。伊莎贝尔换好衣服回来了。她穿了一件我以前没有见她穿过的长裙，裙摆长得挨到了地面，大概是用一种叫马罗坎的极薄的白平纹绸做的，外镶一圈黑纱边。我不由得想她一定会力压群芳，为我们争光的。

马德里堡那天特别热闹，我们大家的心情也都特别好，拉里讲着一些令人开心的小花絮（我记得他以前并不是这样），逗得我们哈哈大笑。我猜他这么做是为了转移我们的注意力，免得我们再去谈起刚才他那非凡能力的展示。可伊莎贝尔是个很有主意的女人。虽然她眼下乐得任他逗大家开心，可她要满足自己好奇心的打算却没有放弃。吃过晚饭，我们喝着咖啡和甜酒，伊莎贝尔觉得一顿好饭好酒以及朋友间融洽的谈话，已经削弱了拉里的戒备，于是，她把一双亮晶晶的眼睛盯在了拉里身上。

"现在，你就来告诉我们，你是怎么治好格雷的头痛的。"

"你自己都看到了。"拉里笑着回答。

"你是在印度学的这些东西吗？"

"是的。"

"格雷被这头痛病折磨得很苦。你认为你能彻底治好他吗？"

"我不知道。也许能吧。"

"这会让格雷的生活发生非常大的变化。如果他的头痛病一发作就四十八个小时，期间不能动弹时，他怎能胜任一份像样的工作呢？除非是又有了工作可做，否则的话，他是永远不会快乐的。"

"我不可能创造奇迹，你知道。"

"可刚才的事就是个奇迹。是我亲眼所见。"

"不，那不是。我只是把一个意念注入到格雷的脑子里，其余的都是他自己做的。"他转过身来对着格雷，"你明天干什么？"

"打高尔夫球。"

"我明天下午六点钟过来，咱们聊聊。"临了，他朝伊莎贝尔动情地一笑，"我跟你十年没在一起跳过舞了，伊莎贝尔。你愿意看看我还能跳得来吗？"

第六章

在这以后，我们常常见到拉里。在接下来的一个星期里，他每天都到格雷夫妇家中来，和格雷在书房里单独待上半个钟头。很显然，他想说服格雷——如他笑着所说的——消除颓废、阴郁的心理，格雷也由此对他产生了一种孩子般的信任。从格雷零星的话语里，我听出拉里也在努力帮助他恢复失去的自信。大约十天后，格雷又犯了一次头痛病，那天碰巧拉里到傍晚才会来。这一次格雷头痛得并不太厉害，而且，他已对拉里的这一神奇本领十分信服，认为只要现在能把拉里找来，在几分钟内他便能治好他的病。可无论是我（伊莎贝尔打电话告诉了我），还是他们夫妇二人，都不知道他住在哪里。在后来拉里终于到了、医好了格雷的头痛后，格雷询问他的住址，以防再犯了病能及时把他找来。可拉里却笑着说：

"给美国旅行社打电话、留个口信就行了。我会每天早晨给他们打电话。"

后来，伊莎贝尔问我为什么拉里要对自己的住址保密。他以前也这么做过，可事后表明他住的地方没有任何秘密可言，他就住在拉丁区的一家普通的三等旅店里。

"这个问题，我也想不明白，"我说，"我只能提出些看似荒唐的理由，也许都是捕风捉影。我以为，也许是他某种古怪的本能驱使他把其精神上的隐秘延伸到了他的住所。"

"天哪，你说的这是什么乱七八糟呀？"她有些烦躁地大声说。

"你难道没有注意到吗？当他跟我们在一起时，尽管人很随和、友好，愿意攀谈，可他总给人一种身在事外的印象，好像他并没有全身心地投入，而是在他的灵魂深处保留了一些我不知道该称之为什么的东西——一种张力、一个秘密、一种向往，或是一种知识——使他跟我们貌合神离。"

“我从小就熟悉、了解拉里。”伊莎贝尔有些不耐烦地说。

“有时候，他让我想到一个伟大的演员，在一出蹩脚的戏里，把一个角色演得活灵活现。就如埃莱奥若拉·杜丝在《女店主》[①]中那样。”

伊莎贝尔对我说的这番话想了一会儿。

“我想我知道你的意思。在逗趣调笑中间，大家都以为，就像在场的每一个人一样，他也是我们中的一员，可随后你突然觉得他就像一缕烟儿一样逃出了你的手掌心。你说是什么使他变得如此古怪呢？”

“也许是一些极普通的东西，我们平时简直就注意不到。”

“比如说？”

“呃，比如说，善行。”

伊莎贝尔蹙起了眉头。

“我希望你不要这么说话。这叫我的胃里产生一种极不舒服的感觉。”

“哦，不会是你的心灵深处觉得有点儿痛了吧？”

伊莎贝尔盯着我看了好一会儿，像是要猜透我的心思。她从旁边的桌子上拿起一支烟，点着后靠在椅背上，注视着烟儿在空气中升腾。

“你是不是想让我走？”我问。

“不是。”

我默默地注视了她一会儿，看着她俊俏的鼻子和极美的下巴，总能给我一种愉悦感。

“你仍然深深地爱着拉里？”

“没错，这一生我再没有爱过别的任何一个男人。”

“那你为什么嫁给了格雷呢？”

“我总得嫁人嘛。格雷疯狂地爱着我，我母亲想让我嫁给他。大

---

① 《女店主》是意大利著名喜剧作家哥尔多尼（Carlo Goldoni，1707—1793）的作品。埃莱奥若拉·杜丝（Eleanora Duse，1858—1924）是意大利著名女演员。

家都劝我忘掉拉里。我很喜欢格雷，现在我仍然很喜欢他。你不知道他有多可爱。世界上再没有一个人能像他那样温存、体贴地待我。他看上去凶巴巴的，不是吗？可对我他就像个天使一样。在我们有钱的时候，他总想让我喜欢这个、喜欢那个的。这样他就能在买东西给我的中间，享受到快乐。有一次我说，要是买个帆船周游世界，那该有多好，要不是爆发了经济危机，他就会买来了。"

"他对你好得几乎令人难以置信。"我咕哝了一句。

"我们度过了一段十分快乐的时光。为此我会永远感激他的。他曾使我非常幸福。"

我看着她，但没有作声。

"我想，我并不真正地爱格雷，可没有爱，一个人也可以过得很好。在我的心底，我渴盼着拉里，可只要他不在我眼前，我的心就不会乱，你还记得你跟我说过，双方隔上五千公里的大洋，爱的痛苦就会变得好忍受得多了？我那时觉得你这话是在嘲讽，现在，我相信了。"

"既然见到拉里感到痛苦，那你觉得是不是不见他更为明智呢？"

"但这种痛苦就如同是在天堂。更何况，你也了解拉里这个人。不知哪天他就会像太阳落下去后的影子，消失不见了，在以后的好多年里，可能再见不着他的面。"

"你想到过跟格雷离婚吗？"

"我没有离婚的理由。"

"这并不能妨碍你们美国妇女跟她们的丈夫离婚，只要她们想离。"

她笑了起来。

"你认为她们为什么要离婚呢？"

"你难道不知道吗？因为美国妇女期望她们的丈夫十全十美，而英国妇女只希望她们的管家十全十美。"

伊莎贝尔高傲地使劲甩了一下她的头，我担心她会不会把脖子扭疼了。

"因为格雷不善于表达，你便以为他一无是处了。"

"这你可说错了，"我很快打断了她，"我认为格雷有些很感人的品质。他有一种非常棒的爱的能力。他看着你时，只消看他的脸，就知道他对你的感情有多深、多真挚了。他比你更爱这两个孩子。"

"我想，你下面接着就该说，我不是个好母亲了。"

"恰恰相反，我认为你是个很好的母亲。你把她们照顾得很周到，很快乐。你关注她们的饮食，留心让她们的肠道通畅。你教她们礼貌待人，读故事给她们听，让她们做祷告。如果她们病了，你马上会请来医生给她们看病，并精心地照料她们。但你并没有像格雷那样把整个身心都放在她们身上。"

"完全没有那个必要。我是个有着独立人格的人，我也把她们当作这样的人看待。如果一个母亲把自己的儿女当作她一生中唯一关注的对象，那她只能惯坏了孩子。"

"我想你是对的。"

"事实上，她们依然很崇拜我。"

"这一点我注意到了。你是她们的偶像，她们把你看作一切优雅、美好和崇高事物的代表。可她们跟你在一起不像跟格雷在一起时，相处得那么融洽、适意。她们崇拜你，这是事实；可她们更爱格雷。"

"他是可爱。"

我喜欢她这么说话。她一个最可爱的优点就是，她永远不会对赤裸裸的事实恼火。

"危机到来之后，格雷破产了。他整个星期整个星期地待在办公室里，一待就待到半夜。我坐在家里常常提心吊胆。我生怕他会自杀，他觉得太丢人了。你知道，他们父子俩为他们的公司感到多么骄傲，同时也为他们自己的忠诚和他们十拿九稳的判断力感到自豪。他最在意的不是损失掉了我们所有的钱，而是损失掉了所有那些对他信任的客户的钱。他觉得他应该多一点儿预见性才对。我无法说服他，让他相信这件事不能怪他。"

伊莎贝尔从手提包里取出一支口红，涂着她的嘴唇。

"不过，我想要告诉你的不是这些。我们剩下的唯一财产就是那个农场了，我觉得对格雷而言，离开是最好的选择，所以把孩子留给我母亲照顾，我俩去到了南卡罗来纳州的农场。格雷一直很喜欢这个农场，可我们从没独自个儿去过那里，去时总是带着一群人，前呼后拥的，总是玩得非常尽兴。格雷的枪法很准，可那时的他已没有心情打猎。他常常独自划着一条小船去到沼泽那边，一个人一待就是几个小时，望着天上的飞鸟。他在两边长满浅灰色蒲草、头顶上是一线蓝天的小河里荡来荡去。有些时候，河水就像地中海的海水那么湛蓝。回来后他也不多说话，只是说野外好极了。可我能看得出来他的感受。我知道，他的心灵被大自然的美丽、寥廓和静谧给打动了。在太阳落下去之前，沼泽地里有那么一会儿光线很迷人。他常常站在它旁边，凝望着这片金灿灿的沼泽，心里充满了一种喜悦和幸福感。他常常骑着马徜徉在寂寥、神秘的树林里，这些林子就像梅特林克①一出戏剧里的森林，一片灰色，静悄悄的，令人悚然；在春天到来时，会有那么一段时日——几乎超不过两个星期——那时，茱萸花绽放，橡皮树抽叶，叶片的嫩绿色被灰色的西班牙苔藓一衬，像是一首欢乐的歌曲；地上长满白色的百合和野杜鹃。格雷说不出这对他有着怎样的意蕴，这是神奇的造化。他被这大自然的美丽陶醉了。噢，我知道我表达得不好，可我实在无法跟你说出我当时有多么的感动，当我看到这么大块头的一个男人由于如此纯洁、美妙的一种情感而得到升华，看到此景，我感动得都要哭出来了。如果天堂里真有一个上帝的话，格雷那时已经离他很近了。"

说到这里，伊莎贝尔变得有些激动起来，她掏出一块小手绢，小心地擦掉了留在她眼角两边的晶莹泪珠。

"你不觉得你有点儿罗曼蒂克了吗？"我笑着说，"我在想，你把格雷的思想和感情太理想化了。"

"如果他没有表现出来，我怎么能够看到它们呢？你了解我这个

---

① 莫里斯·梅特林克（Maurice Maeterlinck，1862—1949），比利时剧作家、诗人。

人。除非感觉到我脚下便道上的水泥路面，除非我常常能看到沿路橱窗里陈列着的帽子、皮大衣、钻石手镯和镶着金边的化妆品盒，不然我是不会快乐的。"

我笑了，有一会儿，我们谁也没有说话。临了，她又回到了我们前面谈过的话题。

"我永远不会跟格雷离婚。我们在一起度过了太多的风风雨雨，他绝对离不开我。想到这点也让我颇感欣慰，你知道，这给予你一种责任感。更何况……"

"更何况什么？"

她斜睨了我一眼，眸子里闪出调皮的神情。我猜想，她是拿不准我对她想要说的话会做出什么反应。

"他床上的表现太棒了。我们结婚已经十年，可他还像刚开始时那么富于激情。你在你的一部戏剧中不是说过，一个男人喜欢跟同一个女人做爱不会超过五年吗？哦，你不知道你这话有多不靠谱。格雷还像我们在新婚燕尔时那样地想要我。他在这方面让我得到极大的满足。尽管你看我不那么性感，可我却是个非常性感的女人。"

"你说错了，我认为你正是那样的女人。"

"哦，这是个颇为诱人的特点，不是吗？"

"是的。"我盯着她的眼睛说，"你后悔自己在十年前没有嫁给拉里吗？"

"不。那么做才疯狂呢。不过，要是那个时候我有我现在的经历，我会义无反顾跟他到一个地方住上三个月，然后，我会让他在我的生命中永远消失。"

"我认为你没有做这种实验，真是幸运；不然的话，你也许会发现自己跟他有了扯也扯不断的关系。"

"我并不这么认为。这只是一种身体上的吸引力。你知道，克服这一欲望的最好方法，就是去满足它。"

"你不觉得你是一个占有欲非常强的女人吗？你告诉过我，在格雷身上有富于诗意的浓烈情感，你还告诉我他是一个热烈的情人；我完全相信他的这两点对你很重要；不过，你还没有告诉我，对你来说，比这两条加起来都还要重要的一点，那就是你觉得你把他牢牢地攥在了你那长得很美却不纤巧的手掌心里。拉里总能逃出你的掌控。你记得济慈的那首《希腊古瓮颂》吗？'勇敢的恋人，你永远，永远吻不到她，尽管已离得很近，很近。'"

"你往往自以为你懂得很多。"她有点儿尖刻地说，"一个女人只有一个法子拿住男人，你是知道的。让我来告诉你这一点：重要的不是第一次跟他上床，而是第二次。如果你第二次真正搞定了他，那你就永远抓住了他。"

"你有着不少有关这方面的格言警句呢。"

"跟人们交往时，我可是眼观六路、耳听八方的。"

"我可以问一下，你上面的这一句是从哪儿听来的吗？"

她朝我撩人心意地一笑。

"从我的一个做时装模特的朋友那儿听来的。一个时装店的女售货员跟我说，她是巴黎体形最棒的女人，所以我打定主意要认识她。她的名字叫雅德丽娜·德·特洛伊，你听说过她吗？"

"从来没有。"

"看来你受的教育还有所欠缺。她四十五岁，甚至谈不上漂亮，可她比艾略特舅舅所认识的任何一个公爵夫人都显得高贵。我坐到了她旁边，做出一副美国小女孩天真烂漫的样子。我告诉她我控制不住自己前来跟她搭讪，是因为我从未见过比她更令人销魂的女人。我告诉她，她像希腊玉石浮雕上的女子那么完美。"

"你也真敢吹捧。"

"一开始她板着一副面孔，显得很冷漠，可经不住我像个小女孩那样一再纠缠，她终于软了下来。随后，我们愉快地聊了一会儿。时装表演后，我跟她说，哪天我想请她到丽兹饭店吃顿午饭，问她能否赏光。我跟她说，她太有气质了，简直无人能比。"

"你从前见过她吗？"

"没有。她不愿意跟我去饭店。她说在巴黎人们闲话多，人言可畏，她担心会中伤到我，不过，我能邀请她，她还是挺高兴的。当看到因为失望我的嘴唇不由得在颤抖时，她就问我是否能去她家里跟她吃顿午饭。看到我被她表现出的友好激动得不知所措，她拍着我的手抚慰我。"

"你去她家了吗？"

"当然去了。她有一所很别致的房子，在福煦大道上，是她的管家服侍了我们，这个管家长得跟乔治·华盛顿非常像。我一直在她那里待到四点钟。我俩都把头发散落下来，把身上的紧身褡脱掉，美美地聊了一个下午（女人之间的那种聊天）。那天下午我所获得的东西，够我写出一本书。"

"那你为什么不写呢？这样的事写出来，正好可以刊登在《妇女家庭杂志》上。"

"你这个鬼精灵。"她笑出声来。

有一会儿，我没有说话。我整理着自己的思绪。

"我不知道拉里是不是真正爱过你。"我说。

她坐直了身体，脸上愉快的表情不见了，眼睛里流露出愤愤的神情。

"你在说什么呢？他当然是爱我的。你难道以为一个女孩在被男人爱的时候，她会不知道吗？"

"哦，我敢说他是在以某种方式爱着你的。在所有的女孩里，他对你最熟悉、最了解。你们从小就在一起玩，他想着让自己去爱你。他有着正常的性欲本能。你们俩结婚，这似乎是再自然不过的事情了。除了没有住在一间屋子里，睡在一张床上，你们俩之间的关系跟结了婚也没有什么特别的不同了。"

伊莎贝尔让我说得有点儿气馁了，等着我继续讲下去。知道女人们对爱情的话题总是高兴听的，我接着说道：

"道德家们试图说服我们，让我们相信性欲本能跟爱情没有多大的关系。他们总倾向于把性欲说成是一种附属现象。"

"这说的是什么话？"

"呃，世上有这样的一些心理学家，他们认为人的意识是伴随着大脑的活动出现的，并受着大脑活动的支配，意识本身对大脑活动施加不了任何影响。这就犹如树在水中的映像，没有树就没有倒影的存在，它对树不会产生任何影响①。我以为，没有激情也能有爱的说法，纯属谬论；当人们说激情消失后爱情依然能够持续，他们说的不是爱情，而是一些别的感情，比如说亲情、仁爱、共同的情趣、爱好和习惯。尤其是习惯。两个人可以出于习惯继续进行性交，就像到了饭点他们的肚子自然会感到饿一样。当然啦，没有爱，也可以有欲望。欲望不是激情。欲望是人的性本能导致的自然结果，它并不比人类这一高级动物的任何其他功能更为重要。有些做丈夫的在条件适当的时候放纵一下，他们的妻子就大惊小怪的，实在是有些愚蠢。"

"难道这一条只适用于男人吗？"

我笑了。

"如果你坚持要这么问，我得承认对两者都适用。只是有一点不同，对于一个男人来说，这种偶尔的外遇不会产生任何情感上的意义，而对女人就不一样了。"

"那要看是什么样的女人。"

我不愿意让她打断我的话。

"如若爱情不是激情，那它就不是爱情，而是别的什么东西；激情不是凭借满足而是凭借阻隔变得强烈。当济慈在《希腊古瓮颂》中告诉恋人不必悲伤时，你觉得他是什么意思呢？'你会永远爱下去，她永远漂亮！'为什么呢？因为你无法得到她，不管情人怎样疯狂地追求她，她总能逃脱。因为他们两个都已拘囿在了这件很一般的艺术品中。而你对拉里的爱和拉里对你的爱却来得很自然、很单纯，就像是保禄和弗兰采斯加②、罗密欧和朱丽叶之间的爱情。幸运的是，你这爱情的结局并不坏。你和一个有钱的人结了婚，拉里则云游世界，想

---

① 毛姆认为完全否认意识、潜意识和本能的作用是不对的。
② 但丁《神曲·地狱篇》中的一对恋人。

去发现妖女唱的是什么情歌。激情并没有掺入到你们的爱情中间。"

"你怎么会知道?"

"激情是不计代价的。帕斯卡 ① 说,心灵自有理智不予考虑的理由。如果他想的和我一样的话,那他的意思就是说当激情占据了心灵时,心儿会想出一些看起来不仅言之有理而且足能证明为了爱可以失去整个世界的理由。它使你确信荣誉可以为了爱而牺牲,蒙受耻辱也算不了什么。激情是毁灭性的。它毁掉了安东尼和克莉奥佩特拉 ②,特里斯坦和伊索尔德 ③,巴奈尔和吉蒂·奥赛 ④。如果它不去摧毁了,它便死掉了。也许就是在这个时候,一个人会落到苦不堪言的地步,他发现他已经虚掷了不少的年华,让自己蒙受了羞辱和妒忌之火的折磨,咽下了多少苦水和委屈,把自己所有的柔情蜜意、自己灵魂里所有财富都浪费在了对方身上,而对方就是一个无聊之人,一个让你的梦想都破灭了的蠢货,此人的价值还抵不上一块橡皮糖。"

在我这番议论发完之前,我看出伊莎贝尔不再听我讲,而是想着她自己的心事了。不过,她接下来说的话还是让我感到有些意外。

"你觉得拉里是处男吗?"

"噢,亲爱的,他都三十二岁了。"

"我敢肯定他是。"

"你凭什么这么肯定?"

"这种事,凭着一个女人的直觉就能知道。"

"我认识一个年轻人,在一些年里他令许多漂亮女人都相信他是个处男,愿意跟他相好,因而日子混得很不错。他说,这一招蛮灵的。"

"我不在乎你怎么说。我相信我的直觉。"

---

① 布莱瑟·帕斯卡(Blaise Pascal, 1623—1662),法国数学家和思想家,著有《思想录》。

② 见莎士比亚的同名悲剧。

③ 见瓦格纳的同名歌剧。

④ 查理斯·斯图尔特·巴奈尔(Charles Steward Parnell, 1846—1891),英国议员。1890 年,在奥赛上尉控告妻子有外遇、要求离婚的案件中,巴奈尔成为共同被告,从而毁掉了他的政治前途。次年 6 月他与吉蒂·奥赛结婚,于同年 10 月突然死亡。

天色渐渐晚了，格雷和伊莎贝尔还要跟朋友们出去吃饭，她要上楼去换衣服了。我告辞出来，无事可做，沿着拉斯拜尔大街信步往前走，享受着春日傍晚的宜人天气。对女人的直觉，我从来都不大相信；因为它与她们所愿意相信的东西太过吻合了，所以让我觉得不可信；在我想到跟伊莎贝尔那段谈话的结尾部分时，我不由得笑了。这让我想起苏珊·鲁维埃来，我有好几天没有见到她了。我不知道她眼下在干什么。如果不忙的话，她可以跟我出来吃顿饭、看场电影。我叫住了一辆慢腾腾行驶着的出租车，告诉了司机她的住址。

第七章

在故事的开始，我曾提到过苏珊·鲁维埃这个名字。我认识她已经有十一二个年头了，现在我想她一定快有四十了。她人并不漂亮，说实话，甚至长得有点儿丑。在法国妇女里，她的个子算是高的，短短的上身，长长的腿和长长的胳膊，她行动起来时显得有些笨拙，好像是不知道该如何摆弄她这很长的四肢似的。头发随着她的性子变换着颜色，不过，在大多数的时间里都是红褐色。她长着一张小方脸，高高的颧骨上涂着胭脂，嘴很大，嘴唇搽得红红的。这些似乎没有一点是动人的，然而，事实却并非如此：她有白嫩细腻的皮肤、雪白健康的牙齿和一双生动的大眼睛。这些是她身上最美的部分，她着意要让它们变得更加显豁，于是把眼睫毛和眼皮涂上了颜色。她人显得精明、友好、活泼，既有善良的心地又有坚韧的性格。她所过的生活需要她具有坚忍不拔的精神。她的母亲是个寡妇，嫁了一个当地政府的小官员，丈夫死后便回到了昂儒她原来的那个村子里，靠抚恤金生活。苏珊到了十五岁，母亲就叫她到邻近的一个镇子上跟着一个裁缝做学徒，镇子不远，所以每个星期天都能回家。十七岁那年，苏珊有两个星期的休假。在村里度假期间，她被一个艺术家勾引了。这位画家在这个村子度夏，画他的风景画。苏珊心里很清楚，没有一文钱嫁妆的她，结婚的机会非常渺茫，所以，在夏末，当画家提出带她去巴黎时，她便欣然同意。苏珊被他带到巴黎蒙马特区的一间兔子窝似的画室里，跟他住在了一起。在这里，苏珊跟他快快乐乐地过了一年。到了一年头上，这位画家说他一幅画也没能卖出去，再也养不起情人了。她早有思想准备，所以能泰然处之。他问她是否想回家，听到她并不想回去时，便告诉她在这个街区里住的另一位画家愿意要她。他提到的这个人曾有两三次要勾引她，都被她好言好语拒绝了，因此并没有惹恼他。对这个人她并不讨厌，于是她心平气和地接受了这个建议。因为距离近，她都不必花钱雇出租车拉她的箱子。她的第二个情人比前一个年龄大得多，不过相貌等也还说得过去。他让她摆出各种姿势来画她，有穿衣服的，有裸体的；她跟他快活地生活了两年。一想到是用她做模特儿他才画出了第一幅真正成功的作品，她心里就感到自豪。她给我看刊登在画报上的那张画的印刷品。这幅画被美国的一个画廊买走了。这是一幅裸体画，尺寸跟真人相仿，苏珊躺着的姿势恰如马奈的《奥林匹亚》里的人物。她的这位画家很敏锐地看出，她的身体比例富于一种现代情趣，他将她瘦长的身体画得越加瘦削，把她的腿和手臂画得比她实际的更长，把她高高的颧骨和那双蓝眼睛也画得更加突出。从这张印刷品上，我自然看不出原画的色彩，可它设计构图的精美还是能看得出来的。这幅画为他带来不小的声誉，足以使他娶上了一位既有钱又漂亮的寡妇，而苏珊当然明白一个男人总得为他的将来着想，便跟他坦然结束了他们的亲密关系。

现在，苏珊知道了自己的价值。她喜欢这种艺术家的生活，高兴给画家做模特儿，在一天的工作结束之后，她愿意去咖啡馆，跟画家和他们的妻子或情人坐在一起，听他们谈论艺术，咒骂画商，讲下流故事。在尚未分手之前，她就已做了安排，选中了一个没有情人且又有才干的年轻画家。她找到一个他单独待在咖啡馆里的机会，向他说明了她目前的处境，没有绕什么弯子，径直提出了他们两人该生活在一起的建议。

"我二十岁，善于持家、料理家务。我能为你节省开支，还能为你省下你雇模特的钱。看看你身上的衬衫，多丢人，你的画室里更是一团糟。你需要一个女人照顾你。"

他知道她在这些方面是个能手。他觉得她的建议很有意思，她看出他愿意接受。

"试一试，毕竟没有什么害处，"她说，"如果合不来，我们两个谁也不会比现在糟到哪里去。"

他是位非表现派画家，他把她画成各种正方形或是长方形的图案。他给她画上一只眼睛，没有嘴巴。把她画成黑、灰和棕色相交织的几何图案。他用杂乱无章的线条画她，你从中只能隐隐约约地看出一张人脸。在跟他过了一年半后，她自动离开了。

"为什么要离开？"我问她，"难道你不喜欢他？"

"喜欢，他是个不错的男孩。我只是觉得他不会有什么发展了。他一直在重复自己。"

没费什么劲儿，她便找到了另一个画家情人。她依然忠诚于艺术家们。

"我一直和画家打交道，"她说，"我跟一个雕塑家住了半年，不知为什么，一点儿感觉也没有。"

她跟任何一个情人分手，中间都没有出现过不愉快。她不仅是个很棒的模特，也是一个很好的家庭主妇。她喜欢在她暂寓其中的画室里操劳，把它整理得井井有条。她很会做饭，能花很少的钱，做出美味的饭菜。她给她的情人们缝补袜子，给他们的衬衫缀上纽扣。

"我不明白为什么做一个艺术家就非得衣衫不整不可。"

她只失败过一回。那是位英国小伙子，比她以往的任何一个情人都更有钱，还有辆小轿车。

"不过，好景不长，"她说，"他常常喝醉酒，那个时候的他很是烦人。如果他是个优秀的画家，这一点我倒也不在意了，但是，亲爱的，你不知道他画得有多糟。当我告诉他我要离开他时，他开始大哭起来。他说他爱我。

"'我可怜的朋友，'我跟他说，'你爱不爱我，这一点儿不重要，重要的是你没有绘画才能。回你的老家，做你杂货店的生意去吧。这才是你该干的事情。'"

"他是怎么回答你的呢？"我问。

"他一下子火冒三丈，叫我滚出去。不过，我给他的的确是忠告，你知道。我希望他采纳我的建议，他这个人并不坏，只是画得不好。"

洞识世情，心地善良，这样的品质可以使像苏珊这样的风尘女子生活得不至于太过艰难，然而，苏珊所干的这一行也像其他任何一行一样，会有跌宕起伏。比如说，当初她所认识的那个斯堪的纳维亚人，她就爱得太孟浪、太冒失了。

"他就像个神，亲爱的，"她跟我说，"他的个子非常高，就像埃菲尔铁塔一样，他有宽宽的肩膀和胸脯，可腰却细得几乎用两只手便能合拢住，肚子平平的，平得像我展开的手掌，全身的肌肉像运动员那么发达。他长着一头略带卷曲的金发，皮肤光滑细腻。他画得也不赖。我喜欢他的用笔，遒劲有力，色彩生动鲜明。"

她拿定主意要跟他生个小孩。他不同意，但她坚持要这么做，说她自己会承担起抚养的责任。

"孩子生下后，他也喜欢得不得了。噢，多可爱的一个婴孩，粉红色的脸蛋，漂亮的头发，蓝蓝的眼睛，完全像她的父亲。"

苏珊跟他生活了三年。

"他脑子有点儿笨，有时候令人感到有些烦，不过，他长得那么可爱、那么英俊，其他的一切我真的都不太在乎。"

后来，他接到一份从瑞典发来的电报，电文上说他的父亲快不行了，让他即刻动身返回。他答应苏珊还会回来，但苏珊早已预感到他再也不会回来了。他给她留下了他所有的钱。走了一个月后，她收到他的一封来信，信中说他的父亲死了，许多事情需要他处理，而且，他觉得他有责任留在母亲身边，打理好木材生意。在信中他还附了一张一万法郎的支票。苏珊不是那种感情脆弱、容易绝望的女人。因为孩子带在身边会影响生计，她很快做出决定把孩子送回老家，让母亲照料，连同那一万法郎也留给了母亲。

"那真是撕心裂肺的痛苦，因为我太喜欢这个孩子了。但在生活中，一个人必须面对现实，讲求实际。"

"那么，后来呢？"我问。

"噢，生活还得过下去，我又找到一个伴儿。"

但是，这个时候，她的伤寒来了。她提起她得的这个病，总是称它"我的伤寒"，就像百万富翁会说"我的棕榈滩"或是"我的松鸡泽"一样。她几乎因此而死掉，在医院住了三个月。出院时，人只剩下了皮包骨，浑身软得像只老鼠一样，她心里渺茫无助得只想哭。那个时候的她什么也不能做，身体虚弱得还不能做模特。身上几乎没有分文。

"哎呀呀，"她说，"我曾度过不少的难关，所幸的是我有一些好朋友。可你也知道艺术家们的境况，生活对他们而言，也够艰难的。我不是个漂亮的女人，当然，我也不是一无是处，可我不再是二十岁的小姑娘了。后来，我碰上了跟我以前好过的那位立体派画家，自从我们分手以后，他结了婚，之后又离了婚，他现在已经放弃了立体派画法，成了超现实主义画派的一员。他想他能用我做模特，何况，他一个人生活也很孤独；他说他愿意给我提供饭食和住宿，实话跟你说吧，我高兴地接受了。"

这以后，苏珊一直跟他住在一起，直到她遇上了那个工厂主。一次偶然的机会，一个朋友把工厂主带到了画室，指望他能买上一幅这位前立体派画家的作品。苏珊急于想促成一笔交易，所以对这位工厂主招呼有加。他一时拿不定主意要不要买，最后答应说他会再来看看。两个星期后，他果然来了，不过，这一次苏珊觉得他来是为看她，而不是看那些画。看过后，这位工厂主仍旧没有买，临走跟她握手时，握得既热情又有力。第二天，那个带工厂主来的朋友在她去市场买菜的路上拦住了她，他告诉她工厂主对她很有好感，他想知道在他下一次来巴黎时，是否可以请她吃饭，因为他有一个想法要跟她说。

"你认为，他到底看上了我的什么呢？"她问。

"他是个现代艺术的业余爱好者。他看到过那些画你的作品。你令他着了迷。他是个外省的生意人。对他而言，你代表着巴黎，代表着艺术和那里的浪漫气息，而这一切都是他居住的里尔 ① 所缺少的。"

"他有钱吗？"她很实际地问。

"有很多。"

"好的，我愿意跟他去吃饭。不妨听听他说些什么。"

---

① 法国北部城市。

　　工厂主带她去了马克西姆饭店，那里的豪华给她留下了深刻印象；那天她穿得很素净，她观察了周围的妇女，觉得自己的穿着像是一个已婚的淑女，很得体。他要了一瓶香槟酒，这一点也叫她觉得他是一位绅士。后来他们喝咖啡的时候，他把他的想法讲了出来。她认为很好。他跟她说，他每两个星期来一次巴黎，会待上一个晚上，参加在这儿召开的董事会。晚上吃饭时，一个人很寂寞，如果他想找女人陪，就去妓院。作为一位已有两个孩子的已婚男人，他这么做与他的地位很不相符。他们俩都认识的这位朋友告诉了他有关她的所有情况，他知道她是个性格稳重的女人。他不再年轻了，不想跟一个花心的女孩子搅在一起。他多少算是个现代画作的收藏者，她与当代画派的联系也叫他颇感兴趣。临了，他说到具体的安排。他准备给她租下一所公寓，装饰一下，买些家具，每月付给她两千法郎。他所希望的就是，每十四天，她能陪他度过一个晚上。苏珊以前从来没有挣过这么多钱，她心里很快地盘算着，有了这笔收入，她不仅能生活、穿戴得像个样子，还可以供养她的女儿，存起来一些以防不测。不过，她还是犹豫了片刻。像她自己说的，她以前一直是"在画界"的，毫无疑问，做一个生意人的情人，她的地位是降低了，她心里这样想道。

　　"你可以接受，也可以不接受。"他说。

　　她对他这个人并不反感，更何况，在他纽扣孔里挂着玫瑰形勋章，表明他还是个头面人物呢。她笑了。

　　"我接受。"她回答说。

第八章

虽然苏珊之前一直住在蒙马特区，可她觉得有必要跟她的过去决裂，于是她在蒙帕纳斯大街附近的一幢公寓楼里租下一套房。房子里有两间屋子，一个小厨房，一间浴室；她住在六层，楼内有电梯，尽管电梯小得只能容下两个人，慢得像是蜗牛在爬，而且你得走着下楼，可这毕竟代表着舒适和气派。

在他们结合的头几个月里，亚西尔·戈万先生在巴黎逗留期间仍是住在旅店里，晚上跟苏珊亲热交欢之后，他会返回旅馆，独自睡到第二天早晨，然后乘火车回去做他的生意，享受安详快乐的家庭生活。后来苏珊跟他说，他这旅馆的钱花得毫无意义，如果他能留在她这里待到第二天早晨，那样既省钱，人也舒服得多。苏珊的话可谓说到了他的心坎里。苏珊能想到他的舒适，能对自己这样体贴，让他甚感欣慰——是的，在冬天寒冷的深夜里，从热被窝里出来，跑到街上四下叫出租车，绝不是什么惬意的事——他称赞她不愿意让自己花冤枉钱的想法。这真是个好女人，不仅想着为她自己节省，也想着为她的情人省钱。

亚西尔先生有一万个理由为自己的选择感到庆幸。他们通常到蒙帕纳斯大街上一家不错的饭店吃晚饭，不过，苏珊有时也会在家里为他做上一顿。她给他做的饭菜他很满意。在天气较热的傍晚，他常常只穿一件衬衫吃饭，觉得自己也像个放荡不羁的艺术家。他对收藏画一直饶有兴趣，可苏珊看不上眼的，便绝不会让他买，很快他就信服了苏珊的判断力。她绝不跟经纪人打交道，而是带他到艺术家们的画室，使他用一半的钱便能买下他想要的画作。他知道她在攒钱，当她告诉他她在家乡每年都会置下一点儿土地时，这让他感到一阵激动和自豪。他知道，拥有自己的土地是流淌在每个法国人血管里的一个愿望；为此，他对她更加尊重了。

而苏珊这方面也感到十分满意。她对他，既谈不上忠诚，也谈不上不忠；也就是说，她小心不再跟其他任何一个男人建立长久的关系，如果碰上了中意的，倒也并不反对跟他上床。不过，她不会让他在她的家里过夜，这是她为自己和亚西尔先生所保留的尊严。她觉得只有亚西尔先生配在这里过夜，因为是他这个有财富有地位的人为她提供了这种衣食无忧、受人尊敬的生活。

我是在苏珊跟一位画家同居时认识她的，这位画家碰巧是我的一个朋友，我常常坐在他的画室里，看他为她作画；我时而免不了会碰见她，但跟她真正熟起来还是在她搬到蒙帕纳斯大街以后。当时好像是亚西尔先生——苏珊总是这样称呼他——读了我一两部小说的法文译本，一天晚上，他约我跟他们在饭店里一起吃饭。他是小个子男人，几乎比苏珊矮了一头，铁灰色的头发，上唇的灰色胡须修剪得很整齐。人稍偏胖，肚子鼓了出来，但并不过分，倒是恰好衬出他富人的派头，又胖又矮的他走起路来神气十足，显然对他自己颇感得意。他请我吃了一顿丰盛的晚餐。他待人极有礼貌。他跟我说，他很高兴苏珊有我这样的一个朋友，他一眼便能看出我是个有教养的人，想到我能看得起苏珊，他很高兴。他的生意，哎，让他常年得待在里尔，这个可怜的女人常常是孑然一人；知道她跟这样一个有文化的人来往，对他来说也是一种慰藉。虽说他是个生意人，可对艺术家们一直是钦佩有加。

"啊，我亲爱的先生，艺术和文学一直是法兰西引以自豪的一对荣耀。当然啦，还有它的军事技术。我，作为一个羊毛产品的生产商，会毫不犹豫地说，我把画家和作家看得跟将军和政治家一样重要。"

谁也不能比这说得更加动听了。

苏珊不愿意听亚西尔先生的话，雇一个女佣来做家务，这一方面是为了省钱，一方面是因为（这其中的原因她自己最清楚）她不想让别人窥视到她的私生活。她把房间收拾得整整齐齐、干干净净，而且陈设也是当时最时新的样式，她的内衣也都是她自己来做。即便如此，因为她不再做模特了，时间多得还是觉得打发不了，因为她天生便是个勤快的女人；后来，她突然产生了一个想法，在给那么多的画家当过模特以后，她为什么不能像他们一样也去画呢。她买来画布、颜料和画笔，开始画了起来。有时候我请她吃饭，去得早了，就会看到她穿着罩衫在作画。就像子宫里的胎儿会大体上重演物种进化的过程一样，苏珊也在重现着她以前所有情人的画风。她像风景画家那样画风景画，像立体派画家那样画抽象画，借助一张风景明信片，她画了一艘停泊在港湾的帆船，画得跟那个斯堪的纳维亚人一样。她还不会素描，可她的色彩感很强，她画得还不怎么好，可她从中获得的乐趣却不少。

亚西尔先生不断地鼓励她。想到他的情人竟然是个画家，给他一种满足感。在他的一再坚持下，苏珊把她的一幅画送去参加秋季沙龙，画挂出来时，两人都挺自豪的。亚西尔先生给了她一个忠告。

"不要像男人那么作画，亲爱的，"他说，"像一个女人那么去画。不要追求笔触的遒劲有力，只要有迷人的韵致就成。要诚实。做生意，有时候欺诈也能得手，但是，做艺术诚实是上策，非它莫属。"

到我写这部作品时，他们俩这融洽和睦的关系已经持续了五年。

"很显然，他并不是那种见了就令我心动的男人，"苏珊说，"但是，他人聪明，且有地位。我已经到了这样的年龄，得为自己的处境和将来着想了。"

苏珊富于同情心，善解人意，亚西尔先生很尊重她的意见。在他跟她讲他生意上或是他家里的事情时，她会认真地去听。他的女儿考试没有考好，她会跟着他一块惋惜，当他的儿子与一个有钱的女子订了婚，她和他一起高兴。亚西尔先生自己娶的就是他一个同行的独生女儿，他们的联姻把两个本来是对头的公司整合在一起，形成了合作共赢的局面。他的儿子能懂得最牢固最幸福的婚姻是建立在共同的经济利益基础上的，这自然让他感到十分欣慰。他还向苏珊吐露心事说，他要把他的女儿嫁给一个贵族。

"她这么有钱，为什么不呢？"苏珊说。

亚西尔先生设法帮苏珊把她的女儿送到了修道院学校，使她能受到良好的教育，并且答应等她的女儿到了适当的年龄时，会替她出钱，让她去学习打字和速记，以便将来能自食其力。

"她长大会是个美人儿，"苏珊跟我说，"不过，让她受受教育，学学打字，也不会有什么害处。她年纪还小，谈什么都太早，也许她将来会缺乏气质。"

苏珊说的话都留有余地，她让我用脑筋去推断她的意思。

第九章

　　大约一个星期以后，我意外地碰到了拉里。那天晚上，我和苏珊一块吃了饭，看了一场电影出来，正在蒙帕纳斯大街的精美咖啡屋坐着，喝着啤酒，突然看到拉里走了进来。苏珊吃了一惊，并令我诧异地大声向他喊着。他来到我们的餐桌，上前吻了她，随后跟我握了手。能看得出来，苏珊几乎不敢相信自己的眼睛。

　　"我可以坐下吗？"拉里说，"我还没有吃饭呢，我得要些吃的。"

　　"噢，见到你太好了，我的宝贝，"苏珊说，眼睛里闪着亮光，"你是从哪里蹦出来的？这么多年来一点儿也没有你的消息。天哪，瞧你多瘦呀！我以为，我这辈子再也见不到你了。"

　　"哦，我挺好的，"拉里眨着眼睛说，"奥黛特好吗？"

　　这是苏珊女儿的名字。

　　"噢，她都快长成一个大姑娘啦。她很漂亮。她还记得你呢。"

　　"你从来没有告诉过我，你认识拉里。"我跟她说。

　　"怎么可能呢？我从不知道你认识拉里。我们是老朋友了。"

　　拉里要了鸡蛋和火腿。苏珊跟他讲了她女儿和她自己的情况。他举止迷人，面带微笑地听她拉呱。她告诉他自己终于安顿下来了，现在在画画。她转过身来问我：

　　"你觉得我画得有进步吗？我不敢说我是个绘画天才，可我像我认识的许多画家一样有才能。"

　　"你卖出去过你的画吗？"拉里问。

　　"我不必以此为生，"她轻快地回答说，"我有我的个人收入。"

　　"你很幸运。"

　　"不，不是幸运，是聪明。你一定要来看看我画的画。"

　　苏珊把她的地址写在了一张纸上，要拉里保证他一定会来。苏珊由于兴奋，滔滔不绝地继续说着。少顷，拉里叫侍者给他结账。

"你这就要走吗？"她喊。

"是的。"他笑着说。

他付了账，跟我们挥了挥手走了。我笑了起来。他总是这样，这会儿还跟你在一起，转眼间，不作任何解释便离开了。走得如此突然，就像消失在了空气中一样。

"他为什么这么急着走呢？"苏珊有些气恼地说。

"可能有个女孩子在等他吧。"我开玩笑地说。

"你这话说了等于没说。"她从她的手提包里取出一个粉盒，往脸上扑了点儿粉，"唉，我同情每个爱上他的女人。"

"你为什么这么说呢？"

她望着我看了一会儿，她脸上出现的严肃是我以前很少见到的。

"我自己曾有一次几乎爱上了他。你爱上他，就如同爱上了水中的月亮，或是一束阳光、一朵云彩一样。我侥幸避开了。甚至现在回想起来，我还为当时的险境不寒而栗呢。"

让什么考虑周全谨言慎行见鬼去吧。只要还是个人，谁不想知道这一切呢。值得庆幸的是，苏珊不是那种能藏得住话的女人。

"你究竟是怎么认识他的呢？"我问。

"噢，那是好几年前的事啦。有六年，或者七年了吧，我记不太清楚了。那时奥黛特只有五岁。拉里认识当时和我同居的那个叫玛赛尔的画家。拉里经常来他的画室，看玛赛尔画我。有时候，他带我们一起到外面吃晚饭。你从不知道他会在什么时候来。有时，他几个星期不照面，可有的时候，会连着几日天天来。玛赛尔总喜欢拉里在他的画室里。他说有拉里在，他就画得好一些。接下来，我就得了我的那场伤寒病。出院后，我度过了一段极艰难的日子。"她耸耸肩膀继续说下去，"不过，这些我以前都告诉过你了。一天，我转悠了不少的画室，想找个活儿干，可转了一圈下来，没有一个画家用我，这一天我只喝了杯牛奶，吃了个油炸面包，而且，我连晚上住宿的钱还没有着落呢。就在这时，我在克里希大街碰巧遇见了拉里。他停下脚步，问我最近可好。我告诉他我得了伤寒，之后他对我说：'看你这样子，像是饿了几天似的。'在他的声音和神情里都饱含着同情和关切，我不由得受到感动，开始哭了起来。

"我们已经离玛丽埃特饭店不远，他挽着我的胳膊走了进去，让我在一张桌子旁坐下。我太饿了，我想我能吞下一只靴子，可等摊鸡蛋端上来时，我却觉得我什么也吃不下。他逼着我吃了一点儿，又给我要了一杯勃艮第葡萄酒。我跟他讲了我的难处。我身体太弱，还不能做模特，现在就是一副皮包骨，我这吓人的样子没有男人敢要我。我问他是否可以借我点儿钱，让我回到老家去。至少我的女儿还在那里。他问我是否愿意回去，我说当然不想了，因为母亲不想要我，物价不断地涨，她自己靠着那点儿抚恤金，日子几乎都过不下去，我给奥黛特寄回去的钱也早就花光了，不过，如果我到了家门口，她看见我这副可怜的样子，也不会不让我进家的。拉里一直看着我不作声，我想他就要说出他不能借钱给我了。末了，他说：

"'你愿意让我带你到我知道的一个地方去吗？你和你的孩子都去。我也想休息一段时间了。'

"我简直不敢相信自己的耳朵。我认识他很长时间了，他对我从未有过什么别的想法。

"'就我现在的身体状况吗？'我说。我禁不住笑了出来，'我可怜的朋友，'我说，'我现在对任何一个男人都没有用。'

"他向我笑着。你注意过他那很特别的笑容吗？像蜜一样甜的笑容。

"'不要说傻话，'他说，'我不是你想的那个意思。'

"我失声痛哭起来，几乎连话也说不出来了。他给了我钱，让我去接女儿，完了我们一起到了乡下。噢，他领我们去的真是一处风景迷人的地方。"

苏珊向我描述了那个地方。它离开小镇（我忘了它的名字）有四五公里，他们开了个车到了那个小旅馆。那是一座看上去就要倒掉的建筑物，它坐落在河边，门前的草地一直延伸到岸边。草地里生长着悬铃树，他们就在悬铃树荫下吃饭。夏天的时候，有艺术家们来这里写生，可现在时节尚早，旅馆里只住着他们几个人。这里的饭菜远近闻名，周末的时候，别处的人往往驱车赶来，大吃一顿，可平时这里的恬静很少受到侵扰。整日的休息，再加上好酒好饭，苏珊的身体逐渐好了起来，有女儿在身边，使她感到十分快活。

"他对奥黛特非常好，奥黛特也很喜欢他。有时我不得不拦着女儿不要缠他，可不管孩子怎么闹，他从来也没有介意过。看着他们像两个孩子似的在一起玩，常常乐得我笑出声来。"

"你们在那儿做些什么呢？"我问。

"噢，总有些事情可做的。我们常常划条小船去钓鱼，有时候店老板把他的雪铁龙借给我们，我们就开车到镇上。拉里喜欢那个镇子，喜欢那里的广场和那里的老房子。镇上安静极了，你踏在鹅卵石路面上的脚步声，便是你能听到的唯一声响。城里有一个路易十四时期的市政厅和一座古老的教堂，在城关还有一座城堡，它的花园还是勒诺特①设计的。当你坐在广场的咖啡馆里时，你会觉得像是回到了三百年前一样，在路边停着的雪铁龙似乎根本不属于这个世界似的。"

就是在这样的一次外出游玩中间，拉里告诉了她我在一开始提到过的那个年轻飞行员的故事。

"我不明白他为什么要告诉你？"我说。

"我也不知道。在战争期间，城里有家医院，在陵园里立着一排排的十字架。我们去过陵墓。可待的时间并不长，那里森然的氛围令我浑身起鸡皮疙瘩——所有战时死掉的可怜的年轻人都静静地躺在那里。在回去的路上，拉里没有吭声。他吃饭本来就少，那天晚上更是一口没吃。我记得那是一个美丽的夜晚，天空缀满了星星，我们坐在河沿上，白杨树在黑暗中直挺着它们的身躯，拉里抽着他的烟斗。忽然间，毫无缘由地，他跟我讲到他的这个朋友，讲了如何为救他而牺牲掉了性命。"苏珊停下来喝了一口啤酒，"他这个人很怪。我永远搞不懂他。他常常读书给我听。有时是白天，在我给女儿缝补衣服的时

---

① 安德烈·勒诺特（André Le Nôtre，1613—1700）法国风景园艺的创始人，设计了凡尔赛宫花园。

候，有时在傍晚，当我安顿孩子睡下以后。"

"他读些什么呢？"

"唔，各种各样的东西。赛维涅夫人①的书信和圣西蒙②的一些片段。你可想得到，我以前只读报纸，有时听到他们在画室里谈论一本小说，也偶尔拿过来看看，怕人家把我当傻瓜，说我什么也不懂！我没想到阅读会这么有趣。这些老作家们并不像有些人想得那么乏味。"

"谁这么认为呢？"我扑哧一声笑了。

"后来，他让我跟他一起读。我们读拉辛③的戏剧《费德尔》和《勃里塔尼古斯》。他念男主角的部分，我念女主角的。你简直想象不出那多有趣，"她率真地说，"在我朗读到悲惨的地方不由得哭了时，他会用奇怪的眼神望着我。当然啦，这只是因为我的身体还没有完全复原。你知道，我还保存着这些书呢。就是到现在，在我看当时读给我的那些赛维涅夫人的书信时，他那悦耳动听的声音还会响在我的耳边，那缓缓地静静流淌着的河水和对岸白杨树的剪影仍会浮现在我的眼前。有的时候，我读着读着就读不下去了，它让我的心儿非常非常地痛。现在，我才知道那是我一生中所度过的最快乐的一段时光。喔，那个人儿啊，他简直就是一个可爱的天使。"

苏珊觉得自己变得有点儿多愁善感了，误以为我会笑话她。她耸了耸肩膀，笑了。

"你知道，我早已下了决心，当我活到五六十岁再也没有男人愿意和我睡觉时，我便与教会妥协，去忏悔我的罪。但是，我跟拉里之间的事情，无论是谁来劝诱我，也绝不忏悔。绝不，绝不，绝不！"

"可从你刚才的讲述里，我看不出你有任何需要忏悔的地方。"

"我才给你讲了故事的一半。你知道，我的体质原本就挺好的，

---

① 赛维涅夫人（Madame de Sévigné，1626—1696），法国女作家，所著《书简集》反映当时贵族生活，为法国 17 世纪散文代表作。

② 圣西蒙公爵（Louis de Rouvroy，Duke of Saint-Simon，1675—1755），以生动描述当时朝政的《回忆录》传名后世。

③ 让·拉辛（Jean Racine，1639—1699），法国诗人兼剧作家。

再加上一天在外面呼吸乡野的空气，吃得好，睡得香，无忧无虑的，所以，过了三四个星期以后，我就跟从前一样强壮了。而且，样子也好看起来，我的脸颊有了血色，头发也又有了以前的光泽。我感觉回到了我二十岁的状态。拉里每天上午游泳，我常常看着他游。他的身体很美，不像我以前的相好，那个斯堪的纳维亚人的运动员体魄，而是既健硕又非常优美的那一种。

"在我体弱的时候，他一直那么有耐心，现在既然我已经完全好了，就没有理由再让他等下去。有一两次，我暗示他我现在可以做了，可他好像不明白我的意思似的。当然啦，你们盎格鲁撒克逊人不一样，你们既粗野，同时又多愁善感；谁也不能否认，你们不是好的情人。我对自己说：'也许他是不好意思吧，他为我做了那么多，又让我把孩子带到这里来，这要我给予他回报的话（这本是他的权利），他恐怕说不出口。'于是，有一天晚上，在我们要去睡觉前，我跟他说：'你今晚想让我去你的房间吗？'"

我笑了起来。

"你这说得也太直截了当了吧？"

"哦，我不能让他来我的房间，因为奥黛特跟我一起睡呢，"她率直地说，"他用他那种温和友好的眼神看了我一会儿，尔后笑了。'你想来吗？'他问。

"'你觉得呢——有你这样健美的身体？'

"'好吧，那么你来吧。'

"我上了楼，脱了衣服，顺着过道溜到了他的房间。他正躺在床上看书，一边抽着烟斗。他放下了手里的书本和烟斗，挪了挪身子，给我腾出地方。"

苏珊有一会儿没有说话，而此时的我也决不想再问她什么。在沉默了少许后，她继续说道：

"他和我以往的情人都不一样。非常甜蜜、亲热，甚至温柔，像头牛一样有力，却没有欲火，我不知道你明白我的意思没有，没有一丝儿邪恶的影子。他做爱就像个血气方刚的学生，让人觉得很有趣，很受感动。在亲热过后离开他时，我有种感觉：是我应该感谢他，而不是他感谢我。在我阖上门时，我看见他又拿起书本，从刚才停下的地方接着往下读。"

我开始大笑起来。

"你能觉得有趣，我很高兴。"她一本正经地说。不过，作为一个饱经世事的女子，她并非没有幽默感，所以，扑哧一声，她也笑了。"我很快就发现，如果等他开口叫我，我永远也等不到，所以，当我想做的时候，我就去他的房间，上到他的床上。他待我总是那么热情、温柔。总之，他也有人类天性中的那些本能，只不过他就像个全副身心专注到什么事情上以至于常常忘了吃饭的人，可当你给他端上好饭好菜时，他照样吃得津津有味。一个男人爱不爱我，我是能感觉出来的，要是我认为拉里爱上了我，那我一定是个大傻瓜，不过，我想他会习惯我的。在生活中，一个人必须讲求实际，我对自己说，如果等我们回到巴黎，他带我跟他一起住，那对我来说就再好不过了。我知道他会让我把女儿留在身边的，我以前不也这么想过吗？我的直觉告诉我，我绝不能犯傻爱上他，你知道，女人们是非常不幸的，一旦她们坠入爱河，她们常常就变得不再可爱了。我打定主意，要倍加小心。"

苏珊吸了一口香烟，烟从她的鼻孔里冒了出来。此时天色已晚，许多桌子都已经空了，只是在吧台那边还聚着几个人。

"一天早晨吃过早饭后，我正坐在河沿上做针线，奥黛特在一边玩着拉里给她买的积木，这时拉里朝我走了过来。

"'我是来和你告别的。'他说。

"'你这是要走吗？'我惊讶地问。

"'是的。'

"'不是走了就不回来吧？'我说。

"'你现在已经好了。我留给你的钱足够你在这里度过剩余的夏日，够你回到巴黎后重新开始你的生活。'

"有片刻的工夫，我情绪烦乱得不知道该说什么。他站在我面前，向我笑着，还是他那种非常坦诚的笑容。

"'我是不是做了什么让你不高兴的事情？'我问他。

"'没有。你丝毫也不要往那方面想。我有工作要做。我们在这里度过了一段美好的日子。奥黛特，过来跟叔叔说再见。'

"女儿还小，什么也不懂。他把她抱在怀里，吻了她；接着，吻了我，走回旅馆去了。不一会儿，我听到小车开走的声音。我看了看手里的银行支票，一共是一万两千法郎。事情来得太突然，我来不及反应。'得了，去他的吧！'我对自己说。至少有一件事，我应该心存感激，我没有让自己爱上他。不过，他这么做，实在是让人有点儿摸不着头脑。"

我又禁不住大笑起来。

"你知道，有一段时间，我只是简简单单地把事实说出来，就给自己得了一个幽默家的名声。对多数人来说，他们完全想象不到事实就是如此，所以他们以为我很会逗趣。"

"我看不出这之间的联系。"

"唔，我想，在我认识的人里，拉里是我所遇见的唯一一个完全没有私心的人。这使他的行为显得有些特别。对那些做事只是出于上帝般的仁爱之心却又不信上帝的人，我们还习惯不了。"

苏珊拿眼睛看着我。

"我可怜的朋友，你喝得太多了。"

第五部

第一章

　　我在巴黎拖拖拉拉地写作。巴黎的春天十分宜人，香榭丽舍大街两旁的栗子树绽开了花朵，条条街道上都是阳光明媚。空气中洋溢着轻松怡人的气息，一种转瞬即逝的快乐，给人以快感，却不粗俗，使你的步子迈得更加矫健，使你的头脑更加敏锐。我和我的各类朋友快乐地相聚，我的心里充满了对过去温馨的回忆。我想，这份短暂的欢愉我也许再不能充分地享受到，如果现在为了工作而放弃这份快乐，我才是个傻瓜哩。

　　伊莎贝尔、格雷、拉里和我常常去郊外的一些景点游玩。我们游览尚蒂伊和凡尔赛、圣日耳曼和枫丹白露。无论去到哪里，我们都是一副好胃口，吃得又香又多。格雷人高马大吃得最多，而且往往喝得过了头。他的健康状况有了改观，或许是由于拉里的治疗，或许只是因为时间久了在自然好转。他没有再犯过剧烈的头痛病，他的眼睛里也不再有我在巴黎刚见到他时的那种叫人看了难受的迷惘神情。除了间或讲上一个冗长的故事，他不太多说话，不过，在我和伊莎贝尔调侃打趣时，他时常会哈哈大笑。他玩得很开心。尽管他人不风趣，可脾气好，极其随和，让人喜欢。这种人，你也许不愿意和他一起度过一个寂寞的晚上，而有的时候你也许会快乐地期盼着跟他一块度过六个月的时间。

　　他对伊莎贝尔的爱，看了叫人高兴，他崇拜她的美，认为她是世界上最漂亮最迷人的姑娘；他对拉里的忠诚，像狗对主人那样的忠诚，也令人感动。拉里看上去也玩得很开心，他似乎把这些游玩看作给自己思想劳作的一次放假，因此，也在安恬地享受着这段时光。他说话也不多，不过，这没有关系，有他在，他说话不说话都一样，都觉得挺好的；他那么随和，那么欢悦，他无需再给予。我心里很清楚，如果说这些天我们过得很快活，那都是由于有拉里和我们在一起。尽管他从没说过什么锦言妙语，可没有他在，我们会感到乏味的。

就是在这样的一次短途游玩回来的路上，我看到了略微使我感到有些惊诧的一幕。我们去了沙特尔①，在返回巴黎的途中。格雷驾驶汽车，拉里坐在副驾驶座上，我和伊莎贝尔坐在后面。玩了一天，大家都有点儿累。拉里把手臂搭在了前排座位的椅背上，他的袖口被拽上去了一些，露出了他优美、有力的手腕和长着一层短短的汗毛的棕色手臂。金色的阳光照在它们上面。伊莎贝尔一动不动的姿势引起了我的注意，于是，我扫了她一眼。她静得像是被人催眠了似的。

她的呼吸变得紧促起来。她的眼睛盯在他长着一层金黄色茸毛的健硕手腕和修长有力的手上，在她的脸上我看到一种我从未见过的对性欲的饥渴表情。这是一副肉欲的面具。我怎么也不能相信，在她那张美丽的面庞上会出现这样淫荡的神情。像是动物的而不是人类的。她脸上的美一下子被剥去了；表情变得吓人，令人厌恶。它叫人联想到一只发情的母狗。在她的意识中似乎什么都不存在了，除了那只不经意间搭在椅背上的手，这只手燃起她狂烈的欲火。临了，她的脸上像是抽搐了一下，她的身子随之也抖动了一下，她闭上眼睛，靠在了角落里。

"给我支烟。"伊莎贝尔用一种我几乎认不出来的嘶哑声音说。

我掏出烟盒，给她点上了一支。她贪婪地抽吸着。在剩下的路程中，她眼睛一直望着窗外，再也没有说一句话。

在我们到达格雷夫妇的家时，格雷让拉里开车把我送回旅馆，然后把车开到车库。拉里坐在了司机的座位上，我坐到了他的旁边。在格雷夫妇二人走过人行道时，伊莎贝尔挽起格雷的手臂，依偎着他，朝他望了几眼，虽然距离远了我看不清楚，可这其中的意味我还是能猜出个八九分。我想，格雷会发现今晚他的妻子是个热烈的情人，不

---

① 沙特尔，巴黎西南约九十公里的一个城市，以城中的大教堂闻名，该教堂建于十二世纪，是一座哥特式的优美建筑。

过，他永远不会知道，她的热情是出于她良心上的一种怎样的刺痛。

　　六月眼看就要过完了，我得回里维埃拉去了。艾略特在迪纳尔 [①] 的朋友要去美国，于是，艾略特邀马图林一家到他朋友的别墅去住，他们打算等学校一放假，就即刻动身。拉里仍要在巴黎工作一段时间，不过，他自己买了一辆二手雪铁龙，答应在八月份的时候去找他们。在离开巴黎前的最后一个晚上，我请他们三个跟我一起吃饭。

　　就是在那天晚上，我们遇见了索菲·麦唐纳。

---

① 布列塔尼半岛的一个海滨浴场休养地。

第二章

伊莎贝尔想到冶游场所逛一逛，因为我在那里有些熟人，她便要我做他们的向导。我并不太喜欢这个主意，因为在巴黎那种地方，那些人对来自美国的游客很不欢迎，而且毫不掩饰，往往弄得人很尴尬。可伊莎贝尔却一味地坚持。我预先告诉她，那种地方很无聊的，并让她穿得素净一点儿。那天我们吃完晚饭就不早了，先到仙女游乐厅转悠了一个小时，随后我带他们去了离圣母院不远的一处地下室，一些匪帮和他们的家属是那里的常客，我认识那儿的老板。进去后，老板把我们让到一张很长的桌子前坐下，桌子旁已经坐了一些不三不四的人，我给在座的每一个人要了一杯酒，祝彼此健康。里面闷热，杂乱，烟雾腾腾。从那里出来，我带他们去了斯芬克斯舞厅，舞厅里的女人穿着漂亮俗气的晚礼服，里边什么也不穿，乳房、乳头等都裸着，面对面地坐在两条长凳上，当舞曲奏起，便懒洋洋地一起跳了起来，眼睛瞟着舞厅周围靠大理石桌面坐着的男人们。我们要了一瓶加热过的香槟。有些女人在走过我们时，会狠狠地盯上伊莎贝尔一眼，我不知道她是否晓得这其中的含义。

后来，我们去了拉白路。那是一条阴暗狭窄的小街，你甚至一走进这条巷子，便能感觉到一股淫荡的气息。我们进了一家咖啡馆。在里面，有一个面色苍白、举止放浪的年轻人弹着钢琴，一个看似身心疲惫的老者吱吱扭扭地拉着小提琴，还有一个在用萨克斯管吹着不着调的噪音。里面挤满了人，很难再找到一张空着的桌子，但老板看出我们是花钱的主，不太礼貌地撵走了一张桌子的一对男女，让他们到另一张桌子上去挤挤，请我们坐了下来。被赶走的那两个人没好气地说着一些不好听的话。许多人在跳舞，海员们头戴顶上缀着红绒球的帽子，大多数的男人们都戴着帽子，有的把手帕系在脖子上，女人和女孩子们都涂着浓妆，穿着短裙和五颜六色的罩衫。男人们跟眼睛化了妆的矮胖男孩子们跳，面色憔悴的女人和染了发的胖女人跳。屋子里充满了烟、酒和汗臭的味儿，舞曲奏响个不停，这一群臭味难闻的杂七杂八的人不停地在屋子里转着，他们脸上闪烁着亮晶晶的汗珠，都是一副一本正经的面孔，样子怪瘆人的。其中有几个块头大、面相凶狠的人，不过，大多数人的个子都不高，显得面黄肌瘦的。我注视着伴奏的那三个人。他们像是机器人那样机械地演奏着，我问自己：在他们刚开始从事这一行当时，他们是否曾这样憧憬过，有朝一日他们也许会成为音乐家，人们会从很远的地方赶来，为他们喝彩。纵便你小提琴拉得不好，你从前也请人教授过，练习过；难道这位小提琴手从前付出那么多，就是为了在这个臭气熏天、污秽不堪的地方，拉狐步舞曲子一直到天明吗？音乐停了，那个弹钢琴的用一块脏手绢擦着脸上的汗。跳舞的人有的懒洋洋的，有的侧着身子，有的则扭捏作态地走回到他们的桌子去。突然，我们听到了一个美国人喊出的声音：

"啊，天哪！"

一个女人从屋子对面的一张桌子旁站起来，跟她在一起的那个男人想要拦住她，被她推到了一边，随后，她跌跌撞撞地走了过来。她醉得不轻。她来到我们坐的桌子这儿，面朝我们站着，她身子仍有点儿摇晃，向我们咧嘴傻傻地笑着。看到我们这几个人，她似乎觉得怪有意思的。我望了望我的这几位同伴。伊莎贝尔漠然地看着她，格雷阴沉着脸，蹙起眉头，拉里望着她，好像不相信自己的眼睛似的。

"喂，你们好。"她说。

"噢，是索菲。"伊莎贝尔这时才反应过来。

"那你认为还会是谁呢？"她咯咯地笑着说。她一把抓住了正在走过的一位侍者的胳膊。"芬山，给我拿把椅子来。"

"你自己去拿。"侍者挣脱了手臂，径自走了。

"畜生。"她喊着，朝他唾了一口。

"别介意，索菲，"一个又高又胖的男子说，他的头发油光发亮，穿着一件衬衫，就坐在我们旁边，"给你椅子。"

"想不到在这种场合遇到你们，"她说，身子还在摇晃，"拉里，你好。格雷，你好。"她一屁股坐在了那个男子搬到她身后的椅子上。"给我们拿瓶酒来，老板。"她尖声嚷着。

我刚才就发现老板一直在注意着我们，现在，他走了过来。

"你认识这些人，索菲？"他问，用的是表示关系较为惯熟的第二人称单数。

"住嘴，"她带着醉意哈哈大笑着，"他们是我儿时和一起玩大的朋友。我要给他们买瓶香槟酒。你可不要给我们拿来马尿一样的东西。拿来喝了至少不呕吐的。"

"你醉了，可怜的索菲。"老板说。

"滚你的蛋。"

他高兴地走了，因为又卖出去一瓶香槟——避免喝醉，我们之前只喝了点儿白兰地和苏打水——索菲呆呆地盯着我看了一会儿。

"你的这个朋友是哪儿的，伊莎贝尔？"

伊莎贝尔告诉了她我的名字。

"哦，我记得你到过芝加哥一次。有点儿自命不凡的派头，不是吗？"

"或许是吧。"我笑着说。

我记不起她来了，不过，这并不奇怪，我有十几年没有再去过芝加哥，而且，在那次和自那以后我又接触了不少的人。

索菲是个高个子，在她站起来时，显得更高，因为她很瘦。她穿着一件亮丽的绿丝绸罩衫，不过却是皱巴巴的，上面沾着污渍，下面穿着一件黑色短裙。她的头发剪得短短的，略微有些卷儿，被染成了棕红色，不过，看上去还是乱蓬蓬的。她的妆化得很浓，非常扎眼，从脸颊到眼睛都搽成胭脂，她的上下眼皮涂成浓浓的蓝色；她的眉毛和眼睫毛都上了厚厚的黑油，嘴唇抹得猩红。她的指甲上也涂了颜色，两只手很脏。她比在场的任何一个女人看上去都更像一个荡妇，我认为她不光酗酒，还吸毒。可是，谁也不能否认在她妖冶的打扮和神态里，不失有吸引人的地方；她总是把头傲慢地向后扬起一点儿，她的浓妆使她眼珠的绿色显得更加醒目。现在喝得醉醺醺的她，却有一种胆大妄为、厚颜无耻的神情，我想她的这副神情能勾引出男人身上最下流的东西。她带着嘲弄的笑容，看着我们几个。

"我敢说，你们并不高兴看见我。"她说。

"我听说你在巴黎。"伊莎贝尔漫不经心地说，脸上流露出冷淡的笑容。

"你本可以给我打电话的。电话簿上有我的名字。"

"我们刚来巴黎不久。"

格雷来解围了。

"你在这里过得好吗，索菲？"

"还好。你破产了，格雷，是吗？"

格雷的脸变成了深红色。

"是的。"

"你过得一定挺艰难的。我想，芝加哥现在的情况很糟糕吧。幸亏我及早离开了。天哪，那个狗娘养的怎么还没有把酒给送来？"

"他来了。"我说。侍者端着放着杯子和酒瓶的托盘从桌子之间穿行过来。

我的话把她的注意力吸引到了我身上。

"我的公公婆婆要我离开芝加哥。说我败坏了他们的名声。"她恶狠狠地笑着说，"我现在是靠美国的汇款生活。"

香槟酒送来了，倒在了杯子里。索菲颤巍巍地把酒杯举到唇边。

"让道貌岸然的人见鬼去吧，"她说，一口喝干了杯子，把眼睛看向了拉里，"你好像还没有开过口，拉里。"

在这期间，拉里一直不动声色地望着她。从她出现的那一刻起，他的视线就没有离开过她。现在，他和蔼地笑着对她说：

"我本来话就不多。"

音乐响起，一位男子朝我们走过来。这个男人个子不低，身材不错，长着一个很大的鹰钩鼻子，一头油黑发亮的头发，厚厚的很性感的嘴唇。他的模样像是邪恶的萨伏纳洛拉 ①。

跟在场的大部分男子一样，他也不戴领子，小腰身的上衣扣得紧紧的，显出他好看的腰来。

"嗨，索菲，我们去跳舞。"

"走开。我没空。你没看见我正跟朋友在一起吗？"

"我才不管你的那些狗屁朋友。让他们滚蛋。你来跳舞。"

他一把抓住索菲的胳膊，可她一下子挣脱了。

"别缠我，混蛋 ②。"她突然发怒，喊了起来。

"烂货 ③。"

"你才烂 ④。"

格雷听不懂他们在说什么，不过，我看出伊莎贝尔完全听懂了，因为她也有大多数正经女子对猥亵的那种知识，她板起面孔，厌恶地蹙起眉头。那个男人抬起胳膊，张开手掌（一双长满老茧的手），要扇索菲耳光，这个时候格雷从椅子上站了起来。

"滚开 ⑤。"格雷用一种厌恶至极的声调大声喊。

那个男子停住了，愤怒地看了格雷一眼。

"当心，柯柯，"索菲说着发出一阵狂笑，"他会把你揍扁的。"

那人把格雷的身高、块头和浑身的力气打量了一番。他愤愤地耸耸肩膀，骂了一句脏话，溜走了。索菲带着醉意咯咯地笑着。我们其余的人都没作声。我又给索菲斟满了酒杯。

"你住在巴黎吗，拉里？"在喝下了杯中的酒后，索菲问。

"现在是。"

跟一个醉酒的人说话总是很费劲的，无需否认，与喝醉酒的人比起来，清醒的一方是处在劣势的。我们颇为尴尬、索然无味地聊了一会儿。后来，索菲把她的椅子往后一推说：

"如果我再不去找我的那个男朋友，他会疯掉的。他脾气暴，又

---

① 吉罗拉莫·萨伏纳洛拉（Girolamo Savonarola，1452—1498），意大利多明我会会士，1494 年领导城市平民推翻富人统治的起义，1498 年以"异端罪"被杀害。

②③④⑤ 原文为法文。

粗野，可天哪，他的床上功夫真好。"她跄跄跉跉地站了起来，"再见，朋友。再来啊。我每晚都在这儿。"

她挤到了跳舞的人中间，不见了。看到伊莎贝尔那具有古典美的面庞上的冷峻嘲讽的神情，我差点儿笑出声来。大家都沉默着。

"这是个污秽不堪的地方。"伊莎贝尔突然说，"我们走。"

我为我们的酒和索菲的香槟付了账，之后，我们往外走。人们都在舞池里，我们一声不吭地步了出来。此时已是深夜两点多了，在我看来是该回去睡觉的时间了，可格雷说他饿了，于是，我建议大家去蒙马特区的格拉夫饭店，到那里吃点儿饭。在开车去那里的路上，我们都不说话。我坐在格雷的旁边，告诉他怎么走。我们到达了这家装潢得很俗丽的饭店。在露台上，还有一些人坐着。我们进到了里面，要了火腿、鸡蛋和啤酒。伊莎贝尔这时至少在表面上已经镇定下来。她称赞我——或许带着些嘲讽吧——在巴黎那样低俗的场所也有熟人。

"是你要去那些地方的。"我说。

"我玩得很开心。这一晚过得真带劲。"

"那是什么鬼地方，"格雷说，"污秽不堪。还有索菲。"

伊莎贝尔不以为然地耸了耸肩膀。

"你对她还有印象吗？"她问我，"在你第一次跟我们吃晚饭时，她就坐在你的旁边。那时她的头发还没有染成这种难看的红色。她头发本来的颜色是深棕色的。"

我想起来了。我记得她那时非常年轻，有一双蓝得几近于发绿的眼睛，头很迷人地扬起一点儿。她长得并不漂亮，但面容清新，性格率直、活泼，又有些腼腆，让我觉得很有趣。

"我当然记得。我喜欢她的名字。我有个姨妈也叫索菲。"

"她嫁给了一个叫鲍勃·麦唐纳的男孩。"

"很不错的一个小伙子。"格雷说。

"他是我见过的长得最漂亮的小伙子。我从来也想不明白，他到底看上了索菲的什么。她是紧跟在我后面结婚的。她的父母离婚了，她母亲嫁给了一个美孚石油公司常驻中国的职员。索菲跟她父亲这边的人住在麻汾，那个时候，我们常常见面，但她结婚以后，就不大跟我们这一帮人在一起了。鲍勃·麦唐纳是个律师，他挣的钱并不多，他们住在城北一幢没有电梯的公寓楼里。不过，这不是我要讲的正题。他们不愿意见任何人。我从没见过两个人像他们那样相互疯狂地爱着对方。甚至在他们结婚两三年、有了孩子之后，他们到电影院里看电影时，鲍勃都要用胳膊搂着她的腰，她则把头依偎在他的肩上，宛若一对初恋的情人。他们的事儿在芝加哥传为笑料。"

拉里听着伊莎贝尔的讲述，没有吭声。他脸上的神情令人捉摸不透。

"那后来到底发生了什么呢？"我问。

"一天晚上，他们驾驶着一辆敞篷小轿车返回芝加哥，孩子也跟他们在一起。他们去哪里都带着孩子，因为他们家里没有雇保姆。所有的家务活都是索菲自己做，对这个孩子他们也是宠爱有加。几个酒鬼驾驶着一辆大轮车以一小时一百三十公里的速度，径直撞上了他们的小车。鲍勃和小孩当场被撞死，索菲仅有些脑震荡，断了一两根肋骨。人们尽可能瞒着她有关鲍勃和孩子的死讯，可最后还是不得不告诉了她。人们说这一下子就炸了锅。她几乎疯掉了。她的哭叫声能把房子震塌了。家人不得不日夜看守着她，有一次几乎被她从楼上的窗户上跳了出去。我们当然都尽可能地安慰她，但她似乎根本不领情，反而恨起我们来。她从医院出来后，就被送进了疗养院，在那儿待了几个月。"

"可怜的人儿。"

"在他们放她出来之后，她开始酗酒，一旦她喝醉了，便跟任何一个想要跟她做爱的男人上床。她的这种行为让她婆家的人受不了。他们都是本分人家，不愿意让人们说三道四的。起初，我们都想尽力帮她，可根本不可能；如果你邀她吃饭，来到饭店时她已是醉醺醺的，天色还没黑，她可能就已经醉得不省人事了。后来，她就跟一帮赖人混在了一起，我们只好不再理她了。她因为醉酒驾车被逮捕过一回。和她在一起的是她在地下酒店认识的一个达果①，后来查明他是被警察追捕的逃犯。"

"她自己有钱吗？"我问。

"一开始有鲍勃的人寿保险金，撞了他们的那辆车的主人给车上了保险，索菲从他们那里拿到一些钱。不过，那点儿钱很快就挥霍完了。她像个整日醉酒的海员那样大把大把地花钱，不到两年就成了个穷光蛋。她的祖母不肯让她回麻汾。后来她的婆家人说，如果她愿意出国，到国外去住，他们就供给她生活费。我想，她现在就是靠着这钱生活的。"

"历史的轮子转了一个整圈。"我说，"从前有个时期，家里的败家子被从我们的国家送往美国；现在，显然是从你们的国家被送到欧洲来。"

"我不能不为索菲感到可惜。"格雷说。

"你不能吗？"伊莎贝尔冷冷地说，"我能。当然啦，这是个晴天霹雳，当时没有人比我更同情她了。我们一直都彼此了解对方。但是，一个正常人能从这样的事件中恢复过来的。如果她从此就破罐子破摔，那是因为在她的本性里便有堕落的因素。她的性格天生就有缺陷，连她对鲍勃的爱都显得有些过分。如果她的性情再坚强一点儿，她应该能挺过这一关的。"

"如果锅碗和瓢盆……你不觉得你太狠心了吗，伊莎贝尔？"我咕哝了一句。

"我并不这么认为。这是最简单不过的道理，我以为我们没有必要（理由）为索菲多愁善感。上帝知道，再也没有谁比我更爱格雷和这两个孩子了。如果他们在一次车祸中丧生，我一定会难过得发疯的，可我迟早会振作起来。这不也是你所希望我做的吗，格雷，或者你宁愿我每天晚上瞎混，跟巴黎的每个流氓上床？"

格雷此时破天荒地说出一段很幽默的话语。

---

① 美国人用来对意大利人、西班牙人和葡萄牙人的贬称。

"哦，我宁愿你穿着在摩林诺时装店新做的衣服，纵身跳进我的火葬堆里。不过，既然已不再时兴这么做了，我想最好的替代办法是打桥牌。你千万记着不要上来就叫无王牌，除非你有把握一出手就拿三叠半到四叠牌。"

我知道，在现在的这一场合，我不适于向伊莎贝尔指出，她对其丈夫和女儿的爱虽说真挚，却缺少激情。或许是猜出我正在想着什么，她带着挑战似的口吻对我说：

"你怎么看待这件事呢？"

"跟格雷一样，我也为这个姑娘感到惋惜。"

"她不再是个姑娘了。她已经三十岁了。"

"我以为，在她的丈夫和孩子被撞死时，对她而言，那就意味着世界的终结。我想，她并不在乎她会变成什么样子，她自己跃入酗酒和淫乱的堕落泥淖，以此来报复老天对她的不公和残酷。她曾生活在天堂，在她失去了这个天堂后，她再无法容忍过普通人的世俗生活，于是在绝望中，一头栽进了地狱。我能想象得到如果她再也喝不上天神的琼浆，她想她还不如去喝浴室里的污水。"

"这是你在你小说里的说辞。都是胡扯，你也知道这是胡说八道。索菲在泥淖里翻滚沉浮，是因为她喜欢这样。别的女人也有失去了丈夫和孩子的。这不是索菲堕落的原因。邪恶不能从美好中产生。邪恶总是在那里的。当车祸冲垮了她的防线，邪恶便从她的内里挣脱出来，让她露出了她本我的面目，所以不必对她浪费你的怜悯。"

这段时间，拉里一直没有作声。他似乎陷入到沉思之中，我想他几乎就没有听到我们在说什么。在伊莎贝尔的话说完后，有片刻的沉寂。之后，拉里开口了，但声音显得有点儿怪，没有了他平日里那一抑扬顿挫的语调，仿佛不是对我们，而是对他自己在说话；他的眼睛似乎望进了那遥远模糊的过去。

"我还清楚地记着她十四岁时的样子，长长的头发从前额一直往后梳，在脑后系着一个蝴蝶结，一张有雀斑的脸上总是一副严肃的神情。她是个谦虚、有理想、品德高尚的女孩。她阅读她能找到的一切书籍，我们常常在一起谈论书。"

"什么时候？"伊莎贝尔问，轻轻地蹙了一下眉。

"噢，当你和你母亲出去交际的时候。我常上她祖父家里，我们坐在一棵很大的榆树下面，轮流着朗读给对方听。她喜爱诗歌，自己也写了不少的诗。"

"许多女孩子在那个年龄都写诗歌。都是些无聊乏味的玩意儿。"

"当然，那是许多年前的事啦，我敢说，那个时候的我还判断不了诗歌的好坏。"

"你自己那个时候也顶多十六岁。"

"她的诗自然都是模仿之作。在她的诗歌里随处可见到罗伯特·弗罗斯特①的影子。不过，我觉得对这么年轻的一个女孩子来说，她的才能还是挺显著的。她的耳朵极其敏锐，她的节奏感也很强。她能听出和嗅出乡间万物发出的声音和味道，大气中初春到来时的第一丝儿暖意，焦裂的泥土在雨后散发出的清香。"

"我从不知道她还写诗歌。"伊莎贝尔说。

"她保守着这个秘密，怕你们笑话她。她那时很腼腆的。"

"可现在她一点儿也不了。"

"在我战后归来时，她几乎已经长成个大姑娘了。她读了不少有关工人阶级状况的书，在芝加哥的工厂里，她自己也亲眼目睹到了一些，她迷上了卡尔·桑德堡②，用自由体诗犀利地揭露工人阶级所受的剥削和穷人的苦难。我敢说，她写得很一般，但很真诚，饱含着对弱者的同情和对理想的追求。她那时想成为一名社会工作者。她的那种奉献和牺牲精神令人感动。我觉得她本能够有更大作为的。她聪慧，不是那种感情冲动型的女子，她给人一种思想非常纯洁、灵魂异常高尚的印象。那一年，我们两人经常见面。"

能看得出来，伊莎贝尔听得越来越烦躁。拉里丝毫也没有察觉他

---

① 罗伯特·弗罗斯特（Robert Frost，1874—1963），美国现代诗人，以写新英格兰的人物风光知名，语言简朴。

② 卡尔·桑德堡（Carl Sandburg，1878—1967），美国现代诗人，继承惠特曼的诗风，写作自由体诗。

是在把一柄匕首捅进她的心窝里，他这些没有顾及伊莎贝尔情感的言辞，字字句句都像是刀子在她的伤口上翻绞。然而，在她开口时，她的嘴角边却浮着笑容。

"她是怎么选中你做她的知己的？"

拉里坦诚地望着伊莎贝尔。

"我不知道。在你们这些有钱人中间，索菲是一个穷孩子，而我呢，也不是富人。我待在麻汾只是因为鲍勃叔叔在那儿行医。我想，她觉得这使我和她之间有了一些共同点。"

拉里没有亲戚。我们大多数人至少有一些表兄妹，尽管我们可能没有见过他们，但是，他们至少让我们觉得我们是这个家族中的成员。拉里的父亲是独生子，拉里的母亲是独生女；拉里的祖父是教友派教徒，年轻时出海后就再也没有回来，他的外祖父也没有兄弟姐妹。在这个世界上，没有谁比拉里更孤单的了。

"难道你从未想到过索菲在爱着你吗？"伊莎贝尔问。

"从来没有。"拉里笑着说。

"在拉里作为负过伤的英雄从战场上回来时，芝加哥城里一半的女孩都在追他。"格雷大大咧咧地说。

"她对你还不只是追求。她崇拜你，我可怜的拉里。你是说你根本不知道有这回事？"

"我真的不知道，我就没有往那方面想过。"

"我猜，你那时可能认为她太高尚了。"

"我仍然清楚地记着她那时的模样，一个瘦瘦的小女孩，头发后面系着个蝴蝶结，脸上一副严肃的神情，在读济慈的美轮美奂的颂歌时，她嗓音发颤，眸子里噙着泪花。我不知道她现在去哪里了。"

伊莎贝尔的身子微微地颤了一下，拿怀疑探寻的目光看向拉里。

"时间太晚了，我疲惫得不知道该做什么了。我们走吧。"

第三章

第二天傍晚我乘坐蓝钢车回里维埃拉，两三天之后，我到昂蒂布看望艾略特，告诉他巴黎那边的消息。他看上去气色很不好。在蒙特卡地尼的治疗并没有起到他预想的效果，后来的四处奔波又把他搞得精疲力竭。他先是在威尼斯寻觅到一个洗礼盘，然后到佛罗伦萨去买那幅已经跟人家谈好的三联画。期盼着这些物件早日到位，他又赴庞廷迪沼泽地，住在一个寒碜的小旅馆里，受着酷热的侵袭。他购置的东西在路上走了很长的时间，可是他决心要等到它们运到、装好后再离开。等到一切终于安装就绪，他对教堂的整体效果颇为满意，他把拍摄的一些照片给我看。教堂虽小，但是很有气派，里面的装饰富丽而不俗气，很可说明艾略特高雅的品位。

"在罗马时，我看到一口基督教早期的石棺，很是喜欢，我盘算了好长时间想要把它买下来，可到最后我还是放弃了。"

"你要基督教早期的石棺干什么，艾略特？"

"我自己用，亲爱的朋友。它的设计非常精美，我觉得把它放置在教堂门口的一侧，与门另一侧的圣水盘能形成对称。只是这些基督教早期时代的人都是矮胖子，我自己很难躺得进去，我不想像个胎儿似的，用我的双膝顶着下巴睡在里面，一直等到上帝召我回去的那个时候。太不舒服了。"

我笑了起来，可艾略特仍是一脸的严肃。

"后来，我有了个不错的主意。尽管费了一些劲——不过，这也是预料中的事——我还是跟教堂方面谈妥了，准备把自己葬在祭坛前面、圣坛东面的台阶底下，这样当庞廷迪沼泽地的贫困农民前来领圣餐时，他们那笨重的靴子就会踏在我的骨头上了。很刺激，不是吗？一块光光的石板上只写下我的名字和生卒年月。Si monumentum quaeris circumspice①。如果你要找他的碑，你只需看看四周。"

"我的拉丁文足够我理解这句老套的话，艾略特。"我带点儿讥诮地说。

"哦，抱歉，我亲爱的朋友。我总是跟上层阶级打交道，习惯了他们的愚昧无知，让我一时忘记了我现在是在跟一位作家说话。"

他在嘴上并不想吃亏。

"不过，我想要跟你说的是下面这件事，"他继续道，"我有一些安排写在了我的遗嘱里，我想让你监督它们的执行。我将不埋在里维埃拉，不跟那些退休的军官和中产阶级的法国人葬在一起。"

"当然，我会按照你所希望的去做的，艾略特，不过，我觉得我们不必现在就来安排许多年以后的事情。"

"我年龄不小了，你知道，跟你说实话吧，我就是走了也不遗憾了。兰道尔②有几句诗是怎么说的来着？'我已经暖过了我的双手……'"

尽管我背诵的记忆力很差，可兰道尔的这首很短的诗歌，我还是背得下来的。

> 我与世无争，因为没有人值得我去争。
> 我热爱大自然，也热爱艺术；
> 生命之火曾烘暖过我的双手；
> 现在它熄灭了，我也准备离去。

"就是这一首。"艾略特说。

我不由得想，艾略特将此作为他自己的墓志铭，实在有些牵强。

"它很确切地表达出了我的情感，"他说，"倘若我能再加进去一句，那就是：我总是出入于欧洲的上流社会。"

---

① 艾略特在这里套用了英国著名建筑师克里斯托弗·雷恩爵士（1632—1723）的拉丁文墓志铭（雷恩是圣保罗大教堂的设计师和建筑师，他死后葬在圣保罗大教堂内），后面又紧跟着把它翻译了过来。
② 沃尔特·兰道尔（Walter Savage Landor, 1775—1864），英国作家、诗人。

"在一首四行诗里,是很难再加进去什么的。"

"社交界已经不存在了。我曾希望美国取代欧洲的地位,产生出一个受人尊重的贵族阶层,可经济危机将此化为泡影。我可怜的祖国正在无可挽回地成为一个中产阶级的国家。说了你可能都不太相信,我的朋友,上一次我在美国的时候,一个出租车司机称呼我'老兄'。"

尽管因受一九二九年经济危机的影响,里维埃拉大不如从前了,可艾略特照旧大宴宾客,也到处去参加宴会。以前他从不赴犹太人举行的宴席,只有罗斯柴尔德家族除外,但是现在,最盛大的宴会往往都是犹太人举办的,而只要是宴会,艾略特都忍不住要去参加。他在这些聚会中间穿梭,以他优雅的风度,与这一个握手、那一个亲吻,然而,他却有着一种绝望和孤零感,就像一个被放逐的国王看见自己跟这些人搅在一起会觉得不自在那样。不过,这些被放逐的皇族倒是过得蛮开心的,能认识一个电影明星似乎便是他们最大的愿望。艾略特很看不惯时下的这一风气,把戏剧界人士也看作了交际对象;可就有一个退休的女演员在他家隔壁建起了一座豪宅,常常招待宾客。部长、侯爵、名媛贵妇一到周末,就住到她家。艾略特也成了那里的常客。

"当然啦,所请的人相当杂,"他跟我说,"不过,一个人对自己不想理睬的人,可以不去搭讪。她是我的同胞,我觉得我有义务帮帮她。对她的客人来说,看到有一个自己国家的人在场,也是一种慰藉。"

有的时候,他的身体看上去特别不好,我问他为什么不能让自己活得轻松一点儿。

"我亲爱的朋友,在我这把年纪,我是落伍不起的。我混迹于上流社会已经快五十年了,难道你觉得我还会不懂得这个道理:只要见不到你的身影,你就会被人忘掉了。"

我不知道他是否意识到了他的这一自白有多凄凉。我再也没有心思取笑艾略特了,在我眼中,他似乎成了一个特别可悲的人物。社会交际是他的命根子，宴会与他休戚相关，哪一家请客没有他，就是对他的冒犯，一个人待在家里便是一种耻辱；人老了，他越发害怕起孤独来。

夏天就这样过去了。艾略特在里维埃拉这块地界上从南到北、从东到西地奔波，中午在戛纳吃午饭，晚上又去赴蒙特卡洛的宴会；他施展着他全部的社交本领，这里参加一个茶会，那里参加一个鸡尾酒会；不管自己的身体有多累，拼力显得和蔼可亲，谈笑自如，妙趣横生。他有着说不尽的趣闻轶事，敢说眼下发生的丑事秽闻，除掉直接的关系人外，谁也不会有他知道得详尽。如果你跟他说他的人生完全没有意义，他会用充满诧异和坦诚的神情愣愣地看着你。他会认为你俗不可耐。

第四章

秋天到了，艾略特决定去巴黎走一趟，一方面是看看伊莎贝尔、格雷和孩子们生活得怎么样，另一方面如他所说的，在首都露一下脸。然后，他想到伦敦定制一些新衣服，顺便看望几个老朋友。我本来是打算直接前往伦敦的，可艾略特邀我跟他一起驱车先去巴黎，这对我来说也没有什么不方便的，我欣然同意了。既然是一同到巴黎，我自己何必不在巴黎也小住几日呢。我们不急着赶路，哪儿的饭菜好，我们便停下来吃上一顿；艾略特的肾不太好，只喝维希矿泉水，可我喝的半瓶葡萄酒，总是他为我挑选。他心地善良，从不吝啬给予我这份他不能分享的快乐，并从我对好酒的品尝中得到一种真正的满足感。他非常慷慨，我很难说服他让我来支付自己的那一份费用。尽管我听腻了他讲的那些大人物的故事，可这趟旅行还是蛮开心的。我们开车所经过的乡野正在穿上秋日的盛装，一切都显得那么美好。停车在枫丹白露吃过午饭后，我们直到下午才抵达巴黎。艾略特在我常住的那个老式旅馆的门前把我放下，拐过街角的弯儿，去了丽兹饭店。

我们事先告诉了伊莎贝尔我们今天要来，所以在发现旅馆里留有伊莎贝尔的一张纸条时，我并不感到意外，可里面的内容却令我惊讶：

> 你一到达就赶紧来我这里。发生了一件可怕的事。不要叫上艾略特舅舅。看在上帝的分上，请你尽快赶来。

我跟别人一样急于想知道是怎么回事，不过，我得先洗把脸，换件干净的衬衣。尔后，我叫了出租车去了位于圣纪尧姆街的公寓。我被领进了客厅，伊莎贝尔一下子站了起来。

"你这么长时间到什么地方去了？我已经等了好几个小时。"

现在才五点钟，我还没来得及回答，管家便端进来了茶具和茶点。伊莎贝尔注视着他，不耐烦地攥紧了拳头。我想象不出到底发生了什么事。

"我刚到巴黎。我们在枫丹白露吃午饭耽搁了一会儿。"

"天哪，你看他有多慢，真是急死人！"伊莎贝尔说。

管家把托盘连同茶壶、糖缸和杯子都放到了桌子上，然后小心翼翼地在它们周围摆上了一盘盘的面包、黄油、蛋糕、甜点等。随后，管家退了出去，关上了门。

"拉里准备跟索菲·麦唐纳结婚了。"

"此人是谁？"

"你是在装糊涂吗？"伊莎贝尔喊起来，眼睛里闪着怒火。"就是在你领我们去的那家污浊的咖啡馆里，我们遇见的那个喝醉酒的荡妇。天知道你为什么要带我们到那种鬼地方去。格雷一想起这事就来气。"

"噢，你是指你们芝加哥的那位朋友吧？"我说，没有理睬她对我的无端指责，"你是怎么知道的？"

"我是怎么知道的？他昨天下午自己来告诉我的。自那时起，我心里就烦乱得不得了。"

"你能坐下来给我倒杯茶，然后详细地告诉我吗？"

"你自己去倒。"

在我倒茶的当儿，她坐在桌子前烦躁地看着我。我让自己舒服地坐到壁炉旁边的一个小沙发上。

"打从迪纳尔回来后，我们就很少见到拉里了。他到迪纳尔也待了几日，可不跟我们在一起，而是一个人住在小旅馆里。他常常到海滩上来，和孩子们一起玩。她们都喜欢他。我们在圣布里亚克打高尔夫球。有一天，格雷问他是否再见到过索菲。

"'见过的，我又见了她几次。'他说。

"'为什么呢？'我问。

"'她是我们的老朋友。'他说。

"'如果我是你,我就不会把时间浪费在她身上。'我说。

"临了,他笑了。你知道他的那种笑,好像觉得你说的挺有趣似的,尽管你的话一点儿也不可笑。

"'可我不是你。'他说。

"我耸了耸肩膀,换了个话题。以后便再也没有想过这回事。你可以想见,当他来告诉我他们准备要结婚时,我心里有多担心、多恐惧。

"'你不能这么做,拉里,'我说,'你不能。'

"'我要这么做,'他平静地说,就像他又订了一份马铃薯似的。'我要你对她好,伊莎贝尔。'

"'你这要求也太过分了,'我说,'你疯了。她那么坏,坏得不可救药。'"

"你为什么会这么认为呢?"我打断她说。

伊莎贝尔狠狠地瞪了我一眼。

"她从早到晚地酗酒。她跟任何一个要她的流氓上床。"

"这并不意味着她就坏。有不少受人尊重的公民也酗酒,喜欢干下流事。这些都是坏习惯,就像咬指甲的习惯一样,我并不认为它们比咬指甲的习惯坏到哪里去。我会把一个说谎、欺诈或没有同情心的人称为坏人。"

"如果你站在她那边,我就杀了你。"

"拉里是怎么找到她的呢?"

"他在电话簿上查到她的地址。他去看望她。她病了,过着那样的生活,不病才怪呢。他为她找了个医生和看护她的人。这就是事情的起因。他说,她已经戒酒了,说她被治好了,这话只有鬼才信。"

"你难道忘记拉里是怎么对待格雷的了吗?拉里治好了格雷,不是吗?"

"情况不同。格雷想让自己尽快地好起来,而她不想。"

"你怎么知道?"

"因为我了解女人。当一个女人变成像她那个样子的时候，她就完了，再也挽救不回来了。索菲之所以成了现在这样，是因为她的本质就是如此。你认为她跟拉里会一直好下去吗？当然不能。她迟早会再去找别人的。这种卑劣性流淌在她的血液里。她想要的是色狼，那才让她觉得刺激，她追逐的是那种人。她会毁掉拉里的生活的。"

"这种可能性不能说没有，可我不知道对此你能有什么办法。拉里是睁着眼睛要跳进去的。"

"我毫无办法。但你有。"

"我？"

"拉里喜欢你，他还是听你的话的。你是我们中间唯一一个对他有影响力的人。你见多识广。去找他，告诉他不要做傻事。告诉他这会毁掉他的。"

"他会跟我说，这一点儿也不关我的事，而且，他这么说也是对的。"

"可你喜欢他，至少你对他感兴趣，你不能坐视不管，让他把自己的生活搞得一团糟。"

"格雷是他最亲密最要好的朋友。尽管我觉得这也于事无补，可我还是认为格雷是劝说他的最佳人选。"

"噢，格雷。"她不耐烦地说。

"你知道，事情的结果也许不会像你所想的那么糟。我有两三个朋友，一个在西班牙，另外两个在东方，他们娶的都是妓女，他们把她们都调教成了贤妻良母。她们都很感激她们的丈夫，因为他们给了她们稳定的生活，当然，她们知道如何取悦一个男人。"

"你让我有点儿不耐烦了。难道你以为我牺牲了我自己，就是为了叫拉里落入一个色情狂的手中吗？"

"你是如何牺牲自己的？"

"我放弃拉里，只有一个原因，那就是我不想挡在他前进的道上。"

"甭说漂亮话，伊莎贝尔。你放弃他，是为了方形钻戒和貂皮大衣。"

我的话音还没落，一个盛着黄油面包的盘子就朝我的脑袋飞了过来。我幸运地一把抓住了盘子，而面包和黄油则散落在地上。我站起来，把盘子放回到桌子上。

"如果你把你舅舅艾略特的一个王冠德比盘 ① 给打碎了，他是不会高兴的。它们当初是为第三代多塞特公爵烧制的，几乎是无价之宝。"

"把黄油面包也捡起来。"伊莎贝尔没好气地说。

"你自己去捡。"我说着又坐回到沙发上。

她气呼呼地站起来，拾回了散在地上的黄油面包。

"你还大言不惭地称自己是个英国绅士。"她扯着嗓子喊。

"没有，我从来没有这么说过。"

"滚出去。我再也不想见到你。看见你就来气。"

"我为此而感到抱歉，因为看见你总给我一种愉悦感。难道没有人告诉过你，你的鼻子长得和那不勒斯博物馆里普绪刻石像的鼻子一模一样，这尊雕像是世上现存代表少女美的最优秀生动的作品。你的腿修长、笔直，我看见总会诧异不已，因为做女孩时，你的腿可是又粗又胖。我无法想象你是怎么做到这一点的。"

"铁一般的意志和上帝的眷顾。"她生气地说。

"当然，你的手才是你最撩人的地方。长得那么纤巧、白嫩。"

"在我的印象中，你似乎认为它们大了一点儿。"

"可与你的身高和体形很相称。我常常惊叹于你在使用它们时表现出的那份无与伦比的优雅。不管是出自天性，还是出于人为，你的手的每个动作都给人以美感。有的时候它们像是绽放的花朵，有的时候像是飞翔的鸟儿。它们比你所说的话语都更加具有表达力。它们像埃尔·格列柯 ② 画像中的手；事实上，在看到你的手时，我都几乎倾向于相信艾略特编造的故事了：你家的祖先中有一位西班牙贵族。"

---

① 英国的德比郡以烧瓷出名，王冠德比盘的图案是在 D 字母上缀一王冠。

② 埃尔·格列柯（El Greco，约 1541—1614），西班牙画家，原籍希腊，生于克里特岛，后定居西班牙古城托莱多。画作多为肖像画和宗教画，也是雕塑家和建筑师。

她抬眼愤愤地看着我。

"你胡扯些什么？我从未听说过这样的事。"

于是，我告诉了她有关德·劳里亚男爵娶玛丽王后的贵嫔的事，这是艾略特从其母系方面追溯上去的。伊莎贝尔一边听着，一边很是得意地端详着她的细长手指和修剪涂过色的指甲。

"一个人总得是什么人的一个后代。"伊莎贝尔说着咯咯地笑了起来，调皮地看了我一眼，再也没有了气恼的神情。"你这个讨厌鬼。"她娇嗔地说。

一个女人，你只要把真话讲给她听，就很容易使她变得通情达理了。

"有的时候，我并不是那么不喜欢你的。"伊莎贝尔说。

她走过来，挨着我身边坐下，用一只胳膊挽住了我的，倾着身子来吻我。我躲开了我的脸。

"我可不想让我的脸沾上你的口红，"我说，"你要吻，就吻我的嘴唇，这是仁慈的上帝指派给它们①的一个用场。"

她吃吃地笑起来，用手把我的头转过来朝着她，把她的芳唇压在了我的唇上，在我的唇上留下了一层薄薄的印红。那种感觉很爽，很怡人。

"既然你已对我表示过了，或许你现在能告诉你想要的了。"

"要你出个建议。"

"我很乐意给出我的建议，可我认为你眼下是不会采纳的。你只有一件事可以做，那就是帮助促成这件事情。"

她的火气一下子又蹿了上来，她抽出她的胳膊，一屁股坐到了壁炉一侧的一张椅子上。

"我不能坐着不管，让拉里毁了自己。我将不惜一切代价，阻止拉里娶那个骚货。"

"你不可能成功的。你知道，他的身心现在都被世上一种最强大、

---

① 它们指嘴唇。

最崇高的感情给占据了。"

"你不是要说，拉里爱上她了吧？"

"不是。爱比起这一情感来，就显得微不足道了。"

"呃？"

"你读过《新约全书》吗？"

"我想读过吧。"

"你还记得耶稣是如何被圣灵引到旷野，被禁食四十天的吗？在他禁食期间，魔鬼来找他，对他说：如若你是上帝的儿子，你就把这些石头变成面包。但耶稣抵住了诱惑。后来，魔鬼把他置在庙顶，对他说如若你是上帝的儿子，你就从顶上跳下来。因为有天使们护佑着他，会将他托住的。但耶稣又一次拒绝了。再后来，魔鬼带他上了一座大山，指给他看下面的国度，对他说只要他下跪膜拜他，就把这些王国都给予他。但是耶稣说：你给我滚开，撒旦。根据心地善良、单纯的马太的记载，到这里故事就结束了。然而，故事并没有完。魔鬼很狡猾，又一次来到耶稣这里对他说：如若你能接受恶名、羞辱、鞭挞，戴上荆棘编的冠，并被钉死在十字架上，你将拯救整个人类，因为没有什么爱能比这个——一个人为了朋友而牺牲他自己的生命——更高尚的了，耶稣终于中了魔鬼的圈套。魔鬼高兴得肚子都笑疼了，因为他知道坏人会借了为人类赎罪的名义来干坏事。"

伊莎贝尔怏怏不悦地望着我。

"你从哪儿听来的这些乱七八糟的话？"

"不是听来的。是我此刻灵机一动编出来的。"

"我觉得，你编造得很蠢，而且亵渎圣灵。"

"我只是想要向你表明，自我牺牲精神是一种压倒一切的强烈情感，与之相比，甚至色欲和饥饿都算不上什么了。在对其人格的高度张扬中，它（自我牺牲精神）会把它的牺牲者推向毁灭。对象并不重要，它也许有价值，也许没有价值。世上没有任何美酒能令他那么陶醉，没有任何爱能让他毁灭得那么彻底，没有任何一种罪恶像它那么难以抵御。在他牺牲自己的当儿，那时的他比上帝还要伟大，因为无处不在、无所不能的上帝怎能牺牲得了自己？他最多也只能牺牲掉自己唯一的儿子。"

"噢，天哪，你烦死我了。"伊莎贝尔说。

我没有理会，继续往下说。

"你怎能设想普通的道理或是三思而后行的做事方法会对拉里有任何影响呢，既然他已被这样的一种激情牢牢地抓在了手里？你不知道他这些年来一直在探寻着什么。我也不知道，我只是有所猜测。他这些年来的所有劳作所积累起来的全部经验，都抵挡不住他的这一欲望——噢，不只是一种欲望，是一种急切的不顾一切的渴盼，要把他儿时的朋友一个放荡女人的灵魂拯救过来。我想你是对的，他在做着一件毫无希望的事情；以他那样敏锐的感知，拉里会像一个遭受天罚的人一样饱受折磨的；他的事业，不管是什么样的一个事业，都会被搁置。卑鄙的帕里斯一箭射中了阿喀琉斯的脚后跟①。拉里所缺少的正是这点儿残忍，即便是圣徒，也需要有这点儿残忍来修成正果。"

"我爱他，"伊莎贝尔说，"上帝知道，我不要求他给我任何东西。我不期待他为我做任何事情。没有谁比我更无私地爱着他。他就要遭受不幸了。"

她开始哭了起来。想着这样可以缓减她的痛苦，我没有去劝慰她。我的脑子里突然跳出一个想法，由于无事可做，我玩味着它来打发时间：我在想，魔鬼看到基督教挑起的这些残酷战争，教徒对教徒施加的迫害和酷刑以及盛行的狡诈、虚伪和偏狭，他一定会感到得意的；当他记起是基督教给人类背上了原罪的沉重包袱，使星儿满天的璀璨夜晚变得黯淡，在世人应享受的欢愉上投下邪恶的阴影，他一定会一边嘿嘿地笑着，一边自语道：是时候给予魔鬼一个公正的对待和评价了。

少顷，伊莎贝尔从手提包里拿出一块手绢和一面小镜子，她照着镜子，小心地擦去了眼角的泪滴。

---

① 希腊神话。

"你很会借题发挥，是不是？"伊莎贝尔愤愤地说。

我若有所思地望着她，没有回答。她往脸上扑了点儿粉，涂了点儿口红。

"你刚才说，你认为他这些年来一直在探求着什么。你能说得更明白一些吗？"

"我也只是猜测，你知道，也许，只是我自己的胡思乱想。我想，他在寻找一种哲学，或者说一种宗教、一种生活的准则，能使他的头脑和心灵同时得到满足。"

伊莎贝尔考虑了一会儿。临了，她叹了口气说：

"你不觉得这很奇怪吗，一个来自伊利诺伊州麻汾的乡下娃，竟会有这样的想法？"

"路得·伯班克出生在马萨诸塞州的农场，竟种出了一种无核的橘子，亨利·福特出生在密歇根州的乡下，竟发明出了小汽车，想想他们的事迹，也就不觉得那么奇怪了。"

"可那些都是实用的东西。这与美国传统是一致的。"

我笑了起来。

"世界上还有什么比学会如何更好地生活更加实用的吗？"

伊莎贝尔做了个懒洋洋的手势。

"你不想完全失去拉里，对吧？"

她摇了摇头。

"你知道拉里是非常忠诚的：如果你不愿意跟他的妻子来往，他也不愿跟你来往了。要是明智一点儿的话，你就应该和索菲交朋友。你应该忘记过去，尽可能地好好待她。她就要结婚了，我想她要买些新衣服。你为什么不陪她去买买东西呢？我想她一定求之不得呢。"

伊莎贝尔眯缝着眼睛听着。她似乎听得很专注。有一阵子，她思索着，可我无从猜出她在想什么。临了，她令我诧异地说：

"你愿意请索菲吃顿午饭吗？我昨天跟拉里发了火，要我提出请她，总觉得有些不好意思。"

"如果我请，你肯表现得好一点儿吗？"

"我会像个光明天使那样。"她回答说，脸上浮着诱人的笑容。

"我现在就来联系。"

客厅里有个电话。我很快找到了索菲的号码，经过一会儿的耽搁（这是通常打法国电话时，要有的一点儿耐心），我接通了索菲，报上了我的名字。

"我刚刚抵达巴黎，"我说，"听说你和拉里就要结婚了。我想向你们表示祝贺，我希望你们幸福美满。"站在我旁边的伊莎贝尔在我胳膊上狠狠地掐了一下，让我差点儿喊出声来。"我在巴黎只待几天，我想后天请你和拉里在丽兹饭店吃顿午饭。到时，格雷、伊莎贝尔和艾略特·坦普尔登也会来。"

"我问一下拉里，他就在我旁边。"电话里有一会儿的停顿，"好的，我们很高兴来。"

我与对方定好具体的时间，又说了一句客套的话，放下了电话。此时，伊莎贝尔眼睛里的神情引起了我的担心和猜疑。

"你在想什么呢？"我问她，"我不大喜欢你脸上现在的表情。"

"很抱歉，我一直以为你喜欢我的这种表情。"

"你不是在打什么坏主意吧？"

她一下子把她的眼睛睁得很大。

"我向你保证我没有。事实上，我非常想看看拉里现在把索菲改造成了什么样子。我只希望，她到丽兹饭店时，不会满脸仍涂着厚厚的脂粉。"

第五章

我请的饭局进行得还算顺利。格雷和伊莎贝尔最先到达，五分钟之后，来了拉里和索菲·麦唐纳。伊莎贝尔和索菲相互热烈地亲吻，伊莎贝尔和格雷祝贺她的订婚。我瞥见伊莎贝尔在看到索菲的样子时，眼睛中流露出得意的神情。我对我所看到的感到震惊了：当我在拉白路地下酒吧看到索菲时，索菲浓妆艳抹，头发染成棕红色，穿着鲜绿的上衣，尽管看上去放荡不羁，喝得醉醺醺的，可身上不乏一股撩人心意的骚劲儿；可现在的她却蔫了，毫无生气，虽说比伊莎贝尔小一两岁，看上去却老得多。她的头仍然稍稍地扬起，但不知怎么的，不再给人以高傲的印象，而成了一副可怜相。她已经让头发重新回到原来的颜色，染过的发和新长出来的发混在一起，显得很杂乱。除了涂了点儿口红外，索菲没有化妆。她的皮肤粗糙，是那种不健康的苍白色。我记得她的眼睛绿得发亮，现在却成了灰白色。她穿了一件崭新的红衣服，还配了一色的帽子、鞋子和手提包；我并不自诩懂得女人的穿衣打扮，可我有种感觉，就这一场合而言，索菲穿着得有点儿扎眼，有点儿过于正式了。她的胸前戴着一件花哨的人造宝石首饰，就是你在雷奥路可以买到的那种便宜货。在她身旁的伊莎贝尔穿着一身黑丝绸衣服，脖上戴了一串人工养殖的珍珠项链和一顶很漂亮的帽子，相形之下，索菲显得既寒碜又俗气。

我要了鸡尾酒，可拉里和索菲两人都不喝。这个时候，艾略特到了。不过，在他穿过宽敞的大厅时，还是被一个又一个的熟人拦住，跟这个握手，又吻那个的手。从他的举止看，就好像丽兹饭店是他个人的私宅似的，他正在对惠顾光临的宾客们表达他的谢意和感激。艾略特对索菲的情况并不了解，他只知道在一次车祸中，索菲失去了丈夫和孩子，现在就要跟拉里结婚了。在终于来到我们这里时，他以他最擅长的优雅洒脱风度，向他们二人表示了衷心的祝贺。我们一同进到餐厅，因为我们来了四男二女，我把伊莎贝尔和索菲分别安排在了圆桌的两边，我和格雷坐在了索菲的两侧；桌子不大，谈起话来方便一些。午饭我已经预定好了，管酒的侍者拿来了酒单。

"你对酒完全不懂，老兄，"艾略特说，"给我酒单，阿尔波特。"艾略特翻看着酒单，"我自己只能喝维希矿泉水，可我不忍心看我的朋友喝不到好酒。"

艾略特和酒侍阿尔波特是老朋友，经过这两个人一番热烈的讨论后，他们定下了我应该给客人们喝的酒。随后，艾略特转向了索菲。

"你们打算到哪儿去度蜜月呢，亲爱的？"

他看了一眼索菲的衣服，眉毛不易察觉地扬了一下，使我看出他对索菲穿的衣服并不那么满意。

"我们打算去希腊。"

"有十年了，我一直想到那里一趟，"拉里说，"可不知怎么的，一直未能成行。"

"在一年的这个时节去，应该很不错的。"伊莎贝尔显得很热情地说。

正如我还记得一样，伊莎贝尔也记得，拉里那时想要娶她时，建议带她去的地方也是希腊。去希腊度蜜月，似乎是他的一个既定的想法。

谈话进行得并不顺畅，多亏了伊莎贝尔，才没有冷场。她今天的表现无可挑剔。每当似乎要出现沉默、我绞尽脑汁想着有什么可聊的话儿时，伊莎贝尔就会插进一个轻松的话题。我打心眼里感激她。索菲几乎一声不吭，除非被问到，她才勉强说上几句。索菲的那股精气神完全没有了。你可以说在她的内心里有什么东西已经死了，我暗自想是不是拉里给她的压力太大，使她有点儿承受不了了。如若像我所怀疑的那样，她既酗酒又吸毒，这样一下子猛然戒掉，她的神经会受不了的。有的时候，我瞧见他们俩对看的眼神，在拉里的眼睛里，我看到温柔和鼓励，而在索菲的眼睛里，我看到的则是恳求和凄恻的神情。富于同情心的格雷可能察觉出了我隐约看到的情形，因为他现在跟索菲谈起了拉里治好他的头痛病的事儿，接着又告诉她他是如何离不开拉里、感激拉里。

"现在，我非常健康。"他继续说着，"一旦找好工作，我就回美国。我在跟好几家公司联系，希望不久的将来，便能敲定。啧，能回到自己的家乡去多好啊。"

格雷这番话本是出于好心，可他讲得或许并不高明，因为据我看来，拉里治疗索菲的酗酒，用的也是成功治愈了格雷的那一方法。

"你的头痛病再没有犯过吗，格雷？"艾略特问。

"三个月没犯了，如果我觉得我的头可能要痛了，就把我的护身符握在手里，很快就没事了。"他从口袋里掏出拉里给他的那枚旧钱币，"就是给我一百万，我也不卖掉它。"

我们吃完了主食，上来了咖啡。酒侍走上前来问我们要不要酒。我们都说不要，只有格雷说他想来杯白兰地。酒拿上来时，艾略特坚持要看一下牌子。

"这个酒不错。它对你的身体没有害处。"

"您要来一杯吗？"侍者问。

"喔，我戒酒了。"

艾略特向他解释说，自己的肾脏出了毛病，他的医生不允许他喝酒了。

"一点儿苏布罗伏特加酒对您的身体不会有害。众所周知，它对肾是有益的。我们刚从波兰运回来一批。"

"是吗？现在，这种酒很难搞到了，你拿一瓶来让我看看。"

这个酒侍身材魁梧，长得蛮有气派，脖子上挂着一条长长的银项链，听到艾略特这么说，就去取了，艾略特跟我们解释说，这是波兰酿造的一种伏特加酒，但质量远远好于一般的伏特加。

"住在拉德齐威尔斯家参加打猎时，我们常常喝这种酒。你们该看看那些波兰的亲王们喝这种酒的派头，我一点儿都不夸张，他们用的是大杯，一口气喝下，全在话下。当然啦，都是高贵的血统，他们从头到脚透着贵族的气息。索菲，你必须尝一点儿，你也是，伊莎贝尔。这是一个不容错过的美好体验。"

侍者拿来了伏特加酒。拉里、索菲和我都谢绝了，伊莎贝尔说她想尝一尝，这令我有些惊讶，因为她平时很少喝酒，而今天她已喝了两杯鸡尾酒和两三杯红葡萄酒了。侍者倒出一小杯淡绿色的液体，伊莎贝尔用鼻子嗅了嗅。

"噢，味儿闻起来很香。"

"是吗？"艾略特说，"这是因为里面放了一种草药，正是这草药给予它一种特别的味道。让我来跟你喝上一杯。偶尔一次，伤不到我的。"

"哦，味道真香醇！"伊莎贝尔说，"像是甘露。我从未喝过这么好的酒。"

艾略特把杯子举到了唇边。

"噢，这酒把我带回到以往的岁月！你们从未在德拉齐威尔斯家住过的人，不会知道真正的生活是什么样的。那是一种多么宏大的气派。你会以为自己回到了中世纪。在车站，是六匹马拉的车来接你，还有驭者骑在马上。吃饭时每个客人后面都站着一位男仆。"

他继续讲着那家府邸的排场和奢华，还有那些盛大的宴会，这叫我的心里顿生一种无端的猜疑：好像这整件事儿都是艾略特和酒侍之间预先编排好的，好让艾略特借此机会大发一通这位王室家族的辉煌，以及他在他们城堡做客时如何结识了许多波兰的贵族。话匣子打开后，他怎么也停不下来。

"再来一杯吗，伊莎贝尔？"

"噢，不敢再喝了。不过，这酒真的不错。我很高兴我品尝了它的味道。格雷，我们一定要买上一些。"

"我叫他们送几瓶到公寓。"

"喔，艾略特舅舅，你要一些吗？"伊莎贝尔很热情地问，"你对我们太好了。你一定要尝一尝，格雷。它有刚割的青草和春天花朵的清香，有百里香和熏香草的芬芳，它一点儿也不辣，喝下去让人觉得真舒服。就像在月光下听着优美的音乐。"

她变得语无伦次，这并不像平时的伊莎贝尔，我不知道她是不是有点儿醉了。饭局散了，我和索菲握手告别。

"你们定在什么时间结婚呢？"我问她。

"下下个星期。我希望你能来参加我们的婚礼。"

"恐怕那个时候我不会在巴黎。我明天就去伦敦了。"

在我跟其他几位客人道别时，伊莎贝尔把索菲拉到了一边，跟她说了几句话，临了，她转身跟格雷说：

"唔，格雷，我现在还不打算回去。摩林诺时装店举办时装展览，我带索菲过去看看。她该去看看新款式。"

"是的。"索菲说。

我们就此别过。那天晚上，我请苏珊·鲁维埃出来一起吃了顿饭。第二天早晨，我就启程回英国了。

第六章

两个星期后，艾略特抵达伦敦，住在了克拉里奇大饭店，之后不久，我便过去看望他。他已给自己定制了几身新衣服，他不厌其烦地告诉我他选了什么样的款式，为什么这么选。在我终于能插进一句话时，我问他拉里和索菲的婚礼是否顺利地举行了。

"婚礼未能举行。"艾略特这时板起了面孔说。

"你这话是什么意思？"

"在只剩三天就要举行婚礼时，索菲失踪了。拉里到处找她。"

"有这等蹊跷的事！他们吵架了吗？"

"没有。他们俩好着呢。一切都已准备就绪，还安排我来送新娘。婚礼一完，他们便乘东方快车去希腊。要是你问我的话，我认为婚事不成，对拉里是件好事。"

我猜想，伊莎贝尔已告诉了艾略特关于索菲的一切。

"到底发生了什么事？"我问。

"喔，你还记得那天我们一起吃完午饭，伊莎贝尔要带索菲去摩林诺时装店的事吗？记得索菲穿的那件红衣服吗？式样一点儿也不好看。你注意到两个膀子了吗？一件衣服合不合身，最主要就是看肩膀那个地方。当然啦，索菲这个可怜的孩子，买不起摩林诺时装店的衣服，你知道伊莎贝尔的大方，何况她们俩又是从小一起长大的，伊莎贝尔打算送给她一件好衣服，至少使她在结婚时能显得体面一些。索菲自然很高兴地同意了。哦，还是长话短说吧，有一天伊莎贝尔请索菲下午三点钟来家，然后她们一起去时装店再最后试下衣服。索菲准时到了，可不巧的是伊莎贝尔带女儿去看牙医，回到家时已经四点多了，那个时候索菲已经走了。伊莎贝尔想可能是索菲等得不耐烦，自己先去摩林诺时装店了，于是，她立即赶往那里，却发现索菲并没有来。最后，她不得不自己回了家。他们说好晚上一块吃饭的，拉里一到，伊莎贝尔就问他索菲去哪里了。

"拉里不知道是怎么回事，就往索菲家里打电话，可没有人接，于是他说他要过去看看。他们在饭店一直等着他们俩过来，可两人谁也没有出现，他们只好自己吃了。你当然知道，索菲之前在拉白路地下酒吧一直过的是什么生活；你带他们去那种地方，本来就不是一个好主意。哦，拉里在她以前出没的地方一整夜地寻找，也没能找着她。完了又去她住的公寓找她，可门房说她一直就没有回来。他花了三天的时间寻找她的下落，毫无结果，她就这样失踪了。在第四天，拉里又去了一趟她家，门房告诉他索菲回来拿了个包，出来后打了辆车走了。"

"拉里是不是很焦急？"

"我没见到拉里。听伊莎贝尔说，是的。"

"索菲连个纸条也没留吗？"

"没有。"

我把整件事情想了想。

"你怎么看待这件事？"我问。

"亲爱的朋友，我的看法跟你的完全一样。她再也撑不下去了。又开始酗酒了。"

这一点是显而易见的，可尽管如此，我还是觉得有点儿奇怪。我不明白她为什么偏偏选择在这个时候溜掉。

"对这件事，伊莎贝尔怎么看？"

"她当然很难过了，不过，伊莎贝尔是个明理的孩子，她跟我说，她一直认为拉里跟这样的女人结婚，会是一场灾难。"

"拉里好吗？"

"伊莎贝尔对他很体贴。她说困难的是拉里根本不愿意让他们提这件事。他会好起来的，你知道；伊莎贝尔说他从来没有爱过索菲。他跟她结婚，纯粹是出于一种被误导的骑士精神。"

能看得出来，面对这一遂了她心愿的突发事件，伊莎贝尔表现得很镇定。我十分清楚在下一次见到她时，她一定会向我指出，她早就知道事情的结局会是这样。

不过，等我再见到伊莎贝尔时差不多已经过去一年了，尽管这个时候我能告诉她一些有关索菲的情况，兴许她会反省一下自己的行为，可时过境迁，我不想再提起了。我在伦敦一直待到快到圣诞节的时候，此时，突然想回家了，于是没在巴黎停留，径直返回了里维埃拉。我正在写一部小说，以后的几个月里我一直闭门在家，从事创作。有时我也去看看艾略特。他身体的情况显然已经很不好，尽管如此他还一味坚持着过他的交际生活，让人看了心疼。他对我有些不满，因为我没有驱车五十公里来参加他常常举办的宴会。他认为我宁愿待在家里工作，有点儿自命清高。

"今年不同往年，眼下多好的时节，老兄，"他对我说，"你把自己关在家里，错过一切美好的娱乐，简直是罪过。就是活到一百岁，我也弄不明白，你为什么非选一块在里维埃拉已经过时了的地段住。"

可怜的、可爱的、可笑的艾略特；很显然，他活不到那个岁数了。

到六月，我完成了小说的初稿，想想该给自己放放假了，于是，我打了一个包，上了那艘夏天常把我们送到福斯湾洗海水浴的单桅帆船，沿着海岸向着马赛航行。由于风时有时无的，所以大部分时间我们都是开着辅助马达嗒嗒地前行。我们在戛纳的港口待了一夜，在圣马克西姆过了第二夜，第三个夜晚停留在萨纳里。第四天我们开往土伦。土伦是我一直非常喜欢的一个港口。停泊在海湾里的法国舰队给它增添了一种既浪漫又亲切的氛围，我经常在它那些古老的街道上徜徉，流连忘返。我几个小时地待在码头，看着那些上岸休假的水兵们和他们的女朋友成双成对地闲逛，还有那些来回溜达着的市民们，好像他们除了享受这和暖的阳光之外再无其他事情可做。因为所有这些船只和渡船都在把熙攘的人群送到这个大海港的各个地方去，所以土伦给你这样的一个印象，仿佛它是这个广阔世界条条道路交汇的一个终点。你坐在咖啡馆里，被太阳照耀的大海和天空晃得有点儿睁不开眼睛，此时，你也许会遐想着漫游到世界的天涯海角。你乘着一艘狭长的船在太平洋的一个珊瑚岛上登陆，岛的周围长满了椰子树；你走下舷梯，来到仰光的码头上，坐上一辆黄包车；当快要驶进太子港的码头时，你站在高高的甲板上望着下面一群打着手势、高声喧嚷着的黑人。

我们在上午较晚的时间到达土伦，在下午两三点时我上了岸，沿着码头往前走，一边观望着路旁的商铺和经过我的行人，观望着坐在咖啡馆天篷下面的人们。突然我看见了索菲，同时她也看到了我。她朝我笑着，打着招呼。我停下来跟她握了手。她正一个人坐在桌子旁，面前放着一个空的玻璃杯。

"坐下，喝上一杯吧。"她说。

"你跟我一块喝上一杯。"我说着坐了下来。

她穿着一件法国水手穿的那种蓝白条子的紧身衣，一条大红颜色的裤子，脚上的凉鞋露出了涂了指甲油的大脚趾。她没戴帽子，头发剪得短短的，略带着卷曲，是那种特别淡的金黄色，几乎快成灰色了。她还像在拉白路时那样浓妆艳抹。从桌上的盘子看，她已经喝过一两杯了，不过，并没有醉意。看到我，她似乎很高兴。

"你巴黎的朋友们都好吗？"她问。

"我想他们都挺好的。自从那次在丽兹饭店我们一起吃过午饭后，我还再没有见过他们呢。"

她从鼻孔里喷出一团烟，随后，大声笑了起来。

"我最终并没有和拉里结婚。"

"这我知道。可为什么呢？"

"亲爱的，到了最后的紧要关头时，我觉得我不能让拉里牺牲自己做基督耶稣，而我做抹大拉的马利亚①。不能这样，先生。"

"是什么使你在最后的那一刻改变了主意呢？"

她用嘲笑的眼神望着我，头傲然地扬起一点儿，小而挺的乳房，细细的腰身，那样的一副打扮，很像是一个淘气的男孩；可跟上次我

---

① 参阅《圣经·新约·路加福音》第7章第37—39节，第8章第2节。

见她穿红衣服时相比，却多了一份妩媚和魅力，不像那时的她一副蔫蔫的样子，显得俗气而花哨。现在的她脸部和脖颈都被太阳晒黑了，虽说棕色的皮肤使她脸颊上的胭脂和眉毛上涂的黑色更加显豁。可这种俗艳所产生的效果也自有其诱人的地方。

"你想让我讲给你听吗？"

我点了点头。侍者拿来了我给自己要的啤酒和给索菲要的白兰地苏打。她用刚抽完的烟头又点上了一支粗丝烟卷。

"那段日子，我三个月没有喝一口酒，没有吸一口烟。"看到我略微诧异的表情，她笑了起来，"我不是指香烟。是鸦片。我难受极了。你知道，在我一个人待着的时候，我的喊叫声都快把房子震塌了；我喊着：'我受不了了，我受不了了。'有拉里在的时候，我还好受一些，可他不在，我就如同活在地狱里一般了。"

在她提到鸦片时，我特别留意看了她一眼，发现她的瞳孔缩成了像针眼那么大小，这说明她又在吸毒了。她的眼珠子绿得发亮。

"伊莎贝尔要给我一件结婚礼服。我不知道现在这件衣服怎么样了。它很好看。我们商量好在她家里会面，然后我俩一起去摩林诺时装店。我可以这么说，在衣饰方面，没有谁会比伊莎贝尔更在行了。我到了公寓时，她家的男仆告诉我伊莎贝尔领着琼去看牙医了，留下口信说她很快就回来。我进了客厅。桌子上还摆着咖啡壶和杯子，我问那个用人可不可以给我倒杯咖啡。那时咖啡是唯一能帮我提提神的东西了。他说他这就去给我端来，说完提着咖啡壶和空杯子走了。桌子上的托盘里留下一个瓶子，我上前一看，是你们上次在丽兹饭店里谈论的那种波兰酿的酒。"

"苏布罗伏特加。我记得艾略特说要送给伊莎贝尔一些。"

"你们交口称赞这酒有股分外芳香的味儿，我很想闻闻。于是，我揭开瓶盖，嗅了嗅。你们说得太对了，这酒的气味好闻极了。我点起一支烟，几分钟后，那个男仆送来了咖啡。咖啡也不错。人们盛赞法国的咖啡，让他们去夸吧；我还是觉得美国的咖啡好。在这儿，家乡的东西值得我怀念的也就剩下我们的咖啡了。不过，伊莎贝尔的咖啡也不赖，我觉得没精神，喝了一杯后，感觉好了许多。我瞧着立在桌子上的酒瓶。它的诱惑力简直太大了，但是我说：'让它见鬼去吧，我才不去想它呢。'我又抽起一支烟。我想伊莎贝尔就该回来了，可她没有。我变得烦躁起来，我最讨厌等人，屋子里又没有任何可以翻阅的书籍杂志。我开始站起来，在屋子里走动，观看墙上的画作，可我的眼睛总会瞅到那个该死的瓶子上。临了，我想我不妨倒出一杯来瞧瞧，既然它的颜色是那么的好看。"

"淡绿色。"

"是的。太有趣了，它的颜色恰如它的味道。它的那种绿色就像有的时候你在白玫瑰花心里看到的那一种。我得尝一下，看看它是不是如此，我想，尝一尝不会有事的；我只打算呷上一小口，接着，我听到了屋外有声音，我以为是伊莎贝尔回来了，赶紧一口吞下了那杯酒，因为我不想让她看见我喝酒。可伊莎贝尔并没有来。天哪，这感觉太好了，自从戒酒以后，我就没有这么好受过。我开始觉得自己真正地活过来了。如果那个时候伊莎贝尔进来，我想我现在早就嫁给拉里了。我不知道那将会是个什么样的结果。"

"她那时没有回来吗？"

"没有。我生起她的气来。她以为她是谁呀，让我这样子一直等她？接着，我看到杯子里又重新给满上了；我想一定是我无意之中给倒上的，不过，不管你信不信，我觉得我没有倒。再把它倒回去，似乎很蠢，于是，我把它给喝了。这酒的味道没得说，好极了。我感觉自己变了个人，我想放声大笑，我三个月没有过这样的感觉了。你还记得那位老者说他看见波兰人是用大杯一杯一杯地喝吗？哦，我想我能喝过任何一个波兰狗崽子，我不如索性喝他个痛快，于是，我把杯子里还剩下的咖啡倒在壁炉里，把杯子斟满了酒。什么母亲的奶水是天下最美的，完全是瞎说，我才不信呢。对后来发生的事，我就不大记得了，不过，在我喝得尽兴以后，恐怕瓶子里的酒已是快要见底了。临了我想，在伊莎贝尔回来之前，我最好还是走吧。她几乎撞上了我。我刚出前门，就听到了琼的声音。于是我赶紧折回来上了公寓的楼梯，等到她们进到家里后，我才从楼梯上奔下来，上了一辆出租车。我告诉司机快快地开，他问我去哪里，我却冲着他大笑起来。我当时的感觉好极了。"

"你回你的公寓了吗？"我问，尽管我知道她没有。

"你以为我傻呀？我知道拉里会来找我，我不敢到我以前常去的任何地方，所以我去了哈基姆那里。我知道拉里绝不会想到我在那儿。况且，我想过一下鸦片烟瘾了。"

"哈基姆是什么地方？"

"哈基姆？哈基姆是个阿尔及利亚人，他总能给你搞到鸦片，只要你有钱付给他。他可以说是我的一个不错的朋友。他能搞到你想要的任何东西，一个男孩，一个男人，女人，或是黑人。他手下有五六个阿尔及利亚人，可以随时调用。我在那里待了三天。我不知道在这三天里我睡了多少个男人。"她开始咯咯地笑起来，"胖的、瘦的、高的、矮的，以及各种肤色的。我补回了我损失掉的时间。可是，你知道，我还是担惊受怕的。我觉得待在巴黎不安全了。我担心拉里会找到我，况且，我身上也没钱了。你不知道，这些狗娘养的跟你睡觉，你还得付钱给他们。于是，我出来回到公寓，给了女门房一百法郎，告诉她如果有人来问到我，就说我走了，不回来了。我整理起东西，那天晚上便坐火车来了土伦。到达这里后，我的心才算放了下来。"

"后来，你就一直待在这里吗？"

"一点儿不错。我打算就在这儿待下去了。这里的鸦片烟要多少有多少，都是水手们从东方带回来的，味儿很地道，不是他们在巴黎卖给你的那种烂货。我在旅店里包了一个房间，你知道，就是那家商业和航海旅馆。你要是在晚上去那里，走廊里全是鸦片烟的味儿。"她美美地吸了一下鼻子，"又香又刺鼻子，你知道，他们都是在自己住的屋子里抽，这给予你一种很舒服的家的感觉。而且，你无论带什么人来，他们都不会介意。早晨五点时，他们前来叩你的门，叫海员们起床，回到他们的船上去，所以你根本不必为此操心。"接着，她转了个话题，"我在码头上的那家书店里，看到你的一本书；我要是知道能碰到你，我就会买下它，让你给签个名了。"

在刚才路过那家书店时，我曾停下来看了看橱窗里面，在一些新书中间，我发现有我最近出版的一部小说的法文译本。

"我想，你对这本书也许不会有什么兴趣的。"我说。

"你怎么知道我没兴趣？我有阅读的能力的，你知道的。"

"这我相信，你还能写作呢。"

她很快地扫了我一眼，笑了起来。

"是的，我小时候常常写诗。我想，那些诗一定写得很糟糕，可那个时候的我自己觉得很美。我猜是拉里告诉你的吧。"她沉默了一会儿后说，"不管怎么说，生活就像是地狱。如果能有一点儿乐趣可享的时候，你要是不去抓住它，那你才是个天大的傻瓜呢。"她把头高傲地向后一甩，"如果我买下那本书，你能给我在上面写几个字吗？"

"我明天就会离开。如若你真的想要，我给你买一本，顺路给你放在你住的旅店里。"

"那太好了。"

就在这个时候，一艘海军汽艇驶进码头，一群水手跌跌撞撞地从上面走了下来。索菲用眼睛扫视了一下他们。

"那一个是我的男朋友。"她向其中的一个挥着手，"你可以请他喝杯酒，然后借机走掉。他是个科西嘉人，嫉妒心很强，就像我们的老朋友耶和华一样。"

一个年轻人朝我们走过来，见到我时犹豫了一下，可看到索菲在招呼他，便走上前来。他个子很高，皮肤黧黑，脸上刮得很干净，黑色的眼睛闪着光亮，长着一个鹰钩鼻子和一头乌黑发亮的鬈发。他看上去顶多二十岁。索菲向他介绍了我，说我是她儿时的一个美国朋友。

"不多吭声，但长得帅。"她跟我说。

"你喜欢他们的粗暴，不是吗？"

"越粗暴越好。"

"哪一天，你非得叫他们把你的脖子割断不可。"

"那我是不会感到惊讶的，"她咧嘴笑着说，"早了早好。"

"你该说法语，不是吗？"那个水手厉声说。

索菲转身朝他笑了笑，笑里带着一丝儿的嘲弄。她说着一口流利、地道的法语，带着很重的美国口音，不过，这给她平日所说的低俗、猥亵的口语带上一种滑稽的腔调，使你会忍不住笑出来。

"我在告诉他你长得漂亮，怕你听了不好意思，我就用英语说了。"她转身又对我说，"他的身体非常棒。他的肌肉像一个拳击手的。你摸摸看。"

这样的夸赞驱散了水手脸上的愠怒，他露出得意的笑来，弯起胳膊，让他的二头肌鼓了起来。

"摸摸看，"他说，"来，摸摸看。"我这么做了，并表达了我的羡慕之情。又聊了几分钟后，我付过酒钱，站了起来。

"我得走了。"

"能见到你很高兴。不要忘了书的事。"

"不会的。"

我跟他们俩握了手，溜达着走了。回去的路上，我在书店停了一下，买下了那本小说，在上面写了索菲和我的名字。因为一时想不起来该写点儿什么，而龙沙①的一首小诗（它被选编在所有的诗歌选集里）此时恰好浮现在我的脑海里，于是，我把它的第一行写在了扉页上：

> 美人儿，让我们去看看那玫瑰花儿……

我把书放在索菲住的旅馆里。旅店紧挨着码头，来到土伦时，我也常住这里，因为在黎明时会有召唤海员回船工作的汽笛响起，唤醒

---

① 彼埃尔·德·龙沙（Pierre de Ronsard, 1524—1585），法国抒情诗人。

睡梦中的你，那个时候，雾蒙蒙的太阳刚刚从港湾平静的海面上升起，给幽灵似的泊船罩上一层朦胧的晕光。第二天早晨，我们的船开往卡西斯，在那儿我买了些葡萄酒，然后，驶往马赛，在马赛换乘了一条已预定好的船。一个星期后，我回到了里维埃拉。

第七章

到家后，我发现有艾略特的管家约瑟夫写来的一个短简，说艾略特已卧病在床，很想见见我，所以第二天我就开车去了昂蒂布。在领我见他的主人之前，约瑟夫告诉我艾略特得了尿毒症，他的医生说病情很重。现在总算挺过来了，可他的肾又出了毛病，他的身体要想完全恢复已不太可能了。约瑟夫跟着艾略特已有四十个年头，对艾略特一向忠心耿耿，可尽管表面上看着难过，却也不难看出约瑟夫有着他们这一阶级的人对其主子有灾难时会生出的一种得意感。

"可怜的艾略特先生，"他哀叹道，"虽说他有些怪癖，但从心地来讲，是个好人。他的死只是早几天或晚几天的事了。"

听他这话，好像艾略特只剩下最后一口气了。

"我敢说，艾略特已经给予你后半生的赡养费，约瑟夫。"我面色严肃地说。

"我不得不指望这个生活。"他哀伤地说。

在他把我引进艾略特的卧室时，我惊讶地发现艾略特显得很精神。他面色苍白，看上去老了许多，心情却挺好。他刮了脸，头发也梳得很整齐。他穿着浅蓝色的丝绸睡衣，睡衣口袋上绣着他名字的缩写字母，字母上方是他的男爵冠饰，在翻过来的被单上也绣着这几个字母和男爵冠饰，不过，所绣的要比睡衣上的大得多。

我问他觉得自己的身体怎么样。

"蛮好的，"他高兴地说，"这只是暂时出现的不适。几天以后，我就又能起来，到处走动了。我约了迪米特里大公星期六吃午饭，我已告诉大夫，要他无论如何要在这之前把我治好。"

我陪艾略特坐了半个小时，我出来时告诉约瑟夫，一旦艾略特这边有紧急情况，就马上通知我。一个星期后，我到一个邻居家里赴午宴，去了后意外发现艾略特也在那里，穿着笔挺的衣服，脸色苍白得像死人。

"你不该出来的，艾略特。"我对他说。

"噢，你瞎说什么，我亲爱的朋友。佛里达请了玛法尔达公主。我认识意大利王室好多年了，在路易莎的丈夫于罗马任职时就认识了，我不能让佛里达失望。"

我不知道是该赞扬他这不屈不挠的精神，还是为他感到可悲：在他这把年纪，抱着重病，却仍然硬撑着追求社交生活。你绝不会想到他是病人。就像一个快要死去的演员，脸上涂了油彩出现在舞台上时，会暂时忘记了他的病痛一样，艾略特用他惯有的自信，扮演着他彬彬有礼的侍臣角色。他极其和蔼，对有身份或是重要的人物招呼有加，讲话刻薄，善于嘲讽和逗人开心。我想，我以前从未见过他将其社交本领施展得这样淋漓尽致过。在公主殿下离开后（艾略特给公主鞠躬时的那一优雅风度，既表达了对公主高贵身份的尊重，又表达了一个老人对一个可爱、漂亮女子的钦慕，很值得一赞），怪不得我会听到女主人跟艾略特说他是这个宴会的生命和灵魂。

几天以后，他又倒在床上了，他的医生不容许他离开房间，艾略特烦恼极了。

"现在躺在家里真是太糟了。这正是游宴的季节。"

他一下子说了一长串将要来里维埃拉度夏的重要人物的名字。

我每隔三四天过来探望艾略特一次。他有时躺在床上，有时穿一件华贵的晨衣倚在双轮推车里。他似乎有数也数不清的晨衣，因为我从未见过他同一件晨衣穿过两回的。就是在这样的一次探视中间，大概是在八月初吧，我发现艾略特沉默得有些异常。我一进来时约瑟夫跟我说艾略特的病情似乎有了好转，因此看见他无精打采的样子我略感诧异。我把我从海岸边听来的趣闻讲给他听，想逗他开心，可他一点儿兴趣也没有。他的眉微微蹙起，脸上有一种异常沉郁的神情。

"你去参加爱德娜·诺维马里举办的宴会吗？"他突然问我。

"不，当然不去。"

"她邀请你了吗？"

"她把里维埃拉的人都邀请遍了。"

诺维马里亲王夫人是一个腰缠万贯的美国人，她嫁给了罗马的一个亲王，不过，可不是意大利那种一钱不值的普通亲王，而是一个伟大家族的族长，一个雇佣兵队长的后裔。这个雇佣兵队长在十六世纪时就拥有他自己的一大片采邑。这位亲王夫人现在六十岁，已经守寡，因为意大利的法西斯政权索取她的美国进款太多，她便离开了意大利，在戛纳山后面的一块黄金地段上，建起一座佛罗伦萨式的别墅。她从意大利买来大理石，作为她那些大客厅墙壁上的镶边，请来一些重要的画家给她画客厅的天花板。她家里的画作和铜像都极其珍贵，就连本不喜欢意大利家具的艾略特也不得不承认她家具的华贵、高雅。花园的景观更美，修建游泳池也用去一笔可观的数目。她大宴宾客，她的宴会没有一次少过二十个人。她定下在八月月圆的那天晚上举办一次化装舞会，尽管离那天还有三个星期，可里维埃拉的人们整天谈论这件事。届时，她将带巴黎的一个黑人乐队下来，还要燃放焰火。那些流亡的王室贵族带着嫉妒、艳羡的神情相互谈论着，他们说她这一晚的开销抵得上他们一年的生活费用。

"真是气派。"他们说。

"真是疯狂。"他们说。

"太奢侈，太庸俗了。"他们说。

"你那天准备穿什么衣服呢？"艾略特问我。

"已经告诉过你了，艾略特，我不会去的。你觉得在我这样的年龄，我还会用花花绿绿的衣服把自己装扮起来吗？"

"她没有邀请我。"他沙哑着声音说。

他用悲凉的眼神望着我。

"噢，她会的，"我淡淡地说，"我敢说她的请柬还没有全部发完呢。"

"她就没有打算邀请我，"他讲话的声音都变了，"她这是在故意羞辱我。"

"噢，艾略特，我不相信她会这么做。这肯定是他们一时疏忽。"

"我不是一个会被人们疏忽的人。"

"不管怎么说，就你现在的身体状况，你也去不了。"

"我当然应该去。这是今年最好的宴会！就是我躺在床上快死了，我也要爬起来。我有我的祖先德·劳里亚男爵的衣服可以穿。"

我不知道该如何回应他的话，因此没有作声。

"在你未到之前，保罗·巴顿来看过我了。"艾略特突然说。

我不能指望读者还记得起此人是谁，因为就连我自己也得回过头去查找，看看当时我给此人起了一个什么名字。巴顿是个美国青年，是艾略特把他介绍进了伦敦社交界，他引起艾略特对他的怨恨，因为在他觉得艾略特已无用时便决然甩开了他。此人近来很引人注目，一是因为他加入了英国国籍，二是因为他娶了刚刚晋升为贵族的报界巨头的女儿。身后有这样的社会关系，再加上他本人那么活套络、精于算计，他的前程不可估量。艾略特对此很是记恨。

"每当我晚上醒来，听到老鼠在护壁板中间吱吱地扒咬，我就会说：'这是保罗·巴顿在往上爬呢。'相信我，亲爱的朋友，他最后会进到英国上议院的。感谢上帝，我是不会活到那一天了。"

"他来干什么？"我问，因为我跟艾略特一样清楚，这位年轻人是无事不登三宝殿的。

"让我来告诉你他来干什么，"艾略特的嗓门一下子高了起来，"他想要借我的德·劳里亚男爵的服装。"

"他休想！"

"你难道没有看出这其中的奥妙吗？这意味着他知道爱德娜没有邀请我，而且不打算邀请我了。是爱德娜指使他来跟我借服装的。这个老巫婆。要不是我，她哪有今天？我为她举办宴会。她认识的人都是我介绍的。她跟她的司机睡觉，这事你当然也知道。真让人恶心！就是坐在这儿，巴顿告诉我她将用灯把整个花园装饰起来，还要燃放焰火。我喜欢看焰火。他跟我说人们都缠着爱德娜要请柬，可都被爱德娜一一拒绝了，因为她想把它办成一个最棒的舞会。听他那说话的口气，我不在被邀请之列，是确定无疑的了。"

"你打算借给他吗？"

"等他死了下了地狱，我也不会借给他。我准备用它做我的寿衣呢。"此时，艾略特已坐了起来，像个心神错乱的女人一样，身子前后摇晃着。"噢，他们做得太过分了，"他说，"我恨他们，恨他们所有的人。在我能宴请他们的时候，他们还乐意给我捧捧场，可现在，我老了，病了，对他们没有用了。自从我病倒以后，打电话询问我病况的还不到十个人，这一个星期以来，只有一个人拿了一束不起眼的花来看我。我为他们做了我能做的一切。他们吃我的饭，喝我的酒。我为他们跑腿办事。替他们安排宴会。我挖空心思地为他们着想。可到头来我得到了什么呢？什么也没有，什么也没有，什么也没有！他们中间没有一个人在乎我的死活。噢，这世道真是太残忍了。"他说着哭了起来，大滴的泪珠顺着他枯槁的脸颊淌下来，"我真希望我一直待在美国就好了。"

看到一个半个身子已迈进坟墓的老人，因为没有被邀请而像个孩子似的哭泣着，我的心里很不是滋味：这既让人感到惊诧，与此同时，又让人感到无比的凄凉。

"想开点儿，艾略特，"我说，"愿宴会举行的那天晚上下起大雨。叫她办不成。"

听到我的这句话，他就像我们常说的一个快要淹死的人抓住了一根救命的稻草似的，在泪眼模糊中开始嘿嘿地笑了起来。

"我从没这么想过。这一次，我将以最虔诚的心向上帝祈祷，愿那天降下大雨。你说得对，那样的话，这个宴会就泡汤了。"

我设法把他这钻牛角尖的思绪引到别的事情上去，这样的话，即便他一下子快乐不起来，至少心情也能平静些。不过，我还不愿意让这件事就这么了了，所以回到家后我给爱德娜·诺维马里打了电话，告诉她我明天有事要到戛纳山那边，问能不能和她吃顿午饭，她说她很高兴我来做客，只是明天没有宴会。然而，在我去了她家后，家里除了她自己，已经来了十个人。她这个人不能说赖，对人热情、大方，唯一的毛病是嘴不好。就是亲密的朋友，她也忍不住要说人家的坏话。不过，她之所以这么做，只是因为她是个笨女人，除了讲人家坏话之外，无法引起别人对她的注意。因为她说的那些丑闻又被人传了出去，所以她与那些她所诋毁过的人往往处不好关系。但是，她的宴会总是举办得有声有色，多数人经过一段时间后，觉得还是原谅她的好。我想，要是求她给艾略特发个邀请，会让艾略特颜面尽失的，所以我按兵未动，等待着一个机会。她对举办这次化装舞会非常热衷，在这顿午饭中间，她谈论的一直都是这件事。

"有这样一个能穿穿他的菲利普二世时代服饰的机会，艾略特一定很高兴。"我尽可能装出很随意的样子说。

"我没有邀请他。"爱德娜说。

"为什么?"我惊讶地问。

"为什么我就该邀请他呢? 他在社交界已经没有地位了。他是个势利眼，流言的传播者，一个顶让人讨厌的人。"

因为这些指责都可以同样用到她自己身上，我觉得她说得有些太露骨了。她就是一个傻瓜。

"更何况，"她接着说，"我想让保罗穿艾略特的这套服装。保罗穿上，那简直会帅呆的。"

我不再吭声，决定一会儿给可怜的艾略特悄悄地去拿上一张他渴盼得到的请柬。午饭后，爱德娜领着朋友们到花园里去了。这给了我一个难得的机会。有一次我在这里做客时，曾在这座别墅里住过几日，知道它的布局。我猜想请柬一定还剩着一些，放在秘书的房间里。我急步朝那边走了过去，想顺手装在口袋里一张，然后填上艾略特的名字，寄到他的住址。我知道他病重一定去不了，但是收到这份请柬却能给艾略特以很大安慰。待我打开门发现爱德娜的秘书正在写字台前时，我愣了一下。我本以为她还在吃午饭。这位秘书是个来自苏格兰的中年女子，名叫吉斯小姐，浅黄色的头发，一张有雀斑的脸，戴着一副夹鼻眼镜，一副贞节处女的派头。我镇定了一下自己。

"亲王夫人带着大家到花园里转悠去了，所以我想着到你这里来，跟你抽支烟。"

"欢迎你来。"

吉斯小姐说话时带着苏格兰人的粗嘎音,当她跟她的好朋友在一起操起她的冷幽默时,她会故意加重这一嘎音,使她说的笑话变得越发逗人,可在你笑得前仰后合时,她会用不悦、诧异的眼神看着你,似乎觉得你竟会发现她讲的话好笑,真是癫狂。

"我想,准备这场宴会一定够你忙的了,吉斯小姐。"我说。

"是的,我都忙得有点儿晕头转向了。"

知道可以信任她,我直奔主题。

"为什么爱德娜没有邀请坦普尔登先生呢?"

吉斯小姐一本正经的面孔上掠过一丝笑容。

"你知道她这个人。她跟他有些过节。她在所请的人的名单上划掉了他的名字。"

"他就要死了,你知道。他再也无法从病榻上下来了。没有请他,他心里非常难过。"

"如果他还想跟亲王夫人来往,就不该逢人便讲她跟她的司机睡觉的事。这个司机有老婆,还有三个孩子。"

"那么,她跟她的司机有这事吗?"

吉斯小姐从她的夹鼻眼镜上面看着我。

"我做秘书二十一年了,亲爱的先生,我奉行的一条原则是,相信我的老板们都像飘舞的雪花那么纯洁无瑕。我承认,当我的一位女主人发现自己有了三个月的身孕,而爵爷到非洲猎杀狮子已走了有六个月时,我的这一信心曾一度发生过动摇;可待她去了巴黎一趟——一次行期不长、花钱却不少的旅行——后,就万事大吉了。她和我都松了一口气。"

"吉斯小姐,我来这儿不是要和你一起抽烟的,我来是要偷上一张请帖,然后由我自己寄给坦普尔登先生。"

"你这么做是很鲁莽的。"

"就算是吧。吉斯小姐,就请你做件好事,给我一张请柬吧。反正艾略特也来不了。可这会让老人高兴的。你对他没有什么成见吧?"

"没有，他对我总是很友好。他是位绅士，我愿意给他这样的评价，而许多来这里白白蹭饭吃的亲王夫人，我却给不了他们这样的评价。"

所有重要人物的身边都有一个得宠的下属。这些依附于权贵的人对轻蔑相当敏感，当他们觉得自己没有受到应有的对待时，便会使用恶毒的暗箭，一再地在他们的主子面前对激起他们敌意的人进行中伤。与这些人最好还是不要搞僵了关系。艾略特比任何人都更加懂得这一点，对穷亲戚、年老的女佣和倚为亲信的秘书等，在他见着他们后，总会亲切地跟他们笑笑，友好地聊上几句。我敢说，他跟吉斯小姐一定常常调笑打趣，到了圣诞节时还会记着送她一盒巧克力、一个小化妆箱，或是一个手提包。

"怎么样，吉斯小姐，帮个忙吧。"

吉斯小姐把架在她高高鼻梁上的眼镜正了正。

"我相信，你也不希望我做任何对我的主人不忠的事，毛姆先生，如果这个老母牛发现我违背了她的旨意，她一定会解雇了我。请帖就放在桌子上，因为我以这种姿势已坐了很久，腿有点儿麻了，我站起来走动一下，到窗台那里看看外面美丽的景色。在我身子朝向外面时，无论屋子里发生了什么，不管是上帝还是其他任何人，都不能怪罪到我的头上。"

在吉斯小姐重新坐回到写字台前时，请帖已经在我的口袋里了。

"见到你真不错，吉斯小姐，"我说着向她伸出了我的手，"在化装舞会上，你准备穿什么样的衣服呢？"

"我是个牧师的女儿，亲爱的先生，"她回答说，"我把这种愚蠢的活动留给上层阶级的人们去享受。在我招呼好《先锋报》和《邮报》的代表们吃完一顿丰盛的晚餐、喝上一瓶第二等最好的香槟酒之后，我便尽到了我的职责，我将回到我的卧室，静静地去读一部侦探小说。"

第八章

几天以后，我去看艾略特，发现他满脸的喜悦。

"瞧，"他说，"我收到请柬了。是今早寄来的。"

他从枕头底下取出帖子，拿给我看。

"我是怎么跟你说的，"我说，"你知道，你的名字是以 T 打头。显然，秘书按姓氏排列写帖子，刚写到你这里。"

"我还没有回复呢。我明天回信。"

听到这话，我惊了一跳。

"我替你写好吗？在我一会儿走时，我顺便就给你寄了。"

"不用，为什么要叫你替我回复？我自己能写。"

我想，所幸拆信的是吉斯小姐，她会把它扣下的。艾略特按下了铃。

"我想让你看看我的那套服装。"

"你这是真的要去吗，艾略特？"

"当然了。自从博蒙家举办完舞会后，我还没有穿过它呢。"

约瑟夫听到铃声走了进来，艾略特吩咐他把衣服拿来。那套服装放在一个又大又扁的盒子里，用绵纸包着。其中有一双白丝绸长袜，一条衬里的用白麻布镶边的织金布短裤，配着一件紧身上衣，还有一件披风，一条围在脖子上的绉领，一顶丝绒便帽，一条长金链子，链子的一头挂着一个金羊毛勋章。我发现这是一套对提香画的菲利普二世所穿豪华服饰的仿制品，这幅画就存放在离佛罗伦萨不远的普拉托。当艾略特跟我说在西班牙国王与英国女王当年结婚时，德·劳里亚男爵穿的就是这套衣服时，我觉得他的想象力也未免太丰富了。

第二天早晨我正吃早饭时，来了约瑟夫的电话，他说艾略特昨夜又发病了，匆匆被叫来的医生说怕是熬不过今天了。我叫人送来了车，开车赶到昂蒂布。艾略特已处于昏迷状态。他以前一直不肯用护士，可现在我看到有个护士在屋里了，她是医生从那家位于尼斯和博卢之间的医院叫来的。我出来给伊莎贝尔发了个电报。伊莎贝尔和格雷正领着孩子在拉保尔海滨度夏（那里费用比较低廉）。那儿离这里有很远的路程，我担心他们不能及时赶到昂蒂布。除了他多年都没有见过的她的两个哥哥之外，伊莎贝尔就是艾略特唯一的亲人了。

不过，他生的意志依然强烈，或者是医生的药物起了作用，因为在白天的时候，艾略特又苏醒了过来。尽管病得不成样子了，他还强打精神，问护士一些她性生活的问题来逗自己开心。那天下午的大部分时间，我都陪在他身边，第二天等我再来看他时，发现他身体虽然很弱，可精神挺好的。护士只容许我跟他在一起待了很短的时间。至今没有收到伊莎贝尔那边的回电，让我很是担心。因为不知道伊莎贝尔在拉保尔的地址，我只能把电报发到巴黎，生怕管家在转发电报时耽搁了时间。直到两天以后，我才收到回电，说他们即刻就动身。赶得不巧，格雷和伊莎贝尔正乘汽车在布列塔尼半岛短途旅行，刚刚收到我的电报。我查看了一下列车时刻表，他们至少在三十六小时之后才能到达。

第二天一大早，约瑟夫给我打电话说艾略特在晚上病情加重，着急要见我。我急急忙忙地赶了过去。进门后，约瑟夫把我叫到了一边。

"先生，恕我冒昧，跟你谈一件不大好开口的事。"他跟我说，"我当然是不信教的，认为所有的宗教都是神父用来掌控人们的手段和阴谋，可先生也是了解女人的。我的妻子和女佣都坚持说，我们可怜的主人应该受到最后的祝福，显然时间已经不多了。"他有些忐忑、不好意思地望着我，"这些事谁也说不好，也许在一个人临死时，最好还是让他自己跟教会之间理顺关系。"

我完全懂得他的意思。不管大多数的法国人平时如何嘲笑宗教，可到临终时，他们还是愿意跟与他们血肉相连的信仰讲和。

"你是想让我和他提这件事吗？"

"如果先生愿意做这件好事的话。"

这并不是我喜欢的差使，不过，艾略特毕竟已入教多年，是个虔诚的天主教徒，履行其信仰的职责，也是情理之中的事。我去了他的房间。他仰面躺着，非常憔悴和虚弱，可神志却十分清楚。我请护士先到隔壁的房间去。

"你的病已经很重了，艾略特，"我说，"我想知道，想知道，你是否愿意见见神父？"

有一会儿，他看着我，没有回答。

"你的意思是说，我就要死了？"

"噢，但愿不是这样。不过，做到有备无患，也好。"

"我明白。"

他沉默不语了。在你和某个人不得不说出我跟艾略特刚才讲的那番话时，这会儿的确是个令人难熬的时刻。我不敢望着他。我紧咬牙关，生怕自己哭了出来。我朝着他坐在床边，用一只胳膊支撑着身体。

他拍了拍我的手。

"不要难过，我的朋友。你知道，这是神圣的职责。"

我一下子大笑起来。

"你这个搞笑的家伙，艾略特。"

"这样才好。现在就给神父打电话，告诉他我想忏悔，并受涂油礼。如若他能派夏尔神父来，我将不胜感激。他是我一个朋友。"

夏尔神父是主教的总代理，我在前面曾提到过他。我下了楼，拨通电话，说话的是主教本人。

"紧急吗？"他问。

"很紧急。"

"我将立刻前往。"

医生来了，我告诉他我已通知了教会。他跟护士去看艾略特，我待在楼下的餐厅里。从尼斯到昂蒂布只有二十分钟的车程，过了半个小时多一点儿的时候，一辆黑色的轿车停在了门前。约瑟夫来找我。

"主教大人亲自来了，先生。"他慌慌张张地说。

我出去迎接主教。他没有像平时那样由他的总代理陪同着，而
是——我也不知道为什么——身边跟了一个年轻的神父，这个年轻人
提着一个篮子，我想篮子里面装着施涂油礼的用具。司机提着一个破
旧的皮包跟在后面。主教跟我握手，并介绍了他的同伴。

"我们可怜的朋友怎么样了？"

"情况恐怕很不好，主教大人。"

"你能带我们去一个可以换衣服的房间吗？"

"餐厅在这边，主教大人，客厅在楼上。"

"餐厅就完全可以了。"

我把他们带到餐厅。约瑟夫和我等在大厅里。很快门打开了，主
教走了出来，后面跟着神父，他双手端着圣餐杯，圣餐杯上面放着一
个圆盘，里面盛着祭祀用过的圣饼。这些东西都用一块质地很好、几
乎透明的麻纱餐巾盖着。我以前看到主教不是在餐桌上，就是在宴会
上，只知道他饭量大、胃口好，是个很会享受好酒好菜的人，一边
吃，一边津津有味地讲着一些有趣，甚至粗俗下流的故事。那时他给
我的印象是中等身材，结实强壮。现在，穿上白法衣，披上圣带，他
不仅显得高大，而且伟岸。那张平日里诙谐、满是笑容的红脸膛，现
在则很严肃。从他的神情样态上，再也看不出他曾经做过骑兵军官的
影子；他看上去，的的确确也是，教会中的一个大人物了。看到约瑟
夫在胸前画了个十字，我几乎一点儿也没感到惊奇。主教略微把头向
前倾了倾。

"带我去见病人吧。"他说。

我让开道，请他在我前面走，可他叫我走在前面。在肃穆中我们
上了楼，进到艾略特的房间。

"主教亲自来了，艾略特。"

艾略特吃力地把自己的身体撑起来一点儿。

"主教大人，你的到来是我莫大的荣幸，是我做梦也想不到的。"

"不要动，我的朋友。"主教转向我和护士说，"你们先出去吧。"
然后跟神父说，"我好了以后叫你。"

神父四下看着，我想他是要找个地方，放下手中的圣餐杯。我把梳妆台上玳瑁壳镶背的发刷推到一边。护士下楼去了，我带神父进了隔壁艾略特用作书房的屋子。窗户开着，映着外面的蓝天，神父走到一个窗口，站在了那里。我坐了下来。海湾里正进行着一场单桅帆船的竞赛，在蓝天下它们的白帆发着耀眼的光。一艘大黑壳的纵帆船张着红帆，迎着风儿，驶进港口，我认出这是捕龙虾的船，在把撒丁捕到的鱼虾运回来，作为一道美味送上赌场的餐桌。从关着的门那里，传出嗡嗡的低语声。艾略特正在做忏悔。我很想抽支烟，可又担心神父看到会见怪。他站在那里，一动也不动地瞧着外面。他是一个身材修长的年轻人，一头浓密的略带卷曲的黑发、一双黑亮黑亮的眼睛和黄褐色的皮肤，表明他是意大利人的后裔。他的面部带有南方的那种生命的活力，我问自己，是什么样强烈的信仰、什么样如火般燃烧的欲望使他放弃了人生的欢乐、年轻人的种种娱乐，以及他诸种感官上的享受，来将自己献身于上帝的事业。

隔壁屋子里的声音突然停了下来，我望着房门。门开了，主教出现在门口。

"你来。"主教对神父说。

书房里留下我一个人。我再次听到主教的声音，我知道他这是在咏诵教会指定给弥留之际的人听的祷文。临了，又是一阵沉默，我知道艾略特在吃圣餐了。我想，我也不知道从遥远的祖先那里我秉承了一种什么样的情愫，尽管我不是天主教徒，可每当我到教堂做弥撒、听侍从摇着铃铛提醒我举起圣饼时，我的身子都会发颤，油然生出一种敬畏感；此刻，我同样感到一阵战栗，像是有一股凛冽的寒风吹进我的体内，我战栗着，内心充满畏惧和惊奇。门再一次打开了。

"你可以进来了。"主教说。

我走了进去。神父正在把麻纱布盖到圣杯和放圣饼的镀金小盘子上。艾略特的眼睛里放着光芒。

"送主教大人上车。"他说。

我们下了楼。约瑟夫和女佣们都等候在大厅里。三个女佣都在哭。她们一一走上前来，跪下吻了主教手上的戒指。主教伸出两根手指放在她们头上，为她们祝福。约瑟夫的妻子推了丈夫一下，于是约瑟夫也走上前来，跪下吻了戒指。主教微微地笑了笑。

"你不是不信教的吗，孩子？"

能看得出来，约瑟夫在极力控制着自己的感情。

"是的，主教大人。"

"你不必有顾虑。你一直都是个好仆人，对主人忠心耿耿。上帝会原谅你在理智上犯的错误。"

我送主教到路口，替他打开了车门。在上车时，他鞠了一个躬，很是亲切地笑着说：

"我们可怜的朋友已经病得很重了。他的缺点都是表面上的，他心地宽厚，待人友善。"

第九章

考虑艾略特在忏悔仪式之后也许想单独待上一会儿，我去了客厅，读着一本书，可刚刚坐下护士就进来跟我说，艾略特想要见我。我上楼来到他的房间。不知是因为医生事先给他打了提神的针，还是因为忏悔带给他的激动，他脸上一副平和与高兴的神情，他的眼睛发着亮光。

"莫大的荣幸，亲爱的朋友，"他说，"我将拿着一个教会大人物的介绍信进入天国。我想天国所有的门都会对我敞开。"

"我担心，你会发现各种人都混杂在一起。"我笑着说。

"不会的，亲爱的朋友。《圣经》上说，和尘世中一样，天堂里也有等级差别。那里有六翼天使和二级天使，有天使长和天使们。我一直活动在欧洲的上流社会，毫无疑问，在天国我也会活在最上层社会中。我们的主说：我父那里有许多的大厦。把大众安置在他们完全不习惯的地方，是极为不合适的。"

我猜想，艾略特脑中的天国应该和德·罗斯柴尔德男爵的宫堡差不多，在那座城堡里，墙上镶有十八世纪的护壁板，有布尔的桌子、精致的小房间和路易十五时期的成套家具，上面罩着那个时代的精工刺绣。

"相信我，朋友，"停了一下后，他继续说，"在天国，绝对没有我们这里所说的该死的平等。"

他突然坠入到了睡眠中间。我坐下来看一本书。他就这么一直睡着。一点钟的时候，护士进来告诉我约瑟夫为我准备好了午饭。约瑟夫变得谦恭了。

"真想不到主教大人自己来了。这是我们可怜的主人的莫大荣幸。你看到我吻他的戒指了？"

"看到了。"

"要只是我自己，我才不呢！我之所以这么做，是为了让老婆开心。"

我在艾略特的房间待了一下午。在这期间，伊莎贝尔发来了电报，说她和格雷将乘坐蓝色火车于次日早晨到达。我心想他们怕是见不上艾略特最后一面了。医生来了。他摇头表示毫无希望了。日落时，艾略特醒了，进了一点儿食。这似乎给了他一点儿气力。他向我招招手，我来到他的床前。他的声音非常弱。

"我还没有回爱德娜的请柬呢。"

"噢，现在就不要再为这个操心了，艾略特。"

"为什么不呢？我一直出入于交际界，在我行将要离开它的时候，我怎能忘记应有的礼节呢。那个请帖在哪儿？"

请帖放在壁炉板上，我拿过来放在他的手上，可我怀疑他是否还能看清楚它。

"在我书房里有一摞信纸。你把它找来，我口述一个回复。"

我到隔壁的屋子，取来了纸笔，坐在了他的床边。

"你准备好了吗？"

"好了。"

艾略特把眼睛闭了起来，可嘴角却露着调皮的笑容，我不知道他会说出怎样的话来。

"艾略特·坦普尔登先生为不能接受诺维马里亲王夫人的盛情邀请深感遗憾，因为他与赐福的主已事先有了约定。"

说完，他发出一阵轻微、诡谲的笑声。他的脸成了一种奇怪的蓝白色，看着很瘆人，临了，他呼出一口他这种病所特有的恶臭气味。可怜的艾略特，他这个人平时总爱给自己喷上香奈儿和摩林诺的香水。他的手里依然握着那张请柬，怕他拿着吃力，我试图从他的手里拽出来，可他把它攥得更紧了。听到他突然大声地说出了下面的话，我惊了一跳。

"这个老不要脸的荡妇！"他说。

这是他说出的最后一句话。随后，他便陷入了昏迷之中。护士昨夜陪了他一个晚上，看上去很累了，所以，我让她去睡觉，答应有事时会叫醒她，现在由我陪着就好了。其实，也没有事情可做。我打开一盏有罩子的灯，开始阅读，一直读到我的眼睛感到有些痛的时候，之后，我关了灯，在黑暗中坐着。夜晚很热，窗户大开着。海上灯塔的闪光每隔几分钟便会将其熠熠的光扫射到屋里来。月亮下去了，待月圆时爱德娜·诺维马里的化装舞会将举行，想那欢乐的场面一定熙攘而喧嚣；夜空呈现出很深很深的蓝色，无数颗星星闪烁着璀璨的光辉。我想，我可能已经迷糊睡着了，可睡得并不实，突然间，一种急促、愤怒的声音，听了令人毛骨悚然的声音，临死前的一阵语声，一下子把我惊醒。我走到床前，借着灯塔扫进来的光，摸了摸艾略特的脉搏。他已经没有了呼吸。我打开床头柜上的灯，望着他。他的下颚已经耷拉了下来，眼睛睁着。在给他合上眼之前，我看了一会儿他的眼睛。我的心被触动了，几滴泪珠顺着我的面颊流了下来。一个老朋友，一个忠诚的朋友。想到他一生都过着那样愚蠢、琐屑和无聊的生活，我感到一阵难过。他赴过那么多的宴会，与那么多的亲王、公爵和伯爵交往过，可现在这一切都显得毫无意义了。这些达官贵人们已经忘掉了他。

我觉得没有必要喊醒累了几天的护士，于是，我坐回到窗户那边的椅子上。护士七点钟进来时，我还睡着。留下她做她自己认为该做的事，我去吃了早饭，然后到车站去接格雷和伊莎贝尔。我告诉他们艾略特已经死了，因为艾略特的家里没有客人睡觉的地方，我请他们到我那儿去住，可他们坚持要住旅馆。我回到自己家里，洗了个澡，刮了脸，换了衣服。

上午格雷给我打来电话说，约瑟夫给了他们一封艾略特委托他转交的信，信上写的是我的名字。由于信中的有些内容可能只是写给我的，我说我马上开车过去，这样，不到一个小时的时间，我就又来到了艾略特的家。信的封皮上写着：我死后立即转交；信里主要是关于他丧葬方面的安排。我知道他已决定要把自己葬在他修建的那座教堂里，这我已经告诉过伊莎贝尔了。他希望自己的身体涂上防腐香膏，并具体提到了让哪一家公司来做。"我做过这方面的了解，"他说，"人们都说这家公司的信誉最好。我信任你不会让他们敷衍了事的。我希望穿上我的先祖德·劳里亚的那套服装，佩上他的长刀，并把金羊毛勋章戴在我的胸前。我把挑选棺材的事交给你来办。棺木不必太好，但要与我的身份相符，为了不给任何人增添不必要的麻烦，我希望由托马斯·库克父子公司全权负责我遗体的运输工作，他们要派一个人护送棺木到它最后安放的地点。"

我记得艾略特说过要穿他祖先的那套衣服安葬，不过，我以为是他一时兴起，随便说说而已，没想到他是认真的。约瑟夫坚持要依照艾略特的遗愿执行，认为他的遗嘱没有理由不被照办。艾略特的遗体及时涂了香膏，接下来，我和约瑟夫给他穿那套荒唐的服装。这真是件棘手的差使。我们把白长筒丝袜套进他的两条长腿，再把金色布的裤子给他穿上。又费了不少劲，才把他的胳膊伸进紧身上衣的袖管里。然后，我们给他戴上浆洗过的宽大轮状绉领，把缎面的斗篷披在他的肩上。最后，给他戴上了平顶丝绒帽，把金羊毛的领圈围在他的脖子上。涂香膏的人已给他的脸颊上搽了脂粉，在唇上抹了点儿口红。被病折磨得只剩下一副骨架的艾略特，被穿戴上这套显大的服装，俨然像是威尔第①早期歌剧中的一个歌手。一个凄惶的堂而皇之的堂吉诃德。在装殓的人把他抬进棺材里时，我将那把作为道具的长剑顺着放在他的胸前，剑的下部置在他的两腿之间，让他的两只手按在刀柄的圆头上面，如同我在一个十字军骑士坟头的雕像上看到的那样。

格雷和伊莎贝尔前往意大利参加葬礼。

① 朱塞佩·威尔第（Giuseppe Verdi, 1813—1901），意大利作曲家。

第六部

第一章

　　我觉得我应当提醒一下读者，他可以略过这一部分不读，而故事（如果它还能算是个故事的话）的线索依然很清楚，因为这部分内容主要是对我与拉里的一次谈话的记述。不过，我还要加上一句，如果不是因为有这一次的谈话，我也许就会认为这本书不值得写出来了。

第二章

那年秋天——艾略特死后的两个月——在去往英国的途中，我在巴黎停留了一个星期。伊莎贝尔和格雷在一路艰辛去意大利参加完葬礼后，又返回了布列塔尼半岛，此时已从那里回到了他们在巴黎圣纪尧姆街上的住处。伊莎贝尔告诉了我有关艾略特遗嘱的细节。艾略特给他修建的教堂留下一笔钱，为他的灵魂做弥撒，另外又给了教堂一笔维持费用。他遗赠给尼斯主教一大笔钱，让他用于各种慈善事业。他把他那批真伪难说的十八世纪的淫秽书籍留给了我，还给了我一幅弗拉戈纳尔[①]的美丽画作，画中是一个山羊神跟一个女仙干那种背着人干的事。这幅画太不雅了，挂不出来，何况我又不是那种私底下观赏这种猥亵图像的人。艾略特为他的仆人们提供了足够的赡养费。他的两个外甥每人各得一万美元，其他的全部财产都留给了伊莎贝尔。到底这笔财富值多少钱，伊莎贝尔没有告诉我，我也没有问；从她得意的神态里，我猜出这个数目一定非常可观。

好久以来，自从格雷恢复健康以后，他就一直盼望着回美国重新工作，尽管伊莎贝尔在巴黎过得十分舒适，可格雷急切回国的心情还是影响到了她。格雷跟他的朋友们通信已经有一段时间了，这中间最好的一次机会需要他拿出一笔不小的资金。可那时他没有，艾略特的去世让伊莎贝尔拥有了远比格雷所需要的多得多的钱；在得到伊莎贝尔的同意后，格雷开始跟对方谈判，如果情况真如对方所说的那样，格雷便会离开巴黎，亲自过去查看落实。可在他成行之前，还有许多事情要做。他们需要跟法国财政局就遗产税的缴纳达成一个合理的协议。他们要处理掉艾略特在昂蒂布的房子和圣纪尧姆街的公寓。他们得在德鲁奥酒店就艾略特留下的家具、藏画和素描举办一次拍卖。这

---

① 让·奥诺雷·弗拉戈纳尔（Jean-Honoré Fragonard，1732—1806），法国人物和风景画家。

些东西都弥足珍贵，似乎等到来年春天，待那些有钱的大收藏家可能聚在巴黎时再行拍卖，较为明智。对能在巴黎再待一个冬天，伊莎贝尔觉得并不赖；两个孩子现在已经能够把法语说得像英语一样好，她愿意让她们在法国学校里再多待上几个月。三年来，她们长大了许多，现在都是长长的腿，瘦瘦的身体，成了活泼可爱的小姑娘，虽说还没有她们母亲的美丽，可很懂礼貌，又有永不满足的好奇心。

有关他们其他的情况，就不多说了。

第三章

　　我是偶尔碰到拉里的。我曾向伊莎贝尔问到拉里，她跟我说，从拉保尔回来以后，他们就很少见到他了。她和格雷现在有了不少他们自己这一年龄段的朋友，时常有约会，不像我们四个人经常在一块愉快郊游的那段日子清闲了。一天傍晚，我到法兰西剧院看《贝蕾妮丝》。这个剧本我当然读过，可从未见它被搬上舞台，因为机会难得，我不愿意错过。虽说内容太单薄不足以支起五幕戏，因而它并非是拉辛最好的剧本之一，但是它很感人，其中不乏一些非常有名、精彩的段落。这个剧本是依据塔西佗①的一段简短的文字写成的：铁图热烈地爱上了巴勒斯坦的女王贝蕾妮丝，甚至答应要娶她了，却为了国家不顾他自己的也不顾贝蕾妮丝的情感，在他刚刚登基后，便让她离开了罗马。因为罗马的元老院和人民都激烈反对他们的皇帝和与外国的女王联姻。戏剧围绕着铁图在爱情和职责之间的思想斗争展开，在他犹豫不定时，最后是贝蕾妮丝在确信铁图是真心爱她后，毅然决然地永远离开了他。

　　我想，只有法国人才能充分欣赏拉辛那一优美、宏伟的风格和他诗歌的音乐美，不过，即便是个外国人，一旦他熟悉了拉辛那一矫饰、古雅的诗体风格，也不由得会被他的柔情蜜意和崇高的情感所打动。很少人能像拉辛那样懂得，在人的声音里含有那么多的戏剧成分。不管怎么说，在我看来，那流畅的亚历山大体②的作用足以替代情节，那些长长的句子凭借超人的技巧组织起来，达到预想的高潮，每个句子都像是电影中的惊险镜头，令人感到激奋。

　　在第三幕演完后中场休息时，我出来到门厅里抽支烟；在大厅门

----

① 塔西佗（Tacitus，约55—约120），古罗马历史学家。
② 这个名称从希腊诗歌中借来，在法文中指十二音缀的诗句。

的上首竖着乌东①的伏尔泰塑像，他龇着没有牙的嘴嘲讽地笑着。有人拍了一下我的肩膀。我带着少许的不耐烦转过身来——因为我仍想独自沉浸在那铿锵的诗句带给我的兴奋当中——看到了拉里。见到拉里，我总是很高兴。我们已经有一年没有见面了，我跟他说，戏演完后我们碰头，一块去喝一杯。拉里说他还没有吃晚饭，肚子正好饿着呢，提议到蒙马特去。散场后，我们碰了面，一起往外走。法兰西剧院里有一股发霉的味儿。这味道又和一代代的剧院女服务员身上特有的味儿掺和在了一起，她们从不洗澡，总是板着一副面孔，把你领到你的座位上去，毫不客气地跟你索要她们的小费。到了外面，呼吸着新鲜空气，顿觉畅快，晚上天气很好，我们信步往前走着。歌剧院大街上的弧光灯发着耀眼的光，天上的星星仿佛不屑于跟街灯争胜似的，在寥廓无垠的夜空中掩翳起它们的光辉。我们一边走，一边谈论着我们刚看过的戏。拉里感到失望。他愿意戏演得更自然一些，演员们的台词更接近于平常的语言，演员们的手势举止也不要太过于戏剧化。我认为他的看法不对。这部剧以辞藻胜，以雄宏的辞藻胜，我以为这些诗句念起来就应该有一种铿锵有力或是滔滔如泻的气势。我喜欢在读到韵脚时那样地顿一下；那些戏剧化了的动作和手势，来自一个悠久的传统，在我看来似乎跟这种偏重形式的戏剧格调是相吻合的。我不由得想戏这样子来演，正是拉辛当年所希望看到的。我对演员在艺术的诸种限制下，能够设法饰演得真实、富于人情味和激情，一直都很钦佩，当艺术能够利用传统很好地服务于其自身的目的时，就是艺术的胜利。

　　我们来到克里希大街上，进了巴拉西里·格拉夫饭店。时间刚过了中夜，饭店里的人很多，我们找到一张桌子，要了火腿蛋。我告诉拉里，我去看过伊莎贝尔了。

　　"格雷高兴回到美国去，"拉里说，"他在这里，就像是离开了水

---

① 让·安东尼·乌东（Jean-Antoine Houdon，1741—1828），法国雕塑家，其肖像雕塑能生动表现人物性格。

的鱼儿。不重新回到工作中,他是不会快乐的。我敢说,他会挣到很多钱的。"

"如果他能挣到很多钱,那也是多亏了你。你不仅治好了他的身体,也使他振作起了精神。你让他恢复了自信。"

"我没做什么。我只是指给他看,如何医治好他自己。"

"你这点儿本事是怎么学来的?"

"一个很偶然的机会。那是我在印度的时候。我一度得了失眠症,碰巧跟我认识的一个老瑜伽教徒提起这件事,他说很快就能给我治好。他只是做了你看到我给格雷做的事,那天晚上,我的睡眠便跟以前一样好了。后来,一定是在一年以后了,我和我的一个印度朋友在喜马拉雅山,他不小心崴了脚踝。他很痛,那里又找不到医生。我想到照着老瑜伽师的方法试一下,结果成功了。不管你信不信,他的脚踝完全好了。"拉里笑了起来,"我敢说,当时最为惊讶的人就是我了。实际上,这非常简单,它只是把一种想法灌输到病人的头脑中去。"

"说起来容易,做起来难。"

"如果你的手臂不受你意愿的支使,从桌子上抬了起来,你会感到惊奇吗?"

"当然会了。"

"你的胳膊会自动抬起来的。在我们从喜马拉雅山回来后,我的印度朋友告诉了人们我为他做的事,并带了一些病人过来。我不愿意做这件事,因为对这个方法我自己还搞不明白呢,可他们一味地坚持要我做。不管怎么说,我把他们都给治好了。后来,我发现我不仅能解除人们的疼痛,还能祛除人们的害怕。我并非指人们对幽闭的空间或是高度的恐惧,而是指人们对死亡,更糟糕的是,对生命的恐惧。有些人他们看上去似乎很健康,很富有,无忧无虑的,然而,他们却受着恐惧的折磨。我有时想,这是最困扰我们人性的一种心理倾向了,我曾问自己,这一倾向是不是来自某种动物的本能,是人类从第一次感觉到生命悸动的原始生物那里继承来的。"

　　我怀着期待听拉里讲，因为他很少一下子说这么多话，我隐约觉得这一次他终于愿意跟人交交心了。或许是我们刚看过的戏剧驱除了他内心的禁锢，那种铿锵有力的节奏感像音乐一样，帮助他克服了天生的拘谨。蓦然间，我觉得我的手有点儿不对劲了。对刚才拉里那个半开玩笑的问题，我根本就没有当回事。我现在察觉到我的手已经不放在桌子上了，它已经不由自主地离开桌面有三四厘米的距离。我吃了一惊。我看着我的手，发现它在轻微地抖动。感觉我胳膊的神经也有一种奇怪的颤动，有一点儿的扯动，我的手和小臂同时自动地抬了起来，说真的，对这个动作，我既没有加力，也没有阻挠，直到它们离开桌子有约十厘米的距离。临了，我觉得我的整个胳膊抬了起来。

　　"这太奇怪了。"我说。

　　拉里笑了起来。我稍稍使了点儿力，手就回落到桌面上。

　　"这不算什么，"他说，"不必当回事。"

　　"你刚从印度回来时跟我们说起过一位瑜伽师，是他教你的这个吗？"

　　"噢，不是。"他说，"他不屑于做这种事。我不知道他是否认为自己也有某些瑜伽师们所宣称的这些本领，不过，在他看来，这些显然都是雕虫小技。"

　　我们要的火腿蛋端了上来，我们大口大口地吃着，一边喝着啤酒。我俩谁也没有说话。拉里不知道在想什么心事，我呢在想着他。吃完之后，我点起一支烟，他抽起了烟斗。

　　"是什么首先使你想到要去印度的呢？"我突然问。

　　"纯属偶然。至少在当时我是这么认为的。现在，我倾向于认为这是我在欧洲学习、交游多年的一个必然结果。几乎所有对我有重要影响的人，似乎都是我偶尔遇到的，可回过头去看，又似乎像是我必然会碰到的。就仿佛是他们都等在那里，在我需要时随时可被召唤来似的。我去印度，是因为我想休息一下了。我一直勤奋刻苦地读书，然后想把我脑中的思绪理一理了。我在一条绕世界航行的游船上做了一名水手。这游船是往东去的，途经巴拿马海峡，开往纽约。我已经有五年没有回过美国了，挺想家的。同时我的心情也有些低落。你知道，我们多年前第一次在芝加哥碰面时，那个时候的我有多无知，多浅薄。我在欧洲读了那么多的书，见识了那么多的事，可离我所寻找的东西和目标，还像我刚开始时那么遥远。"

我想问他一下，他探寻的到底是什么，然而，我总有个感觉，要是我那样问的话，他一定会耸耸肩膀笑我的，他会说这并不重要。

"可你为什么要在船上做水手呢？"我问出了这么一句，"你又不缺钱花。"

"我想体验生活。每当我学到觉得精神饱和了的时候，每当我已吸收了我当下所能吸收的一切时，便想做一些实际的、体力的活儿，觉得这样做对我会有用处。那年冬天，在我与伊莎贝尔解约以后，我便在朗斯附近的一家煤矿做了六个月的矿工。"

正是在这个时候，他告诉了我在前面的章节中我已叙述过的那些事情。

"伊莎贝尔甩掉你时，你痛苦吗？"

在回答我的问题前，他盯着看了我一会儿，他的那双特别黑的眼睛似乎不是在看向外界，而是看向内里。

"痛苦。我那时还太年轻。我早就打定了主意要和伊莎贝尔结婚。我做了我们将要在一起生活的种种计划。我以为我们会过得很美满的。"他淡淡地笑了笑，"但是，婚姻生活需要两个人来过，就像吵架也得有两个人才能吵起来一样。我怎么也不会想到，我给伊莎贝尔提供的生活会让她感到如此沮丧。要是我对她的想法稍有了解的话，我就绝不会向她提结婚的事了。她太年轻，太热衷于过物质的生活了。我不怪她，可也无法让自己妥协。"

读者可能还记得，在拉里与农场主家里的寡妇儿媳发生了那次荒唐的关系后，他便连夜逃了出来，去了波恩。我很想听他继续讲下去，可我知道我得当心，尽量不要再直截了当问他问题。

"我从未去过波恩，"我说，"我小时候做学生时，曾在海德堡待过些日子。我想，那段时间是我一生中最幸福的时光。"

"我喜欢波恩。我在那儿待了一年。我住在一户丈夫以前是大学教授的寡妇家里，她家里住了两个房客，我自己住着一间。她有两个女儿，都三十来岁了，做饭和家务活都由她俩担当。我发现和我同住在这家的那个人是个法国人，一开始我有些失望，因为我只想讲德语；不过，他是个阿尔萨斯人①，即便他的德语不比他的法语说得更流畅，他德语的口音却更纯正。他穿得像个德国牧师，几天后我惊讶地发现他是个黑衣教士。他所在的修道院允准他到这所大学的图书馆做一段时间的研究工作。他的知识非常渊博。可从其外表上看，既不像个有学识的人，也不像我想象中的僧侣。他是个个子很高、身体很强壮的人，浅黄色的头发，一双很有神的蓝眼睛，一张圆圆的红脸膛。他腼腆，拘谨，似乎不愿意跟我有任何交往，可他彬彬有礼，在饭桌上总是客客气气地讲话，也只是在这个时候，我才能见到他，一吃完饭，他便又上图书馆去了；晚上，当我在客厅里跟她家的一个没有活儿做的女儿学习德语的时候，他就回他的房间去了。

"一天下午，在我至少来到这里一个月以后，他突然意外地对我说，我愿意和他一块儿去散散步吗？他说他能指给我看这附近的一些地方，这些地方凭我自己是发现不了的。我算挺能走的了，可他哪一次都能超过我。第一次散步，我们两个想必走了有二十五公里。他问我在波恩干什么，我说学德语，进而了解一下德国文学。他的谈话里充满智慧。他说他愿意尽可能地帮助我。在这以后，我们一个星期总要散步两三次。我发现他教哲学已经有一些年头了。在巴黎，我读了一些斯宾诺莎、柏拉图和笛卡尔的作品，可德国的那些大哲学家的著作，我还未曾涉猎，在听他讲到他们时，我真有喜出望外的感觉。有一天，我们做了一次短途旅行，过了莱茵河，当坐在一个啤酒园子里喝啤酒时，他问我是不是个新教徒。

"'我想是吧。'我说。

---

① 阿尔萨斯在普法战争后曾割让给德国，第一次大战后才归还法国，所以当地人常会德、法两种语言。

"他很快地瞧了我一眼，我觉得他眼睛里闪出一丝笑意。他开始跟我谈起埃斯库罗斯①；你知道，我一直在学希腊语，他对这几位古希腊悲剧作家的了解，让我望尘莫及。听他讲，叫人受益匪浅。我不知道他为什么突然问到我这个问题。我的监护人鲍勃·纳尔逊叔叔是个不可知论者，可他经常去教堂，因为他的病人希望他这么做，他送我到主日学校，也是出于同样的原因。我们的用人玛莎是个很正统的浸礼会教徒，她常常讲一些有罪的人将永远要在地狱的烈火里受煎熬的话，来吓唬我们孩子们。她总是兴致勃勃地跟我描绘着，她想要施加给那些她看不惯的村人的种种苦难。

"到了冬天的时候，我跟恩夏姆神父就非常熟了。我觉得他是一个很了不起的人。我从没见他烦恼过。他心地善良，待人友好，心胸非常宽阔，也异常地宽容。他学识渊博，想必他一定知道我有多无知，可他跟我谈话时，总把我看作好像是和他一样博学的人。他对我很有耐心。总是愿意帮助我而毫无所求。一天，我也不知道怎么搞的，我腰痛起来，葛拉保夫人，我们的房东，让我躺在床上，用热水袋敷，恩夏姆神父听说我病倒了，晚饭后过来看我。除了感到腰很疼之外，我人挺好的。你也知道读书人的毛病，他们见了书总爱问长问短的；看到他进来，我放下我正在读的书，他把它拿起来，看了看书名。这是一本写梅斯特·爱克哈特的书，是我在城里的一家书店买的。他问我为什么要读它，我告诉他我曾看过一些神秘主义文学的作品，我跟他谈到了考斯第，以及他是如何引起我对神秘主义的兴趣的。他用他那双湛蓝的眸子打量着我，在他的眼睛里我看到一种我只能形容为是爱惜的情愫。我觉得他一定发现我挺可笑的，可由于他充满仁爱之心，对我的喜欢一点儿也没有减少。不过话说回来，如果有人认为我傻，我从来也不会在乎的。

"'你在这些书中间寻找什么呢？'他问我。

"'要是我知道的话，'我回答道，'那我至少在寻找它的路上了。'

---

① 埃斯库罗斯（Aeschylus，约前525—前456），古希腊三大悲剧家之一。

"'你还记得我问你是不是新教徒吗？你说，你想你是的。你这么说，是什么意思呢？'

"'我是在那样的一个环境中长大的。'我说。

"'你相信上帝吗？'他问。

"我不喜欢人们问有关我个人的问题，我首先想到的就是告诉他，这不关他的事。可他的面容上流露出的都是好意和善良，我不忍心把他顶回去。我不知道我该说些什么，我不想给予肯定或是否定的回答。也许是我身上正在忍受的疼痛，也许是他那友善的神情，促使我跟他讲了我自己的经历。"

拉里迟疑了一会儿，待他继续往下讲的时候，他已经不再是面对我，而是在对着黑衣教士恩夏姆讲了。他全然忘记了我。我不知道是此时此地的什么驱使他在没有我敦促的情况下，将长期郁积在他心底的话倒了出来。

"鲍勃·纳尔逊叔叔很民主，把我送到麻汾去读中学。后来，只是因为路易莎·布拉德雷一再地跟他唠叨，在我十四岁那年，他才让我去了圣保罗中学。我无论是功课还是体育、做游戏等，都不那么突出，只是能对付得过去罢了。我觉得我是个再普通不过的男孩。我迷上了飞行。那个时候，才刚刚有了飞机不久，鲍勃叔叔跟我一样对它着迷。他认识一些飞行员，当我说我想学习飞行时，他说他将帮我实现我的理想。我的个子在同龄人里算是高的，十六岁就完全可以充十八岁了。鲍勃叔叔要我对我的年龄保密，因为他知道让我不到年龄就参了军，人们会骂死他的；他帮助我去了加拿大，让我给他认识的一个空军带了一封信，结果在我刚十七岁时，已经在法国飞行了。

"那时候的飞机性能很差，每一次你几乎都是提着自己的脑袋上天的。那时的飞机所飞的高度，拿今天的标准衡量，简直是可笑的，不过，那个时候的我们哪里看得到后来的发展，所以都觉得我们飞行员太了不起了。我喜欢飞行。我描绘不出飞行给予我的那种快感，我只知道自己感到骄傲和幸福。在高远的天空里，我觉得自己成了某种伟大而又美丽的事物的一部分。我不知道那是怎么回事，我只知道，尽管是自己一个人在两千米的高空，可我不再孤单，而是有所属了。尽管这样子想很蠢，可我不由得会这么想。当我飞行在云彩上面，看着它们像是一大群望也望不到的头的羊群在我的下面时，我就觉得我与无限融为一体了。"

拉里停了下来，用他那双深嵌在眼窝中的无比深邃的眸子望着我，然而，我却不知道他是否看到了我。

"我知道人们曾被成千成百地杀死，可我没有见过他们被杀。这对我没有什么影响。后来，我亲眼目睹了一个人的死。那一情景让我充满了一种耻辱感。"

"耻辱感？"我不由得喊了出来。

"是的，耻辱感，因为那个男孩只比我大三四岁，他勇敢无畏，精力充沛，前几分钟还生龙活虎的，那么好的一个人，现在成了一团血呼呼的肉，好像从不曾活过似的。"

我没有作声。在医科学校时，我就见过死人，在战争中，我见过更多的死人。令我不解的是他们看上去都那么渺小，没有尊严。就像马戏团里弃之不用的提线木偶。

"那天晚上，我没有睡着。我哭了。我不是为自己担心，我是感到气愤；是死亡之丑陋邪恶的那一面震撼了我。战争结束，我回到祖国。我一直对机械感兴趣，如果不能再飞行了，我想着到一家汽车工厂去。我负过伤，需要休息一段时间。后来，他们想让我就业。可他们要我做的工作我都不想干。他们劝我似乎也没用。我用很多的时间去思索。我不断地问自己，人生到底为了什么。毕竟只是凭着些运气，我活了下来；我想用我的生命做点儿有价值的事情，但我不知道该做什么。对上帝我以前从来没有多想过，现在，我开始对他进行思考了。我搞不明白世界上为什么会有邪恶。我知道自己很无知，我不认识任何可以请教的人，我想学习，于是，我开始漫无目的读起书来。

"在我告诉了恩夏姆神父这一切后，他问我，'在这之后，你一直阅读了四年，是吗？你有收获吗？'

"'没有。'我说。

"他用那么和蔼友善的神情看着我，看得我都有点儿糊涂了，我不知道我做了什么，引发他心中这样的情感。他轻轻地用手指敲着桌子，好像脑子里正在转着一个念头。

"'我们大明大智的老教会曾发现，'他接着说，'如果你像是有信仰那样地去行事，上帝就会赋予你信仰；如果你带着疑虑但是虔诚地祈祷，你的疑虑就会被驱除；我们的礼拜仪式对人类精神产生影响，是为许多世纪的经验所证明了的，如果你愿意让自己沉浸在这一仪式的美中间，平和将会降临在你身上。我很快就要回到我的修道院去了。你为什么不来跟我们一块生活上几个星期呢？你可以与我们做杂役的僧侣在地里干活，你可以在我们的图书馆里看书。这样的一种体验应该不亚于你在煤矿和农场的经历。'

"'你为什么要建议我这么做呢？'我问。

"'我观察你有三个月了，'他说，'也许，我比你更了解你自己。你与信仰之间只隔着一张薄纸了。'

"我没有吭声。这给予我一种很有趣的感觉：好像有人扣住我的心弦拨动了一下似的。末了，我说让我考虑考虑。他放下了这个话题。在恩夏姆神父离开波恩之前，我们再也没有谈起过任何与宗教有关的事，不过，在他临行前，他给了我他修道院的地址，告诉我只要我定下要来，就给他写个短简，他便会为我做好一切安排。他走后，不知怎的我很想念他。时光荏苒，转眼间到了仲夏。我喜欢波恩的夏天。我读了歌德、席勒和海涅。读了荷尔德林①和里尔克②。可我仍然毫无头绪。我把恩夏姆神父跟我说的话翻来覆去地想了想，最后决定去他那里一趟。

"恩夏姆神父到车站来接我。修道院在阿尔萨斯，那里的乡下景色很美。恩夏姆神父把我介绍给院长，然后带我到分派给我住的那间小房子。屋子里有一张窄窄的铁床，墙上挂着一个耶稣殉难的十字

① 弗里德里希·荷尔德林（Friedrich Hölderlin，1770—1843），德国诗人。
② 莱内·马利亚·里尔克（Rainer Maria Rilke，1875—1926），奥地利象征主义诗人。

架，陈设简陋到不能再简陋。吃饭的铃声响了后，我去到饭厅。那是一间有着拱顶的大厅。修道院院长与两个僧侣站在门口，其中一个僧侣端着一盆水，另一个拿着一条毛巾，院长在客人的手上洒上几滴水洗洗，再用僧侣递过来的毛巾擦干宾客的手。除了我，还有三个客人，两个是路过这儿停下来用膳的神父，还有一个是牢骚满腹的法国老头，打算在这里过隐居生活的。

"院长和他的两个正副助手，在饭厅的上首就座，他们各自坐在自己的桌子前；神父们都坐两边靠墙的桌子，而修道士、做杂役的僧侣和客人们则坐在大厅的中央。做过感恩的祷告后，大家坐下来吃饭。一个见习的修道士站在饭厅的门那里，用一种单调的声音念着道书。吃完饭后，又一次做了祷告。然后，院长、恩夏姆神父、客人们以及招待客人的修士们来到一间不大的屋子里喝咖啡，随便说些话儿。

"我在那儿住了三个月。过得很快活。那里的生活很适合我。图书馆条件不错，我读了不少的书。那儿的神父没有一个试图想要影响我的，尽管他们很乐意和我交谈。他们的学识、虔诚和没有世俗的杂念，给我留下了深刻的印象。你不要以为他们过的是一种闲适的生活。他们总是在忙碌着。他们耕种自己的土地，自己浇灌、收获粮食，他们也高兴我帮着他们干活。我喜欢教堂做礼拜时的那一壮观的场面。不过，我最爱看的是晨祷。那是在清晨四点钟。你坐在教堂里，你的周围都是黑漆漆的一片，而修士们已神秘地穿起他们的服装，头上蒙着头巾，用他们洪亮的嗓音唱着礼拜仪式中的圣歌，这一切都令人十分动心。每天的生活都按部就班地进行，这给人一种确定感；尽管身体和精神都在劳作着，可你总有一种宁静感。"

拉里略带些遗憾地笑了笑。

"就像罗拉①，我来这个世界上太晚了。要是我生在中世纪就好了，那时信教是理所当然的事；那样的话，我前面要走的路对我来说就很

① 理查·罗拉（Richard Rolle，约 1290—1349），英国隐士，苦行主义者，宗教作家。

清楚了，我会在教会里谋上一个职位。我不能相信，尽管我想去相信，我不能相信一个比普通的正派人强不了多少的上帝。僧侣们告诉我上帝创造世界，是为了颂扬自己。在我看来，这似乎并不是一个值得称道的目的。难道贝多芬创作他的交响曲，就是为了荣耀自己吗？我不这么认为。我以为他之所以创作出那些交响曲，是因为他心中涌动着的音乐逼迫着他将它们表达出来，他要做的就是尽力把它们完成得十全十美。

"我常常听僧侣们做餐前祷告，我不明白他们如何能一直做着这样的祷告而从没怀疑过：只为给予他们一日三餐，就得这样子来感恩他们的天父吗？孩子们会恳求他们尘世的父亲给他们食物吃吗？他们知道他们的父亲就应该这么做的，他们不会觉得为此有必要对他们的父亲表示感谢，对于一个把孩子带到这个世界上来却不能或不想抚养的父亲，我们会谴责他的。在我看来，如果万能的造物主不打算给予他创造的众生以必要的生活资料，无论是物质上的还是精神上的，那他还不如不创造出他们的好。"

"亲爱的拉里，"我说，"我想，你最好还是不生活在中世纪的好。否则的话，你肯定会被判处火刑的。"

他笑了。

"你获得了不小的成功，"他说，"你想当面得到别人的夸赞吗？"

"那样只会叫我感到难堪。"

"我也是这么想的。我以为上帝也不希望人们表扬他。在空军里，有个人靠着巴结上属，弄到一份轻松的活儿，我们都看不起他。我很难相信，对一个凭借过分恭维上帝而想获得拯救的人，上帝会看得起他。我倒认为最令上帝满意的崇拜者是那些用获得的知识去尽力做事的人。

"不过，这还不是主要困扰我的事情。让我不能理解的是原罪的观念，就我所知，在这些僧侣的头脑里，多多少少存在着这个观念。我认识我们空军队伍里的不少的人。当然啦，只要有机会，他们也会喝醉，只要可能他们也会找个姑娘玩玩，平时还爱讲些脏话；我们里面有一两个坏蛋：一个因为开空头支票被捕，住了六个月的监狱；这也不能全怪他，他以前从来没有过钱，当他得到了他做梦也想不到的那么多钱的时候，他的思想就变了。我认识巴黎的不少懒人，回到芝加哥以后，又认识了更多的懒人，但是，在大多数的情况下，他们的坏是因为遗传，这是他们自己控制不了的，或者是由于环境造成的，这也是他们无法选择的。对于这样的犯罪，我觉得是不是社会应该承担更大的责任呢。如果我是上帝的话，我就不会惩罚他们中间的任何一个，哪怕是最坏的一个，去遭受永久的地狱之苦。恩夏姆神父思想较为开通，他认为地狱就是失去了上帝的护佑，可如果这样就是一种难以忍受的惩罚，够得上是地狱的话，那么，你认为一个好的上帝会执行这样的惩罚吗？毕竟是他造出了人类：如果他把他们造成了可能会犯罪的人，那是因为他想要这么做。要是我训练我的狗去扑咬进到我后花园的人的脖子，在它这么做了时，去殴打它，那是不公平的。

"如果是仁慈的万能的上帝创造了世界，那他为什么还要造出恶呢？僧侣们说，人唯有通过克服他内心的邪恶，抵御诱惑，通过忍受上帝为考验他（以使他变得纯洁）而要让他经受的痛苦、悲伤和不幸，才有可能最终获得上帝的恩典。这在我看来，就像派某个人去一个地方送信，非要在他经过的路上造一座迷宫、挖一道壕沟、修一堵高墙，让他游过去、爬过去，使他的道路变得艰难。我不愿意相信一个比人聪明千万倍的上帝会没有常识。我不懂人们为什么不能去信奉这样一个上帝：他没有造出这个世界，但是他在尽力让这个不好的世界变得美好，他比人类好得多，聪明得多，伟大得多，他拼力与不是由他造出的恶做着斗争，最后也许他能像人们所希望的那样，战胜了邪恶。不过，话说回来，我看不出人们为什么应该去信仰这样一个上帝。

"对困扰着我的这些问题，善良的神父们提供不出能满足我心智的答案。修道院不是能解决我问题的地方。当我跟恩夏姆神父告别时，他并没有问我在他们这里我有无收获，他原以为我会收获满满的。他无比仁慈善良地看着我。

"'我恐怕令你失望了，神父。'我说。

"'没有，'他回答说，'虽说你不信上帝，可你是个有着深刻宗教思想的人。上帝会挑选出你。你还会回来的。至于是回到这里，还是去到别的地方，只有上帝知道。'"

第四章

"那年冬天余下的时间，我都住在巴黎。我对科学一无所知，我知道是时候获得一点儿科学方面的知识了。我读了不少书。可除了体会到自己极端的无知外，并不觉得我学到了什么。不过，对自己的无知我以前就知道。春天来了的时候，我去到乡下，住在挨着一条小河又离法国的一座美丽城镇不远的旅馆里，那里的生活似乎在这二百年里都没有变动。"

我猜想，这就是拉里和苏珊·鲁维埃在一起度过的那个夏天，不过，我并没有打断他的话问他。

"在这以后，我去了西班牙。我想看看委拉斯开兹①和艾尔·格列柯。我想知道艺术是不是能向我指出宗教不能指给我的路。在游荡了一阵子后，我去了塞维利亚。我喜欢塞维利亚，想着在那儿度过冬天。"

在我二十三岁的时候，我去过塞维利亚，我也喜欢那个地方。我喜欢它白色的弯弯曲曲的街道，喜欢它的教堂和瓜达尔基维尔河域一带的广阔平原；不过，我也喜欢那些安达卢西亚姑娘们，她们欢快，有优雅的举止，黑亮的眼睛，她们头上戴着的麝香石竹更加衬托出她们头发的乌黑，而黑黑的发也将头上的石竹花衬得更加靓丽；我喜欢她们粉嫩光润的皮肤和富于性感的嘴唇。活在青春里，真的像是在天堂。拉里去塞维利亚时，稍比那时候的我大一点儿，我不禁问着自己，对那些可爱的撩人心意的尤物，拉里能够无动于衷吗？他回答了我没有说出口的问题。

"一天，我碰上了一位我在巴黎结识的法国画家，此人叫奥古斯特·科泰，他跟苏珊·鲁维埃曾同居过一段时间。他到塞维利亚来画画，和一个他在这里认识的女孩住在一起。一天晚上，他邀请我去丹

---

① 委拉斯开兹（1599—1660），西班牙画家，反对追求外表的虚饰，善于表现人物的性格特征。

尼亚剧院听一个弗拉门戈①的歌唱家唱歌，他的那个女孩带着她的一个朋友。你从来没有见过那么美丽娇小的姑娘。她只有十八岁。她跟一个男孩发生了关系，因为怀了孕不得不离开她自己的村子。那个男孩目前在服兵役。把孩子生下后，她便托给人照管，自己在一家卷烟厂上了班。我把她领回了家。她生性快乐，温柔可爱，几天之后，我问她是否愿意过来和我一起住，她说她愿意，于是，我们就在有房子分租的人家里租了两间屋，一间卧室，一间起居室。我跟她说，她可以辞掉她的工作，可她不想，这也正合我的心意，因为我想把白天的时间留给自己。厨房是合用的，在上班之前，她给我做好早饭，在中午时她回来烧午饭，晚上我们在饭店里吃，吃完后去看电影，或是到什么地方去跳跳舞。她觉得我是个怪人，因为我洗蒸气浴，还坚持每天早晨用海绵蘸冷水擦拭身体。她的孩子被寄养在离塞维利亚几公里的一个村子里，我们常常在星期天的时候去看这个孩子。她毫不隐瞒地告诉我，她跟我住是为了多挣点儿钱，等她的男朋友服完兵役回来，他们好租间公寓住。她是一个很惹人爱的小东西，我敢说她会成为她的小男友的好妻子的。她快乐，脾气好，温馨体贴。她将人们讳言的性交看作是人的一种自然功能，和人的其他功能一样。她享受这份快乐，也乐于给人快乐。做爱时，她会像只小动物那样撒欢，可她是那种姣好、诱人、乖巧的小动物。

　　"后来，有一天晚上，她跟我说她收到了她的小男友从摩洛哥的西班牙'保护地'写来的一封信，说是他就要退伍回来了，不几天就会到达加的斯。第二天，她把她的东西打了个包，把钱塞进她的袜子里，我把她送到车站。在我把她送进车厢时，她只给了我一个热烈的吻，想着马上就要见到她的情人，她兴奋得再也顾不上想我了，我敢肯定，火车还没开动，她便把我忘在脑后了。

　　"我在塞维利亚又住了一段时间，到了秋天时，我动身去东方，就是在这一次的旅行中，我到了印度。"

_____

① 弗拉门弋（flamenco），西班牙安达卢西亚地区吉普赛人的音乐与舞蹈。

第五章

夜渐渐深了，饭店里的人少了下来，只有几张桌子上还坐了些人。那些因无事可做而待在这儿的人都已经回家了。那些看完戏和电影来吃上一口或是喝上一杯的人们也离开了。偶尔会有些晚到的顾客拖着步子走进来。我看见一个个子很高的男子，显然是个英国人，走了进来，相跟着一个模样看上去很凶的年轻人。他的一张长脸上满是疲惫的神情，头发像英国知识分子惯常的那样，稀疏，带着卷儿，他显然也有一般人的那种想法，以为到了国外，国内来的熟人便认不出你了。那个年轻人贪婪地吃着一大盘三明治，他的同伴慈祥地饶有兴味地在一旁看着他吃。真是有个好胃口。我看见了一个面熟的人，因为在尼斯时他跟我去的是同一家理发店。他是个身体壮实、上了点儿年纪的人，灰白的头发，一张有些虚胖的红脸膛，眼睛下面的眼袋很明显。他是美国中西部的一个银行家，经济危机爆发后他不愿接受调查，离开了自己土生土长的城市。我不知道他到底犯罪了没有，即便有，他也是一个太小的人物，不值得法国当局将他引渡回美国。他一副派头十足的样子，有蹩脚政客的那种虚情假意的热忱，只是他的眼睛里含着惊恐和不悦。他从来没有喝得大醉过，也从来没有特别地清醒过。他身边总跟着一个显然是想掏空他腰包的妓女，现在他就同两个涂脂抹粉的中年妇女在一起，那两个女人并不掩饰对他的轻蔑，而他呢，正半懂不懂地听着她们说话，嘿嘿地傻笑着。快乐潇洒的生活！我在想，如果他留在国内、接受调查，也许会好于他现在的情况。总有一天，他的那些女人们会榨干了他的钱财，到最后，留给他的只有跳河，或是吞下过量的安眠药。

夜里两三点钟的时候，人略微多了起来，我想是夜总会关门了。一伙年轻的美国人喝多了，吵吵嚷嚷地踱了进来，不过，他们只停留了一小会儿。离我们坐着的地方不远，有两个脸色阴沉的胖女人，穿着男人似的紧身衣服，并排坐着，在沉郁中默默地喝着威士忌苏打。来了一群穿晚礼服的人，是法文里说的那种有身份的人，他们显然游乐了一个晚上，现在要找个地方吃夜宵，作为这一天的结束。他们来了又走了。一个穿着很素净的小个子男人引起了我的好奇心，他坐在那儿已经有一个多小时了，读着一份报纸，他的前面放着一个啤酒杯。他唇上留着一撮整齐的黑胡子，戴着一副夹鼻眼镜。临了，进来一个女人，到了他这里。他朝她冷淡地点了点头，想必是等她等得有点儿不耐烦了。这女子年纪轻轻，穿得很糟糕，化了很浓的妆，显得十分疲惫。很快我发现她从包里掏出一些东西，交给了他。是钱。他看了看，脸色阴沉下来，他跟那女人讲的话我听不见，不过，从她的神色举止上猜得出，他是在骂她，她似乎在申诉着理由。蓦然间，他俯过去身子，给了她重重的一巴掌。她叫了一声，开始啜泣起来。听到哭声，店老板走过来，看样子像是在告诉他们俩，要是再闹的话，就离开这儿。那个女孩转过身来，冲着他大喊，用脏话告诉他别多管闲事，声音大得每个人都听得到。

"如果他打了我的耳光，那是因为我该打。"她喊。

女人啊！我从前总以为要吃女人这碗软饭，你必须是个健壮、脾气暴烈、性功能强的男人，随时会用刀或是用枪来说话；一个这么不起眼的小个子男人——从他长相看，像是个律师事务所的小职员——竟然能在这样一个强手林立的职业中站稳脚跟，着实令人诧异。

第六章

　　给我们上饭菜的那个侍者准备下班了，为了拿到小费，他拿过来了账单。我们付了钱，又要了咖啡。

　　"后来呢？"我说。

　　我觉得拉里现在谈兴正浓，我呢，也想接着往下听。

　　"你没有听得厌烦吧？"

　　"没有。"

　　"唔，我们到了孟买。客轮要在孟买停三天，让乘客们有机会到岸上看看景色，做些短途旅行。第三天下午，轮到我休息，我上了岸。往前走了一会儿，看着我周围的人群：真是各色人种的一个大汇聚！中国人，穆斯林，印度教徒，肤色跟你的帽子一样黑的泰米尔人；还有拉着大车、长着两只长角的驼背公牛！随后，我去了石像山，去看山洞。有个印度人在船航行到亚历山大城时上了船，要去孟买，乘客们都有点儿看不起他。此人又矮又胖，长着一张棕黄色的圆脸，穿一套黑绿两色格子的厚花呢衣服，围着一个牧师的领子。有天晚上，我正在甲板上纳凉，他走了上来跟我搭讪。刚巧那时候我不想和人攀谈，只想一个人待一会儿；他问了我不少问题，恐怕我当时对他的态度不是那么友好。不过，我还是告诉了他，我是一个学生，在船上做点儿活，是为挣下我回到美国的路费。

　　"'你应该在印度停一停，'他说，'东方能够教给西方的东西，远比你们西方人所想象得多。'

　　"'喔，是吗？'我说。

　　"'不管怎么说，'他继续道，'你一定得去石像山，看看那里的山洞。绝对值得一看。'"这时，拉里停了一下，他问我说，"你去过印度吗？"

　　"没有。"

"呃，石像山上的一个著名景观，就是那座巨大的三头神像，我当时正看得出神，突然听到背后有人跟我说：'你终于听了我的劝告。'我转过身去，稍稍怔了一下，才认出这说话的人是谁。此人就是那个穿一身厚花呢衣服、戴牧师领的矮胖子，不过，他现在是穿着一件番红色的长袍，后来我才知道，这种长袍是罗摩克里希纳①教会的长老穿的；他不再是那个样子滑稽、爱唧唧呱呱的小个子，而是看上去颇有尊严，甚至可以说是光彩照人。我们两个都凝视着这座半身巨像。

"'大梵天，司创造；'他说，'毗湿奴，司护持；湿婆，司毁灭。他们是绝对本体的三种体现。'

"'我不太理解。'我说。

"'你不理解，我并不感到意外。'他回答说，嘴角边露出一丝笑容，眼睛里闪着温和的光，仿佛有些嘲笑我似的，'能被人理解的上帝就不是上帝了。谁能用语言解释无限呢？'

"他合起手掌，微微躬了躬身子离开了。我仍留在那里望着这三个神秘的头像。也许是因为我当时的心境易受到感染，我的内心被深深地触动了。你知道，有时你试图想起一个名字，它到了你嘴边，可你就是说不出来：这便是我那时的感受。从山洞里出来以后，我在外面的石阶上坐了很长时间，眺望着大海。我对婆罗门教的了解仅限于爱默生就此所写的一些诗句，我想记起这些诗行，却不无遗憾地发现我不能。回到孟买后，我进到一家书店，看能否找到一本包括了这些诗歌的集子。它们被收在《牛津英诗选》里。你记得这些诗吗？

> 他们以为自己行，那些忽视我的人；
> 殊不知他们远翔时，我是他们的羽翼；
> 我既是持疑者又是疑问本身，

---

① 罗摩克里希纳（1836—1886），印度印度教改革家，在印度教基础上提出"人类宗教"的主张。主张个人心灵自我修炼可导致普遍"精神完善"。

我是所罗门口中咏唱的颂诗。

"我在一家当地的饭馆吃了晚饭，因为我在晚上十点钟上到船上就行，时间还早，我便走到孟买的广场上去看海。我想，我以前从来没有见过天上那么多的星星。在白昼的酷热之后，夜晚的凉爽显得格外怡人。我看到一个街心花园，坐在了一条长凳上。那儿很黑，我周边是身着白衣的默默来往的人群。我度过了美好的一天，灿烂的阳光、各色人种汇集在一起的熙攘喧闹、既辛辣又芬芳的东方气息，都深深地吸引和陶醉了我；而那三尊大梵天、毗湿奴和湿婆的头像，像是画家用来使他的构图趋于完整的那个物体或是色彩，赋予这一切一种神秘的意义。我的心开始狂跳起来，因为我突然间非常清醒地意识到，印度能给予我某种我非有不可的东西。我仿佛觉得我的机会来了，我必须在此时此刻抓住它，否则的话，一旦错过，就再也不会有了。我很快下了决心，不再回到船上去了。我留在船上的只有一个里面装了几件东西的旅行包。我慢慢地踅回到市区，去找家旅馆。不一会儿，看到了一家，我进去订了一间房。我只有身上穿着的这身衣服，口袋里只有一些零钱，以及我的护照和取款证明信。我从未觉得像现在这么自由，我大声笑了起来。

"船在十一点钟启航，为了保险起见，我一直在旅馆里待到那个时间。然后，我去了码头，看着轮船驶出了港口。第二天，我到罗摩克里希纳教会，去找那天在石像山跟我说话的那个长老。我不知道他的名字，我向他们解释说我想要拜访那位刚从亚历山大回来的长老。见到他后，我告诉他我决定在印度待上一段时间，问他我该看些什么。我们俩进行了一次长谈，末了，他说他今晚要去贝拿勒斯，问我愿不愿意和他一起前往。我欣然同意了。我们坐在三等车厢里。车厢里挤满了人，吃饭的，喝酒的，聊天的，而且热得也让人受不了。我一夜没有合眼，第二天早晨，人相当疲倦，可长老却精神矍铄，像朵雏菊。我问他怎么会毫无倦意，他说：'靠参究混沌，在绝对中得以休憩。'对他的话，我不知道该如何作想，不过，他的那一神清气爽的神态是我亲眼所见，好像是晚上躺在一张舒适的床上美美地睡了一夜似的。

"在我们最终到达贝拿勒斯后，一位与我年纪相仿的小伙子来接我的同伴，长老让他为我安排一个房间。这个年轻人叫马亨德拉，是大学里的教师。他忠厚善良，人又聪慧，他似乎很喜欢我，就像我也很喜欢他一样。那天傍晚，他划船带我去了恒河。市区和城市的建筑一直延伸到恒河岸边，景色很美丽，很壮观，给人一种敬畏感。次日清晨，他还有更好的景观让我看呢，天还没亮，他就到旅馆来接我，又带我来到恒河边。我看到了我简直难以相信的景象，我看见成千上万的人们来到这儿，下到河里，洗浴祛邪，做祈祷。我望见一个又高又瘦的人，一头浓密的乱发，脸上长满了胡须，身上只穿着一个兜带，伸展着他的长臂，头高高地扬起，面朝着刚升起的太阳，大声地祷告着。我无法表达出那种场面给予我的感受和印象。我在贝拿勒斯待了六个月，我一次又一次地在黎明时来到恒河，观看那一奇特的景象。我的惊奇感从来没有消减过。这些人们不是半心半意，而是毫无保留、毫无疑惑、全副身心地信仰他们的神。

"每个人都对我特别好。当他们发现我来到印度既没有去射杀老虎，也没有去贩卖什么东西，而只是来学习时，他们就尽一切可能来帮助我。看到我愿意学兴都斯坦语，他们很高兴地给我找来了老师。他们借书给我看。对我提出的问题，总是热情地给予解答。你了解印度教吗？"

"谈不上了解。"我说。

"我本来想它会引起你的兴趣的。难道还有什么比这样的一种观念更了不起的吗：宇宙没有开始，也没有结束，只是永远不断地从成长到平衡，从平衡到衰落，从衰落到消亡，从消亡到成长，这样周而复始，永无止境？"

"印度教徒们认为这一永无终止的周而复始，其目的是什么呢？"

"我想，他们会说这就是绝对的本性。你知道，他们相信生死是一个阶段，是对灵魂的前世行为进行惩处或是报偿。"

"这实际上就是主张灵魂轮回说。"

"这是世界上三分之二的人口都持有的信仰。"

"有很多的人相信，并不能保证它就是真理。"

"是的，不过，这至少说明它值得加以考虑。基督教吸取了太多的新柏拉图主义，它本可以顺便把轮回说也吸收过来的。事实上，早期的一个基督教派别就曾信奉过轮回说，只是这个派别后来被宣布为异端了。要不是这样的话，基督教徒们很可能会像相信耶稣复活那样，毫不怀疑地相信轮回说了。"

"我这样理解对吗，轮回是指灵魂从一个身体转到另一个身体里，并且会根据前生的功与过无休止地进行下去？"

"我认为是这样的。"

"可是，你知道，我不仅是我的灵魂，也是我的身体，谁能说出我之所以为我，在多大程度上是被我偶然的身体因素所决定的呢？如果拜伦不是长了一只畸形的脚，他还会是拜伦吗？或者说，如果陀思妥耶夫斯基不是有癫痫病，他还会是陀思妥耶夫斯基吗？"

"印度人不喜欢说偶然性。他们会说，如果你的灵魂转世到一个残缺的身体中，那都是因为你前生的行为造成的。"拉里轻轻地叩着桌子，眼睛凝视着前面，陷入沉思之中。后来，在他接着往下说时，他嘴角边浮出一抹笑容，眼睛里仍然是那副在思考时的神情。"你曾想到过吗，轮回说其实是对世界有恶的一种阐释和辩解？如果我们遭的恶报只是由于我们前生所犯的罪过造成的，我们便能没有什么怨言地忍受，并且希望在这一生努力行善，以使来生少受些苦。忍受我们自己遭来的恶报，比较容易，只需我们有点儿男子汉的气概就行了；最难忍受的是看到恶报落到别人头上，而这些恶报看上去往往都不是他们应得的。如果你能够说服自己，认为这都是前生会带来的必然结果，那么，你可以去怜悯，可以去做你力所能及的一切去减轻痛苦，你应该这么去做，但是，你没有理由感到愤慨。"

"可是，上帝为什么不在一开始就造出一个没有苦难、没有不幸的世界呢？那个时候，在个人的本性里，还既没有善也没有恶，来决定他的行为。"

"印度教徒会说，就没有起始。个人的灵魂是与宇宙共生的，从来都是存在着的，是从他的某个前生那里获得它的秉性的。"

"这一轮回说的信仰对相信它的人们有实际的影响吗？毕竟，这是需要证实的。"

"我认为有的。我可以给你讲出一个我认识的朋友的事情，轮回说无疑对他的生活产生了很大的影响。在印度待着的头两三年里，我大多住在当地的旅馆里，不过，不时地有人请我跟他们一起住，有一两次我曾作为客人住在一个很阔绰的土邦主家里。通过我在贝拿勒斯的一个朋友，我被邀请到了北方的一个小土邦。这座作为首府的小城很可爱：'一座桃红色的城市，有时间老人一半的老。'我被引荐给了当地的财政部长。他在欧洲接受的教育，在牛津读过书。跟他说话时，你会感到这是一位思想很进步很开明的人士；他作为部长的极高的办事效率和作为政治家的睿智和精明，在这个地方几乎无人不晓。他身着西装，外表整洁，长得仪表堂堂，和一般到了中年的印度人一样稍稍有点儿发胖，上唇的胡须修剪得又短又整齐。他常常请我到他家里做客。他家有个大花园，我们常常坐在那里的大树下面聊天。他有妻子和两个已长大成人的孩子。你会把他看成是那种很一般的、司空见惯的英国化了的印度人。一年之后他到了五十岁，当我听说他要辞去这个待遇丰厚的部长职务，把他所有的财产留给他的妻子和孩子们，去做四处游荡的托钵僧时，我不由得大吃一惊。而更令我惊诧的是他的朋友们和土邦主对此事的反应，他们把这看作是既定的、很自然的举动，完全没有将它看作什么出格的行为。

"有一天，我跟他说：'你有很开放的思想，你见过世面，读过那么多有关科学、哲学和文学的书籍——在你的内心深处，你真的相信灵魂的轮回吗？'

"他的整个表情一下子变了，变成了一副预想家的面容。

"'我亲爱的朋友，'他说，'如果我不相信它的话，生命对我来说就没有任何意义了。'"

"你相信它吗，拉里？"我问。

"这是一个很难回答的问题。我以为我们西方人是无论如何也不可能像那些东方人一样，从心底里去相信它的。它融在了他们的身体和血液里。对于我们，它仅仅是一种观点。对它我既不相信，也不去否认。"

他沉默了一会儿，用手支着他的脸，看着桌面。临了，他又靠回到椅背上。

"我想告诉你一件我自己经历过的奇怪事情。一天晚上，在阿什拉玛的一间小屋里，我像我的印度朋友教给我的那样做着参禅。我全神贯注地望着一支燃着的蜡烛，少顷，透过蜡烛的火苗，我清楚地看到有一列人群一个挨着一个地站在那里，最前面的是一个戴着花边帽和耳环的年长的女人。她穿着一件紧身的黑上衣和一条黑丝绸的撑裙——我想，就是那种十八世纪七十年代穿的衣服——她面对我站着，一副优雅、谦恭的神态，她的手臂放在她的身子两侧，手掌朝着我。她的脸上布满皱纹，表情友好、和蔼、温柔。紧跟在她后面，稍跟她的位置岔开一点儿的——这样，使我能看得见他的一个侧面——是一位个子又高又瘦的犹太人，他长着一个很大的鹰钩鼻子、厚厚的嘴唇，穿着黄色的粗布衣服，浓密的黑发上戴着一顶黄色的便帽。从他深思好学的外表看，像是个学者，表情既严肃冷峻，又富于激情。在他后面正对着我的（看得非常清楚，好像我俩之间没有隔着人一样），是一个小伙子，他面庞红润愉快，一看便知是个十六世纪时期的英国人。他稳稳地站着，两条腿稍微分开一点儿，一副大胆、无所顾忌、任意妄为的神情。他穿着一身红衣服，看上去很耀眼，像是宫廷里的服饰，脚蹬宽头的黑丝绒鞋，头上戴着一顶黑丝绒扁帽。在这三个的后面，还有一长串望不到尽头的人，像是在电影院外面买票排起的长队，可他们都显得模模糊糊的，我看不清他们长得什么样。只能隐隐约约感觉到他们的身影、他们的移动，恰如夏日的风儿吹过田野时麦浪的起伏。过了一会儿，我不知道是过了一分钟、五分钟，还是十分钟，人群渐渐地隐到夜色中去了，只剩下蜡烛的火焰。"

拉里微微地笑了笑。

"当然，也可能是我打了个盹，做了个梦。也可能是对烛光的凝视导致我进入一种催眠状态，我看到的这三个人，就像看到对面的你那么清楚，只是对留存在我潜意识中的图像的回忆。可是，他们也可能就是我自己的前生。我在不太久远的年代之前，曾是新英格兰的一个老太婆，在这之前，是勒旺岛上的一个犹太人，而在这之前的若干年，在塞巴斯蒂安·卡波特①从布里斯托尔启航不久以后，我是威尔士亨利王太子宫廷里的一个风流人物。"

"你的那个在桃红色城市的朋友后来怎么样啦？"

"两年之后，我前往南方的一个叫马都拉的地方。一天晚上在庙里，有人碰了碰我的手臂。我回头看到一个满脸胡须、头发长长的人，什么也没穿，只在腰间围着一块布，拿着一根手杖和圣徒化缘的钵子。直到他开口，我才认出了他。他就是我的那个朋友。我诧异得不知该说什么好。他问我这几年干什么了，我告诉他。他问我打算去哪里，我说要去特拉凡哥尔；他让我去找西里·甘乃夏。'他能给予你正在寻找的东西。'他说。我让他告诉我一点儿有关西里·甘乃夏的情况，他笑着说当我看到他时，我就会发现我想要知道的东西了。随后，我问他在马都拉做什么。他说他徒步到印度各地去朝圣。我问他是怎么食宿的。他告诉我如若有人给他提供住处，他就睡在凉台上，否则的话，他就睡在树下，或是就近的庙里；至于饭食，有人布施，就吃上一口，没有人给，便饿着肚子。我看了看他说：'你瘦了。'他笑了起来，对我说他觉得这样更好。接着，他跟我道了别——听到这个围着一块缠腰布的朋友说'喂，再见，老弟'，不免觉得有趣——去到了庙中的内室，那地方我是进不去的。

"我在马都拉待了一段时间。我想，在印度，白人能够在里面自由走动的（除了庙中的圣地）庙堂，也就数这一家了。夜幕降临以后，庙里挤满了人。男人，女人，孩子。男人们光着上身，系着围

---

① 塞巴斯蒂安·卡波特（Sebastian Cabot, 1476—1557），英国航海家、探险家。

腰布，他们的额头、胸脯和胳膊上都涂着厚厚的牛粪烧剩的白灰。你看见他们在这个或是那个神龛面前膜拜，有时整个身体连同面部都贴在地上，行五体投地礼。他们祈祷，朗诵启应祷文。他们大声相互呼喊着，吵闹着，激烈地争辩着。到处是一片喧嚣声，可是，不知怎么的，你会觉得上帝好像活生生地就在近前。

"你穿过许多长长的厅堂，里面有雕刻的圆柱撑起它们的屋顶，在每一个圆柱旁，都坐着一个托钵僧人；每个人的前面都放着一个化缘的碗，或是铺着一小块席子，不时地有虔诚的人把一枚铜板丢在上面。这些僧人有的穿着衣服，有的几乎什么也没穿。在你经过他们时，有些很木然地望着你，有些默默地或是大声地念着经文，好像对这川流不息的人群毫无察觉似的。我在人群中寻找我的朋友，却没有再见到他。想来他已踏上实现其目标的征程了。"

"他的目标是什么？"

"不再坠入轮回。根据吠陀①经义，自我，印度人称其阿特曼，我们称它为灵魂，是不同于身体及其感官的，也不同于大脑和其智力；它不是绝对的一部分，因为绝对是无限的，不可能有部分，只能是绝对自身。灵魂不是造出来的，它一直便存在着，跟宇宙一样古老，当它最终消除了七重蒙蔽之后，又会回到它原来的无限中去。就像从大海里升腾到大气中的一滴水，一场阵雨让它落到了一洼水潭里，随后它流进小溪，又汇入到江河里，流经险峻的峡谷和广阔的平原，蜿蜿蜒蜒，过了挡道的岩石和倒落的树木，直到最后，到达它原来的地方，无垠的大海。"

"但是，这一滴可怜的水珠，当它再一次融入大海的时候，无疑已经失去它的个性了。"

拉里咧着嘴笑了笑。

"你想尝尝糖的味道，你并不想变成糖。除了是对我们自我中心

---

① 吠陀，梵语 Veda 的音译，意为知识。印度最古老的宗教文献和文学作品的总称。约成书于公元前 2000 至公元前 1000 年。

主义的表达外，个性还会是什么呢？在灵魂尚没有脱尽它的自我主义之前，它是不可能与绝对合为一体的。"

"每每听你提到绝对，拉里，这是一个空而大的字眼。它对你究竟意味着什么呢？"

"本体。你没法说它是什么，你只能说出它不是什么。它无法表达。印度人称它是'梵'。它哪儿也不在，又无处不在。万物都蕴含它，仰仗它。它不是人，不是物，不是因。也没有任何品性。它凌驾于常驻和变化之上，凌驾于全体和部分、有限和无限之上。它是永恒的，因为它的完整性和完美无缺与时间无关。它是真理和自由。"

"天哪！"我暗自叫道，不过对拉里我却说，"可是，一个纯理智上的观念怎么可能成为受难人类的慰藉呢？人们总是想要一个他们能感觉到的上帝，这样，在痛苦时，他们便能向他寻求安慰和鼓励。"

"也许，到将来的某一天，通过更大的洞察力，人们将认识到他们必须在自己的灵魂那里，求得安慰和鼓励。我自己以为人们这一崇拜上帝的心理只是古代人类祈求残忍神祇之记忆的遗存。我认为，除了在我的心里，上帝哪儿也不会在。如果真是这样的话，那么我是在崇拜谁呢——是我自己吗？人们精神发展的水平是不一样的，在印度人的想象中，绝对就表现为大梵天、毗湿奴和湿婆以及上百种其他的名称。绝对在'自在'里，是世界的创造者和统治者，也在那些卑微的神物里，农夫们在太阳晒裂的田地里用花束供奉的那些神物。印度名目繁多的神只是用来达到实现自我与至高的我融为一体的手段而已。"

我看着拉里，一面思考着。

"我不知道是什么东西吸引着你去向往这样一种自我克制的信仰。"我说。

"我想我能告诉你的。我总觉得那些宗教的创始者们有些可悲，他们把你对他们的信仰作为拯救你的条件。似乎他们需要用你的相信，来确立起他们他们自己的信心。他们使我想起那些异教的神祇，如果得不到信徒的祭祀，他们便会变得憔悴、瘦弱下去。吠檀多派的不二论哲学并不要求你凭着信仰去接受什么，它只要求你热切、充满渴望地去认识本体；它说你能感觉到上帝，就像你能体味痛苦和快乐一样。在今天的印度，已经有一些人——就我所知，至少有几百个吧——确信他们自己已经做到了这一点。我对这样的一个观点很是欣赏，即你能通过知识达到最高实现。近代的印度圣徒们有鉴于人类认识的局限性，承认通过爱和工作也可以获得拯救，不过，他们从未否认过，最崇高——尽管也是最艰难——的方式是通过知识，因为获得知识的能力（也即人的智性）是人类最为可贵的能力。"

第七章

　　我必须打断一下自己来告诉读者，我在这里并非是要描述印度经典《吠陀》的最后部分《奥义书》中的哲学体系。我不具备那样的知识，即便我能，这也不是讲述它的地方。我们的谈话很长，拉里告诉我的远比我写在这里的要多，因为我打算写的毕竟是一部小说，不适于将其全部记录下来。我的关注点是拉里。在后面一些的地方，我将给读者讲到拉里后来的行动，我觉得如果我不稍提一下他的那些哲学思考，不提一下或许是由这些思考所造成的他的独特的经历，他的行为便会显得不合乎情理；要不是考虑到这一点，我是不会谈及这样复杂的一个宗教问题的。令我遗憾的是，我用语言无法描绘出拉里讲话时的语调和神态，他声音的悦耳动听使他随意说出的一句话都富于说服力，他的表情伴随着他的思想——就像钢琴在许多小提琴猛然奏起一个同时含有几个主题的协奏曲时发出的一阵涟漪——总在变化，从严肃到温和、欢快，从沉吟到嬉戏。尽管讲的是严肃的事情，可他却能用他谈话的口吻，把它们表达得十分自然，或许，有的时候带着一些迟疑，但没有丝毫的造作，就像谈着天气和庄稼一样。如果读者从我的描述中得到一个他像是在说教的印象，那完全是我的过失。他的谦虚像他的真诚一样显著。

　　咖啡馆里零零落落地只剩下了几个人。那些闹酒的早已离去。那对靠爱情做生意的可怜虫也已回到他们肮脏的住所。不时走进一个面容疲倦的人来，要杯啤酒和一块三明治，或是一个看似半睡半醒的人进来喝杯咖啡。还有些白领们。一个是刚下夜班，准备回去睡觉了；另一个是刚刚被闹钟叫醒，不太情愿地去开始他一天漫长的工作。拉里对时间，像是对其周边的环境一样，几乎没有什么感知。我这一生有许多次身处奇异的情境中。不止一次，我与死神擦肩而过。不止一次，几乎做下风流事，而且心里也不是不愿意。我曾骑着一匹小马，沿着传说中的马可·波罗走过的通往中国的那条路，穿过中亚西亚；我曾在圣彼得堡的一个洁净的会客厅里，一面喝着俄国茶，一面听着一个穿着黑外套和条纹裤子的小个子男人（说话柔声柔气的）讲他是如何刺杀一个大公的。我曾坐在英国议会大厦的一间客厅里，听海顿[①]温馨恬静的钢琴三重奏，而楼外便有飞机在狂轰滥炸；不过，这些经历我觉得都不及这一次的奇特：在一家装潢花哨的饭店里，坐在红丝绒椅子上，听拉里一小时接着一个小时地讲着上帝和永恒、绝对和永无终止的轮回。

---

① 弗朗茨·约瑟夫·海顿（Franz Joseph Haydn，1732—1809），奥地利作曲家。

第八章

拉里有几分钟没有说话。我不愿催促他，静静地等着。不一会儿，他朝我友好地笑了笑，好像蓦然间再一次意识到了我的存在。

"在到达特拉凡哥尔后我发现，根本用不着费事打听西里·甘乃夏在什么地方。每个人都知道他。许多年里，他都住在山上的洞穴里，只是后来他才听了人们的劝说，搬到山下的平原。有位施主给了他一块地，并为他建起一间土坯房。这地方离开首府特拉凡哥尔有很远的路程，我走了整整一天，先是坐火车，然后坐牛车，才到了那个地方。在院门口我碰上一个小伙子，问他我是否能见见大师。我带来一篮子水果，这是当地习惯送的礼物。几分钟以后，那个年轻人回来了，把我领进一个四面都有窗户的长轩。大厅的一个角上，西里·甘乃夏正在铺着一张虎皮的台子上坐禅。'我一直在等待你的到来。'他说。我感到诧异，不过，转念一想，也许是我那位马都拉的朋友告诉了他关于我的事。可在我提到这个朋友的名字时，他却摇头表示不认识他。我把带来的水果奉上，他吩咐那个小伙子把水果拿走。厅里只留下我们两个人，他看着我，没有说话。我不知道这沉默持续了多久。也许有半个钟头吧。我已告诉过你他的长相，我还没告诉你的是，他周身散发出的那一恬静、仁慈、平和与无我的气息。本来一路劳顿地赶来，我是又热又累的，但很快得到了休憩，平静下来。在他没有再开口之前，我已知道他就是我要寻找的那个人。"

"他说英语吗？"我打断他问。

"不。不过，你知道，我在语言方面有天赋，我已学会了不少的泰米尔语，足够在这南方跟人交流用的。后来，他终于说话了。

"'你来这里是为了什么？'他问。

"我开始告诉他我是怎么来到印度的，在印度的这三年我是怎么度过的；怎样听到人们说这一个圣徒睿智、那一个圣洁，而在我一一找上门去后，却发现他们都不能给予我所想要的东西。他打断了我的话。

"'这一切我都知道。你没有必要再重复。你来这里是为了什么？'

"'我想让你做我的师傅。'我回答说。

"'只有大梵天可以做师傅。'他说。

"他继续用一种特别专注的神情看着我，少顷，他的身体突然变得硬挺，眼睛像是转为内视，我明白他这是进入了印度人称之为入定的状态，他们认为在这种状态下，物我之分消失，你变为绝对的知识。我盘腿坐在地板上，脸朝向他，心狂烈地跳着。不知过了多长时间，我才听到他舒了一口气，知道他已恢复到平时的正常状态。他用温馨、慈爱、友善的神情看了我一眼。

"'住下吧，'他说，'他们会领你去你下榻的地方。'

"给我住的地方正是西里·甘乃夏刚来到山下时曾住过的那间土坯房。他现在日夜待着的长轩，是在他的门徒聚集得越来越多、仰慕他名声的人都前来拜谒他的情况下修建的。为了显得不那么抢眼，我穿上了印度人的衣服，而且我的皮肤晒得黧黑，除非是你特别地注意我，不然的话，也许会以为我是个当地人呢。我读了大量的书，并不断思考。在西里·甘乃夏愿意讲话时，就聆听他的教诲；他说话不多，但总愿意回答你的问题，听他讲话，能让你茅塞顿开。他的话语听在耳朵里像是音乐。虽说他年轻时候持戒律极严，可他并不要求他的门徒也这么做。只是告诫他们要摆脱自私、激情和声色的桎梏，通过静穆、克制、谦恭、避让、思想的坚定和对自由的热情向往，去获得解脱。人们常常从五六公里之外的镇子赶来，镇上有个著名的庙堂，每年都有很多的人前来参加这里一年一度的庙会；人们从特里凡得琅、从更远的地方来拜谒他，把自己的烦心事讲给他听，征求他的建议，聆听他的教诲；每个人在离开时都增添了信心，得到了内心的平静。他教导大家的其实很简单。他告诉人们，我们都比自己所认为的要伟大得多，智慧是通往自由的途径。他说脱离苦海不一定要出家，关键是要摈弃掉一个'我'字。他说，不夹杂着私心去做事情，能净化人的心灵，责任能为个人提供使其小我并入大我的机会。不过，他最为显著的品质还不是他的教诲，而是他本人，他的慈祥仁爱、他心灵的伟大和他的圣洁。能见到他的面，就是一种福气。跟他在一起，我感到非常幸福。我觉得我终于发现了我所想要的东西。一眨眼几个星期过去了，再一眨眼几个月过去了，时间过得难以想象得快。我打算一直待下去，等到他死后再离开，他说他不想在这个易腐朽的皮囊里待太长的时间了；或者是等到我大彻大悟的那天再离开，那个时候的我冲破了愚昧的藩篱，并且深信自己和绝对合为一体了。"

"在这以后呢？"

"如果真像他们说的那样，在这以后，也就没有什么可做的了。灵魂在尘世的旅行宣告结束，它将不会再回到尘世中来了。"

"西里·甘乃夏死了吗？"我问。

"据我所知，还没有。"

在回答我的当儿，他明白了我提问中暗含的意思，轻轻地笑了一声。他略微踌躇了一下，从他的举止中，我猜想到他想避开我已到嘴边的第二个问题，那就是，他得到大彻大悟了吗？

"我没在那里一直待下去。我有幸认识了一位管理森林的当地人，他就住在山脚下的一个村子边上。他是西里·甘乃夏的一个忠实信徒，不工作时，他就会来这里，和我们住上两三天。他人不错，我俩经常在一块儿长谈。他喜欢跟我练习他的英语口语。在认识了他一段时间后，他告诉我说他们林业管理处在山上有一间小屋，如果我自己想要去那里的话，他会把钥匙给我。我有时候会过去。到山上，需要走两天的时间；你得先坐长途汽车到林业所在的那个村子，然后从那儿开始，你就得步行。可是，到达之后，那种庄严，那种寂寥，真是不同一般。我带了一个背袋，把所需的吃用物品雇了一个人帮我扛着，我待在山上，直到将带去的干粮都吃完。那是一个用木头搭起的房子，在它的后面有间厨房。屋子里只有一张桌子，几把椅子和一张光光的台架床（你需铺上一张睡觉的席子）。那里的空气格外凉爽，到了晚上，有时燃起一堆篝火，觉得心情十分畅快。一想到在这方圆二十里之内的地方，只有我一个人，便生出一种奇妙的激奋感。深夜里，常常听到老虎的咆哮、象群穿过茂密的丛林时发出的踩踏声。我常常在森林里漫步。有一个地方是我最喜欢去坐的，在那里，叠嶂的山峦一览无余地展现在我眼前，在我的下面，是一个湖泊，日暮时，野猪、鹿、野牛、大象、虎豹等，都来湖边饮水。

"在山下待了两年之后，我便住到山上的那间小屋里去了，要是告诉你我搬到上面住的原因，你听了也许会觉得好笑。我想在那里度过我的生日。在生日的前一天，我动身上山。第二天，我在黎明到来之前醒了，我想，得到我常常去坐的那个地方，看看日出。到那儿的路，我蒙着眼睛也能找到。我坐在一棵树下等待。天还黑着，不过，星星的光已经变得淡了，白昼随时都可能来临。我的心悬到了嗓子眼上，渐渐地，以我几乎察觉不到的方式，天光慢慢地开始从夜色中透了过来，宛如一个神秘的人儿偷偷地溜过树丛。像是感到有危险来临一样，我的心剧烈地跳动着。太阳升了起来。"

拉里停了一下，唇边浮现出一丝苦笑。

"我没有描述的才能，我不知道如何用语言来描绘一幅动人的画面；我没法告诉你——像是你亲眼看到那样——在破晓的那一刻，展现在我眼前的景象有多么壮观。这些覆满丛林的大山，在其树梢上面仍还萦绕着团团的雾气，远在我脚下的湖泊深不见底。光从山的豁口处照射过来，湖面上银光灿然。我为这世界的美陶醉了。以前的我从未体味过这样的激奋，这样超然物外的快乐。我有种奇怪的感觉，一种震颤从我的脚底升起，经过身体，一直到了我的头顶，仿佛觉得我突然一下子脱离了我的肉体，作为纯粹的精神，分享着这一我做梦也想象不到的美好。我感到有种超自然的知识附到我的身上，从前混乱模糊的一切都得到了澄清，困惑着我的一切都得到了解释。我快乐得痛苦起来，我拼力想从这份快乐中挣脱出来，因为这种状态再持续上一会儿，我非死掉不可；然而，我宁愿死去，也不愿放弃这一极度的欣喜。我如何能对你讲出我的感受？没有任何语言能表达出我当时的那种幸福、喜悦的心情。当我恢复到正常状态下的我时，人已是精疲力竭，身体不由得战栗着。随后，我坠入了梦乡。

"醒来的时候，已经是中午。我走回到木屋去，心里快乐极了，觉得我的脚似乎就没有触着地面似的。我给自己弄了一些吃的，天哪，我太饿了，我抽起了我的烟斗。"

此时，拉里点着了烟斗。

"简直不敢想，是我，伊利诺伊州麻汾镇的拉里·达雷尔，受到了上天的垂青，得到了上天的启示，而一些苦行苦修多年的人仍然还在苦苦地等待。"

"是什么使你认为，这不会是你所进入的一种催眠状态，它是由你当时的心境加上周围环境的寂寥、黎明时分带给人的神秘感以及你那个银光灿然的湖泊而造成的呢？"

"凭着我感觉到它的极端的真实性。毕竟，这一类似的体验也是许多世纪以来世界各国的神秘主义者们所经历过的，比如说，印度的婆罗门，波斯的苏非派教徒，西班牙的天主教徒，新英格兰的新教徒；在他们想要描述那难以描述的境界时，所用的语言都差不多。这种境界的存在是不容否认的事实，困难的只是如何去解释它。我不知道，是我有片刻的工夫与绝对融为了一体，还是蛰伏在我们潜意识里的一种与宇宙精神相类似的元素一下子涌入到我的意识里。"

拉里停了下来，用诘问的眼神看了看我。

"呃，你的大拇指能触到你的小指头吗？"他问。

"当然行了。"我笑着说，一边做着这样的一个动作，给他看。

"你想到过吗，只有我们人类和灵长目动物能做到这一点？正因为大拇指能与其他四个指头相对，我们的手才成了一件得心应手的工具。这种能和其他指头相触碰的大拇指，在远古时代，难道不会只是在个别的人类祖先身上才具有的吗？只是经过了无数年代的发展以后，它才成为人类的一个共同特征。这种情况会不会至少是可能的：不同时代的许多个人所有过的这种与绝对合为一体的体验，已经指向人类第六感官的发展，再经过多少代以后，它也会成为人类共同的特征，人类将会像现在感知物体那样，直接感受到绝对的存在？"

"你觉得这会对人类产生怎样的影响呢？"我问。

"我告诉不了你什么，就像第一个拿拇指触到小指头的人不能告诉你，这一细小的动作会带来以后多少重要的影响一样。至于我自己呢，我只能跟你说，那一销魂时刻占据了我身心的平和、快乐和确定感，依然附着在我的身上，那一自然世界的美丽图景仍然像当初刚进入我的眼帘时，那么清新，那么生动。"

"但是，拉里，你关于绝对的见解无疑会叫你去相信，世界和它的美只是一种幻象——摩耶 ① 编织的幻象。"

"认为印度人视世界为幻象，是一种偏见，他们并不是这么认为的。他们只是说，世界的真实性和绝对的真实性不能同日而语。摩耶只是那些热衷于思辨的人编造出来，用以解释怎样从无限中产生出有限的。沙姆卡拉，印度人中间最聪明的一个，他认为这是一个无法解开的谜。你知道，困难在于说明婆罗门为什么要创造这个世界，婆罗门是存在、福祉和智慧的象征，它不可改变，它一直在这里，永远保持一种静止状态，它什么也不缺，什么也不需要，因此它十全十美，既不知道变化，也不懂得奋斗。如果你问起这个问题，你通常得到的回答是，绝对是在戏玩中创造的世界，没有任何的目的性在里面。但是，当你想到肆虐的洪水、饥荒、地震、飓风，以及人类遭受的各种疾病时，便会对这么多骇人听闻的灾难都是在闹着玩中间产生出来的，而感到义愤填膺了。充满仁慈、仁爱之心的西里·甘乃夏不愿意相信这种说法；他把世界看作是绝对的体现，是其完美流溢出来的东西。他教导人们说，上帝没有办法不创造，世界就是他的本质的显现。当我问他既然世界是上帝本质的体现，那为什么世界还如此可憎，使得摆在众生面前唯一合理的选择便是摆脱这个世界的束缚呢？西里·甘乃夏回答说，尘世中所获得的满足都是暂时的，只有无限能给予持久的幸福。然而，时间的没完没了，并不能使好的更好，

---

① 摩耶，译自梵语，印度哲学术语，意为"幻"，神利用它使人相信实际上属于幻象的东西，后引申为如此呈现的虚妄现实。

白的更白。如果开在早晨的玫瑰到中午时失去了它的美丽，那么，它清晨时的娇艳依然是真实的。世界上的东西没有什么是常驻的，我们要让什么东西永驻的想法是愚蠢的；可在我们有机会享受一切美好时而不去享受，那就更加愚蠢了。倘若变化是事物的本性，那么把它作为我们哲学的前提，也就是最最合理的了。我们谁也不能迈进同一条河里两次，不过，前面的水流走了，后面流过来的水，一样清凉和甘甜。

"在雅利安人刚来到印度时，他们把我们眼见的世界只是看作那个未知世界的表象；不过，他们依然喜欢这个美好、娇娆多姿的世界；只是在过了许多世纪之后，当征伐的疲劳、酷热和严寒的天气耗干了他们的精力，让他们成为异族的牺牲品时，他们才只去看人生邪恶的一面，渴望着从轮回中解脱出来。但是，我们西方人，尤其是美国人，怎么会被腐朽、死亡、饥渴、疾病、年老、悲伤和幻灭感所吓倒呢？我们充满着生命的活力。当我在山上的木屋里抽着烟斗时，觉得自己的生命力比以往任何时候都更加旺盛。蓄积在我体内的力量呐喊着要求释放和施展。我不可能离开这个世界去归隐，我要生活在这个世界，热爱世间万物，老实说，不是因其自身，而是因它们里面蕴含着无限。如果在那几次的片刻的狂喜中，我真的与绝对合为了一体，那就如他们所告诉我的，什么也不能伤害到我了，而且，等我清算了今生的前因后果之后，我将再也不会转世到这个世界上来了。这种想法很令我沮丧。我想活过后，再活，再活，再活。我愿意去过各种各样的生活，不管它们有多苦涩，多悲伤；我觉得只有这样一次又一次地活过，方能满足我的渴求、我的精力和我的好奇心。

"第二天早晨，我往山下去，第三天我回到了长轩。西里·甘乃夏看到我穿着西装，感到诧异。因为山上比较冷，临上山前我在木屋里换上这些衣服，下来后也没有想起要脱掉。

"'我是来跟你道别的，大师，'我说，'我要回到我的同胞中去了。'

"他没有作声。像往常一样，他正盘腿坐在铺着虎皮的禅台上。

禅台前面的火钵里燃着一炷香，散发着淡淡的香味。就像我刚来到这里时一样，他独自待在长轩里。他凝神注视着我，我觉得他犀利的目光仿佛看进了我内心的最深处。我知道他已经明白了一切。

"'这样好，'他说，'你离开家的时间的确不短了。'

"我朝他跪下，他为我祈了福。站起来时，我眼里浸满了泪水。他是一个有着高尚和圣洁品格的人。我会永远把认识他看作我的一种荣誉。我也跟他的追随者们告了别。他们有的已经来了好多年，有的是在我之后来的。我留下了我的一些物品和书籍，想着也许会对他们中的某个人有用。我背上背包，穿着来时的那条旧裤子和棕色上衣，戴着一顶破旧的帽子，徒步回到镇上去。一个星期之后，我在孟买上了船，到了马赛。"

随之而来的是一阵沉默，我们各自思考着；尽管有些乏累了，可还有一点我非常想跟拉里谈一谈，最后，是我开了口。

"拉里老弟，"我说，"你的这一漫长的探寻是从'恶'开始的。正是这一有关恶的问题让你不断地探索下去。可谈了这么长时间，你一点儿也没有提到它，对这个问题你是否已经有了一个初步的答案。"

"或许，这个问题就没有解决的方法，或许是我还不够聪明，没有找到办法。罗摩克里希纳[①]把世界看作是神的游戏。'这就像是做游戏一样，'他说，'在这一游戏中，有欢乐和悲伤，有德行和罪恶，有知识和无知、善良和邪恶。如果把罪恶和苦难完全从创造中剔除，这场游戏就无法再玩下去。'我坚决反对这样的观点。我能提出的最好的设想是，当绝对在世界上表现为善时，恶也自然而然地连带着出现。没有地壳发生的那些恐怖至极的灾变，就没有喜马拉雅山现在的雄伟和壮观。中国的匠人可以用鸡蛋皮那么薄的瓷制作出花瓶，给它一个美观的造型，在它上面画上美丽的图案，上上鲜艳的色彩，涂上光亮的釉色，可从花瓶的质地上讲，对它的易碎性匠人是毫无办法

---

① 室利·罗摩克里希纳（Sri Ramakrishna，1836—1886），印度印度教改革家，反对最高的世界本质是"梵"，反对现实世界只是"摩耶"，主张通过个人心灵的自我修炼可导致普遍的"精神完善"。

的，如果你把它抛在地上，它就会被摔成碎片。会不会是以同样的方
式，我们在这个世界上所珍惜的那些有价值的事物，也只能与邪恶相
伴共生？"

"你这是个别出心裁的想法，拉里。可它并不能令我满意。"

"我也不是很满意，"他笑着说，"我们只能说，既然已经得出某
些事情是不可避免的这个结论，那也只能尽力而为了。"

"你现在有什么打算？"

"我在这里还有件工作要完成，完了后，我就回美国去。"

"回去后做什么？"

"生活。"

"怎么生活？"

他的回答很冷静，不过，在他的眼睛里却闪着调皮的神情，因为
他十分清楚他的回答会令我感到意外的。

"平静、节制、富于同情心、不自私、不近女色。"

"一个很高的标准，"我说，"为什么要不近女色？你是个年轻人，
企图去抑制一种像饥饿一样的人的最强的本能，你这么做明智吗？"

"幸运的是，性交对我来说只是一种愉悦，而不是必须的。我从
自己亲身的经历中体会到，印度的智者说得再对也不过了，他们认为
禁欲能极大地增强精神的力量。"

"我本以为最为明智的，是在身体的欲求和精神的需求之间保持
一种平衡。"

"印度人认为这恰恰是我们西方人所没有做到的。在他们看来，
我们无数的发明，我们的工厂和机器，还有它们所生产的产品，都表
明我们是从物质中间寻求着快乐，但是，快乐不在于你所拥有的物质
的多与少，而在于精神上的富有。他们认为我们所选择的发展道路，
会导致人类的毁灭。"

"你觉得美国的环境适合你去实践你刚才提到的那些品德吗？"

"我看不出有什么不合适的。你们欧洲人根本不了解美国。因为
我们聚集起了大量的财富，你们就认为我们只看重钱了。我们并不看

重钱，在我们刚拿到手里时，便把它花掉了。有时花得值得，有时不值得，但总归会花掉它。钱对我们来说，一点儿也不重要；它只是一种成功的象征。我们是世界上最伟大的理想主义者，我有时想我们的理想也许朝向了错误的方向；我以为一个人能追求的最高理想应该是对自我的完善。"

"这是个很崇高的理想，拉里。"

"难道它不值得一个人去努力地实现它吗？"

"但是，你曾想过吗，单枪匹马的你怎能够对美国这样一个不安分的、忙碌的、没有什么法律意识的和高度个人主义化的民族产生影响？这就犹如你要用两只手挡住密西西比河水的流淌。"

"我可以去试。历史上，是一个人发明了汽轮机。一个人发现了引力的定律。没有一件事情不会产生影响。如果你把一块石子投进池塘里，宇宙就不再完全是它以前的样子。以为印度的那些圣人们在过着无用的生活，是不对的。他们是黑暗中闪亮的灯火，他们代表着一种理想，这对他们的人民是一副清凉剂；普通人可能永远做不到，但是他们尊重这样的一种理想，它也永远影响着他们的生活。当一个人变得圣洁和完美时，他人格的影响力便会扩散开来，以至于那些追求真理的人也自然会被吸引到他这里来。或许，我为自己规划、所过的生活，会影响到别人；这种影响也许不比石子扔进池塘里激起的涟漪大，然而，一道涟漪会推涌起另一道涟漪，另一道又会推涌起第三道；也许一些人会看到我的生活方式能带来幸福和平和，临了，他们又会把他们学到的教给别人。"

"我不知道你是否清楚你是在跟什么作对，拉里。要知道那些不学无术的人早已放弃了用火刑架作为压制他们所害怕的观点的手段；他们发现了一个更为致命的武器——说俏皮话。"

"我顽强，有韧性，不怕奚落讽刺。"拉里笑着说。

"唔，那我再要说的就只有，你的运气不错，有一笔个人的收入。"

"这笔收入帮了我很大的忙。要是没有它，我不可能来到巴黎，读了这么多年的书。不过，我的学徒阶段已经结束。从现在起，这笔收入只会成为我的负担。我要抛弃掉它了。"

"那多不明智呀。你想要过的那种生活之所以可能，全是因为你经济上独立。"

"恰恰相反，这一经济上的独立会使我想要过的生活变得毫无意义。"

我不由得做了一个不耐烦的手势。

"没有钱，对印度的一个云游四方的托钵僧来说，是完全行得通的，他可以睡在树底下，那些虔诚的人为了行善，愿意用食物装满他讨饭的钵子。可美国的气候不适于睡在户外，尽管我对美国不敢说是很了解，可我知道有一件事你的国人们都是认同的，那就是你要想吃饭，就得工作。我可怜的拉里，在你还没有迈开步子过你的生活之前，你恐怕便会被当作流浪汉抓进劳动教养所去了。"

拉里笑了起来。

"这我知道。一个人必须让自己适应环境，当然，我会工作的。回到美国后，我将试着在汽车修理行找份工作。我是个不错的机械师，我认为找这样的活儿，还是不难的。"

"那你会不会是在浪费你的精力呢？你本有其他的途径，可以更高效地使用你的精力。"

"我喜欢体力劳动。每当我觉得学得饱和了的时候，就做上一阵子体力活，我发现这能恢复和振作我的精神。我记得我曾读过一本有关斯宾诺莎的传记，认为这个传记作者很蠢，他把斯宾诺莎为维持生计所做的打磨镜片的活儿视作是对这位哲学家的一种折磨。我敢肯定，这份活儿只会对他的智力活动有好处，单单就凭它能转移他的注意力，使他暂时不再去苦思冥想那些哲学命题。当我在擦洗一辆小车，或者是修理汽化器时，我的思想是完全放松的，在活干完后，觉得自己完成了一件什么事，还有一种愉悦感。自然，我不会在修理行无限期地一直待下去。我离开美国已经好多年了，我必须重新去熟悉它。我将去找份卡车司机的工作。这样的话，我就能在美国天南地北地跑了。"

"你或许把钱的一个最重要的用途给忘了。它能节省你的时间。生命是如此的短促，而需要做的却有很多很多，时间一分钟也浪费不起；试想一下，你从一个地方走着去另一个地方，而不乘公共汽车，或者乘了公共汽车而没有坐出租车，为了省几个钱，你会浪费掉多少时间。"

拉里微微地笑了笑。

"你说得对，我从未想到这一点，不过，我可以通过拥有一辆自己的出租车，来解决这一难题。"

"你这是什么意思？"

"我最终将定居在纽约，除了别的原因，还因为纽约有丰富的藏书；我生活用不了多少钱，我不在乎我睡在哪里，一天我有一顿饭就够了；等我转遍了美国，看过了我想要看的一切东西，我想那个时候我也就攒下足够的钱，能买下一辆出租车，当个出租车司机了。"

"你该闭嘴了，拉里。你真是疯了。"

"我没有。我很清醒，而且很实际。作为出租车司机，我只要工作够一定的时间，挣下我吃住的钱和车子的折旧费就行了。余下的时间我都可以用来做自己的事情，如果我需要马上到什么地方，我可以随时开上出租车去。"

"不过，拉里，出租车跟你的政府债券一样，也是一种财产，"我逗他说，"作为一个拥有出租车的司机，你应该算是个资本家了。"

他大笑起来。

"不是的。我的出租车只是我劳动的工具。这就相当于托钵僧化缘的钵和手杖。"

在这一调笑打趣中间，我们结束了谈话。我已经注意了一会儿，进到咖啡馆的人渐渐地多了起来。一个穿着晚礼服在我们不远处坐下的男子，给自己要了一顿丰盛的早餐。他的面容上有倦意，可又有过了一个风流夜的那种自得意满的神情。几位老人，因为年老觉少都成了早起者，现在正慢慢地品着他们的牛奶咖啡，一边戴着深度眼镜读着晨报。年轻人们，有的穿着整洁，有的穿得邋遢，急急忙忙地吞下一份面包卷和咖啡，赶着去一家商店或是公司上班。一个老妪拿着一摞报纸进来，挨个儿到各个桌子上去卖，却似乎无人问津。我从咖啡店的大玻璃窗望到外面，看见天已经大亮了。一两分钟后，除了大厅角落里的灯，店里的灯都熄灭了。我看看手表，已经七点多了。

"吃点儿早饭怎么样？"我说。

我们要了牛奶咖啡和油炸面包，油炸面包全是新出锅的，热腾腾的，脆脆的。我觉得又乏又累，我想我的脸色一定很难看，可拉里却还是那么精神。他的眼睛奕奕有神，光光的脸上没有一点儿皱纹，看上去顶多二十五岁。喝过咖啡，我觉得有了精神。

"你愿意让我给你提条建议吗，拉里？我可是很少给人忠告的。"

"我也不是常接受人家劝告的人。"他露齿笑道。

"在处理掉你的那点儿财产之前，你能先好好地想一想吗？一旦抛掷掉，它就再也没有了。无论是为自己还是为了别人，你也许将来还会有急用钱的时候，那时，你便会深深地后悔你做下的傻事了。"

此时，他的眼睛里露出了一丝儿嘲讽的神情，不过，却没有一点儿的恶意。

"你比我更看重钱。"

"我觉得你说得没错，"我率直地说，"你一直有一笔收入，而我没有。钱能带给我生活中最为宝贵的东西——独立。你想象不到，这对我来说一直是一种怎样的满足感：如果我想，我可以对世界上的任何人说，滚他妈的蛋。"

"可我并不想跟世界上的任何人说滚他妈的蛋。如果我想，即便银行里没有存款，也阻止不了我骂。你知道，钱对你来说，意味着自由；对我来说，意味着束缚。"

"你太顽固、太不听人劝了，拉里。"

"我知道。可我无法改变自己。不管怎么说，时间还早，我若想改变主意，还来得及。我明年春天才回美国。我的那个画家朋友奥古斯特·科泰把他在萨纳里的一间房子借给了我，我打算在那里度过冬天。"

萨纳里是里维埃拉一处很普通的海滨休养地，地处邦多勒和土伦之间，光顾那里的人常常是作家和艺术家们，他们不喜欢圣特罗佩 ①繁缛虚伪的礼节，所以常来到这里。

"要是你不在乎那儿一潭死水的社会氛围的话，在那里待一段时间也无妨。"

"我有工作要干。我收集了不少资料，打算写一本书。"

"关于什么方面的？"

"等它写出来，你就知道了。"拉里笑了。

"要是你写完了寄给我，我想我能帮你把它出版了。"

"不麻烦你了。我有些美国朋友在巴黎开着一家小型的印刷厂，我已经跟他们说好了，帮我印一下。"

"但是，你不能指望这样印出来的书能够卖出去，而且，也不会有人给它写书评的。"

"我并不在乎它有没有书评，也没想到要出售。我只印很少的数量，送给我印度的朋友和我在法国认识的几个可能会对它感兴趣的人。它没有什么特别重要的意义。我写出它来，只是为了把这些收集到的资料处理掉，我出版它，是因为只有在它印成书以后，你才能真正看清楚它的面目。"

"你的这两个理由，我都明白。"

现在，我们已经吃完了早饭，我叫侍者买单。账单拿来后，我把它递给了拉里。

"既然你已经打算把你的钱都送人了，你索性就把我早饭的钱一起付了吧。"

听到我的话他大笑起来，随后，他支付了饭钱。坐了一晚上，我身体都变得僵直了，走出饭店时，我觉得两肋有点儿痛。秋天的早晨，空气清新，凉爽宜人。天空一片蔚蓝，夜里的德·克利希大街污

---

① 法国里维埃拉地区的一个城市。

浊不堪，可现在却显出一些活泼的气象，像是一个涂脂抹粉的憔悴女人走起了小姑娘的轻快步子，看了并不令人讨厌。我叫住了一辆经过的出租车。

"用我捎你一段吗？"我问拉里。

"不用。我要走到塞纳河边去，先游游泳，然后，我得去图书馆，在那里查些资料。"

我们握手告别，我看着他甩开他的两条长腿过了马路。天生体质较差的我上了出租车，返回旅馆。走进起居间，看看钟表，已经是早晨八点多了。

"一个年纪已不小的人，在这个时候才回到家。"我对着那个躺在钟表顶部的裸体女子（在玻璃罩子里）说，这位女子自一八一三年起，就以一种极不舒服的姿势躺在那儿了。

她继续从镀金的铜镜里望着自己铜质的面庞，而那架钟表却一直嘀嗒嘀嗒响着。我把浴缸里注满热水，躺在了里面，一直洗到水快凉了的时候。我擦干身子，吞下一片安眠药，躺到床上，拿起一本碰巧放在床头柜上的瓦莱里 ① 的《海滨墓园》，一直读到我睡着了的时候。

---

① 保尔·瓦莱里（Paul Valéry, 1871—1945），法国现代著名诗人，所作《海滨墓园》被认为是最富哲理性并充满抒情性的诗篇。

第七部

第一章

半年后的四月里的一个早晨，我正在弗拉特角自己住宅的楼上书房里写作，一个用人上来跟我说，圣让（邻村）的警察来了，说是要见我。在这个时候被打扰，我心中甚为不悦，而且，我想不出他们找我干什么。我的心是踏实的，我已经按时缴纳了善款。作为凭证，我收到了一张卡片，我把它放在车子里，要是万一超速了，或者车在路边停错了位置，被警察拦住，可以在出示行车执照时，让警察无意中瞧见这张卡片，他便不会再对你警告个没完。我想很可能是我的一个用人被谁写了匿名信（法国生活中的一个可爱之处），因为她的身份证件不齐全；不过，我和当地的警察关系一直很好，他们来了，我没有一次不是让他们喝上一杯葡萄酒再离开的。我想不会有大麻烦的。但是，这一次他们（总是结伴而来）却有着完全不同的使命。

在我们握过手、互相问了好之后，年长的一个——人们称他为班长，留着一撮看上去很威严的上须——从他的口袋里掏出一个笔记本。用他很脏的大拇指翻看着。

"你听说过索菲·麦唐纳这个名字吗？"他问。

"我认识一个叫这个名字的人。"我小心地回答说。

"我们刚刚接到土伦警察局打来的电话，那边的警长请你立即过去一趟。"

"为什么？"我问，"我与麦唐纳夫人并不是很熟。"

我立刻想到是她遇到麻烦了，很可能是和鸦片有关，不过，我看不出来这与我有什么关系。

"这不关我的事。毫无疑问，你跟这个女人有过来往。好像是她五天没有回自己的寓所，后来在港口处打捞起一具尸体，警察认为有可能就是她。他们希望你去指认一下。"

我感到身体一阵发凉。然而，我倒并不觉得太意外。她所过的那种生活很可能会让她在一时的沮丧中，结束掉自己的生命。

"不过，凭着她所穿的衣服和她的证件，应该就能确认她的身份。"

"她被捞起的时候，是光着身子，她的脖子被割断了。"

"天哪！"我惊呆了。我考虑了一下。就我所知，警察是可以强逼着我去土伦的，我想，与其那样，还不如自己顺从一点儿的好。"好的。我将乘第一趟火车赶过去。"

我查看了一下列车时刻表，我可以坐那趟在五六点钟抵达土伦的火车。那位警察班长说他会打电话把情况告诉那边的警长，并要求我一到土伦就直接去警察局。那天上午，我没再写作。我拿了几件必要的衣物，装进手提箱里，吃过午饭，就开车去了车站。

第二章

我一到土伦警察局，就马上被领去了警长的办公室。警长正坐在桌前，此人黑黑的皮肤，魁梧的身材，一脸的严肃，看上去像是科西嘉岛人。或许是出于习惯吧，他用怀疑的眼光扫了我一眼，可留意到我来前戴在领孔上的勋章时，他绷着的脸上有了点儿笑容。他请我坐下，为不得不给我这样一个有身份的人造成不便，连声道着歉。我也客客气气地说，能为他效劳，是我莫大的荣幸。接着，我们开始谈正事，他又恢复到先前那种生硬，甚至有些简慢的态度。看着眼前的文件，他说道：

"这是件很不光彩的事情。这个叫索菲·麦唐纳的女人似乎名声很糟。她酗酒、吸毒，还是个淫乱的女人。她不但跟船上下来的水手睡觉，还跟城里的流氓们混在一起。像你这样一个受人尊重又上了一定年纪的人怎么会结识这种人？"

我想告诉他，这不关他的事，可是，依据我研读过上百部侦探小说的心得和体会，对待警察还是客气点儿的好。

"我跟她一点儿也不熟。我在芝加哥遇到她时，她还是个小女孩，后来她嫁了一个有身份的男人。大约在一年前，通过她和我共同认识的几个朋友，我在巴黎又碰到了她。"

之前，我一直在纳闷，他怎么会把我和索菲联系在了一起，这时，他把一本书推到了我面前。

"这本书是在她的房间里找到的。瞧瞧书上的赠词，便会发现你和她的关系似乎并非像你所说的那样，仅仅是一面之交。"

警长提到的这本书就是索菲在书店橱窗里看到的我的那部小说的法文译本，她要我在上面写几个字。在我的名字下面，我之所以写上了"美人儿，我们去看看那玫瑰花儿"，是因为当时最先出现在我脑子里的就是这一行诗。这赠词当然显得关系较为亲近。

"如果你想说我是她的情人，那你就错了。"

"是不是情人，与我无关，"他回答说，接着，他眼睛眨了一下，"我并不想说任何触犯先生的话，只是我得加上一句，从我所听到的这个女人的癖好上看，我不能说你是她所喜欢的类型。可对一个完全不熟悉的人，你显然也不会称其为'美人儿'的。"

"那行诗，警察长先生，是龙沙一首名诗的第一行，我想，他的诗歌在你这样一个有教养有文化的人，一定是很熟悉了。我这么写，是因为我认为她知道这首诗，她会记起它后面的诗句，这样她也许会感悟到她现在所过的生活，别的不说，至少是放荡的。"

"在学校时，我当然读过龙沙，可我的工作总是很忙，说实话，你说的这几句诗我早忘记了。"

我背诵出了第一小节，心里完全清楚在我提到之前，他根本没有听说过这位诗人的名字，因此无需担心他会记起最后一小节的诗里几乎完全没有劝人向善的含义。

"她显然是个受过一定教育的女人。我们在她的屋子里找到一些侦探小说和两三本诗歌集。其中有法国象征派诗人波德莱尔和兰波的，还有一个叫艾略特的人的一本诗集。这个人名气大吗？"

"很大。"

"我没空读诗。再说，我也读不了英文诗。如果他是位优秀的诗人，很遗憾他不用法文写作，好让法国有文化的人也能读读他。"

想象一下我们的这位警长大人读《荒原》，不免叫人觉得好笑。突然，他把一张照片递了过来。

"你知道这个人是谁吗？"

我即刻认出这是拉里。他穿着泳裤，照片拍摄的时间并不长，我想，就是拉里与伊莎贝尔和格雷在迪纳尔一块儿度夏时拍的。我的第一反应是说，我不知道。因为我极不想让拉里也搅到这件倒霉的事情中来，可转念一想，要是警察发现出他的身份，我的否认就会显得好像我有意要隐藏什么似的。

"他是一位名字叫劳伦斯·达雷尔的美国公民。"

"这是在她遗物中发现的唯一一张照片。他们俩之间是什么关系？"

"他们俩来自芝加哥的同一个村子。是儿时的朋友。"

"可这张照片是在不久前才拍摄的，我想是在法国北部或是西部的一个海滨胜地。发现这个具体的地点并不难。这个人是做什么的？"

"是位作家。"我大胆说。听到这话，警长把他粗粗的眉毛扬了扬，我猜想他是不看好从事我这样一个职业的人们。"除了稿费，还有其他稳定的收入。"我又补充了一句，好让自己的话更具有说服力。

"他现在在哪里？"

我又一次想要说我不知道，可那样的话，只会把事情弄得更糟。法国警察的缺点固然不少，可他们高效的组织系统却能叫他们很快地找到一个人。

"他现在住在萨纳里。"

警长抬起了头，显然来了兴致。

"具体的地址？"

我记得拉里曾告诉我，奥古斯特·科泰把他自己乡下的房子借给他住，在我回到里维埃拉过圣诞节时，我写信给他，邀他到我这边小住几日，不过，正像我预想的那样，他拒绝了我。我给了警察长拉里的地址。

"我将给萨纳里打电话，让他到这里来一趟。对他进行详细的讯问。"

我当然看出来了，警长有可能把拉里当成了一个嫌犯，我忍不住想要笑了出来；我确信拉里很容易便能证明他与此事无关。我急切想知道有关索菲这一悲惨事件的始末，可警长只是扯些我已知道的细节。是两个渔民把尸体拖上岸来，我居住地的那位警察班长说尸体是赤裸着的，显然是夸大其词了。谋杀者留下了索菲身上的三角裤和胸罩。如果索菲穿得和我上次见时一样的话，谋杀者只是剥去了她的裤子和紧身上衣。她身上没有任何可以证明她身份的东西，警察只好在当地的报纸上登了一则启事。有一位在后街靠出租临时房间（那种房客随意可以把男人或是女人带来睡觉的屋子）为生的女人看到这份报纸后赶来警察局，她是警察的一个眼线，警察有时会向她打听谁常常来她这里，来干什么。索菲是在被码头上的那家旅店（就是我在码头上碰见她时她住的那一家）赶出来后，来到这里的，因为她的行为太过放荡，甚至连一向待人宽厚的旅店老板也看不下去了。后来，她就找到上述的这个女房东，在她这里租下了一间睡房和一个小起居间。这种屋子在晚上几个小时几个小时地短时出租，更赚钱，可是由于索菲出的价钱高，女房东也就同意按月租给她了。这个女人现在来警察局，是要报告她的房客已经好几天没有回来住了。她原本并不担心，以为是去了马赛或是威尔弗朗什，因为最近有英国人的舰队停靠在了那边，吸引了沿海岸一带的不少年轻和老一点儿的女子；可在她读到报纸上有关死者的那段描述时，觉得有可能是她的那位房客。她被带去看了尸体，在略微的迟疑之后说，这就是索菲·麦唐纳。

"既然尸体已经确认，那还叫我来干什么？"

"贝莱太太是个品行良好、诚实可靠的人，"警察长说，"不过，她指认死者的原因和理由也许有些是我们不知道的；不管怎么说，我觉得应该找一个关系跟死者更为亲近的人来确认一下。"

"你认为有可能抓住凶手吗？"

警察长耸了耸他那宽宽的肩膀。

"我们正在查访。我们已经在她常去的几个酒吧，对一些人进行了询问。谋杀她的也许是一个已离开码头去远航的水手，也许是一个图她钱财的劫匪。她身上似乎总装着不少的钱，足以叫抢劫者们看了眼红。也许有些人知道某某人有重大嫌疑，但是，在她活动的那些个圈子里，除非是对他自己有利，否则的话，是不大可能有人站出来说话的。跟那样的一些坏人们混在一起，她有今天这样的一个结局也是预料之中的事了。"

对此，我无话可说。警察长让我第二天早晨九点钟再来，到那个时间，他应该已见过"照片中的那位男子"了，在这之后，一个警察会领着我们去停尸房辨认尸体。

"那么，有关她的安葬呢？"

"在辨认了尸体以后，如果承认死者是你们的朋友，并愿意自己承担丧葬的费用，你们将会得到批准。"

"我敢说，达雷尔先生和我都愿意让死者尽快入土为安。"

"你们的心情我完全理解。这是个悲惨的事件，这个可怜的女人越早得到安息越好。这让我想起我这里还有丧葬承办人的名片，他那边的价格合理，办事效率也高。我在名片上写几个字，让他给予你精心的关照。"

我敢肯定，这位警察长一定在那边吃着回扣，不过，我还是衷心地对他表示了感谢。他彬彬有礼地把我送了出来，之后，我赶往名片上的地址。那个承办丧葬的老板性格爽快，办事利落。我选了一口棺材，既不是那种太贵的，也不是那种太便宜的，我接受了他的美意：帮我从他熟识的一家花店定购了两三个花圈——"免得先生履行一项不愉快的义务，同时又为先生表达了对死者的尊敬。"他说——随后，定好灵柩车在次日两点钟到达停尸房。他告诉我，我不必为墓地的事费心，他会为我做好一切的，又说，"我想，太太是新教徒吧。"如果我同意的话，他愿意请一位牧师等候在墓地，为死者下葬时吟诵悼文。对他这样很快就安排好了一切，我打心眼里佩服他的能力。不过，因为我是个生客，又是个外国人，如果他要求我事先支付给他一张支票，他想我一定不会介意吧。他说出了一个比我预想的要高的价格，显然是等我还价。在我拿出一张支票、毫无异议地写上了他要的数目时，我留意到他脸上诧异的甚至是有些失望的表情。

我在一家旅馆住了一晚，第二天早晨又来到了警察局。在等候了一会儿后，有人让我去警长的办公室。在那里我看到了拉里，他一副严肃、沮丧的神情，坐在我昨天坐的那把椅子上。警长十分高兴地跟我打着招呼，好像我是他失散多年的一个兄弟似的。

"哦，亲爱的先生，你的朋友已经极其坦诚地回答了我提出的所有问题。我没有理由不相信他的陈述：他有十八个月没有见过这个可怜的女人了。他详尽地讲述了这一个星期以来他的行踪，以及在那个女人房间里发现的那张照片的由来，他的叙述令我十分满意。照片是在迪纳尔拍的，一天跟她一起吃午饭时，这张照片碰巧装在他口袋里。我接到从萨纳里发来的消息，那边对这位年轻人的评价很高，更何况，我这里可没有自夸的意思，我自己就是一个对人的性格方面评判的行家，我确信他绝不会犯下这样的罪行。我已向他表示了我的同情：他的一个儿时的朋友，在一个良好的家庭环境里长大，竟然会堕落到这种地步。但这就是生活。好了，亲爱的先生们，我的人现在就会陪你们去停尸房，在你们辨认了尸体以后，警察局这边就没有你们的事了。去好好地吃上一顿。我这里有一张土伦最好饭店的名片，我这就在上面写上几个字，保证你们能得到饭店老板最好的关照。一瓶上好的葡萄酒有助于缓减你们的痛苦。"

他快乐的脸上现在充满了善意。我们和警察一起走到了停尸房。这里的生意并不景气。只有一张板子上放着一具尸体。我们走到尸体前，停尸所的看守人揭开了死者头上的盖布，死者的样子很难看。海水已经泡直了她那染成银灰色头发上的卷儿，现在湿湿地贴在她的脑壳上。脸已经肿得不成样子，看着挺瘆人的，但是，毫无疑问，是索菲。看守人把盖布往下拉，让我们两个看到了我们不愿意看到的情景，一道深长的切口，一直从这边的耳朵割到那边的耳朵。

我们返回到警察局。警长正在忙，我们只好把我们该说的话告诉了他的一个助手；这个助手离开了我们一小会儿，很快带回了必要的手续。随后，我们把它交给了丧葬承办人。

"好了，现在我们去吃饭。"我说。

这一路上，拉里没说一句话，除了在停尸房指认尸体时说了句他确认这尸体是索菲·麦唐纳的之外。我领他去了码头，来到那家我上次曾跟索菲坐过的咖啡馆。现在，刮起了强劲的北风，往日平静的港湾里翻起了白色的浪沫。停泊的渔船在轻轻地摇荡。太阳灿烂地照耀着，每有北风吹来的时候，眼睛看到的任何景物都会更加的清晰和显豁，好像是用望远镜调好了焦距在对准了物体眺望一样。这赋予眼见到的一切一种震撼人心的活力。我喝了一杯白兰地苏打，可拉里连碰也没碰我给他要的那杯。他闷闷不乐地坐着，我没有打搅他。

少顷，我看了一下手表。

"我们最好去吃点儿东西吧，"我说，"两点钟我们还得赶到停尸房。"

"好的，我真的感到饿了，我连早饭还没吃呢。"

从警长推荐饭店时的表情上看，他对哪一家的饭菜好是很在行的。我带拉里来到了他告诉我们的那家饭店。知道拉里很少吃肉，我要了摊鸡蛋和煎龙虾，我让侍者拿来酒单，按照警长说的，选了红葡萄酒。酒上来时，我给拉里倒了一杯。

"你怎么也得把它喝了，"我说，"这样，也许你就会开口说点儿什么了。"

他照我说的，喝下了那一杯。

"西里·甘乃夏常常说，沉默也是谈话。"他咕哝着说。

"这叫我想起剑桥大学教师们的那种欢快的聚会。"

"恐怕得由你单独支付这笔丧葬的费用了，"拉里说，"我已经没钱了。"

"没有问题，"我回答说，接着我突然想到他这话所暗含的意思，"你不是说你已经把你的钱都真的捐出去了吧？"

有一会儿，他没有吭声。我瞥见了他眼睛里闪出的调皮、任性的神情。

"你还没有把钱都捐掉吧？"

"除了留下一点儿等船到来这段时间所需的费用，我都捐掉了。"

"等什么船？"

"在萨纳里挨着我住的一位邻居，是一家跑远东到纽约货轮公司在马赛的代理。这家公司在亚历山大的办事处给他发来电报说，在一艘开往马赛的船上，有两个水手生病，在亚历山大下了船，要他再找两个替工。他是我的一个好朋友，他答应让我上到这个船上做替工。我把我的旧雪铁龙送给他做纪念。待我上了船后，我身上的衣服，还有一个放了几件物品的小包，就是我拥有的全部财产了。"

"哦，那是你的钱。你是一个自由的白种人，已满了二十一岁 ①。"

"你说我自由，是的。在我的生活中，我从未像现在这么快乐过，像现在这么独立过。等到了纽约，我会先打零工，直到我找到一份工作。"

"你写的书怎么样了？"

"唔，已经完稿印出来了。我拉了一个我想送的人的单子——你这一两天就会收到书了。"

"谢谢你。"

似乎没有什么更多的话要说了，我们俩在友好沉默的气氛中吃完了饭。我要了咖啡。拉里抽起了烟斗，我点燃了一支雪茄。我若有所思地望着他。他察觉到我落在他身上的目光，看了我一眼，眼睛里是一副顽皮的神情。

"如果你想跟我说，我就是个大傻瓜，那你大可不必迟疑。我一点儿也不会在乎的。"

"不，我并不是特别地想那么说。我只是想知道，要是像别人那样你也结了婚，有了孩子，你的生活会不会比现在过得要好一些。"

他笑了。我一定已经不止二十次地提到过，他的笑很美。那是一种特别友好、亲切、甜蜜、充满信任的笑容。它表达出他迷人性格中坦诚和真挚的一面；可我还要再提一次，因为在他现在的笑容里，除了我上面描述过的种种，还有一些悲伤和柔情。

"一切都已经太晚了。唯一一个我可以娶之为妻的女人，就是可怜的索菲。"

我诧异地望着他。

"你是说，在所有的这一切发生之后吗？"

"索菲有个美好的心灵，她热情、大度，有上进心。她的理想是高尚的。甚至在她最后所寻求的毁灭方式上，都蕴含着崇高的悲剧色彩。"

---

① 美国法律，白种人满二十一岁就是成年人，可以自由处理财产。

　　我没有作声。我不知道对他这奇怪的评论该如果作答。

　　"那你当时为什么不娶她呢？"我问。

　　"她那时还是个孩子。说真的，在我常常去她祖父家，常常和她在榆树下一起读诗时，我从未想到过在这个瘦骨嶙峋的小女孩身上，有着精神美的种子。"

　　让我不禁感到惊讶的是，在这个时候，他丝毫也没有提到伊莎贝尔。他不可能已经忘掉他跟她订过婚，我只能如此设想：他把这段恋情看成是两个思想还没有成熟的年轻娃干下的蠢事。我愿意相信，他做梦也没有想到在他俩解约之后，伊莎贝尔的心一直魂牵梦萦在他的身上。

　　现在是我们该动身的时候了。我们走到拉里停车（他的车子已经很破旧）的广场，开车去了停尸房。丧葬承办人很守信誉，一切都办得利落紧凑，无可挑剔。在耀眼的阳光下，狂烈的风吹弯了公墓里的柏树，给殡葬添上最后一抹恐怖的氛围。在一切都结束之后，丧葬承办人跟我们热情地握了手。

　　"唔，先生们，我希望你们感到满意。一切都进行得十分顺利。"

　　"非常顺利。"我说。

　　"先生不要忘记，如果有需要，我愿意随时为先生效劳。距离不是问题。"

　　我谢了他。在走到陵园门口时，拉里问我还有什么需要他做的。

　　"没有。"

　　"我想尽快赶回萨纳里去。"

　　"把我送到旅馆，好吗？"

　　一路上，我俩再也没有说话。到了旅馆，我下了车。在我们握过手后，拉里便开车走了。我付了住店的钱，拎上我的包，打了个出租车，去往车站。我也想快快离开这个地方。

第三章

几天后，我动身去英国。原本打算是中途不停的，但是出了索菲的事情以后，我特别想见见伊莎贝尔，所以我决定在巴黎停上二十四小时。我打电报给她，问我能否在下午晚一点儿的时候过去，并在她家吃晚饭；抵达旅馆后，我发现有她留下的一张便条，上面说她和格雷晚上有饭局，不过她非常愿意让我在五点半以后来家，因为她下午还要去试件衣服。

天气很冷，还时断时续地下着大雨，我想格雷应该没有去毛特方丹打高尔夫球。这种情况对我来说并不理想，因为我想单独见伊莎贝尔，可当我到了公寓时，伊莎贝尔说的第一句话就是格雷到旅行者俱乐部打桥牌去了。

"我告诉他你要来，让他不要回来得太晚，我们的饭局是在晚上九点，这就是说我们用不着在九点半以前过去，我们还有足够的时间好好地聊聊。我有不少事要讲给你听呢。"

格雷夫妇已经转租了公寓，艾略特的藏品将在两个星期后拍卖。他们想参加这次拍卖会，正打算搬进丽兹饭店里住。然后，便坐船回国。除了艾略特在昂蒂布住宅里的近代绘画，剩下的画伊莎贝尔会全部卖掉。尽管对这些近代的画她也不是太喜欢，但是她觉得这些画挂在他们将来的家里，至少可以抬高他们的身价，她想得完全对。

"让人遗憾的是，艾略特舅舅的意识没有更超前一些。比如说，收集一些毕加索、马蒂斯和鲁奥①的画。我想，他的这些画自有它们的价值所在，可我觉得恐怕还是有点儿过时了。"

"如果我是你，我就不去担这个心。再过几年，又会出来一些新的画家，这样，毕加索和马蒂斯比起你的那些印象派的画家来，也未

---

① 乔治·鲁奥（Georges Rouault, 1871—1958），法国野兽派画家。

必时新到哪里去了。"

格雷与国内商家的谈判已接近尾声，有伊莎贝尔提供的财富和资本，格雷将作为副总裁进入一家生意正兴旺的公司。这家公司与石油有关系，他们将把家安在达拉斯。

"我们首先要做的是物色到一幢合适的住宅。要有一个像样的园子，这样的话，格雷下班回来后可有一个散散步的地方，还要有一个很大的客厅，用来招待客人。"

"我不明白你为什么不把艾略特的家具一块运回去。"

"我认为那些家具不太适合了。我将都做成现代家具，也许在有的地方参照些墨西哥的式样，赋予它们一种情调。我一到纽约，就会去找那里最棒的装饰设计师。"

伊莎贝尔家里的男仆安托万端来一个上面放了不少酒瓶的托盘，机巧的伊莎贝尔当然知道，十个男人有九个都自诩比女人调的鸡尾酒好喝（这个看法是对的），现在她请我调上两杯。我倒出杜松子酒和努瓦里普拉①，在它们里面掺入了少量的苦艾酒，就靠这点儿苦艾酒，把原来不甜的马地尼②从一种说不出名堂的酒变成了琼浆玉液，连奥林匹斯山上的诸神都会摈弃他们的家酿来喝它，我私下里总认为这是一种酷似可口可乐的饮料。在我把她的那一杯递给伊莎贝尔时，我注意到桌子上有一本书。

"噢！"我说，"这是拉里写的书。"

"是的，今早刚寄来的，不过，我太忙了，在午饭前我有太多的事情要做，午饭是在外面吃的。下午我去了摩林诺时装店。我真不知道我多会儿才能有一刻的空闲，坐下来读一读它。"

我不免伤感地想，一个作者花上多少个月的工夫写成一本书，里面倾注了他那么多的心血，却被读者置在一旁，直到闲得无聊时才会想起它来。拉里的书有三百页，字体清晰，装帧精巧。

---

① 一种白葡萄酒。
② 鸡尾酒的一种。

"我想，你早知道拉里这个冬天是待在萨纳里的。你见到过他吗？"

"见到过，前几天我俩还一起在土伦来着。"

"是吗？你俩在那里做什么？"

"埋葬索菲。"

"她死了吗？"伊莎贝尔喊了出来。

"如果没有，我们就没有任何理由埋了她。"

"这并不好笑。"伊莎贝尔停了一下，"我不打算装出很难过的样子。恐怕这是她酗酒和吸毒的后果吧。"

"不是，她被割断了喉咙，被一丝不挂地扔进了海里。"

像圣让的警察班长一样，我在这儿也有点儿夸大事实。

"太可怕啦！噢，可怜的索菲。当然，过着她那样的生活，悲惨的结局在所难免。"

"土伦的警察局长也是这么说的。"

"他们知道是谁杀的她吗？"

"不知道，但是，我知道。我以为是你杀了她。"

她惊诧地看了我一眼。

"你在说什么呢？"临了，她发出一阵诡谲的笑声："你知道，我有不在现场的铁证。"

"去年夏天，我在土伦遇见了索菲。我俩做了一次长谈。"

"那时的她是清醒的吗？"

"没有醉酒，很清醒。她告诉了我在她与拉里即将要结婚的前几天，她是如何不可思议地失踪的。"

我注意到伊莎贝尔的脸色变得不自然了。接着，我向她确切地转述了索菲所告诉我的情况。她竖着耳朵听着。

"自那以后，我一直想着索菲讲给我的这件事情，越想越觉得这里面一定有鬼。我在你这里吃午饭不下二十次了，中午饭从未上过甜酒。何况，你们家的午饭一般都是自己家里的几个人吃，为什么竟会在放咖啡杯子的盘子里摆上一瓶苏布罗伏特加酒呢？"

"艾略特舅舅刚送来一些。我想尝尝它的味道，看看是否和我在丽兹饭店里喝过的苏布罗伏特加的味道一样。"

"哦，我记得你当时在饭店里是如何吹嘘它的。我当时就有点儿奇怪，因为你是从来不喝甜酒的；你太在意保持你的身材了，不可能喝这种酒。我那时就觉得你是在故意撩起索菲的酒兴。我以为你这是不怀好意。"

"谢谢你的点评。"

"你通常约会是很守时的。在你等着索菲前来，去办一件对她来说如此重要、对你来说又如此有趣的事情①时，你为什么竟会出去了呢？"

"她自己已经告诉你原因了。琼的牙齿不好，让我很揪心。我们的牙医很忙，我只能抽他有空的时间。"

"当一个人去看牙医时，他临离开时就会约好下一次来的时间。"

"我知道。但是，他那天早晨给我打来电话，说他上午有事，只能那天下午三点钟给我的女儿看，当然，我不会错过这个机会。"

"难道不能叫保姆领着琼去吗？"

"我女儿吓坏了，可怜的小东西，我觉得我带她去，她会觉得好一些。"

"在你回来发现瓶子里的苏布罗伏特加酒剩下四分之一、索菲也不在了的时候，你感到意外吗？"

"我以为她等得不耐烦，自己去摩林诺时装店了。等我去到那里、人家告诉我说她没有来时，我一时都搞不清楚是怎么回事了。"

"还有那少了的苏布罗伏特加酒呢？"

"唔，我的确注意到瓶子里的酒少了很多。我以为是安托万喝了，我几乎要找他说说这件事情了，可转念一想，是艾略特舅舅支付安托万的工钱，他又是艾略特舅舅的一个朋友，还是不说的好。安托万是个不错的用人，即便他偶尔喝点儿小酒，我也犯不着去数落他吧？"

"你说的都是谎话，伊莎贝尔。"

"你不相信我？"

"一点儿也不信。"

---

① 指试结婚礼服。

伊莎贝尔站起来，走到了壁炉架那边。壁炉里燃着木头，在这阴冷的天气里，给人一种惬意感。她把胳膊肘支在壁炉板上，摆出一副颇为优雅的站姿，这是她迷人的禀赋之一，呈现出一种美而丝毫看不出造作的痕迹。像法国的许多名媛贵妇一样，她在白天时也穿一身黑，这与她瑰丽的肤色很是相宜，今天她穿了一件贵重但又式样简单的连衣裙，很能衬出她窈窕的身材。有一分多钟，她抽着一支烟。

"这儿没有任何我要对你遮遮掩掩的理由。事情赶得不巧，那天我不得不出去一趟，而安托万当然无论如何也不该把酒和喝咖啡的用具都留在房间里。在我离开家之前，这些东西都早应该收拾走了。回来看见酒瓶几乎空了，我当然知道发生了什么事，索菲不见了，我猜想她是喝醉酒胡闹去了。我没有把这件事说出去，是因为我怕拉里着急，他为了索菲已经够烦心的了。"

"你敢说酒瓶留在屋子里不是你吩咐的吗？"

"敢说。"

"我不相信。"

"随便你。"她恶狠狠地把烟头丢进了炉火里。由于生气，她眼睛里闪着怒火。"好吧，既然你非要知道真相，那我就告诉你。是我干的。如果有必要，我还会那么做。我曾跟你说过，我会不择一切手段，阻止她嫁给拉里。你和格雷都站在一边袖手旁观。你们只是耸耸肩膀说，这是一个可怕的错误。你们并不在乎拉里的生死。可我在乎。"

"如果你不那么做，索菲现在一定还活着。"

"如果拉里娶了索菲，他会一辈子都痛苦死的。他以为他能把索菲变成一个新人。男人们都是傻瓜！我知道，她迟早会旧病复发的。她撑不了多久的。我们那次在丽兹饭店吃饭时，你自己也见到她那坐立不安的样子了。我注意到她喝咖啡时，你在看她；她的手抖得那么厉害，都不敢一只手拿杯子，她不得不用两只手端着把杯子送到自己的嘴边。在侍者给我们倒酒的时候，我留意到她那注视的眼神，她那双无神的饥渴的眼睛一直跟着酒瓶转，就像一条蛇在追随一只扑棱着翅翼的小鸡一样。我知道她是多么急切地想把一杯酒吞到肚子里去啊。"

现在，伊莎贝尔把脸转向了我，她的眼睛里燃着激情，声音带着嘶哑。这使得她不能顺畅地说出她的话来。

"我的这个念头是在艾略特舅舅对这种该死的波兰酒大肆吹捧时产生的。我觉得这种酒一点儿都不好，但我硬说这是我所喝过的最醇美的酒。我敢肯定，只要让她逮着机会，她绝对抵御不了这一诱惑。所以，我这才带她去看时装展，才答应送她一件结婚礼服。在要去最后试衣的那天，我告诉安托万在午饭后拿上一瓶苏布罗伏特加酒来，并且告诉他有一位女士要来家里，请她等一等我，让她喝点儿咖啡，如果她喜欢，就让她喝杯甜酒。我确实是领着琼看牙医了，当然，因为没有预约，牙医没时间给看，于是，我带女儿看了一场新闻片。我打定主意，只要索菲没有碰那瓶酒，我就帮助促成他们的婚事，并努力跟她成为朋友。我发誓，这是我的真实想法。但是，回到家里，看到酒瓶空了，我便知道我的判断是对的。索菲走了，多少钱我也敢赌，她永远不会回来了。"

讲完这段话后，伊莎贝尔几乎带着喘息。

"你讲的和我所想象的情况差不多，"我说，"你瞧，我说得没错；你无异于是亲手用刀子割断了她的脖子。"

"她太坏，太坏，太坏。她死了，我高兴。"她一屁股坐在了一张椅子上，"嗨，给我拿杯鸡尾酒来。"

我走到桌子那里，又给她调了一杯。

"你真是个可恶的家伙。"她一边从我手里接过酒杯，一边说。临了，她露出一个笑容来，她的笑像是小孩子的那一种，明知道她调皮捣蛋，却认为她能巧妙地哄着你不再去生气，"你是不会告诉拉里的，对吗？"

"这怎么可能呢?!"

"你敢发誓吗? 男人们都靠不住。"

"我对你发誓，我不会。不过，即便我想，我也没有机会了，因为我这辈子也许再也见不到他了。"

伊莎贝尔一下子坐直了身子。

"你说什么?"

"现在这个时候,他已作为一个帮工或是水手,在一条开往纽约的货船上了。"

"这不太可能吧?他这个人真怪!前几天见到他时,他还说为他写的这本书,他需要到公共图书馆查阅资料,从没提一个字说要回美国。我很高兴,这就意味着,我们很快将能见到他了。"

"我对此表示怀疑。他的美国和你们的美国之间的距离,就像我们离戈壁沙漠那样遥远。"

我接着告诉了她拉里所做的事情以及他今后的打算。她瞠目结舌地听着我讲。惊愕就写在她的脸上。她不时地打断我的话,惊呼着:"他疯了。他简直是疯了。"在我讲完后,我发现她垂下了头,几滴眼泪顺着她的脸颊淌下来。

"现在,我真的失去他了。"

她转过身去,把脸伏在椅背上哭了起来,无心掩饰可爱的面庞因悲痛在抽搐着。我看着她哭而毫无办法。我不晓得,我最后告诉她的这个消息,把她心中孕育着的什么样的虚荣、矛盾的念想给破灭了。我隐约觉得,以前时而能见见他,至少知道拉里是她的世界的一部分,还能把她和拉里连在一起,而拉里的举动把这一细微的纽带也给切断了,她知道自己永远地失去他了。我不清楚是什么样的痛苦和悔恨在折磨着她。我想哭出来对她是有好处的。我拿起拉里写的那本书,翻看着前面的目录。在我离开里维埃拉时,拉里的书还没有寄到,在最近的这几天里,我是无望看到它了。他的这本书和我所想象的完全不同。这是一部关于一些名人们的论文集,差不多都是同样长的篇幅,就像利顿·斯特雷奇 ① 的《维多利亚名人传》一样。我对他之所以挑出这些人来加以论述,有些迷惑不解。其中一篇是关于古罗马独裁者苏拉的,这位统治者在获得绝对的权力后,放弃了权力,

---

① 利顿·斯特雷奇(Lytton Strachey, 1880—1932),英国近代传记作家、文学评论家。

过起了隐居的生活；有一篇是写阿克巴 ① 的，他是一位征服了不少民族、建立起帝国的蒙古人；一篇论述鲁本斯 ②，一篇论述歌德，还有一篇论切斯特菲尔德伯爵 ③。很显然，这里的每一篇文章都需要阅读大量的书籍和资料，所以，写这本书费去了拉里那么多年的时间，也就不足为奇了。让我不明白的是为什么拉里会认为这值得他花费那么多的时间，或者说为什么他要选择这样的一些人来研究。之后，我突然想到，这里所选的每一个人都以他们自己独特的方式，获得了极大的成功，我想，这也许就是引起拉里对他们感兴趣的原因。他很想知道他们的成功最终会给人类带来怎样的影响。

我浏览了一两页，看了看他的文字。他使用的是学术性的文体，然而却写得晓畅、平易。字里行间没有一丁点儿的矫揉造作，也没有初学写作的人往往难以避免的学究气。看得出他常常求教于世界上最著名的作家（的作品），就如同艾略特经常出入于达官贵人们中间一样。伊莎贝尔的一声嗟叹打断了我的思绪。她坐直了身体，面带着痛苦，把杯子里已变凉的鸡尾酒一口喝干了。

"如果我再哭下去，眼睛就要肿了，我们晚上还要出去吃饭的。"她从包里取出一面镜子，焦急地瞧着自己的面容。

"喔，我现在要做的是，用冰袋在眼睛上敷半个钟头。"她往脸上扑了点儿粉，唇上涂了些口红。之后，她若有所思地注视着我，"我做了这样的事，你是不是觉得我很坏？"

"你会在乎我的看法吗？"

"也许，你会觉得奇怪，我在乎。我想让你认为我这个人不坏。"

我笑了。

"亲爱的，我不是一个太看重道德的人，"我回答说，"当我喜欢一个人时，尽管我不会赞成他所做的错事，可也不会因此而减少了对

---

① 阿克巴（Akbar，1542—1605），印度莫卧儿帝国统治者，有"莫卧儿大帝"之称。
② 彼得·保罗·鲁本斯（Peter Paul Rubens，1577—1640），佛兰德斯画派大师。
③ 切斯特菲尔德伯爵（Lord Chesterfield，1694—1773），英国政治家、外交家，以写给自己儿子的书信集闻名于世。

他的喜欢。按说你不是个坏女人，你体态优雅，婀娜迷人。我知道你的美貌是两种因素的巧合：十全十美的眼光和不顾一切的决心，可这丝毫也不会影响我对你的美的欣赏。你只缺少一样东西，要是有它，你的魅力就无人能敌了。"

她脸上浮着笑容，等着我把话说完。

"温柔。"

她嘴边的笑容消失了，她冷冷地瞥了我一眼，可还没待她回过神来辩白，格雷沉重的脚步已经迈进到屋子里。在巴黎寓居的三年里，格雷的体重增加了不少，他的脸变得更红，头发秃了很多，不过，他的身体非常健康，精神状态也不错。见到我他很高兴，是那种发自内心的高兴。他说话爱用口头禅。无论已被用得多么烂的字眼，他用起它们来都有一种明显的自信：好像他是第一个想到这样说的人。提到"睡觉"这个词，他不说"go to bed,"而是说"hit the hay"，说到"下雨"，不说"it rains"，而是说"it rains to beat the band"，提到"巴黎"，不说"Paris"，而要说"Gay Paree"。可是，他心地善良，无私正直，忠实可靠，毫无做作，让你不可能不去喜欢他。我对他甚有好感。随着归国日期的临近，他变得兴奋起来。

"天哪，一想到很快就能投入到工作中去了，"他说，"我甭提有多高兴了。"

"一切都谈妥了吗？"

"我还没有最后在虚线上签字，不过，已经是十拿九稳了，我未来的合作伙伴在上大学时跟我住在同一个寝室，他是个靠得住的哥们，我敢担保他不会叫我上当的。不过，等我们一到纽约，我就马上飞往得克萨斯州把整个项目再仔细审核一遍，在把伊莎贝尔的钱投进去之前，我不会让任何可疑的情况逃过我的眼睛。"

"你知道，格雷是个非常棒的生意人。"伊莎贝尔说。

"我可不是在牛棚里长大的。"格雷笑着说。

他继续详细地跟我讲解着他即将要做的那个生意，不过，我对生意方面的事情懂得很少，从他的话里，我只具体听出了一个事实，就是他很有希望赚到很多很多的钱。他的谈兴越来越浓，以至于他不久便转过身去对伊莎贝尔说：

"我说，何不取消了今晚那个讨厌的饭局，我们三个人去高档的饭店一块吃上一顿呢？"

"噢，亲爱的，我们不能这么做。他们是为我们俩举行的聚会。"

"反正我跟你们是去不了了，"我插进来说，"在我知道你们今晚有饭局时，我已给苏珊·鲁维埃打了电话，约她出来吃饭了。"

"这个苏珊·鲁维埃是谁？"

"哦，是拉里的一个女朋友。"我逗伊莎贝尔说。

"我总怀疑拉里在哪儿藏着一个小妞的。"格雷说着，咯咯地笑起来。

"瞎扯，"伊莎贝尔生气地说，"我了解拉里。他没有女人。"

"好吧，让我们分别之前，再喝上一杯。"格雷说。

在我们共同举杯喝完之后，我跟他们道别。他们把我送到门厅，在我穿外套时，伊莎贝尔挽起了格雷的手臂，依偎着他，做出一副我指责她所缺乏的温柔表情，看着格雷的眼睛说：

"告诉我，格雷，说实话，你认为我不温柔吗？"

"不，亲爱的，没有。哦，是不是有人这样说你了？"

"没有。"

她把头扭向一边，使格雷不再看得到她的脸，然后，冲我吐着她的舌头，要依艾略特看，这一定不是淑女该有的做派。

"我说的温柔，指的不是这个。"我一面咕哝着，一面出来，关上了我身后的门。

第四章

待我再经过巴黎时，马图林一家已经走了，是别人住在了艾略特的公寓里。我很想念伊莎贝尔。看着她，跟她聊聊天，都是一种享受。她悟性高，领会快，对人没有恶意。我以后再也没有见过她。我懒得写信，写封信总要拖拉上好多日子。伊莎贝尔跟人没有书信往来。如果她要联系你，不是打电话，就是发电报。那一年的圣诞节，我收到她的一张明信片，上面有张漂亮的房子的照片，是那种有殖民地时期门廊的房子，周围有茂密的橡树环绕着，我想这就是当年他们需要钱时要卖掉而没能卖掉的那个种植园，现在，他们大概愿意留下它了。明信片上的邮戳显示，它是从达拉斯寄出的，看来合营的项目已经谈妥，他们已经定居在那里了。

我没有去过达拉斯，不过，依我看，它和我熟悉的其他美国城市也差不多，有一个居住区，乘车不长时间便能去到商业中心和郊外俱乐部；住宅区里，有钱的人都住着漂亮的大房子，有着很大的花园，从客厅的窗户望出去，可以看到景色秀丽的山岭和溪谷。伊莎贝尔一定是住在这样一个地方，这样的一座房子里，从地下室到阁楼都由纽约最时尚的室内装饰师设计和装潢。我只希望她的勒努瓦的画、她的马奈的花卉、莫奈的风景画和她的高更的画，挂在家里还不太过时。餐厅当然也不会小的，因为她常常要请一些女士来吃午饭，餐桌上一定有美酒和丰盛的菜肴。伊莎贝尔在巴黎长了不少见识。她住的房子一定要有非常宽敞的客厅，能够让未成年人举办舞会，这也是她做母亲的一项愉快的责任，因为她的两个女儿现在想必都到了谈婚论嫁的年龄。她们一定有着良好的教养，所上的都是最好的学校，伊莎贝尔会让她们获得女子该具备的各种才艺，以得到优秀男人们的青睐。想必格雷的脸又变得更红了一些，有了双下巴，体重又增加了不少，头发更少了，可我相信伊莎贝尔不会变。她依然比她的两个女儿美丽。

马图林一家一定是他们那个社区里的典范，毋庸置疑，他们会受到人们的喜爱。伊莎贝尔好客、文雅、热情，长于接人待物；至于格雷，他当然是标准美国人中的精华。

第五章

　　我仍然时不时地去看看苏珊·鲁维埃，直到她的境况发生了一个意想不到的改变，让她离开了巴黎，从此以后，她也从我的生活中消失了。一天下午，大约是在我叙述的事件发生两年以后吧，我在奥德翁剧院的书廊里浏览书籍，很闲适地消磨了一个多钟头，从那里出来，一时没有什么事情可做，就想起来去看望一下苏珊。我有半年没有见她了。她给我打开了门，拇指上撑着调色板，嘴里衔着画笔，身穿一件上面沾满了颜料的罩衫。

　　"是您，亲爱的朋友，请进来。"

　　她这样客气地跟我打招呼，使我不由得一怔，因为我俩平时说话都是你我相称的。我走进那间客厅兼画室的屋子。画架上放着一幅未完成的油画。

　　"我忙得都有点儿晕头转向了，快请坐，我还得接着画。我一分钟也不能浪费。你一定不会相信，我将要在梅耶海姆画廊举办个人画展了，我得准备好三十幅油画。"

　　"在梅耶海姆画廊吗？那太好啦。你究竟怎么做到这一步的？"

　　因为梅耶海姆并不是塞纳路上的那些经不起风雨的小画商，他们开着一家小店，常常因为没钱付不起房租而关闭。梅耶海姆在塞纳河较为繁华的这一边，拥有一个享有国际声誉的很好的画廊。只要是他推举的画家，将来准会发财。

　　"是亚西尔先生带他来家看了我的作品，他认为我很有才华。"

　　"A d'autres, ma vieile。"我这样回答说，这句法文我想最好是翻译成："鬼才相信你呢，小女人。"

　　她瞥了我一眼，咯咯地笑起来。

　　"我要结婚了。"

　　"是跟梅耶海姆吗？"

"不要犯傻。"她放下了手中的画笔和调色板。"我已工作了一整天，该歇歇了。来，喝点儿红葡萄酒，让我来告诉你事情的经过。"

法国人生活中的一个不太让人喜欢的地方，就是不管在什么时候，都可能硬请你喝上一杯酸酸的葡萄酒。你只好客随主便。苏珊拿来一瓶酒和两个杯子，将杯子斟满，舒了一口气，坐了下来。

"我一直站着作画好几个钟头了，我静脉曲张的血管又痛了起来。喔，事情是这样的。亚西尔先生的妻子在今年年初去世了。她是个好女人，是个虔诚的天主教徒，不过，他当初娶她，可不是出于喜欢，他与她结婚是因为利益上的关系，尽管他尊敬她、器重她，可要说她死后他悲痛欲绝，却未免太过夸张。亚西尔先生的儿子找了个好媳妇，在公司里一直干得很好，现在，她的女儿即将跟一个伯爵联姻。这位伯爵是比利时人不假，却是个货真价实的贵族，在那慕尔附近拥有一座很美丽的宫堡。亚西尔先生以为，他可怜的妻子也不愿看到由于她的缘故而耽搁了两个年轻人的幸福，所以，尽管还在居丧期间，一待财产过户手续完成后，便马上举行婚礼。亚西尔住在里尔的那幢大房子里显然是会感到寂寞的，需要一个女人来照料他的生活起居，照管好象征其尊贵地位的这个大宅。长话短说，他要我来取代他可怜妻子的地位，正如他蛮有道理地说的："我的第一次婚姻是为了消除两家敌对公司的竞争，为此，对我的第一桩婚姻，我没有什么可后悔的，但没有道理不让我为了自己的幸福而结第二次婚。"

"我衷心地祝贺你。"我说。

"显然，我将失去我的自由。我很珍惜我的这份自由。可一个人总得为自己的将来着想。在你我之间，我不介意告诉你，我再也没有四十岁可以活了。而亚西尔先生呢，则正处在一个危险的年龄段，一旦他的脑子里突然有了想要娶个二十岁姑娘的念头，那我可怎么办呢？何况，我还得为我的女儿考虑。她现在已经十六岁了，将来会跟她父亲一样漂亮。我让她受到了良好的教育。但摆在我面前的一个不可否认的事实是，她既没有做演员的才华，又没有她可怜的母亲做人家情妇的性情：我问你，那她还能有什么指望呢？当个女秘书，或是在邮政局里当个职员。亚西尔先生已同意让我的女儿跟我们一起住，并答应给她一笔丰厚的奁资，让她能嫁个好人家。相信我，亲爱的朋友，不管别人怎么说，婚姻始终是一个女人最为满意的一份职业。很显然，在关乎到我女儿的幸福时，就是牺牲一些情欲方面的满足感（这一满足感随着我年龄的增大，是越来越不容易得到了），我也会毫不犹豫地接受亚西尔先生的求婚，因为我必须告诉你，我在结婚后将做一个严守妇道的女人，我多舛的人生经历告诉我，只有夫妻双方完全地忠实于对方，才能建立起幸福的婚姻。"

"一种崇高的道德情感，我的美人儿，"我说，"亚西尔先生还会每两周到巴黎开一次董事会吗？"

"哟，哟，哟，你把我看成什么人了，我的宝贝？在他跟我求婚时，我向他提的第一件事就是，'你听着，亲爱的，当你再到巴黎开会时，你要明白我是要一块去的。我可不打算再让你一个人去那儿了。''你以为在我这样的年龄，我还会犯那样的错误吗？'他说。'亚西尔先生，'我跟他说，'你正当年富力强，没有人比我更了解你是个性情中人。你仪表堂堂，风度翩翩。你的种种地方都让女人喜欢；总之，我不能给你受到诱惑的机会。'最后，他终于同意把他董事的位置让给儿子，这样一来，是他儿子而不是他往巴黎跑了。亚西尔先生表面上说我这个女人不讲道理，其实，他心里被我说得美滋滋的。"苏珊深深地舒了一口气。"如果不是因为你们男人们有着难以置信的虚荣心，生活对于我们可怜的女人来说，会更加艰难的。"

"这一切都很好，可这又与你在梅耶海姆的画廊举办个人画展有什么关系呢？"

"你今天的脑子怎么不灵光了，我可怜的朋友。这些年我不是一直都在跟你说，亚西尔先生是个脑子顶好使的人吗？他得为他的身份和地位着想，而且里尔的人也是很爱评头品足的。亚西尔先生希望我在社会上有地位，而作为他这样一个重要人物的妻子，我理应享有这样的地位。你知道这些外省人是怎么样的，他们爱操心别人家的闲事，他们会问的第一件事就是：这个苏珊·鲁维埃是谁？好的，会给他们一个答复的。她是一位著名的画家，她最近在梅耶海姆画廊举办的个人画展取得了当之无愧的了不起的成功。'苏珊·鲁维埃女士是殖民步兵团一位军官的遗孀，这些年里，她以我们法国妇女特有的勇气，靠着她绘画的才能，养活着自己和早早就失去了父爱的女儿，现在我们欣悉她的画作很快就要在颇具慧眼的梅耶海姆先生的画廊展出，届时公众将有机会欣赏到她笔触细腻、微妙的画风和她精湛的画技。'"

"这都是些什么乱七八糟的？"我说，竖起耳朵听她接着往下讲。

"亲爱的，这就是亚西尔先生为我策划的宣传。它将出现在法国各家重要的报纸上。他真是了不起。梅耶海姆提的条件很苛刻，可亚西尔先生很痛快地就接受下来了。在预展期间要开香槟酒庆祝，美术部长——亚西尔先生曾帮过他一个大忙——将在画展开幕式上发表热情洋溢的讲话，在讲话中他会强调我作为女人的种种美德和我作为画家的艺术才华，在讲话快要结束时，他会郑重宣布，为表彰公民的才艺和品德（这也是国家的一个职责所在），国家已经买下了我的一幅画作，收藏在国家博物馆。巴黎各界人士都会到场，梅耶海姆先生会亲自对那些批评家们给予关照。他保证他们作出的评论不仅会是褒扬的，而且篇幅也不会小。可怜啊，这些评论家们，挣得那么一点点儿薪水，给他们一个赚点儿外快的机会，也算是做了一件善事。"

"这一切都是你应得的，亲爱的。你一直都是好样的。"

"别插嘴，"她说，"我的话还没说完呢。亚西尔先生还以我的名义在圣拉斐尔海边买了一幢别墅。所以，我不仅是作为一个杰出艺术家，也是作为一个有产者，出现在里尔社会中的。再有两三年，亚西尔先生就准备退休了，我们将像上流人士那样，在里维埃拉住下来。他可以划着小船到海里捞鱼虾，我在家里搞我的艺术。现在，来看看我的画吧。"

苏珊作画已经有几年了，她从模仿她各个情人的画风逐渐形成了自己的风格。她仍不会素描，但有很好的色彩感。她给我看的画作，有与她母亲住在昂热省时画的风景画，有凡尔赛宫花园和枫丹白露森林的小景，有她喜欢的巴黎郊区的街景。她画得比较虚，质感不够，但有一种如花似锦的美，甚至有种颇为自然的优雅。

有一幅画很中我的意，因为认为这会让她高兴，我跟她说，我愿意买下这幅画。我忘了这画是叫《林中空地》，还是叫《白围脖》，后来几经查证，也没再弄清楚。我问了她价钱，觉得合适，说我要了这幅画了。

"你真是我的天使，"她激动地大声说，"这是我卖出的第一幅画。当然，画得等到画展结束后才能给你，不过，我要叫他们在报纸上把你已买下这幅画的消息刊登出来。毕竟，这点儿宣传不会给你造成什么不便的。我很高兴你选了这幅，我认为这是我的一幅得意之作。"她取来一个镜子，看着映在镜中的画面。"很迷人，不是吗？"她眯缝着眼睛端详着，"没有人能否认这一点，看这绿色——多么浓郁，而同时又多么鲜嫩，还有中间这点儿白颜色，真是妙笔，它使整幅画面成为了一个有机的整体，很有特色。这是才华的体现，毫无疑问，这是才华的体现。"

我知道，她在通向专业画家的道路上，已迈出坚实的步伐。

"喔，好了，我的宝贝，我们已经聊了不短的时间，我得继续工作了。"

"我也得走了。"我说。

"顺便问一句，可怜的拉里还住在印第安人中间吗？"

苏珊习惯带些贬义地用表示美洲土著人的这个词语来指美国人。

"据我所知，还在那儿，"

"像他这样温和、善良的人，在美国一定不好过。如果真像电影上演得那样，那儿的生活一定很可怕，到处充斥着匪帮、牛仔和墨西哥人。不是说那些牛仔们他们没有魅力，他们对你还是很有吸引力的。噢，可如果你口袋里没有一支左轮手枪，走在纽约市的街头，那会非常危险的。"

她把我送到门口，吻了我的脸颊。

"我们在一起曾有过不少快乐的时光。记着，别忘了我，亲爱的。"

第六章

　　我的故事到这里就该结束了。我从此再也没听到过有关拉里的任何消息，也没这么指望过。因为他一般都是按照自己的想法去行事的，所以，我想他回到美国后可能是在一家汽车修理行干了一段时间，然后当了卡车司机，以便了解他阔别多年的美国各地的风貌。在这之后，他可能会把他做出租车司机的怪想法付诸实施。诚然，这只是他和我在咖啡馆里时随便说的一句玩笑话，可他要当真这么做了，我也一点儿不会感到奇怪。从那以后，每当我去了纽约打出租车时，总会对司机多瞥上几眼，看看会不会碰上拉里，又见到他那双深陷在眼窝中的庄重而又含笑的眼睛。我从未遇到他。大战爆发了。再当飞行员，他年龄已经太大了，不过，他可以重新在国内或是国外开卡车；也许，他去了一家工厂。我想，他可能用他闲暇的时间再去写一本书，把他对生活的体悟和想与人们分享的心得写出来；如果真是这样的话，那也要费很长的时日才能完成。他有足够的时间，因为岁月并没有在他身上留下痕迹，不管从哪一方面说，他还是个年轻人。

　　拉里没有野心，没有成名成家的欲望；无论成为哪一类的公众人物，都是他所不齿的；所以，他很可能惬意地过着自己所选定的生活，做完全的自己。他太过谦逊，不可能把自己树立为别人学习的榜样；不过，他也许这么去想，一些心无定所的人会像蛾子飞绕着烛光那样，被吸引到他的身边来，随着时间的推移，逐渐地认同了他的信仰：人生最大的满足感唯有在精神生活中方能找到，而通过他本人追寻无我无欲、自我完善的发展道路，他也能为社会做出贡献，就如同著书立说和发表演讲一样。

　　然而，这些都只是我的猜测。我是个俗人，尘世中人；我只能对这样一个很少见的人物的形象表示艳羡，却无法进入他的境界，有时候对一些通常类型的人，我自认为能够探知到他们最内心深处的东西，可对拉里，我不能。拉里已经融入到——正如他所希望的那样——喧嚣、骚动的人海当中，这芸芸众生为各种相互冲突的利益困扰着，迷失在世界的混乱里，向往着美好，外表笃定，内心踌躇，那么善良，又那么心硬，那么诚实，又那么狡黠，那么卑劣，又那么大度，这就是美国的人民。我所能告诉你的有关拉里的情况就这么多了。我知道这不能使读者满意的，可我也没有办法可想了。不过，就在我这样要结束该书、不安地意识到会把读者悬置在半空而又无能为力时，我把全书的内容在脑子里又过了一遍，看能否想出一个更为满意的结局；令我非常惊讶的是，我无意间发现，我正好写了一部关于成功的小说。因为书中所有与我有关的人物都得到了他们想要的东西：艾略特，成为社交界的名流；伊莎贝尔，在一个活跃而有教养的阶层里，获得了稳固的地位，拥有了一笔财富；格雷，有了稳定而又赚钱的工作，每天早晨九点到下午六点去公司上班；苏珊·鲁维埃，拥有了一个安全幸福的港湾；索菲，悲壮的死；拉里，寻得了快乐。不管那些自命不凡的人多么挑剔，我们的一般公众还是打心眼里喜欢一个人人都能如愿以偿的故事；因此，我的结尾或许并非那么不尽如人意。